从前小桃园

姜明明　著

四川文艺出版社

图书在版编目（CIP）数据

从前小桃园/姜明明著．—成都：四川文艺出版社，2018.3（2021.1 重印）
ISBN 978-7-5411-4849-1

Ⅰ．①从… Ⅱ．①姜… Ⅲ．①长篇小说—中国—当代 Ⅳ．①I247.5

中国版本图书馆 CIP 数据核字（2018）第 020040 号

CONGQIANXIAOTAOYUAN

从 前 小 桃 园

姜明明 著

策　　划　胡　焰　郭　健　范雯晴
责任编辑　郭　健
封面设计　叶　茂
内文设计　史小燕
责任校对　段　敏
责任印制　桑　蓉

出版发行　四川文艺出版社（成都市槐树街 2 号）
网　　址　www.scwys.com
电　　话　028-86259287（发行部）　028-86259303（编辑部）
传　　真　028-86259306

邮购地址　成都市槐树街 2 号四川文艺出版社邮购部　610031
排　　版　四川胜翔数码印务设计有限公司
印　　刷　阳谷毕升印务有限公司
成品尺寸　130mm×184mm　1/32
印　　张　12.5　　字　　数　260 千
版　　次　2018 年 3 月第一版　　印　　次　2021 年 1 月第二次印刷
书　　号　ISBN 978-7-5411-4849-1
定　　价　42.00 元

民国二十六年（1937），秋天……

一

太阳照进成都几百条大大小小的街巷，阳光照在身上暖洋洋的但空气中却明显起了凉意。头两天刚刮过一场风，吹得满地都是泡桐树叶子和法国梧桐的浆果。各家各户在开锅揭灶煮午饭，空气中混杂着柴火和炊烟的味道，光线穿过大树的枝杈在路面上昏沉沉地晃动，像所有那些寻常庸散得不会引发什么的晌午。

然而城南祠堂街、少城公园[①]一带却是少见的要发生点什么的热闹，人山人海、锣鼓喧天。抗战全面爆发了，川军将大规模不计成本响应省主席刘湘的号召奔赴前线，省内军、政、商各界在这边欢送家乡士兵出川参战，近万民众聚集在一起亲历这个难得一见的大场面。活动已接近尾声，公园坝子里扛汉阳造[②]的方块队伍在排队离场，一个根本不需要扩音喇叭的军官领着大家猛呼口号：不成功，便成仁！失地不复，誓不

---

① 少城公园：1911 年始建，1950 年改名人民公园。

② 汉阳造：88 式步枪。

回川！

前方舞台左侧一位身着长衫的青年人正背对着观众指挥同伴收拾麦克风及音响设备，做着结束前的收尾工作。

“华生，华生。”一个工作人员跑过来拍他肩膀，青年转过头来。他看上去也就二十出头，是那种梦和理想开花的年纪；头发剪得整齐，书生气质但绝不羸弱，模样长得没得二话，用成都话来形容就两个字——伸展！

“任务拜托给你们电影院是最放心的，谢了谢了，一起吃个午饭如何?”工作人员的脸笑得开花。

“家里有事，得先行告退。”华生拱手，领情道谢。

“那先欠着，改天请你。”工作人员豪爽地拍他手臂，华生转头交代几句便匆匆离开。

说起来“伸展”这个词本身并不精确，大致是指一个男子五官标致形象悦目，但本地人在用这个词的时候心中却是有数，绝不会把它浪费在风流、淫荡、阴险或妖气缠身之人的身上，即便他们长得不是一般的好看。看看眼前这位大步流星的年轻人，暂不说那个已知的伸展俊秀，按老一辈看人的方法，看底气、看面相上显示的成败和福喜，那是一身正气外加气宇不凡，让会看和不会看的都觉得咋看咋舒服。经常去春熙路旁边那家老电影的人该晓得他，赵华生，电影院股东周伯千的得意门生，本次大会的音效总负责；好多姑娘小姐一趟趟去他们电影院看电影就是为了有机会假装无缘无故地偶然和他对面相遇。

华生避让着散会的人流大步朝公园大门走去，身旁闪过一从从不带心事怒放的木芙蓉。看他那个步履匆匆无心赏景的样子，想必家中确实有事，而且应该不是坏事。他脸上挂的是一种富于想象的表情，那个表情不是有所期待就是有所好奇，除此之外能看出来的是，一张二十岁的面孔配了一颗三十岁的心，沉稳、内敛。这种年纪这种气质，如果不是天生的深藏不露，必是经历过磨炼形成的隐忍。

过金河石拱桥出公园大门，他往左一拐，熟悉地往西而去。

眼前是一片被本地人称之为少城的区域，遥遥望向不远的皇城。那是一个老区，秦朝时候是新兴商业区，清朝为八旗军驻扎的满城，现如今早就看不到兵马喧闹或是商贸繁华，大城中兴起的春熙路、东大街、商业场抢走了所有的锋芒，但因为很多权贵生意人或是比较操得起的人喜欢在这边居住，少城也就没有淡出一般的百姓生活，而是成了一个独具特色的新旧公馆集合区域。军务督理、军阀、乡绅、电台台长、银行行长的家都安在这边，大大小小精致幽静的院落成了这一带的看点，无论清晨、午后、黄昏，任何时候从这片街区穿过都像是走进一幅温柔的画中。

从少城公园正门算起，往右祠堂街，再往左走一两个路口即可看到这个区域内的一条主要街道——长顺街。那是一条胸骨样的主街，左右两侧伸出一条条肋骨状的小街道，斌升街、桂花巷、支矶石、仁厚街、多子巷等。如果进长顺街靠左缓行，会发现两条僻静的姊妹巷子，双双朝着东南—西北方向平行延伸。那两条巷子一条出奇的窄一条相对的宽，窄的窄到隔着巷子可以说悄悄话，难得淘神的当地人形象地称之为窄巷子，另一条相对宽的比着叫为了宽巷子，不过再宽也没宽过巷内栽的一棵泡桐树，整条街长度不到一里。当初满军驻扎的时候它们的功用是安顿八旗家眷及其副官，那个时候宽巷子叫兴仁胡同，是主巷；窄巷子叫太平胡同，为辅巷。清朝覆没之后它们才重新回到本地人的手中，在废除清朝遗毒期间双双被换上目前带有本土思维的名字。

此时的宽巷子一丝秋风、几缕阳光、满地黄叶，一幅没有硝烟的祥和，就像它所庇护的生活再也不会受任何形式的打扰。华生已经到了巷口，快步进入，朝后段的一户人家走去。

那是一户体面的家境殷实的人家，大门左右蹲着对一两尺高晒太阳的小石狮子，门楣上雕着一排盛开的莲花，显示主人在计划驱邪的同时也没有忘记要召唤吉祥。黑漆大门含蓄收敛但木质厚实气度不凡，透露了主人的性子也透露了品味和价钱，从这种大门里走出来的多半是衣着光鲜的讲究之人。

院子叫小桃园，是他师父周伯千的家，也是他住了十来年的地方。

小桃园大门紧闭，门上小门半掩，阳光在上面投射出大半个光环，他正待抬手推门，见外墙根有两只鸡在埋头啄石子。那是家里的公鸡和母鸡，这两只鸡一般不许出大门，就算家中师母有事不管帮佣吴妈也会管，她们一个嫌脏一个怕贼，都不可能让鸡在门口闲逛，今天破例足见她们的心思根本不在这个方向。他退一步卷了袖子去捉了那对鸡，一手一只逮住推门进了院子，阳光跟着齐齐涌了进去。

外院天井中站着家里的车夫老黄，刚打整完车子，胡子拉碴举着看不出本色的竹烟杆在桑树下欣赏黄包车，见他回来，神秘兮兮跑了过来，嘴里招呼着“你回来啦”。

“人接回来没有?”华生把挣扎的鸡放到了地上。

“还没有去，都在里面，我在给她们把风。”

“把风不把鸡看好，当心挨骂。”

“今天这个日子她们根本注意不到鸡。”老黄一脸高兴得很，像是终于等到了可以说话的对象，追在跟前问，“快说哈会场那边的情况，热不热闹，川军扛的啥枪，都有哪些司令在场?”

“热闹得超出想象，纵队司令邓锡侯、唐世遵在现场，都是一身戎装英姿不减当年，你要去了肯定拉不住要往前冲。”华生拍了拍手，去井台边从桶里舀了一瓢冷水冲了冲。

老黄面露敬仰的表情，嘴里吱吱叹着：“豪杰人物哦，这回川军要长脸了，据说要组织三十多万人的队伍分南北中三路由陆路水路去前线，还是用脚走。以前他们跟着军阀互相打、跟人家的本家幺爸①打、跟红军打，现在要帮国家老百姓打，长脸啰，凶哈!”他意犹未尽地继续吱吱有声，“不说了不说了，说起话就长，你搞快进去吃饭，吃完出来多摆些来听，就喜欢听你摆这些故事。”边说边赶鸭子样地挥起了手。

华生笑了起来，“我没摆什么，都是你在摆。”

他放过老黄朝里面院子走去，经二门进到内院，还未靠近

---

① 指刘湘打刘文辉。

堂屋就听见上房传出来的声音。那是家里帮佣吴妈的声音，如果不见吴妈的面只恍惚听一下声音，不太容易分得清楚男女，要不就会以为她在开口之前刚刚吞了两只红糖锅盔。只听吴妈说道："据说娃娃之乖，是家中出了变故才肯拿出来送人。""看来也是不得已，不然咋会好端端把娃娃往外送。"师父周伯千在一旁搭腔，屋里飘出来一股闷人的水烟味道。

华生在天井里停了下来，屋里在说抱养之事，进去打扰不大合适。

"那对方晓不晓得是我们在抱养?"师母纪婉香清脆高昂的声音压过众人也压过周边空气传了出来，微微震着人的耳蒙子。吴妈说过，没生娃娃的人都这样子，中气足未伤元气，其实师父周伯千早提醒过声音太大对嗓子不好，完全可以像有学问的人那样轻言细语慢慢说话，纪婉香的回答是：我要有学问，声音更大。

"当然不能让他们晓得，我跟中间人约好在北门茶铺交接，领了人我就走，不和对方见面。我还跟中间人说是县份上的有钱人抱这个娃娃压长，对方懂规矩，没多问。"吴妈利利索索地回答。压长是当地的习俗，说是没有生养的人只要抱一个娃娃当老大就很容易生出自己的娃娃，作用基本等于药引子，这种现象照医生说来是压力少了体内渐渐平衡，分泌正常加上土壤本身没有问题，多多播种终会长出苗苗；信命的却将此称为命里有时终须有、命里无时莫强求。师母显然没认命，人一辈子确实一定程度凭天命，但一定程度也看各自如何造化，说穿了就是先尽人事再凭天命，没有娃娃抱都要抱一个。

“好，这边口风也要紧，不许人乱说，要是哪个讨厌的问起，就说我去年回乡下生的。”纪婉香给了一个堵人嘴巴的说法。华生暗自想笑，佩服她的这种思路和急智。周伯千忍不住从旁嘟囔：“去年就回老家给你爹妈造坟住了两个月，说生了娃娃哪个会信。”

“未必哪个还敢扳起指头算。我生的，咋呢，高兴放在乡下养，命书上说的祛一年的灾！”纪婉香好像已经想和哪个多嘴的泼妇干上一架，要知道嚼舌头、咬耳朵、牙尖舌怪是很多婆婆大娘饭后化食的惯常消遣。

“这个说法合情合理，连我都信以为是真的。”吴妈配合地把巴掌一拍，表明自己反正是信了。

“好好好，你们说了算。”周伯千从声音上已是甘拜了下风。华生几乎可以“看到”师父脸上无可奈何的表情，女人没有逻辑就是逻辑，这句话师父亲口说过。他听到师父在清嗓子估计会出来，忙弄出些响动让屋里晓得。果然，周伯千左手端着个精致的白铜珐琅彩水烟壶跨出了门槛，来不及说话，先走到阴沟旁边吐了口水，才转过身来招呼，“大会那边咋样，都满意嘛？”

周伯千长了一对浓眉，眼神温和、嘴型带笑，五官搭配一看就晓得是相由心生的好人。虽然现在街上时兴洋打扮，他还是中式本色，一年四季的长衫子，说是：人是桩桩全靠衣裳，长衫子一上身所有诗书礼义的感觉就出来了。华生上前把会场的情况逐类向他做了禀告。

“派你去是最省心的，未必安几个喇叭还难得倒你。”师母纪婉香从屋里跟着跨了出来，带出一丝香风，法国玫瑰麝香露的甜香气味，嘴里说着，“好多人只会说不会干或是只会干不会说，你是又能说又能干，大场合撑得起场面，放你出去你师父吃饭都香。”

纪婉香长得不漂亮但比较有气质，那种气质和学问没多大关系，主要一看就是养尊处优懂得爱惜自己的人。蛾眉轻扫、朱唇淡点，铁锈红中长夹衣配着裁剪精良的毛料裤子，夹衣对襟处塞了块手帕，香露味就是从这条手帕若有若无地散出；她还学电影明星的样子把烫过的头发夹到耳朵后面露出了椭圆形的脸蛋。女人的相貌虽不等同于一辈子的福气，但哪个都想要个漂亮点的样子，至少先看个赏心悦目。摩登爱美讲究之人，喜欢在这些可控之处下足功夫。

相比之下紧跟在最后的吴妈就粗糙了，一张肉乎乎的脸上最突出的是一张随时准备说话的厚嘴巴，光溜溜的头发梳到脑后挽成了牛屎结，馒头样的身材套着灰扑扑的衣裤，腰间捆了条蓝色的围腰帕。那条围腰可谓功能齐全，关键时候可以从口袋里面变出不同的东西来，比如吃饭味道淡马上可以变出盐巴，擦鼻子莫得纸可以变出手纸，不过吴妈自己擦鼻子不摸口袋，而是直接用围腰解决。她是纪婉香的贴身军师，凭着年长六岁的经历经常帮着出些主意，这次抱养就全靠她的成全。

吴妈迈出门槛来不及招呼，边解围腰边朝外走。

“喊老黄拉你去，北门远。”纪婉香追着她。

“不用，单枪匹马利索。”吴妈埋头摆手。

“你多个心眼，不要暴露我们。”纪婉香哆哆跟至二门过厅。

“晓得，中间人出面我又不出面。”吴妈已经到了外院，旋即就听见她大声武气的声音，“黄老四，哪个喊你坐到棉絮旁边抽烟，弄得滂烟臭，当心把晒的棉絮烧出洞洞。”“喊啥子喊，哪里烧得到棉絮，惊风火扯的。”吴妈来不及理论，嘟囔着“烧到才找你算账”，然后出门向右，走了。

华生周伯千站在街沿上并排看着，默契得像一对关系很好的父子。

“但愿不出岔子才好。”纪婉香转身返回，将香手帕拿在手上绞，如同一个爱动脑筋的账房先生在拨弄算盘珠子。她没回堂屋也没有走向他们，而是径直去了天井一角的桃树，仰头望着光秃秃的树枝出神，华生便猜到了她想干什么。

那是一棵会开花结果的老桃树，小桃园的镇宅之宝，花用盐水泡铁锅炒和着蜂蜜调和即是对付他师父习惯性便秘的偏方，枝干则属于驱邪镇静的精神寄托。吴妈说桃树有灵性能消灾祛难，没事摸一下只会有好处没有坏处，于是家里便有了两个喜欢摸树子的人。

果不其然，纪婉香对着树枝看了几秒，一抬手搭上去来来回回摸了起来，像是在摸一张粗糙的听得懂人话的脸。

“就喜欢搞这些名堂。”周伯千笑眯眯地抽了一口烟，“大白天开摸，都不怕我们笑她。”华生没笑，看着师母现在的斯文，他想的是她吵架时候的泼辣。前几天巷口铺面房的李老大在屋外牵绳子晒尿布，纪婉香一句做人要讲公德，李老大一句你不懂带娃娃的辛苦，瞬间就把她变成了狮子，不是母狮子是公狮子，从头到脚把李老大数落了个底朝天，回家却是抱着枕头哭成了娃娃。要晓得本地最恶毒的话不过就是明指暗指“绝后”或是“断香火”，这个虽说是几千年不断宣扬传宗接代产生的副作用、文化余孽，但是不孝有三无后为大，谁又担待得起？

“如果摸了树子高兴，就该摸，我不笑师母了。”华生望着桃树方向。

周伯千则转头看了他一眼，“嘴巴甜，难怪你师母喜欢你。好，不笑了，高兴就摸。”他好脾气地附和着徒弟，“对了，家里的喜事你晓得了嘛？”他咂吧了两口烟，吐出一个圈圈。

华生装作不知问是啥事。抱养这种事比较碍口没人愿意明说，至今师父师母也未当面提及，他还是从吴妈口中听到的消息。当吴妈认为秘密马上就要不成其为秘密时，顺水拉了人情。

周伯千不信地看看他，“你是一踩两头翘，既然在边上听了那么久，你说啥事，就没有听到一丝风声？”华生赶忙抱拳道喜：“恭喜师父，这次吴妈亲自出马，保证让师母和你老人家满意。”

“本来想等四平八稳了再告诉你，看来有耳报神抢先一步。既然晓得了我就不多说，一起等她们回家吧。”周伯千背起了一只手，“小家伙刚满一岁，家里出了变故不得已才送人，她们家一分钱酬谢都没要，只想给她找个好人家，正派人家。”他使劲吸了两口烟，虚起了眼睛，“这么小就送过来是人家对我们的信任，也是老天对我们的信任，我们可要对得起这份信任，世道乱人心不能乱，要尽责任。”跟着颇具玄机地叹了一句“事情往往就是这个样子，一场因果”便看着远方光抽烟不说话了。

纪婉香摸完树子走了过来，迈上街沿挽住了周伯千的手臂，“伯千，你说一个时辰回得来不，不要变卦才好。”

“不要乱想，更不要去算时间，时间越算走得越慢，依我看不如进屋吃茶。”周伯千拍着她的手背，“走，我陪你，下盘棋如何，赢了算你的、输了算我的，华生可以观战。”

“不想下棋。”纪婉香一副软绵绵心不在此的口气。

“那就听唱片？”周伯千用川剧腔调开始哼哼：小桃园中，桃花树下，赏花、赏月、赏婉香，锵锵锵锵锵。

华生忍不住笑了出来，他喜欢看师父逗师母所使的招数。师父周伯千是远近出名的耙耳朵，爱说的警句是“男人好，好一个；女人好，好一窝，给自己留点分寸，让夫人做主”；还有一句“不敢当耙耳朵的男人估计内心都比较脆弱，怕夫人非怕也，实为爱之惜之”。有时候他在想：等以后自己娶妻成家，多半会以师父为榜样。

娶妻成家，这四个字最近老冷不丁地冒出来牵扯动心思的方向。

“傻笑啥子，还不快去吃饭。”纪婉香挥了挥不离身的香手帕，“饭菜都在灶上热着，还炖了鸡汤。”她挽起周伯千的手准备离开，一低头，发现周伯千袖口上蹭着灰尘，惊得撩起他的袖子一阵猛拍，“你看你，邋里邋遢，哪儿弄的这些脏东西。”

“嫌邋遢还挽到做啥子？”周伯千假装生气抽回了手臂，纪婉香二话不多说拽着就往上房走，对于一个连桌底框子上有灰都不能忍受的人来说，袖子上沾着灰灰，那还了得。

华生目送他们二位离开后独自在街沿上站了一小会儿，然后去了上房后面的厨房。一个时辰不长，先吃饭，再去给老黄讲个故事，吴妈和娃娃大概就该回来了。

话说吴妈出了巷子上到大街，并没有按她说的招黄包车往北门走，而是警惕地前后望了两眼，甩开一双大脚向南面奔去。只见她熟悉地穿过一条巷子又进入下一条巷子一刻没停地走着，似乎这条路已经走过不止一次，不消小半个时辰就到了南面金河边上的半边街。

太阳早已挂在了头顶，河水在阳光下泛着冷光。水没有满，露出了浅滩上的鹅卵石，河对岸宽敞的田坝里种着没有收完的莲花白，田埂上几个挑担子的挑夫快步疾走互不相干的在赶路。几个小叫花子坐在路边嘻哈打笑地扔泥巴，路不宽，吴妈去了对面，顾不得训斥那些没人管教的顽童。继续向前走出一截，几步之外的街沿下突地冒出来一溜青瓦屋顶，吴妈找准一处缺口顺着向下的梯坎走去；那些房子从街上望去像是被埋掉一大半，一般人很难发现入口，她却是非常之熟悉。

一排建在低洼处靠河的简陋平房，被风和潮气弄得变了色的门板后面是一个个灰头土脸的屋子。吴妈两步走到一户住家门前，左右看了一转，用力敲了起来。

“侄儿媳妇，侄儿媳妇。”

门开了一条缝，里头的昏暗让外来之人一时不能适应，一股苦涩的中药味儿顺着门缝弥漫。开门的是个梳齐腰辫子的女子，她将吴妈迎了进去，旋即将门关上。靠河的地方冷得慌，风随水起吹落一地枯叶，平房拐角处拴着的一条老黄狗听到了响动，懵懵然抬眼望了一下又无精打采地垂下头。它闻到了空气中飘着的一股若有若无的死气，这股死气让它相当沮丧，也就懒得发出声响去警告那些贸然接近的外人。

很快吴妈肩上挎着包裹、手里抱了个娃娃从屋里出来，可能怕风吹，小娃娃被一床洗得发白的小被单盖着；吴妈稍停了片刻，见里面的人并没有追出来，叹口气上了梯坎，身后的门像贝壳一样慢慢合上。

吴妈和娃娃相互搂着，她拽了拽娃娃身上的被单，按原路往回走。娃娃抱在手上有些坠手，但吴妈似乎顾不得这些，更顾不得迎面而来的一支游行队伍，搂着娃娃加快了步伐，一路穿大小街道、过少城公园，从金河街上长顺街，回了宽巷子。

巷子里正是冷清，各家敞开的大门里几乎听不到声音，只有巷尾有几个半大娃娃在晃来晃去打游击。吴妈几步到了自家门前，搭眼四下望了望，闪身进了大门。

堂屋里坐的人都看到了她身影，纪婉香动作最为麻利，起身迈着碎步冲在了前头，边跑边喊："老黄，关大门。"

吴妈喘着气，没有迎向大家反而在天井中央停了下来，站在那里揭开被单，把娃娃转了过来。一个长得极其精致的小女娃娃，轮廓分明的脸蛋，圆眼睛小嘴巴，虽脸色偏黄仍一看就是不容置疑的美人坯子，关键是她的头发，一头细柔发黄的头发自然地卷成了圈圈，凌乱地衬出饱满的额头。小娃娃见被单被人揭开，搂着吴妈诧异地盯着所有人，不哭不闹。

“逗人爱不?”吴妈问道，全体只管点头哪里还说得出多余的话来。纪婉香的双眼像手电筒一样从头照到脚地审视，“长得好像秀兰·邓波儿[①]，这么乖，她家里真是舍得。”说完她发现不妥，自己是得好处的那个，人家不舍她从何而得，忙闭了嘴巴。

小娃娃扭来转去并不配合，吴妈哄了两句，娃娃一看纪婉香画得容光焕发的脸和两片猩红的嘴唇，再看周伯千“哚哚”弹舌头的滑稽样子，居然张开嘴巴笑了起来。这下子把一家人高兴坏了，娃娃不认生，大大的好兆头。吴妈问满不满意，纪婉香说了一串的满意，眼睛却是舍不得离开面前的乖乖。老黄在旁边笨嘴笨舌地说恭维话。

众人拥着吴妈进了堂屋，一待她把娃娃放下，小娃娃马上机灵地伸手扶着椅子免得摔倒，周伯千和纪婉香双双抄着手坐到太师椅上各自欣慰。华生从桌上端了一盘凉蛋糕[②]，小娃娃在示意下伸手拿起一个，摸着软和的蛋糕动小脑筋。华生示范了一个吃的动作，娃娃咬了一口马上伸手再抓一个。

“看，好机灵。”纪婉香又找到一个让自己满意的证据。

“你叫啥名字?”华生蹲下逗着，娃娃瞪着圆眼睛光吃不回答。

---

① 秀兰·邓波儿：20世纪30年代美国当红童星。

② 凉蛋糕：四川特产，鸡蛋面粉白糖为原材料，蒸笼蒸好放凉后切成形。

“还不咋会说话，中间人说是去年阴历七月间生的，当时池塘里开满了荷花，所以叫荷花。”吴妈说话间滴水不漏，没露任何的破绽，要知道纪婉香有个外号，叫“人精”。

“荷花，太大一个，配不上娃娃的精致。”纪婉香的嘴角闪过一丝未加掩饰的不屑。周伯千坐在一旁的太师椅上从茶几上拿起纸捻子用嘴吹燃，转手点烟，“依我看挺好，好听好记，华生，你拿蜜饯给妹妹尝尝。”

纪婉香抱着手臂，眼神散开望着前方某处想了一阵，“改个名字如何，就叫可儿，可亲可爱，可以可为，可人儿，可儿。”她并没有指望得到任何意见而是在玩味这个名字是不是顺自己的心。别看纪婉香小学没毕业，待人接物、管人管家管账样样在行，可谓天性聪明一点就通。世事洞明皆学问，人情练达即文章，说的就是她这类。

“更好听、更好记。”周伯千马上展示了支持。大家纷纷竖了拇指，纪婉香得意地收足了认同，坐在椅子上吃五香瓜子欣赏漂亮娃娃。真是心诚则灵，心诚则灵，“阿弥陀佛”的名号简直就像电话号码，多念两声菩萨就能听到。她抓了一把瓜子，拿起一颗放到门牙下轻轻地嗑着。

“生辰八字和衣服。”吴妈把肩上挂的那个布包裹交了出去，纪婉香接过看了一眼顺手放到了一边。周伯千看了她一眼，“你看你。”他说了看法，“人家把娃娃送出来肯定要准备衣服，多半还是一针一线赶出来的，你不要嫌弃。”

“我好久嫌了？”纪婉香嘴上不饶人，脸上却是笑意难掩，反正今天高兴，说啥都不会生气，“办交接的茶铺人多不多？

有没有被熟人看到?”她转头问吴妈。

“不多，没熟人。”吴妈在兑麦乳精，没抬头。

“那你离开的时候有没有被人跟踪？千万不能被她家里晓得是我们在抱养，要是遇到无聊的来纠缠会很麻烦。”

“放心，安全。”吴妈起劲摇着奶瓶里的乳状液体。

“再安全也要留个心眼，你们都听好了，最近出门进门随时看看前后左右有无可疑之人，害人之心不可有、防人之心绝对不可无。”

“晓得。”全家整齐地作答，都知道不这么答也过不了关。

“不认生，好!”纪婉香满意地望向从华生手中抓蜜饯的可儿。

“认生都不怕，这么大的娃娃有奶便是娘，过两天就把亲妈忘了，你没听人说啊，认贼作父的都有。”吴妈边说边拿着试好温度的奶瓶走到可儿面前，把奶嘴塞进了娃娃的嘴里。纪婉香斜着看了她一眼，吴妈做出一副信不信由你的表情。

“好了，来吧，都不要光站着看热闹。”纪婉香想起还有正事该做，拍起了巴掌，“赶紧排队站好，拜谢菩萨，一切多亏他老人家的促成关照才达成意愿，不几叩几拜不足以表达心情。华生，你把妹妹牵好，跟着一起。”她伸手拉了周伯千并列站于前排，其余人等熟练地在后排找了位置。华生牵了可儿的手教她下跪磕头，娃娃麻利地参照前排的动作依样画葫芦扑通而下，嘴里一直抓紧在嚼哥哥给的蜜饯。

纪婉香归拢了心神跪在前排不管后排了，嘴里虔诚地念出了一串的名号：“南无阿弥陀佛，大慈大悲观音菩萨，各路菩萨大小神仙……”接下去的话听不太清楚，唯见大葱倒地般的叩首作揖。等到磕完抬头，她望着供台上菩萨慈悲的脸，双手合十触及了正题：

“不管世道好乱，你老人家保佑，让小桃园不乱，我会听你的话。”

吴妈和老黄犹恐不及地跟着摊开手脚顶礼叩拜，华生和周伯千则双双眼睛微闭，默默跟着在佛的面前为全家恳请、祈福。

娃娃终于领了回来，一切归于了圆满，小桃园马上就要像其他人家一样过上角色齐全的正常日子，全家会默契地守着家庭秘密平平安安和和睦睦地生活。求菩萨保佑，菩萨无论如何一定要保佑。

除此之外，并不奢求更多。

二

带寒气的早晨，躺在被窝里的人像孵蛋的鸟一样不想挪窝，头晚上的冷空气把散不开的潮湿变成一床大棉絮铺满天空，晨雾茫茫。

时间过得快，可儿领回来已是三个月有余，在这三个月里娃娃一直夜哭，让天快亮的这段时间成了全家睡得最香的一刻。睡眠被哭闹惊扰的长夜让大家都晓得了带娃娃的不容易，连周伯千那么精神的人都出了眼袋。

华生在鸡叫之前就醒了过来，没有马上起床，探出身子从地上把掉落的两本书捡了起来，一本线装《明季北略》，另一本是毫不相干的《本草纲目》，一难一简均为睡前读物，每晚不翻上几页不能入睡已是多年的习惯。他把书放到枕边放好躺着活动了一下手脚，头晚看书看晚了，需要多几分钟好让身体苏醒。

家里的公鸡在喉咙里卡着咯咯的声音准备打鸣，他等着鸡把喉咙清干净后的那一声报晓。外院有了响动，吴妈和老黄已经起床干活而内院则进入了更深的梦乡，透过窗框可以看见屋顶灰瓦间的一株棉花草在雾气中安然等待天光放亮。那只鸡终于扯起嗓子叫了出来，一声肠裂似的笔直叫声划破了静止不动的空气，自我膨胀不管不顾的一种叫法，丝毫不怕吴妈会拿着刀子悄悄地靠近。

他拉开电灯下了床，米色的光线瞬间柔和地拥抱了整洁干净的房间，书桌、书架、洗脸架、柜子、墙壁，还有椅子上叠放着要穿的衣服。爱干净是他的习惯也是受师母潜移默化的影响。纪婉香平日爱说一句，“人可以长得不好看，但必须干净；可以穿得不好看，但必须干净，连自己都收拾不好未必还指望收拾其他?”干干净净是她能给一个人的最高评价，他小时候如果违背了这一原则，师母会拒绝带他出门。

穿好衣服打开房门，冷空气扑面而来；冷，但是清新。

屋檐下老黄正手握叉头扫把仰头望着屋梁的穿斗出神，他活动着手脚走了过去，“一大早就琢磨房子结构，真想转行啦?”

“乡坝头修房子堆起来就算事，哪有城里这么讲究，你仔细看那些榫头，还刻了暗花，多好看的。”老黄举起扫把示意他看，“不敢说转行，哪天拉不动车回老家，帮人修修房子还是可以的。”老黄嘿嘿地笑得诚实，“干点喜欢的，不然想不过。”

吴妈端着大簸箕走过来嘘了一声：“昨晚没哭没闹，看样子是把亲妈忘了。让他们多睡会儿，你们小声些。”他们听话地分开，华生去了后面厨房，老黄回了自己的屋子。

内院里仍是静悄悄，上房外两扇一米多高的彩色磨砂玻璃窗在朦胧中透着亮光，这些盛行于法国南锡地区 ArtDeco 风格的玻璃窗时下正受成都雅士的追捧，亮晶晶的，给灰蒙的院子平添了几抹缤纷。天井一侧几尾金鱼在红砂石雕花大鱼缸里自得其乐地吐泡泡，旁边花台里的花草则在一边乖乖地享受晨光。内院是典型的师母手笔，布置成这个样子是喜欢有事没事往树下一坐喝茶聊天晒天阳，享受地道而理所当然的桃园式中产情调。所谓的中产阶级，不单是物质上优于一般劳苦大众，更是惯于追求精神上的安逸和舒服。

华生穿堂屋而过进了厨房所在的后天井，刚才打鸣的红公鸡正挺着胸脯在鸡笼外踱步，见有人进来，扑腾着翅膀朝远处飞了两步。厨房里亮着电灯，灶上铁锅里的三格蒸笼冒着热气，馒头包子的香味在灯光下夸张地弥漫；灶边炭火小炉上烧着一壶开水，壶盖被快要沸腾的水气冲得蠢蠢欲动。他去一侧的碗柜做了蘸碟，坐到了另一侧靠墙的四方小桌边，桌上已经摆得像八卦阵，小菜、早点、稀饭，大小碗碟五颜六色。

天井里吴妈端着筲箕跟了进来，埋头给公鸡撒完糠转身便去鸡窝摸鸡蛋，只听她低声安慰窝里的母鸡：“乖乖下蛋，乖乖下蛋就不杀你。”随即也进了厨房，嘴里说着：“上班要吃饱，不吃饱肚子再好看的电影都是枉然。”吴妈始终认为他的工作就是去电影院看电影。

等到饭毕收拾完出门，天已大亮，雾气也消散了不少。吴妈已在外院井台提水洗衣服，抬头问他吃了没有，吃了好多，吃饱没有。华生从她手中接过水桶熟练地拎着绳子将桶放入井中，左右荡荡提上一桶水来，等帮着打好大半盆水方才离开走向大门，拉开小门门闩跨出门槛，到了外面的巷子中。

各家的家佣陆续出来去巷口的菜挑子买菜，相互打着招呼。

华生出了巷子，想起师母提醒的要多观察周边以防万一，便下意识地前后看了看，虽然觉得此举有些滑稽但绝对愿意去理解师母的担心和紧张，师母只是刚刚得到不想失去，小心翼翼是因为太过在乎。

转身准备继续向前，就在那个时候前方长顺街路口一个身影吸引了他的眼睛。那并非什么可疑之人而是一个纤细的背影，一位留齐肩发的年轻姑娘，棉旗袍都没能挡住她好看的身段和温柔，脱俗得有别于周围一切敦敦实实的众生。她独自走着，不像是在赶路，而像是为了就那么在薄雾飘飘的街上慢慢地走走。

他的身体瞬间发出了某种跳跃的信号，整个人下意识地受到了牵制，脚不受控制地紧走几步跟了上去，莫名就被吸引了过去。

姑娘在拐弯处被人挡了一下，晃了晃不见了。他跟过去上到长顺街左右打望，没有看到那个想看的身影，又去对面桂花巷、斌升街口查看，也是踪影全无。怪了，人去了哪里，她不像是这一带的街坊邻居。

他不甘心地张望了一阵，心口升起一种被失落击中的怅然，就像一个娃娃找不到想要找的东西。不过，回头想一想也属正常，那只是一个擦肩过的路人，甚至都不算，咋会无缘无故停下来等他。更何况就算撵上又能如何，去看人家的脸以满足自己的好奇？

跑马的神思被拉了转来，他按平常线路穿长顺街，经东胜街、东城根街，过皇城，朝市中心电影院方向走去。街上的铺面在一间间打开，杂货铺、铁匠铺、包子铺、小人书店、粮店纷纷都在取放门板，人渐渐多了起来。

他上班的电影院位于全城最值钱的地段，离春熙路仅几步之遥，影院周边有孙中山铜像、四川总商会、湖广会馆、锦华馆，还有众多诸如茶叶铺、洋货店、小吃店、照相馆、绸缎庄和本地最最热闹的大街——总府街。如果把总府街比作树干，那两侧延伸的小巷就是树枝，枝杈间布满各种供人消遣的去处：书场、剧场、茶馆、澡堂、商店，都是周伯千纪婉香喜欢花钱的地方。这块地段离家并不近，好几里的路，但因为沿路都有喜欢看的风景和各种新鲜，他从来没嫌路远。

几个伙计在影院门口搭梯子挂几米高的广告板，见他走来都恭敬地招呼：生哥好。旁边围着几个看热闹的男人，长得七拱八翘、脸上写满耍字，大声念着广告板子上的字。

“《雷雨》，内容有点安逸。”

“要半个月以后才上映，都等不得了。”

他没理几个耍公爷，电影院是三教九流、藏龙卧虎、鱼虾混杂的地方，太太小姐们过来看电影是看明星、看外国影片的风趣对白，让自己流一场感动的眼泪，而这些耍公爷则是来看女人看欺头，抛头露面操个社会。世道不清净，还是少惹为妙。

上几级台阶进了前厅。

大厅内师兄弟们在跑来跑去，新电影虽然十天后才公映，但今天有内部试片，请了不少新老关系前来观影，军界政界和商会的家眷、文艺界的、报社的，加上影院内部人员及亲戚好友，估计又是大半天。

顺着左侧楼梯直接上了二楼，过一条通道，从末段小门进了工作区域，再经一处木质楼梯到了三楼，推开一扇门进入一个放有两台大型放映机的房间，那是他工作的地方——机器房，影院内负责放映电影的大脑中枢。

从机器房的观察窗可以看到放映大厅的情况，通常窗口外的场景是：灯光通明，满堂子摩登女人和喝五喝六的男人，东张西望的、上厕所的、吃东西的，堂厢楼厢相互呼应，而通道上几个面色红润脖子上挂着摊子的贩卖生在奔跑，机器房的人开始预热打玻板，白荧幕上映出无数手影，满堂传来阵阵哄笑。开映前的这种热闹是他爱看的一幕。此时的大厅内没有开灯，只有台子上亮着两盏，白色大荧幕也没有放下，两三个青年演员在舞台上排练走台，背台词的声音在空旷的大厅中清楚地响起。

“场地租出去了？这么早就有人走台。”他问经过的师兄。

“好像没有，那些是上海影人剧团打前站的，来成都搞抗战演出，见缝插针排练到我们放屏幕为止。”

华生弓腰凑到窗口去看。演员大概在排练感情戏，一个男演员从舞台一侧跑到另一侧去拉女演员的手，夸张地说：我等了你好久。不晓得什么原因男演员把握不好火候，跑一次拉一次说一次，越说越泄气，编导在旁边着急上火：“未必长这么大就没谈过恋爱?!”

“我等了你好久。”他在心里学着这句台词。男演员确实没有找对感觉，不是不懂等到一个人的欣喜，就是缺了想拉一只手的冲动，好比强迫一个饿肚子的人装出酒足饭饱的满足，而那个人连起码的想象都没有。他饶有兴趣地看着，双手背到身后左手抓着右手，脑子里出现的是一个并不认识的背影。

旁边的师兄不晓得他为啥那么专注，跑过来围观，一看楼下大厅有好戏看，小窗口马上挤满了大大小小兴奋的五官，嘻嘻嘻嘻推来推去，爱情对各个年龄段的人都是一种情绪吸引。他让出了位置抱着手站到一边去看这帮看戏的人，看他们那个如痴如醉的傻样子，大概都有想拉一只手的冲动，都想说上一句“我等了你好久”。

等到一切准备完毕，看看时间已然不早，他准备下楼去恭候前来观看试片的客人。今天有两帮熟人要关照，一帮是师母的两位结拜姊妹，大姨妈二姨妈，另一帮是他的童年伙伴蒋少虎及其社会朋友，两帮人马都不可怠慢。刚跨出机器房，就听到有人在楼道传话："生哥，周老板在大厅，喊你下去。"

他忙下楼去见师父。

大厅里站着和人寒暄的周伯千，旁边站了一位东张西望的年轻姑娘，洋派小大衣、短发学生头，聪明伶俐全在一对大眼睛。那是二姨妈的宝贝女儿，他的童年伙伴，秦书良，华西协和大学二年级的学生。书良转头看到楼梯上下来的人，夸张地猛挥起手，生怕他没有看到。

华生快步下了楼梯，"咋今天不用上课？"

书良见周伯千在专心和人说话，狠狠拧了一把他的手臂，低声问道："试片也不亲自通知一声，该不该罚？"他痛得咧了嘴巴，跟着也压低了嗓子："有话好好说，不动手行不行。"

书良这才松了手，笑嘻嘻地转头大声回答他的上一个问题："今天不上课，清闲一整天。"她是他的青梅竹马，照她看来如果友谊不可以拿出来挥霍那还算哪门子正宗的青梅和竹马，更何况他们之间还有些说不清楚道不明白的朦胧。

"不想坐堂厢，跟你去机器房好不好？"书良开始耍赖提要求。

"今天熟人多，下次，你又不是没上去过。"

"不干，要去！"书良跺了一脚，她的小姐脾气上来往往是把生气和撒娇混在一起算账，有时候闹得很。他比较喜欢她不闹的时候。

华生正在考虑是让步还是坚决拒绝，师母纪婉香陪着两位结拜姐姐掀开放映厅厚重的枣红门帘走了出来，所有的眼光顿时被吸引到三位打眼的太太身上，她们倒是自如得没有一丝一毫耀武扬威的意思。

纪婉香穿着黑丝绒旗袍外套裁剪精良的驼色大衣，项下一串又圆又大的银白珍珠项链，衣服料子珍珠的光泽和着擦有法国蜜粉的光洁皮肤相映生辉，配着新烫的头发艳而不俗。旁边五官冷艳的二姨妈穿着深蓝色暗花旗袍，外套貂皮大衣，领口别一枚发亮的单粒粉色珍珠胸针，头发卡在耳后，打头和纪婉香情投意合的相似；吴妈说过二姨妈的眼睛长得似一汪秋水，华生却认为二姨妈的眼睛是长来观察众生。最后一位是天庭饱满、端庄富态的大姨妈，大姨妈在三姐妹中五官长得最好看，绿旗袍黑大衣，头发光光挽在脑后，笑得像是冬天的太阳，还没开口已用柔和的眼神跟所有人打好了招呼。三姐妹戴着一模一样的钉珠耳环，那是她们共同定制的诸多物件之一，好姐妹的小团体标志。

书良见来了救星，上前挽住了纪婉香，“三姨妈，我想跟华生哥去机器房看电影，行不行嘛？下面闹得很。”

纪婉香还没来得及回答，周伯千走过来替她扎场子，“有啥不行，华生，待会儿你带妹妹上去，让她咋高兴咋看。”华生笑着点头。书良从小就晓得利用得宠的优势借外力达到自己的小目的，师父师母经常中招被她搬出来当救兵。

书良跳着去拽周伯千的手臂，嚷着“三姨爹就是好，三姨爹最好”。

二姨妈啪的拍在她头上，“哪像个闺秀，猴精八怪、张牙舞爪。”姨妈们笑了起来，“走吧，我们先去伯千办公室喝杯茶，有的是时间。”纪婉香挽了大姨妈二姨妈，跟着周伯千上楼去讨论剧情，书良则跟了华生去了大门口等下一波熟人。

“你干啥要叫蒋老幺来看试片，这种片子他又看不懂。”她追着问他。

“老幺没得罪你，干吗老跟他过不去，总那么直性子也不怕伤了朋友的和气。”华生侧脸看她。书良是独女，家里开照相馆，之前她在陕西街洋人办的华美女子学校读中学，现在是华大的学生，先天优势加上后天造就的小得意小清高让她小看或看不起很多人，鄙视庸俗无聊之闲杂人等，他算是承蒙厚爱的一个例外。

“好好好，不说了，晓得你维护他。”他们已经到了街上。

外面的阳光白花花得刺眼睛，人头攒动，不宽的小街被堵得不宜通行，一个黄包车夫满头大汗拉着车从他们面前跑过，惜字如金地喊着：“闪开，撞到。”他拉了书良闪到一边，书良顺势吊着他的膀子，靠着，好像很怕行人车辆的样子，任凭怎么甩手也不松开，不过最终他还是让她放弃了那个过于亲密的姿势。

电影院周边很闹热，街沿上满眼的小商铺和路人，商铺是形形色色而路人则是男人居多，或走或站或靠在树上看人耍，这些人很快就会消失在各条街的茶馆、会所、书场或烟馆中，去放松或是说事情，不管有钱的没钱的似乎都不想把日子过得那么清苦。闲散在本地是生活的方式也是生活的态度，大概是习俗风气加上盆地潮湿气候的作用，让这个城市流淌着慢性子的温和血液，不像外省人那么干燥血性。

“人多之处必有是非，去凑个热闹。”书良踮起脚锤他的手臂。不远靠孙中山铜像的路口处围了一大堆人像是在集会，也不等他反应，她像蚂蚁推土块似的推着把他扯到了集会现场。

透过几层人墙大约看得到一个男同学站在长凳上讲话，身后拉着白布横幅上面斗大的黑字“保家卫国，匹夫有责”，书良找了个空隙往里钻，一反手把他拉了进去，也顾不得头上挤歪的发卡。站在凳子上的学生正说道：仗已经全面打了起来，生死存亡的关键时刻，没有退路只有朝前。

“再大声点儿，后头听不清楚。”有人在外围喊，内场的人开始嘘：“嘴巴闭到，听学生讲。”

演讲的男生手臂一挥指向人群，“现在问问你们自己，能为抗战做些什么。大家平日爱讲仁义善，那么国难当头保家卫国是仁，打击侵略者是义，出钱出力就是善。有钱出钱、有力出力，万众一心去争取最终的胜利！”人群里爆发出哗啦啦的掌声，几个女学生拿着捐款箱走向人群。华生见是在为抗战筹款，掏出钱夹准备拿钱，书良以一家人的姿态一把抢过，掏出两张纸币递了出去。

“说啥三个月灭亡中国，做梦。”

“兔子急了还咬人，弄死几个龟儿子。”人群中传来了议论的声音。

“你说他们为啥跑过来打我们？”

“那唧个晓得，倒不如问问我们自己为啥会被人家打。”

“哎，头些年军阀混战，打得乌烟瘴气哀鸿遍地，想不到四川统一还不出两年，内乱停了外祸又至，我们这些平民百姓才是人中悲哀，不是被这样欺负就是被那样欺负，都想当菜刀菜板，我们就该当肉。对内忍忍也就算了，对外头来的杂碎，只有拼了。”有人发出了感叹。

一位手持长烟杆的老先生拉长声音咳了两声，吸引了众人的注意，“诸位，刚才大家所说都各有道理，如果你我还晓得问自己问题，那就还有希望，要知道凡事必须抓根本找问题，只有找到问题方能解决问题。”他扫视了周围张大嘴巴聚精会神的男女面孔，继续说了下去，“那些打来打去说穿了都是为了利益，逐利的行为，自己人打自己人是党派利益，现在打的是国家利益，你们看看这两年的发展就该晓得，政府把法币和美金英镑的利率挂了靠，进出口生意增加经济慢慢复苏，惹外人红了眼睛，想用开战来压制和削弱我们，妄图自己在东亚称王称霸，故此我们必须团结一致打赢这场对外的战争，否则是会落得亡国受辱的。”

“敢打我们，万恶！”“跟他们打，哪个怕哪个！”听得懂听不懂的都跟着嚷嚷起来，反正抗战护国是大家的共识。

“那仗会不会打过来？”有人开始担心。

“这个不用太担心，就算战争全面爆发成都也是安全的，连李白都说蜀道难，难于上青天，仗打不到这边来，再说国民政府已经迁到了重庆，后方是一定要保的。”老先生的话起了安神镇静的作用，大家鼓起了巴巴掌。议论一番之后众人逐一散开，华生和书良随之转身，说着话往回走。

“你觉得会不会打过来？”书良皱着小眉头问他。

“报纸上的评论可没老先生那么乐观，早两个月上海沦陷南京被攻占，烧杀掠夺至今没有结束，后方会不会成为前线哪个也不敢保证。”

“可恶，无缘无故跑来侵略掠夺开战，好端端的生活被他们一搅全乱了套。”

“咋会无缘无故，侵略是为了掠夺，开战则是实施的手段。但愿老先生说得对，成都是大后方，好多机构人员都在往这边撤，政府又在重庆，是会保后方的。”

“喂，救亡协会最近有很多活动，我们去参加好不好，一来为抗战出力，二来当成户外运动，免得你一下班就是回家看书，过得那么无聊。”书良突然把话题从战争一把扯到了他的身上，批评关心一起上，但破例没有动手动脚，文雅起来。

他笑了，“参加活动可以，不要转弯抹角说看书无聊行不行，大脑运动也是运动，看书就是为了不无聊，大学生该理解这点吧？”

“酸！”书良皱了皱鼻子，鼻子上的几颗小雀斑开始跳舞，“我说，你有没有觉得今年会是充满变数的一年？”

“当然，战争来了大环境在变，可儿来了小桃园在变，都为变数。”

“我指个人方面，掐指一算感觉会有变化呢。”书良看着他，笑得像一只狡猾的兔子。

“那你说说看，看是皇城坝张瞎子准还是你准。”他晓得她那个笑容之下藏着某种只有她自己才清楚的暗示，要不就是一个什么陷阱。

“我能看见风的样子，能感觉风的存在。”书良慢悠悠说道，“你猜。”

他没有去猜而是赞了一声好，书良的话让他瞬间有种被风吹的感觉，这正是近段时间他心中隐约的一种感觉，配合着大小变化传来的声音。虽然还看不见风的样子也感觉有风的存在，只是不晓得那股风会从哪个方向来，也不晓得会是一股什么样的风，吹破平静的湖面。

“那就借你吉言，让风来吧，如果真有那么一股夹带变数的风。”

“更酸。”书良撇撇嘴巴。他们已经到了电影院门口。

“华生——”有人在街对面喊他。寻声望去，见一位风风火火戴鸭舌帽的少爷推着辆脚踏车小跑而来，后头跟着三个高出一头的中年人，都是边跑边打铃铛地招摇过市。那便是他在等的人了，小桃园的邻居，商业场蒋氏百货的副经理，和他同岁的好友，蒋少虎。

“幺少爷，还以为你要晚到。”他迎了上去，一一招呼。

“龟儿子东大街在烧日货，堵起了，顺便参加了一盘，耽搁了一阵。”蒋少虎把帽子掀到脑后，顶起。那个样子实难让人相信他是百货公司的副经理，认识他的人都晓得他去公司不过是打发时间哄他妈高兴，本人喜欢的是听戏吃饭、喝茶会友等要事，如果要用一个词概括他，非得是四个字：你好潇洒。

“书良，你也在。”蒋少虎看到门口的书良，一下子不自在起来。书良抬脸向着天上假装没有看到，毫不掩饰地表现自己的无礼。蒋少虎只好临时找话，避开被冷落的尴尬，“好像该进去了，关了灯不好找位置。”言毕扭头指挥三个比他年纪大的人，“你们去找地方放车子，然后进去占位置，我随后就到。”

“电影要开始了我们上去嘛。”书良直接朝华生使眼色，大概想让他赶快甩掉蒋老幺，千万不要也带去机器房。华生没理会她的这种精神暴力，转头和蒋少虎说话。书良一甩手回身进了大厅，“我先走，你快些。”蒋少虎望着她的背影直揉鼻子，“脾气好大，对了，我听到了一个传闻，说你们两个在耍朋友，是不是真的？”他抬手去看腕上的手表。

“和书良？”华生摇头笑了起来，“她那么皮那么闹，躲还来不及，那些传闻倒不如说你我在耍朋友还更为刺激，我看你是听多了江湖传闻，都不筛选一下就信以为真。”他没有承认。

蒋少虎当的拨响了铃铛，“真的哇，我就说你们像两兄妹咋会耍朋友，传闻就是传闻，瓜娃子才会当真。我去后头放车子，等我！”他一抬屁股骑上脚踏车，铃铛打得像救火一样的紧急，弓着腰向影院旁边的小巷子猛冲，敞开的对襟衫扇得像蝙蝠的翅膀。华生忍不住笑着摇头，一个还没完全长大、受爹妈保护的耍家。

他站在原地等着，脑子里想着蒋少虎问的问题：和书良耍朋友。

其实他是喜欢书良的，书良活泼好耍、会写文章会打球，还有什么？仗义，从小维护他。但是，对她纵有千般好感，唯独缺了一样——真正喜欢一个人的那种喜欢，一种应该很明显的怦然心动。如果说心头有牵一只手的冲动，那只手应该不属于书良；如果说有等一个人的寂寞，书良也不是能排解寂寞的那一个。她不会是他的命中注定，百分之八十不是，除非友谊能够发酵成为爱情。那又似乎不大可能，因为他们之间好像缺了一颗能发芽的种子，对她的喜欢大概只能算作过于熟悉的友谊，或是类似亲情的一种情义，反正算不到爱情的头上。

蒋少虎放好车子跑了过来，催着人往里走。

是从什么时候起开始有了等待的感觉，等一场风或是等一个人，一个还不认识的人，一个能吹走等待的，女人。他师父说过一句名言：有些事努力不来，靠等。那么就等吧，等着某个人的出现，要是真有那么一个人的话。看来是到了友谊亲情均不能满足的年龄，如果说等待是一种症状，他绝对不在初期。

蒋少虎走近亲热地勾住了他的肩膀，“我老实跟你说，喊你带我们看试片都是为了那几路朋友，这种讲感情的电影我看不看都无所谓，死去活来的光晓得骗女人的眼泪，听说还是爹妈老汉儿子女儿绞到一起的复杂，那几个哥老倌打了鸡血一样的好奇，我完全是陪太子攻书，你晓得我向往的可是洁洁白白的感情。”

说话间两人已到了放映厅门口，正巧一个贩卖生经过，华生拉住从其胸前的摊子上拿了鱼皮花生和杂糖塞给蒋少虎，撩开金丝绒帘子把他推了进去。里面最后一盏灯熄了，电影开场，荧幕上打出了影视出品公司的名字。

华生回转身招呼贩卖小兄弟：“走吧，跟我上去拿钱，身上没零钱了。”他搭上了贩卖生的肩膀准备上楼，机器房里还有一位在等着他的伺候。

从放映厅里传来一阵的电闪雷鸣，伴着急速催命似的梵阿林[1]的声音，暗示加上紧张，戏剧性地覆盖了整个楼道。他牵起贩卖生的手，夸张地跟着音乐拔腿跑了起来。

如果注定有什么事情要发生，就快些来吧。

三

他起了早床，选了身深灰色长衫配枣红色粗线围巾——那条围巾是师母给的礼物，说长衫子单调，配点东西花样就多了——即便今日休息无事也要把自己收拾得整齐妥当，不管会不会有任何奇迹的出现。

靠窗的书桌上散落着一些电器零件，旁边是一台朋友送来让帮忙修理的小收音机，活路还没做完打算今天完成，帮人动作要快是历来的习惯，他不太喜欢做事拖拉。推开窗，看见可儿穿着粉色新大衣摇摇摆摆在桑树下追猫，家里那只被油油饭喂得胖嘟嘟的白猫儿吓得东躲西藏生怕尾巴又被她抓到，两个小东西各不相让，都是想咬对方一口的阵仗。

他走了出去，上前一把将娃娃抱起举过头顶，可儿疯得像一朵迎风招展的小花，伴随明显的体重增加。娃娃已经适应了新的家，没再哭着闹着要妈妈了，和妈妈连着的纽带因为彼此的不见面而断开。遗忘，在此种情况下未必是一件坏事情。

“真是娃娃喜欢娃娃。”纪婉香穿戴整齐的从内院出来，和

---

① 梵阿林：英语 violin，小提琴。

周伯千边走边说话，“说完事你早些去暑袜街大姐那边，好陪我们多打几圈牌。”

“尽量，这几天事多，股东间的那些事还需要磋商协调，估计又是大半天。”周伯千端着不离手的那壶水烟。

“搞得复杂，一起挣钱公平分配不就行了，啥事老要协调，切！就你们电影院过场①多。”纪婉香把手绢一挥，她要是男人绝对做事干脆。

“不和你说这些，说了也不起作用。”周伯千走过去招呼女儿。华生将娃娃交到他手上，可儿喊了句“爸爸”伸出小手帮爸爸掸身上沾的灰灰。

“喂，她还没有叫过我哈。”纪婉香追上来盯着，周伯千笑得比当了大股东还满足，“那你没事多对着她喊几声妈，她就会喊你了。”

“切！”纪婉香又是一挥手，把不认同的话从面前扇掉。

吴妈手拿锅铲砍刀撒开脚走了过来，“我好了，还是带自己屋里的家伙顺手，大姨妈那边的东西用不惯，要是需要杀鸡杀鸭，这个管用。”她扬扬手里的物件，把肩头的围腰拿下来顺手一裹，等待出发。今天大姨妈请吃饭，她跟过去帮忙料理厨房。

纪婉香皱了皱眉头，“说过多少次不要说那么凶的字，你看你，就是不长记性。”

“好嘛，那我换个字，就说弄，弄那些鸡弄那些鸭，反正

---

① 过场：杂事、花样。

华生教我的，成都话一个弄字可以解决所有的动词问题。”吴妈不服气地还嘴，华生和周伯千同时笑了起来。要晓得在小桃园有两个字犯忌讳，一个“杀”字一个“死”字，任何人不可以说，因为在师母看来那是相当招惹黑暗势力和晦气的几笔写法，如果非要用到这两个字，必自行找字替代。比如有人死了，遇到纪婉香心情平稳会说：人都走了。遇到心情不那么平稳，她说：搓火了。

在暗藏邪恶的世界上，兴些规矩哪怕是画地为牢也算一种保护。

“华生，你去跑趟华兴街唐裁缝的铺子，帮我取三件大衣，我不得空。”纪婉香从周伯千手中接过娃娃往华生怀中送，“把妹妹也带去，吴妈也不空，取完衣服直接去大姨妈家和我们会合。”

华生接过可儿陪着师父师母出门，请他们先行，自己想把收音机修完再走。他牵着可儿回了屋子让她各自在地上耍玩具鸭子，自己则去了桌边坐下，对着线路板和晶体管的迷阵摆弄最后的几步，房里很快飘起松香被烙铁烧化的闷香味道。如果不看书，修电器是他的最大爱好。

一个钟头之后，他牵着可儿起身出门，关了院子。

天上出着带毛边的太阳，算是不错的天气。娃娃抱在手中不大老实，只好扛一截，背一截，再抱一截，换了不少花样她才服帖地趴在肩上啃他的围巾、看街上的热闹。

唐裁缝的铺子处在商业场背后的华兴街上，是老字号，铺子外面经常候着私家车，进出的客人都是不怕花钱的那种，只要钱花得开心、花得值得，纪婉香是其中之一。华生扛着可儿熟门熟路跨进了店内，只见满眼的布匹成衣，唯独没见裁缝的影子。

“唐裁缝，来客了。”

随着他的喊声一个耳朵夹着铅笔的男人红光满面从板子后面绕过来拉住了他的手臂，“华生啊，咋不早点过来。”

“咋呢，衣服遭抢啦？”他放下了可儿。

“不是，哪个会来抢衣服，你要是早些来就遇到白杨了。”唐裁缝把手一拍，等着看他激动的样子。

“哪个白杨？”

“还有哪个，演《十字街头》那个。”唐裁缝对他的问题显然不大满意。

“真的？看来文艺团体都在内迁了。”华生随口应道。唐裁缝没见到期待中的特别表示，急了，“当然是真的，跟你说漂亮得很，要是当时铺子里有人就好了，可惜都没人看到。”

“那你该留她吃茶才对嘛。”

“还吃茶呢，正眼都没敢多看。把旗袍放下就走，说是要改一下，还改啥子嘛，人漂亮咋穿都好看。”唐裁缝沉浸在遇到名人的回味当中。这时门口逆光走进来一个人，一位年轻姑娘，进门后去了侧面翻看布料。

“随便看，随便看哈。”唐裁缝招呼着，姑娘点头算是作了应答。

他朝那个方向看了一眼心头便是一动，他认为自己看见了前段时间在路上看到背影的那位姑娘，纤细苗条、秀发齐肩，唯一不同的是面前之人穿着中长格子夹袄和黑色棉裤。趁唐裁缝进里屋取衣服的空档，他借机暗暗打量，很想看清她的样子。小娃娃的好奇是不加掩饰的，可儿摇摆着走到姑娘跟前，手挖鼻孔仰头看人。

姑娘注意到了眼前的娃娃，转头看看不远的大人，他便有幸一睹了芳容。那是怎样的一种长法，整齐的刘海下面是柳叶细眉和蒙蒙眬眬的眼睛，那种眼睛老天爷大概只舍得安在他喜欢的脸上，并且还在里面藏了些他知道而你不知道的东西。这双眼睛虽然不至于让每个人神魂颠倒但绝对可以让有缘之人一见忘不了，他该就是有缘的那一个，在眼神对触的瞬间心脏都像是动了位置，突然就感觉被风吹了，然后风又停止，静静传来血脉舒张的搏动。

他站稳了没动。

姑娘收回目光蹲下和娃娃说话，可儿显然不懂怎么和陌生人打交道，靠过去把从鼻孔里撤出来的指头伸到她面前，姑娘耐烦地掏出手绢帮她擦手。就这么一个动作，华生决定无论如何要上前搭腔，认识一下这个和善可亲、爱娃娃的人。师母说过，看一个女人善与不善，就看她如何对待别人的猫狗和别人的娃娃。

他走了过去，“你不要打扰人家。”他发现自己的声音相当之柔和。

姑娘没看他，只对着面前的娃娃，“好逗人爱的小娃娃。”她的声音像天边飘的一朵云彩。通常成都姑娘讲话都是高昂生脆，而她的声音却低婉温润，瞬间整个心肺都像被那个声音收走。那是一种解释不清的感觉，书上好像直接把那种感觉解释为前世、今生。

“是我师母的女儿。”一开口他发现自己在笨拙地澄清和娃娃的关系。

姑娘转头一笑，她笑的时候他的脑子腾云驾雾地空了，他并没有自己想象的那么稳得住。姑娘蹲在那里逗起了娃娃，用手绢给她叠小耗子，他站在一边看她埋头说话的样子，周围世界一片恍惚。

唐裁缝抱着衣服从帘子后面钻了出来，“来，看看。”

他只得暂时离开她们去柜台接三件款式一样、颜色不同的纯毛大衣，那是师母和两位姨妈做来过年的行头。唐裁缝翻出记账的小本本让他看，“看看，做工之精细、价格之公道，你师母爽快我也爽快，她们的衣服最难做但价格却是最优惠，她们三个眼光高，选的都是今年最摩登的款式，参照了好几个明星的衣服硬是比着一针一线缝出来的，耗的时间虽说多，但做好了自己还是觉得多得意的。你看这个边子，仔细看，这儿，飞的全是暗针。”

身后的可儿在咿咿呀呀，他一回头，姑娘不见了，只剩下娃娃独自坐在地上摔小耗子。他想都没想抱了衣服迈出铺子站到街上张望，那位姑娘像她出现时的突然，突突然然消失掉。

“刚才和我说话的人呢?”他返身进店，没头没脑地问道。

“哪个人，哪有人?”唐裁缝翻着眼皮像他见了鬼一样，随即反应过来，“对哈，刚才有个女娃子在看布料，价钱都不问就走了。哎，这年头生意不好做啊，价格都不问了，我标的价钱也不高嘛。”他唠叨着去看案板上贴着的价目表。

华生抱着衣服再次去了店外，站在街上，怅然若失。随后他叫了黄包车，抱着娃娃拎着衣服坐了上去，“去署袜北街。”

街上人很多，但都没有那个让他为之一动的身影。姑娘不像学生、不像职员、不像富家千金，更不像市井粗人，那会是何方神圣？为什么总是前一秒出现下一秒消失，姓甚名谁，家住何方？

他的眼睛忍不住前后左右挨着搜寻。

事情往往就是这样，总喜欢发生在没有期待的一刻——众里寻她千百度，蓦然回首，那人却在灯火阑珊处。难怪书上爱提心动二字，那不是美好两个字能够概括形容，而是：天亮了。

这个见过一次正面也许还见过一次背面的人，让他有些想入非非。他好像已经被爱情的棒子击中。

转眼就到了农历腊月，快过年了。过年的气氛平复了空气中因战争而起的焦虑，街上卖起了年货，一样没少：春联、年画、灯笼、火炮、糖果、香蜡钱纸。各家各户开始趁着太阳天打扬尘、洗被子、晒铺盖、推汤圆、灌香肠、晾腊肉，看似和往年没有分别。大人盼、小人更盼，然而大家都晓得这是不同于往常的一个年，前几天敌方侦察机飞到了重庆郊外，局势变得不太乐观，接下来会发生什么谁也说不清楚，反正不是啥好兆头。但是仗要打、年要过，对很多人来说一年到头过的都是死水样的苦日子，好不容易盼到年关可以沾沾喜气，怎么也要砸锅卖铁过了再说。

从腊月二十六起就天天大太阳，每天不到晌午太阳就出透照在院子的各个角落。今年的年三十轮着小桃园做东安排团年饭，纪婉香已经提前做足了准备，吃的用的耍的祭祀的，还有娃娃的耍事兔子灯笼、戏脸壳，以及崭新一叠一角两角五角的压岁钱一一俱全。三十早晨吴妈天不亮便在灶房忙活，煮鸡、宰鱼、熬汤、择菜，老黄做了她的下手，两个人在灶房有一句没一句地顶嘴干活路。

周伯千早早在神龛上点好香，空着肚子双手合十跪着拜神。他平日不礼佛，只年三十和大年初一两天例外，纪婉香说他不是在拜菩萨，拜的是过世的爹妈，一个孝顺的乖儿子，每到这个时候全家上下都不可以打扰师父。

大门外走进来专门给家里送水的谢师傅，大冷的天谢师傅穿着草鞋，肩上一根三尺多长忽悠悠的扁担，两只大木桶在腿边晃，走过的地方滴下断断续续的水线。他默默将水倒入一米深的大水缸，默默接过吴妈给的钱，驼着背默默离开。纪婉香叫住了他，走过去往手里塞了些东西，谢师傅摊开手见是额外的赏钱，谦恭地道谢离开。

十点不到二姨妈一家四口出现在了大门口，二姨妈、二姨爹、书良和外婆，一进门各自就忍不住叫着各自心头想见的人，周伯千纪婉香牵着可儿迎了出去。纪婉香亲热地一手挽了头发梳来蓬起的二姨妈，一手搀了衣着舒气的小脚外婆，嘴甜地招呼："老妈，火盆都给你老人家备好了，快进屋吃茶。"外婆笑得找不到眼睛，直拍她的手说乖，其余人等跟着她们。

“打通宵麻将哈。”二姨爹像匹骡子样的肩背手提满载着东西，举起右手一大包熬夜的干货，“通宵麻将。”

“愿意奉陪，量你平日也找不到借口。”周伯千陪着往里走。

“家中三个女人管我一个，哪个敢！”二姨爹乐呵呵地迈着外八字诉苦。二姨爹不是书良的亲爹，原来的二姨爹十五年前在嘉州府①翻船走了，他的生意伙伴从上海过来帮忙打理其遗留下的相馆生意，成了现任二姨爹。二姨爹的气质混合了商人、文人和耍家，是有品位、有智慧、会生活的那种。如果说女人是水做的，他就是肉做的，白肉肉，好在他给自己配了副没有度数的金丝边眼镜，添了几分书生气息，减少了那些乱七八糟的联想。来了成都十来年已是满口的成都话，只有在发带Z，C，S的字节时，会发现他的舌头比本地人更靠近牙齿。

“一进你这小桃园就好了，不用找借口都有了借口。”二姨爹跟周伯千的关系看上去像真正的老挑②，融洽、不生分。

“大门昼夜为你开，打到几点你说了算。”

“知我者，你也。”两人说笑着往里走。上房中吴妈托着漆盘呈上了花茶，圆桌上已经摆好各种糖果点心，花瓶里零星插着冷香销魂的腊梅花。外婆坐在床沿上搂着可儿往她小手上套银镯子，身后的雕花大床上堆着脱下的大衣，还有叠成长条的大红和墨绿色蜀锦盖面的软和被子，而室内全套的木质家具偏

---

① 嘉州：今乐山市。

② 老挑：连襟。

豆沙绿，带暗花，配以铜饰吊环把手，有格调品味地做了陪衬。

“华生哥呢？”书良四下张望着开始找人。

“一大早去了电影院，快回来了。”纪婉香拉着二姨妈说话，没有注意到有人的失望，“先说好，今天过年不准谈国事不准谈战事，轻松过一天。”她对着身边的两位男士打了预防针，男人龙门阵不是时事政治就是报上新闻，都是让她头疼的东西。

“好，光打牌不说话，等大姐她们一到就坐起。”二姨爹搓着手，“反正仗是靠打不靠说，听你们的，今天只说高兴吉利的事情。”

书良见没有自己的市场，在屋里转了一圈，闷闷去了外院，再闷闷踱到巷子里，正在无聊，不料蒋少虎从隔壁院子走了出来。

“书良！听华生说你们要过来团年，给你拜年了。”蒋少虎见她满脸的不高兴，马上小心翼翼起来，“咋一个人站在这儿？”

“你管我，我喜欢一个人。”书良毫不费力地找到了出气的对象。前阵子蒋少虎在路上等她，偷偷问要不要单独出去耍，当时他那种想近身三尺的眼神让人想起就浑身冒鸡皮疙瘩，现在又见他头发立耸，刺猬一样套在一件熊猫颜色的圆领毛衣里面，俗得可以，忍不住就想呛白几句。

“不要动不动就生气嘛，我又没惹你。”蒋少虎讨了个没趣，“华生在不在？”他换了话题，未曾想这个话题更让人火大。

“不在！”

蒋少虎将手抄在裤兜里，对着这个答案反应了两秒。“要是你还在为上次的事生气就当是我放屁好了，也用不着生这么大的气，再说我又没有说错啥子。”

“你站到我面前就是错，大错特错！”这句话一出口连书良自己都愣了。蒋少虎一下子涨红了脸，本欲反击但最终放弃抵抗把话吞了回去，愣了两秒之后一赌气转身走了，走出几步又停了下来，背对着她，“告诉华生，有急事找他。”

“啥事？”书良的口气软了下来，蒋少虎没有回头，“莫得啥子，说我找他就行。”说完夹着肩膀走了。

书良心头万分的不爽，为了和蒋少虎的不愉快也为了华生不出现，没有他的巷子，暗无天日。这时前方巷口有了动静，远远望去是穿藏青色大衣的大姨妈和高瘦穿中山装的大姨爹冯少康，旁边是他们家三个压抑着兴奋的娃娃：二毛三毛幺妹妹。书良忙闪身进了院子，既然没有情绪装出高兴，不如把自己变成一个独来独往的游魂。

后厨房里吴妈正在忙着准备年夜饭，端着一锅滚烫的开水往木头盆子里淋，盆里躺着几只买回来杀得半死不活的公鸡母鸡鸭子，那些没有机会过年的鸡鸭算是深刻领会了这个世道的不公平，它们的命不是操在老天的手上而是直接操在吴妈的手中。对于这种残忍场面很多人是不愿看的，怕有报应；吴妈不怕，说那些都是没有挨过饿之人的讲究，只见她眯着眼拎起鸭子的一只脚，快速在开水里翻动几下，倒提起来嘴里嘀嘀有声地拔起毛来。

“我的小姐，快些闪开，当心弄脏衣服。”见书良靠拢，她伸着红彤彤的手示意，书良只得退后。

“喊你放到等我来，偏不听。”老黄从对面的柴房出来，手中抱了一捆劈好的柴火，“书良小姐。”

“等你来，等你来煮熟的鸭子都飞了。”吴妈在围腰上来回擦手。

“咦，胖子，一早晨没有歇过气，未必说帮你是骗人的唆？”老黄不服地跟在她身后，将手中的柴放到了灶台边的地上。书良见自己多余，转身往回走，正待迈出门槛，纪婉香走过来叫她进屋打牌凑一角。

以二毛为首手的一帮娃娃在堂屋里拦住了她，每个人手中握着崭新的压岁钱，“我们‘藏猫’，你来不来？”书良摇头，“幼稚的把戏，不参加，我打麻将，赢了钱请你们的客。”

“华生哥呢，好久回来？”二毛追着问，书良停了下来：“我咋晓得他啥时候回来，总是遇到了什么好事，不回来才好。”说完这句觉得不吉利，一低头进了屋。一帮娃娃见状，无趣地瘪瘪嘴巴一窝蜂争先恐后杀奔出了二门。

房内两张牌桌子已经安好，书良给大姨妈大姨爹拜年并收下了自己的压岁钱。大姨爹冯少康是中医，擅长给儿童看病，外号冯小儿，其人长相犀利、话语不多，书良历来有些怕他。“咋大毛哥哥还没从杭州回来，不是从航校毕业了吗？”她问大姨妈。大姨妈的大儿子冯大毛在杭州中央航校学通讯，和华生蒋少虎是一起长大的铁杆兄弟。

“说了要回来的，半途跟同学去重庆探望哪个长官去了，兴许长官留客，应该就这两天到。”大姨妈半埋怨半骄傲地宣告，书良没再多问。

“这个娃娃离开两年也不想家，今天照相差他了。”纪婉香走了过来。

“看，新买的德国蔡斯机子，咋样？”二姨爹在一边拿着一台相机给周伯千冯小儿看，“还进了一批三角牌相纸，一会儿多照几张。”

冯小儿用老鹰一样的眼神盯了相机一眼，干笑了两声。大姨爹历来见不惯二姨爹，觉得老二的这个后男人油光水滑、油头粉面，小手指头上还戴玉戒指，仗都打成这样还用日产相纸，实属可恶。当初二姨妈再嫁，大姨爹投的是反对票，不过二姨爹没记这份仇，在晓得底细后只打了几声哈哈：“理解理解，大姐夫是学究脾气。”

众人分两桌入座，一桌麻将一桌长牌，书良为了不和冯小儿坐在一桌选了前者。吴妈老黄抬了四四方方的火盆架子进屋放在了长牌桌的下方，火盆中是刚退了明火的青冈炭，火气新鲜十足。外婆伸脚踏在木架子三寸宽的边缘，“我有火盆，你拿烘笼烤手。”将手中的烘笼①递给了另一桌的大姨妈。纪婉香从旁一面吩咐吴妈把水烟香烟都拿来备着，一面在想有没有不周全的地方，“华生几时出的门，还不回来？”她侧头问周伯千。

---

① 烘笼：旧时的竹编暖手工具。

“快了，安心打你的麻将。”周伯千理着手里的天牌地牌、丁丁斧头。

“华生不错。”冯小儿在一旁赞道，“还是你好，有个好学的徒弟，我家那三个可没一个分得清楚防风和柴胡。”

“还算不错吧，让我少淘神。”周伯千把不要的长二打了出去。

“时间过得好快。”二姨妈顺着搭起了话，“当初华生刚来的时候才七八岁吧，瘦骨伶当的像个断线的风筝。”她从手边的茶几上拿起四方银制烟盒打开，从一排玉堂春香烟里取出一支夹在擦着红指甲的手上，再取一支递给隔桌背对背的纪婉香，划燃洋火把两人的烟点着，“现在出师了，凡事均能独当一面。”

“是啊，可怜兮兮的，没了父母，弟弟又被亲戚卖掉，一个人那么远跑来成都独自谋生，幸好是遇到了伯千。”纪婉香夸起了自家的男人。

“他也不小了哦，说不定哪天就要自立门户成家单过了。”二姨妈不知道自己的这句话让邻桌的书良竖起了耳朵。

“半个书呆子，没事只晓得捧着书看，这种事还没开窍。”纪婉香不以为然，“给他物色过几个姑娘，在电影院没说破见的面，人家女方都愿意他不发言，说是不急，想过两年再说。”

书良安安静静摸着牌，没人注意到她的沉默和寡言。

“这个就由他了，反正已经是挣钱吃饭的人，想先成家还是先立业，都自己说了算。”周伯千把话接了过去，大家把他这个师父着实夸了一番。

“依我看他是不想离开你们，他就像你们的半个儿子，即便以后娶了媳妇还是会一样地孝敬你们，我就喜欢他又聪明又本分又孝顺的样子。”外婆说着将手中的长牌摊开，和牌了。隔壁麻将桌上的人忙着恭贺，争着说老太太手气好，外婆哈哈笑着八方收钱。

吴妈进屋替大家掺了茶。说话的人越来越少，只有麻将被搓得哗啦啦地响。火盆里的炭块冒着暗红的光，焮得屋子格外暖和。

大人们东一下西一下继续说着什么，书良则是心不在焉了。她抬头望向了高高的窗格子，太阳在彩色的玻璃上闪冷光。要是在往常，那些冰花玻璃窗一定能引发她一串的联想，但是现在她却没有任何鸳鸯蝴蝶的心情。眼睛看着窗子耳朵在听院里的动静，好几次都以为有人回来，再听却是几个娃娃在“打游击”。华生，华生，赵华生，小桃园没有他也是暗无天日。这么久不回来，该不会发生了什么事情？

焦虑在等待中积攒，等到午饭过后才听到想听的脚步和嗓音。华生进门的时候她并没有表现得开心，反而压着不满起身朝外走。华生向所有长辈拜年请安，跟着出了屋子。

“来了多久了？”他晓得最好不去招惹问她为什么生气。

“来了一个早晨，去电影院也不等我，人家一点儿都不好耍。”

“想要还不容易，过会儿带你们去公园打秋千就是。”

书良立刻选择了原谅：“你说的哈，那现在就走。”

“往哪儿走，照相！”她话音未落二姨爹拿着三脚架从屋里出来，身后跟了一串娃娃，之后是说说笑笑跟着的纪婉香周伯千、大姨妈大姨爹、二姨妈和外婆。二姨爹在院子里支了相机调试焦距，纪婉香三姐妹邀约着牵手去了桃树下，前面立刻挤了一排东倒西歪看镜头的男女娃娃。

“不去了，跟他们凑凑热闹。”书良暂时换了目标，既然华生十分体贴，打不打秋千倒也不那么要紧。

照相是每年的惯例，称之为“照全家福”，每到这个时候二姨爹都像是舞台上的编导，指挥每一次曝光前的构图：服装背景、姿势眼神、动作表情，精益求精拍出电影画面样的黑白照片，再经后期酌情加工手工上颜色，弄出来一批批堪称艺术品的影像。难怪当初二姨妈要顶着闲言嫁他，名声在外的摄影家，周身上下都是才华。

二姨爹右手握着快门线站于相机前侧，左手食指高高竖起，“不要给我看你们的傻笑，给我看小脑瓜里面想的东西，好，看这里，不动!”他快速按压着气压球，娃娃们不仅继续笑，而且笑得快要傻掉。

华生走过去研究脚架上的相机和连接的快门线，二姨爹向他炫耀：“德国蔡斯机子，想不想试一下?”

华生打趣他：“二姨爹，依你的技术随便拿个木头匣子都能照出影子，管相机啥事。”二姨爹仰天长笑：“我喜欢听这种奉承，就像依你的技术随便啥电器到你手头都能重获新生。来，站好，二姨爹好生给你照几张标准照，保证人见人爱追着跑。”书良在一边白了她老汉儿一眼。

单人双人、一群一大群，站、坐、蹲、靠，所有人照了个兴尽方休。一旁的吴妈助威看了一阵，随后也绕到了二姨爹身边。

“二姨爹，劳烦你也给我闪两张，好寄回乡下给家里看。”照相的时候她自然拉过可儿壮胆子。

完事之后大人们哄娃娃上床睡午觉，好养足精神好熬那个五更分两年的除夕之夜。大人们烤火吃茶准备打下半场麻将，娃娃们横在大床上躺成一排听外婆编熊家婆的故事，书良乘机向华生使了眼色，让他去外面说话。

午后的阳光很绵人，吴妈老黄先后回房午睡了，连那只爱折腾的白猫也躺在街沿上享受冬天的太阳，有人走过也不想抬眼睛。不远的巷道里有心急的人在点火炮，零零星星的爆竹声时有时无地传了过来。

“蒋老幺找你，说有急事。”书良把刚才的事说给他听。

“啥急事？”

“不晓得，没说，去问问不就晓得，我陪你。”

“还以为蒋老幺的名号只会让你打转身。”

书良哼了一声算是回答。两个人出得大门右转朝蒋家院子走去，刚要踏进蒋家大门，就听到里面一阵吵闹，随即便见蒋家大姐夫脸红着冲了出来。大姐夫尴尬地和他们打了个照面，提腿便走，他们进也不是退也不是，只好站在原地打望，正好蒋少虎蹑手蹑脚地从里面出来，“走走走，我爹在发脾气。”

“发啥脾气？”书良几乎忘了和他的过节，踮起脚打望。

“出去说，出去说。”蒋少虎引着他们退出大门，“大姐夫在外打通宵麻将不回家，被我爹骂得半死。”蒋少虎汗惊惊的样子。

“又不是好大的事情。”书良难得地帮腔。

“关键是我爹对我严加管教，关我啥子事嘛。”蒋少虎一脸写满无辜。

“气头上，听着就是。对了，说你找我有事。”

“看，差点儿把正事忘了，猜一下，出了啥事情。”蒋少虎左右望了望。

“你仗笨[①]了？”书良快人快语丝毫不加思考。

“才不是我，是你家大姨妈的那个匪儿子，我们的老大哥冯大毛，在重庆被抓了，喊同学报信看有没有办法救他，火急。”

“大毛？他去重庆干啥？为啥被抓？”华生大为不解，书良便把大姨妈的话转述给他们听，难怪年三十都不见人影。

“说是一帮人在舞厅为一个女生打群架，砸了人家的场子不说，还误伤了一个不相干的人，被关了起来，喊家里拿钱赎人。以大毛的脾气，你们认为可以叫他爹出钱赎他？”一句话问得华生和书良都摇头。

“我不信大毛哥会打架，就不怕被航校处分？”书良说道。

“所以要赶紧救人。”

“你有没有帮得上忙的人？”华生问蒋少虎。

“有就不来找你，要不亲自去一趟，把人弄出来？哪有过年还关人的，重庆那边也太乱了。”

---

① 仗笨：闯祸。

“依我看，去找我爸想办法比较快，他在重庆有朋友。”书良发了话，华生点头赞同。二姨爹是社会活动家，朋友多得连他自己都记不清，应该有办法。三人去了小桃园，还未进屋就听到纪婉香清脆的声音：“放回去重新洗牌，你们小心他会码牌。”

房里纪婉香正站在周伯千的身后，伸长一只手把砌好的麻将稀里哗啦推回桌子中央，一旁的二姨妈笑道：“伯千，作弊可是要受罚哦。”

“咋不相信人呢，会码牌是以前的事，早改邪归正了。”周伯千将面前的牌全数推了出去，“那就推倒重来，不做贼心不虚。”蒋少虎上前给各位长辈请安拜年，大人们嘴上应酬，手上没有停止动作。

他们见屋里正玩得高兴，也不好拉走二姨爹提救人之事，知趣地退出去站在院子里重新商量。

“今天是大年三十，就算我爸出面也不一定能找到人帮忙，扰了人家过年也不大好，我看还是等晚上回家跟他说，明天再想办法也不迟。”书良提议道。

“也好，反正已经关了起来，不在乎多关半天。”华生点头。

“那今年过年又差他一个。”蒋少虎来回搓着双手，“狗日的还是大毛出息，出四川，上航校，打群架，没他不敢干的事情。”

“不管干了什么，都得救他。”华生果断说道。

四

过年其实是一种传统的麻醉人的方式，不管平时日子过得怎么样，都争着借此机会忘却烦恼。从三十吃到十五，能耍的耍够，能看的看够，很久不见的人见够，吃年饭、放鞭炮、走人户、换红包、打麻将、看灯会、逛庙会，等一鼓作气把十五的元宵吃下去，一年中最兴奋的时刻也就差不多过去。大毛的事没等他们出手就已宣告结束，一帮犯事的人被重庆某个心软有钱的家长集体保了出来，正月初一弥勒佛生日的那个傍晚，闯祸的人神不知鬼不觉地回了成都。

商量救人的三个对此并不知情，初二晌午华生约了蒋少虎去商业场毛肚店听书良讲情况。华生前脚离开小桃园，后脚冯大毛就进了院子，在向三姨爹三姨妈请安拜年之后，他按纪婉香的线报快步前往毛肚店，去会自己的同党。

商业场那家毛肚老店的生意不错，老板面善和气、火锅色香味浓，灯光柔和不似鸡毛小店惨白雪亮；一间大屋摆着四五张矮方桌，方桌中央踩着小火炉，炉上放着铜锅，桌子周围配着高高的独凳，客人们就坐于高凳上舒舒服服摆弄作坊一样的碗碟、调料和菜肴：毛肚、黄喉、腊把、脑花、苕粉、豆芽、蒜苗、藕、鸭血、莴笋、菜头、黄鳝、泥鳅、洋芋、香菜、筒筒白。

过年客人不多，蒋少虎坐在桌边招呼上油碟，书良相向而坐正在给自己和华生兑作料，华生刚回头对着掌柜的喊了声：

“掺三碗茶。”这时店门口传来一个浑厚压抑着兴奋的声音：“四碗。”他们面前已经站着一位高大结实，留平头，衬衫西裤套棉袄的年轻人。

书良噌的站了起来：“大毛哥哥！”

蒋少虎握着筷子看看来人，咳嗽着用手指着锅对店小二喊：“生火。”华生起身和走近的人互锤了一拳，“这么快就回来了，情绪那么饱满，看来还可以再多关两天。”

大毛边脱外套边挨着他坐了下来，“关起来的时候想的都是你们，你们几个想不想我？”他伸手去搓蒋少虎的头，蒋少虎用手一挡，“想死人家了，还说去救你。”小伙计飞快过来点火、放锅、上油碟，四人也不客气，拿起递上的生鸡蛋敲开，打入油碟，再放上香菜、盐，筷子一搅准备烫菜。

小菜上桌的时候大毛兴致勃勃给大家讲经过。去重庆根本不是探望什么长官，是跟了重庆籍的同学去那边耍几天，那个同学带他去舞厅会几个军校同学，一帮人中有两个男生正在为一个女生勾心斗角，仇人相见分外眼红，说得不合就动起手来，众人开始两边劝架，劝着劝着就打了起来，结果集体被抓到警察局靠墙壁。

“在警察局就握手言欢了，还没去前线自己人先动起了手，也不敢招认真实身份，宁可被当成混混处理，尴尬得很哪！”大毛把棉袄披在肩膀上，配上高大结实的身材，非常张扬中央航校的气质。

华生笑了起来，“打了人都是正面形象，绝对的人物。我们还在想办法准备救人，你要再不回来，少虎会第一个冲去重庆救人。”

“此事万万不可让家里晓得，都帮着保密。”大毛领情地端起了茶杯，“以茶代酒敬各位兄弟妹妹，谢了，就数你们关心我。过两天那帮人要来成都活动几天增进下友谊，总共七个，不方便安排在家里，晓不晓得哪儿有合适的旅馆，帮我写两个房间。”

“我给你安排，把时间和人数报来就行。”华生帮忙揽了下来。

大毛一拍他的肩膀，对着其余两个，“看到没有，兄弟！小时候帮他打架没有白打。喂，我走了那么久你们除了想我都有些啥动向，参加游行或是加入什么组织没有？”说完用手电筒似的眼光在其余三人脸上晃，“还有，你们有没有发生任何事情，任何？”

大家乖乖地相互看看摇头，书良和蒋少虎抢着开始发言。

惯常的聚会大毛爱谈人生理想或是时事大事，书良爱说学校趣事或自己的小情绪，华生一般不起话题，习惯是支着手当他们的听众，蒋少虎啥事都能插嘴，四个人当中数他的钱包从小到大最鼓，如果轮到他起头，一定离不开吃喝玩乐这档子钱包推动大脑的闲事。

蒋少虎讲了一个关于淘宝的新鲜事情，说商业场二仙茶楼的马昆山搞了个掏江公司，准备抽干望江公园外围河段的河水，挖三百年前在河里埋的一批宝贝，挖出宝贝就献给政府作抗战资金。

“我寡闻了，啥宝贝这么凶险？”大毛对此颇感兴趣。

“成都人都晓得，‘石牛对石鼓，黄金万万五，谁人识得破，买到成都府’，说是明朝年间有人在河中央埋了一大笔金银财宝。”书良抢过了话头，蒋少虎凑过去替她补充，“是明朝张献忠。”

书良白了他一眼，“有人在河中间埋下了财宝，跟着又把工匠们都杀了，想以后回来取宝，结果人没回得来而财宝一直埋在河底不见天日。其中一个工匠装死躲过，把秘密告诉了后人，听说是一大笔奇珍异宝，金银、宝石、玉器，哪个要是挖到了基本可以买下整个成都。”她说到此处打住，把话传给华生，“报上咋说的，你来讲。”

“其实也不是啥新闻，都吵了好多年，说当初张献忠兵败离开成都的时候把搜刮来的巨额财宝藏了起来，江口沉银，这个江口指的哪里谁都不清楚，于是这么些年来凡是江口的河段或多或少都遭各路人马挖了，这次推测江口在望江楼附近。”华生看着蒋少虎，“马昆山是你们商业场的，他的事情你该更清楚，你说说看。”蒋少虎耸了耸肩膀，“晓得的不比你多，这种事情人家不愿多透露的，反正马昆山手头银两充足，听说又掌握有确凿藏宝资料还有政府撑腰，志在必得，正在组织人马和机器，等枯水季节一到就抽水开挖，人家敢公开说如果挖出宝贝会向政府捐赠作抗战资金，名利双收的事情。”

大毛手摸下巴，“原来传说有这么大的魅力，政府想整治河道的话就多发布这种江口沉银的消息。不过话说回来，要是能挖出东西倒是件好事，仗要打下去肯定需要大量的资金，要不要一起去挖挖看。”他嘿嘿地笑了起来。

蒋少虎当了真，“要得嘛。”他神秘兮兮凑向其余三人，“我都分析过了，东西不一定藏在河底，说不定是在江口对应的某处岸上。石牛对石鼓，依我看是指向岸边的某个庙子，不是庙子里头就是庙子外头，再不就是看庙前门石兽对着的某棵树子。你们想，河中挖宝都那么费劲，那要真埋还不全城皆知。所以，不在河头，在岸上。”

“这个推断新颖。”华生卫护起他来，“不过我倒是好奇这句藏宝顺口溜是谁编出来的。想想看，要是道听途说瞎猜乱编，该内容毫无意义，而要是知道底细的人所编，他为什么要编这个东西？既然晓得藏有这么一大笔宝贝，反而编一个顺口溜到处去传，好像不太符合情理。”

“永远的军师级人物，难怪小时候都听你的指挥。对头，消息多半是张献忠的人散布的，以假乱真哄人乱找。”大毛干脆地得出了总结，“少虎的推测很有想象力，就是缺了推不翻的依据。”

“要啥依据？我是在排除不合理的说法。在河头埋东西，还石牛对石鼓，绝对搞得全城皆知，不可能。”

“如果是你藏宝肯定全城皆知，别人倒不一定。”书良无不嘲讽。

“你太小看我了，不信的话我藏一个东西你来找，找到算你的，要不要试一下？”蒋少虎不服气地发招。

“你各人去埋，我才难得去找。”两人扯一句还一句地争了起来。大毛搂着华生的肩膀看他们争，笑得像九岁时候一样的灿烂。

“好了不闹了，不谈人家藏的宝贝，安心吃自己的火锅。”华生替斗嘴的双方夹了菜，那两位方才高高兴兴地埋头吃饭。席间书良起身去了店外，想买街边的烤红苕当零食，蒋少虎自告奋勇追着出去帮着付钱。

“哎，回成都真是好啊，可以丢开脑袋里的很多东西，光坐在这儿听故事，甚至看他们两个斗嘴都是一场享受。”大毛将双手抱在脑后，身体朝后一仰，舒服地晃起双腿，“就像是回了小时候，生活没有真正开始也就没有真正的烦恼，入世不深相对的美好。”

“咋呢，起烦恼了？”华生问他。

“不至于，就感慨两句。”

“还没问你呢，毕业回来有啥打算？”

“嗯，有些小打算”。

“要去队伍上？”

“找时间慢慢摆，话长。”大毛拿上筷子夹了一口菜塞到嘴里，把话岔开，“你呢，有啥新动向？”他看看华生，又看看店外。

“你指啥动向？”

“刚才有人可是只给你烫菜夹菜。”

“又在说笑。”

“咋呢，没有的事？”

“没有。”

大毛眨了眨眼睛，怀疑起自己的判断，“好吧，那是我想偏了。吃饭吃饭。”

从初一开始气温就冷得让人不想离开火盆，到了初三晚上放在门外喂猫的水碗里结了冰块，转到白天，居然飞起了少见的毛毛细雪，淡淡地飘在天空，像是有人耐烦地蹲在天上往下洒食用盐。雪落到地上没有化开形成粉末状铺着，把城市改了一个颜色。

华生按承诺去帮大毛物色旅馆。近来市区内的旅馆客满，自从仗打起来以来，来成都逃难躲灾、做生意的人越来越多，有些常客包住在旅馆十天半个月不走，过年都不例外。好不容易在北新街和九龙巷找到两间合适的床位，价格还算公道。

同学们如约到达，大家先在旅馆做了登记，然后臃肿地踏着潮湿的路面集体去华兴街吃蛋炒饭。席间新老朋友说了很多豪情万丈的话，最后勾肩搭背回各自的住处歇息，大毛让他帮着送九龙巷的几个。

华生领着同学们经中山公园①向旅馆走去。夜色冷风中公园门前空无一人，远处几个人影晃荡一下隐入了旁边一条蜿蜒后伸的小街。那条街叫作三桂前街，深处有很多做“人肉”生意的地方，烟花柳巷、灯影暗淡，一单单生意趁黑在暗中进行，敢往那边走的大致都是自甘堕落或不怕堕落的人，规矩些的都不走那一方，怕沾上晦气更怕被熟人看到。对于和道德沾边的事情、地方，大家历来敏感谨慎，有些错误可以犯，而有些错误犯了会在家里家外抬不起头。

① 中山公园：1951 年改名劳动人民文化宫。

他们过街去了对面。

到达九龙巷，进了旅店半掩的大门，顺黑暗的通道往前几步便站在了登记窗口昏暗的灯光下。天井中漱夜嘴的老板抬头看了一眼，擦着嘴巴回登记室取钥匙，领着他们去了客房。房间还算干净，四张小床分别靠在两侧墙壁，如果躺在上面不发出鼾声的话，不会有任何的影响。老板领着看了老虎灶取开水的地方，指了茅房的位置，匆匆退下。不久，门口出现一位穿花棉袄花棉裤的女子，额前的刘海一看就是火钳夹出来的效果，一个经济不宽裕却喜欢打扮的人，身上唯一奢侈点的是那股说不清是肥皂水还是驱蚊水的味道。这是干什么的，华生不用多猜已基本了然。女子靠在门框上，搓着冻红的手问大家："先生些，想不想找人摆龙门阵嘛，或是坐下来打几圈小麻将？"

男同学们没见过这种阵势，你看我、我看你，不晓得如何应对。女子向着身后喊了声："碧玉，搞快些。"随着一阵轻轻的脚步声，她的同伴出现在房门口。

那是一位着杂色棉衣棉裤秀发齐肩的姑娘，慢慢地走过来站在那儿，对着大家。在她出现的前一秒华生就已莫名的心跳加快，而在和她目光相遇的瞬间他几乎失去了呼吸，盯着面前的那张脸，脑子里瞬间飘满雪花。

是她，裁缝店消失的那位姑娘。

姑娘的刘海梳了起来，用小卡子别住露出了光洁的额头，显得特别安静，犹如夜风中开放的一朵野花。和同伴比起来，同样的花衣花裤，前者土俗她则是绝美，一瞬间华生只觉得心口脑子同时被轻轻一击。姑娘显然也认出了屋子中间站的人，有些拿不定主意是跨进来还是退出去，她的姐妹还在靠门框，靠完左边靠右边。

对于可能的再次相遇，他曾经设想过一些情景对白，比如相遇在书店，就说“你也来买书啊”；在街上，说“你也在逛街”；在电影院，就说“你也喜欢看电影”。目前的状况是完全没料到的那种，什么话也说不出来，都过了好几秒，才听见自己喉咙里的声音：“你跟我来一下。”然后顾不得几个同学傻子一样的眼光，头也不回地出了房间。此种情况此般地离开肯定是需要勇气的，他晓得自己周身的勇气来自于这段时间对她的想念。他并不知道该往哪儿走，便在天井停下来等着。

姑娘跟上来迟疑地问了声：“要不要去我那里喝口茶？”

他答：“好的。”

心情好似井里上下浮动的水桶，既有遇见的惊喜又有现实的失落，即使最无边际的猜测也绝猜不到她是如此境况，但是不管该不该去喝这杯茶他都做不到拒绝。姑娘埋头走在前头，领着他顺窄窄的街沿朝旅馆后院走，不时回头提醒：“不要走下面，有青苔。”

她的声音还是那么的好听，碰得人心头叮叮当当作响。他乖乖地跟着，姑娘经过靠外墙的一排简陋矮房子，走到最后的一间，一推门把他让了进去。

这便是她的“家”了。房间很小，只有半个房间的面积，对门另一端有扇打不开的死窗户，只透光不透气，窗外有棵挂着细雪的小树。屋内没有装饰，靠窗矮条桌、靠墙小床小灯柜，外加上床下塞着的箱子等，就是所有的家当。中央地上放着火盆，灰白的炭块仍带火光，屋里十分暖和。姑娘没有管他，自顾自从门后拿了火钳和一个小陶瓷罐走到屋子中间蹲下，往里加了新的孵炭儿①，待热度起来才回身去条桌上倒茶水。

“你叫碧玉？”他用这句恰当的话开了头。四周没有可以供人坐的凳子，他坐到了床沿，“名字很好听，很配你。”他还是个清白男子，对床的用途没有多想。

“有啥好听的，小家子气，小家碧玉。”姑娘客气着递过来一杯热茶，他笨笨地起身，不想头撞上了床的蚊帐杆；一乱，水又洒出来烫了手；赶忙坐下，脚却不小心踢到了床下的盆子，他的紧张惹得碧玉扑哧笑出了声。

“不，不，碧玉，碧玉妆成一树高，万条垂下绿丝绦。”他吟着诗，掩饰起尴尬。

“这两个字还能作诗？我只晓得它的颜色。”碧玉诚实地看着他，他便估计她没怎么念过书，忙岔开了话题以免有卖弄之嫌，“没想到在这里遇到你。”此话一出口便觉得不妥，那像是在说你不该在此地出现，于是他开始无话找话，“房间很整洁，我是说你很会收拾屋子。”

“房子小，有啥好收拾的。”

“上一次在裁缝店，你走得突然。”他把心头想的说了出来。

---

① 孵炭儿：木柴经彻底高温燃烧后冷却形成的炭块，易燃无烟。

碧玉回身靠在了桌边，“你家小妹妹好吗?”

“你还记得。”他闻言自然是窃喜，说明她也没有忘记。

“嗯，你那天围了一条好好看的红围巾。”

他暗暗念着三生有幸，哪怕她记住的只是围巾。

隔壁屋子有了动静，是碧玉的同伴，正放大着失望的声音：“睡觉，莫得搞头。”隔壁房门重重地关上，华生觉得有点滑稽，想象着同学们被吓坏的样子。一个男人在店里找姑娘不是有没有钱的问题而是有没有胆子，这个胆子不是敢不敢猎奇而是敢不敢堕落，刚才他当着大家的面把人带走，对双方来说都是一个挑战，今晚有人胆敢走在危险的边缘，这个话题大概可以刺激他们一个晚上。

他埋头喝了一口烫茶。

“天暗了，吃完茶你也该回去了。”碧玉全当没听见外面的动静，“住得不远嘛?”

“不远，住宽巷子，我师父的家。”

“你自己的家呢?”

“我没有自己的家，老家在旺苍，爹妈走得早，八岁一个人流浪来成都，后来跟了师父。”

“有兄弟姐妹没有?”

“曾经有一个弟弟，叫星星，爹妈过世后被亲戚卖了，四岁，找了多年一直没找到。”他不知道为什么想跟她说星星的事，一般他是不愿对外人提起的，一个不想碰的伤疤。碧玉“哦”了一声，拿水瓶替他掺了茶。他怕她以为这个问题让他难过，“你呢，家住得近吗?”

“我家不在成都。”碧玉答得快而干脆，似乎不想谈自己的事，他却想多了解一些，“冒昧问一句，咋过年都不回家？”

“晓得冒昧还问，我都没问你咋不待在师父家而是跑到这里来耍？”碧玉反呛一句，不过口气却十分柔和。他便把同学们来成都的前因后果说给她听，尽量讲得有趣，晓得自己是想调节气氛逗她开心。碧玉果真笑了，“希望他们没有被我老乡吓到。”

“不会，怕是被我吓倒了。”他调侃一句随即正色起来，“你们是老乡？倒是没听出来，她说成都话带卷舌音，你没有。”

“大概我学得快些。”

“你看，我回答了你的问题，现在该你回答了。”

碧玉好脾气地看着他，好像面对的是一个爱问问题的顽童，“你有点好奇哈，好奇心有好有歹，想你也不是坏心。”

“不，是关心。”

她沉默了，“好吧，难得你问，想听的话我讲给你听；不过，讲这些不该喝茶，喝酒好不好？”她从桌上拿起一个茶缸，过来从床下摸出个瓶子倒了大半杯深色的东西，屋子里一下飘起烈酒呛鼻的味道；见华生盯着自己，她笑着将杯子放在嘴边蜻蜓点水似的抿了一口，“不要怕，我不是酒鬼，前阵子崴了手腕，兑的药酒。”华生拿过她手中的酒瓶，去门口倒空了自己的茶杯樽上酒仰头就是一大口，他并不爱喝酒但现在很想喝，不是为了壮胆，是为了寻找一种境界。

碧玉回到条桌边一踮脚坐了上去。他看到了她脚上穿的花棉鞋，成都人称为“抱鸡婆”的那种，那么土气的样式居然被她穿得调皮，突然就有冲动想伸手去摸一摸那两只可爱的脚。

他埋头又喝了一大口，把发热的想法压了下去。

碧玉没有管他，独自坐着望着火盆里的炭火出神。屋里很暗，昏暗的电灯光照着她光洁的脸蛋，她的皮肤是成都姑娘特有的那种没有被太阳晒过的白净，在花衣服的衬托下显得过于苍白。她眼波蒙胧，让人一时难以确定主人的心思。要是面对的是书良不用猜就能八九不离十地知道答案，不管书良想什么你看她的大眼睛就晓得是让人发怒、伤心，还是高兴的事情，但对碧玉他看不透，也许是还不了解，那种表情算迷失还是算安静？但有一点是清楚的，就是她那个样子让他心口有些发痛。他突然觉得此时的好奇是一种怪癖和罪过，大过年的实在不该问这种伤感问题，一个人有家不回当然有原因，而所有的原因追究起来肯定没有一个会是轻松愉快的。

“可不可以收回我的问题，只借一口酒喝？”他改了主意。

“问是你先问，酒喝下去又不想听了？”碧玉抬起了头。

“改天问好不好？”

“好奇和关心那么快就被吓跑了。好，不说了，反正也不是啥好听的事。”她端起杯子一口一口喝了下去，脸蛋很快泛出桃花红。

酒精让神经松弛下来，神经一松弛神思也就四下飘飞。两个人东一句西一句说了一阵，然后收了声，有酒为伴说不说话都不打紧，反正脑子里到处都是独白的声音。华生只觉得浑身发热伸手敞开了外衣领口，酒劲已经上到了脖子，烈酒入口真似一瓢汽油浇到炭上。

火盆里的炭火暗了下去，碧玉从桌子上跳下来，过去往盆子里加了孵炭儿，她没有回到桌子而是走到床边，挨着他坐了下来。他端着酒杯坐得笔直，尽量让自己放松，尽量坦荡。

“好久没有跟人讲过这么多的话了。”她低低地说道。

“想说什么随便就是，我喜欢听。”

窗子外的夜深了，裂开的云层中露出那轮就要圆满的月亮，灰蒙暗淡，罩着地面上一片风吹草动都听得清楚的安静。火盆里的木炭闪着隐约的红光，熄灭的地方堆起了新的灰烬，屋里弥漫开炭块燃烧后的特殊气味，出世离尘的味道。如果不介意炭味和檀香的区别，完全可以闭起眼睛想象这是某个寺庙客堂，然后随着黑夜、烈酒和自己喜欢的人，纠结出一段缠绵。

他从喉咙里冒出一句：“月亮好圆。”

接下去的记忆他几辈子都不想忘记。

碧玉站了起来，从他手中拿走了酒杯，“不要再喝了，会醉的。”他果真就感觉一片醉意，并不知道自己微醉、领口敞开、前额搭着头发的样子有多么可爱。碧玉站在他面前轻轻摸了他的脸，像一个小女孩问小男孩：“你叫啥子名字？”

“赵华生，华西坝的华，生活的生。”他嘴巴发干，不过脑子还算清醒。她的靠拢让他血脉加速，感觉某个时刻要来了，就是曾经期待的，和喜欢的人在一起的那种时刻。他笨手笨脚地起立，所有的期待都想靠岸。他伸出手试探着去摸她的脸、她的手臂、她的皮肤……他们靠得那么近，她的体温让他浑身肌肉发软，只有部分相反。

外面街上传来了“咚、咚”两声竹棒子的敲击声，更夫在打二更，进了亥时[①]。屋里没人去管那是什么样的信号，只想把周围忘掉，放灵魂自由出窍。

也不晓得过了多久才停了下来，碧玉将他推开一定距离，笑了，把他拉到镜子前，他看见了自己脸上的红印子。碧玉递上一条毛巾，自己则坐到床边，在昏暗的光线中对着床头的小镜子整理头发，一副已经结束的样子。

他的胸口出了汗，身体在悸动中散热回神还想继续。他贴在她身后坐了下来，越过她的肩膀从镜子里去看她的脸，他们的脸都泛着微红，如果不是因为兴奋就是酒劲没散。他看到了自己的眼神，里面燃烧的绝对不是酒精。

碧玉快速从镜子里看了一眼，起身把他拉了起来，“你该回家了，快十点了，当心被师父骂。”她推着他往门口走，他无奈稳住脚，本想再说几句，碧玉二话不多说把他推了出去，推到门外的黑暗地带，就像把一块燃烧的炭火扔到了雪地，然后轻轻关了房门。

四下又冷又静，只有不远的屋子里潜伏着怪兽样的低沉鼾声，即便有月光混着残雪的反射，夜的黑也已全然地嚣张。他呆站了两秒，见碧玉熄了灯，才深吸一口气转身穿过天井院子走到了外面的巷子。一股拂面的冷风让他打了个寒战，巷道内黑黢黢冷飕飕，混杂着阴沟淤泥的腐臭。

---

① 亥时：晚上九点至十一点。

他拉拢了衣领，紧走几步上了大街。

街上没有行人，街口的电灯下一个挑担子的夜食摊子不怕冷地在做生意，几个夜不收[①]更是冷不怕的就着昏暗的街灯吃着滚烫的汤圆，其中一个咂着嘴巴喊：再来一碗黑芝麻。一群游行完毕的青年男女迎面走了过来，丢盔卸甲地拖着标语旗子，疲惫得不成样子；街边暗处冒出来一个蓬头垢面的老叫花子，举着酒瓶子朝游行队伍喊："打倒……坏人……日……"

他没有停下来，加快了步伐朝家赶，即便醉了也不敢忘记小桃园的家规。每晚十点半家里关大门，晚归之人如果没有提前打招呼统统会被关在外面，而任何的晚归不论什么原因都不可以超过敲三更[②]，否则必遭清算。师父说过：天底下有啥要紧之事非得半夜三更去办？此话看来不假，半夜三更发生的事确实不可言说。

宽巷子中多数的灯还亮着，院落深处传来隐约的人声，他到了自家门前。路灯微光下，门框两侧贴着大姨爹送的眉飞色舞的大红春联：丰衣足食年年乐，国泰民安岁岁兴。他没有看那副眉飞色舞的对联，要是这样的祈福真能送到各家各户，那么他喜欢的人就不会住在那样的巷子过那样的生活。

一抬手推开小门进了院子。

内院里没有灯火，师父师母外出还没有回来。他轻声走到吴妈的窗下放平声音报了平安，然后回了自己的屋子，没有开

---

① 夜不收：熬夜之人。

② 三更：晚上十一点。

灯，径直走到床边躺了上去。

风助涨了酒精的后劲，碧玉的脸在面前晃。碧玉，碧玉，一闭眼睛脑子里全都是她的影子，她不仅点亮了他的心脏好像也点燃了他的身体，让脉象中生出一股需要被平定的骚乱，一座想沸腾的火焰山。他翻了身，拿起枕头压住了不肯安分的脑袋；但是，不安分是压不住的，让人不想反抗就缴械投降。他松了腰带，手换了位置。

他喜欢和她在一起，想和她在一起，他要和她在一起，他们在一起，在一起，在一起，在一起，一起……

最后火熄了人也倦了，不管是昏过去还是睡过去，反正是安静了下来。在意识消失之前他想的是：爱情，开始了。

五

成都的四季非常分明，春节一过一立春，马上就感觉春天到了。风变得柔和气温也慢慢转暖，街边的树木开始冒出翠绿的新芽。少城公园的迎春花更是等不及地站上了枝头，这些春天第一波开出的鹅黄色花朵在蔚蓝的天空下到处招摇。这个春天大家一样地赏花吃茶，但心情却是大不一样。新年过后敌机空袭了重庆广阳坝机场，听说一共扔了十多颗炸弹，机场跑道被炸，好几处平房被毁，即便伤亡不大，但这种对大后方的突然袭击足以打击到民众的心理防线，让人心头不踏实得很。

中午饭一过，电影院门前的台阶上站了一圈晒太阳的人，穿棉衫子、长衫子、西装西裤的，分了几处说话讨论、相互递烟。

大家谈的都是战事战况，都认为我们空军也不是吃素的，加之背后众多支持抗战的百姓以及各个社会力量，邪不压正，最终一定会打跑敌人，那样才会合乎天理。华生站在一边以听为主，机器房的小师兄紧挨着他，抄着手问："没想到坏人会从天上过来，后方有不安全的感觉，你说呢生哥？"

华生玩着手里的一个沙包，"只要战争存在就没有安全的地方，现在中央军和各类地方部队还有空军都在积极作战，失去一个战场就有一个新战场出现，有战场就有希望。天理不天理只有天知道，我信的是自己人的力量，像大家说的，各方团结的话最终的胜利该归于我们。虽然不喜欢战争，也不用怕是不是？"

"就是，不怕，邪不压正，胜利会属于我们。"小师兄猛地点头，转头加入了其他的圈子，讨论起物价上涨等等吃饭过日子的切身话题。

华生没有加入大家，站在那里继续玩着手里的东西，抛上去，接住，再抛，再接。其实他有点儿集中不了注意力，哪怕眼前讨论的是人人关心的战争话题。战场，到处都有战场，他心中又何尝不是，内心也在打仗，理智对付情感。

自从那天在旅馆和碧玉相遇之后他没有回去找她，连日来吃饭不香看书散神了，半夜三更都在望天花板不想睡觉。他想她，虽然没到魂不守舍失魂落魄，但无时无刻不在牵肠挂肚。想她，想那天的一切，想小旅馆的真实和她的样子。她亲他，是出于跟他一样心甘情愿的喜欢，还是出于其他？

想来想去想的重点是，该不该回去找她，回去找，又是什么目的？如果不能无视旅馆的性质而只想回去把自己再次点燃，会不会是一种卑鄙。他历来做事不优柔寡断但现在却破了例，未果的决定就像手中的沙包，一会儿左手一会儿右手，当一个声音说“去吧”，就有另一个声音说“等到”，一时间左右难定。

因为在乎，所以慎重，必须慎重。

沙包向上抛了出去，大约有两米，布在漏沙子，线一样的细沙飘着撒向地面，像飘着一个什么细腻绵长的故事。他想得出神竟忘了伸手去接，那个东西闷声噗的从天上跌落到地上，摊着六边的身体，等着人去拯救。

看来老天没有简单地送来一个姑娘而是附赠了一包裹的问题。纠结，在头脑中引发跳动的神经是，克制；如果做不到无视小旅馆的存在和性质，那么回去就是不负责任和心存冒犯。他不想做任何冒犯她的事情，那现阶段能做的是把她和那个小旅馆一起埋掉，最好一锤锤到心底，再慢慢等待处置。

他努力摆脱着混乱的思绪，只当自己是个耍沙包的少年，把手中的东西左手扔右手，来回地玩着。

“华生，周老板叫你去他办公室。”有人跑出来传话。他把沙包递给了小师兄，离开大家进了大厅，上楼，穿过二楼的木板走廊去见师父。

在二楼拐角一间不大的办公室里，周伯千端着水烟站在桌子后面，背后窗户大开，阳光照了进来。他面前是一张不属纪婉香管辖范围的厚实书桌，自由散漫放了一堆书报杂志海报，桌子后面的墙上挂着一幅诗婢家装裱的某个人手迹：家国河山。

一待华生推门进入，他即开口问道，“最近咋样，工作还顺手吗？”

“顺手，都是日常事情。”华生把所有思路收回，集中放到了眼前。

“你在机器房干了那么久，上上下下喜欢你，这个决定也算是众望所归。”周伯千吸了口烟。华生看着他，在猜这指的是什么。

“叫你来是要通告一个事情，好事。新主任的人选定了，是你！”周伯千举着烟壶点他。

“我？咋会，不是有两位师兄候选？”

“咋不会，论资排辈本不该你，奈何他们争来争去争不动，最后让我们不争的中间派得了便宜，命数。事情已经是铁板上钉钉，董事全体同意由你当机器房的主任，明天开会宣布。”

华生快速消化起这个消息，拱手谢了师父的提携。

“你是电影院有史以来最年轻的主任，我也不用废话说啥好好干，只管照常干就是。年轻有为、踏实上进，这个位置，该你！”周伯千翻着眼睛看他，“就凭你不露欣喜、不显山露水的沉稳老练，早该是你，其他人没法和你比。”

“承蒙师父偏心厚爱。”他再次拱手谢过。

“去吧，该干啥干啥，消息会很快传出去，有你忙的。”周伯千笑眯眯地回味着这个结果。

他退出了房间，直接上楼回了机器房。不用说心中是有一份暗喜的，不为升职本身，是为自己更有资格去追寻想要的东西。接下来都干了些什么，恍惚得很，只记得平静地忙了一下午，到下班的时候才按惯例做了交接，出大门回家。

走在总府街上，他才放内心情绪出来慢慢翻腾。欣喜，但未若狂。

周围晃来晃去的面孔和喧嚣热闹被隔离在大脑之外，脑子里出现的是当初那个在坟头哭别爹娘独自跑到成都找弟弟的八岁男娃娃，还有那个在放映大厅里脖子上挂着小吃摊子跑得满脸通红的小贩卖生，那好像还是不久以前的事情，现在男娃娃成了电影院机器房的主任。

他伸手从口袋里摸出一张折叠好的字条打开，那是秋初在青羊宫抽的签，上面写满暗语天机，道人叮嘱保存一年，上面写着：

满池清水满池莲，哪怕炎蒸六月天，

正是吉人行好运，炎消祸减福随缘。

注解：名有望，利堪求，行人吉，婚可谋，病无忧，讼即解，家宅泰，乐优遨。

上上吉。这些原本凑趣搞着玩的东西似乎在冥冥中有所应验。“名望有、利堪求”算是勉强套上，“行人吉”指的应该是弟弟星星，不管星星人在哪里，希望他好运高照、逢凶化吉。那“婚可谋”指的又是什么，碧玉？

碧玉，一想到她，心就不可控地狂了起来。

他没有反抗地跟随双腿的牵引去了小旅馆所在的九龙巷，但只是在巷口站了一阵，左右打望了几眼，最终还是选了离开。

落坡的太阳像半个泡红了的鸭蛋黄，不是悬在地平线上而是挂在街道的顶端，把大街小巷染上了相同的颜色；光线中的男人女人、大人小人、好人坏人，各怀心事走在路上，表情和他一样，关在各自的世界中，想心事。

回宽巷子踏进院子，见桑树下吴妈和老黄在推豆浆，他才打住思绪朝他们走了过去。

老黄跨坐在长凳的一端把凳子中央的磨子推得哗哗地响，吴妈斜坐另一端，手里端着小盆子，从里面舀一勺水泡黄豆，避开转动的石磨手柄麻利地将东西倒进磨子中间的小圆孔；磨子一圈圈地转，磨开的豆子合着水变成淡黄的浆汁从两层石磨间挤压而出，顺着下方槽子流进木桶。不晓得老黄说了句什么，吴妈提起勺子锤他，老黄忙闪向一边，见他进门，两人同时转头。

吴妈放下盆子跑了过来，“恭喜恭喜了!”

“消息这么快!”他探头看看内院。

“我就说嘛，我们华生聪明，肯定出息，你可不是一般的徒弟，你是正宗金牌徒弟。”吴妈手一操嘴一瘪，似乎一切都在她意料之中。

“那你不是要拿主任的钱了?”老黄右手握着磨子把手仰望。华生想了想：“试用两个月要是还在那个位置上的话。”

“那你运气才好呢，年纪轻轻当主任，不费力气就挣大钱。”

“你咋晓得不费力气，人家每天要想咋放好电影。”吴妈开顶。

“未必然想一下都算力气，华生就是运气。”老黄不服气似的放大了声音，同时把手里的磨子转得沙沙作响。

“慢点儿，推那么快豆子都没磨烂。”吴妈吼他，“我看你是妒忌。”

“我才不妒忌，我是讲事实，事实。”

“你就是妒忌，就是。”

他见插不上话，朝两人拱拱手往内院走，想必师母还等着有话要问。上房堂屋里，周伯千正独自喝着小酒，四下并不见其他的人影。

“来，一起喝一杯，青城山茅梨酒。”周伯千举着一个酒葫芦招呼。

“师母和可儿呢？”

“去找你两个姨妈了，晓得你升职，高兴，报信去了。”周伯千剥了一颗生花生放进嘴里。华生拉过旁边的藤椅坐了下来，拿起空杯给自己倒了小半杯，酒气甜香扑鼻。吴妈端着两只大碗走进来，安排好饭菜后退下，由着师徒两个边吃边聊。

“在外说事情回家聊心情，我说，升了职得意一下可以，但不要忘形，不要翘尾巴，人最怕就是得意之后忘形，惹祸！”周伯千爱惜地看着徒弟。

“晓得，有尾巴也夹好。”

“小子受教。”周伯千替他加了酒，分了一半花生给他，

“你的性情适合管事管人，不惧得罪、关键时候敢和经理平起平坐说事情，不像师父我，心软，不喜欢得罪人。”

“师父自谦了。”

“自谦做啥，事实如此。现在你当了主任，想送你三句话，看看能不能受用。”周伯千想了下，“一，吃一堑长一智；二，……”他伸出的是三根指头，“今朝有酒不妨醉醉；三，痴心妄想。来，注解一下，看看懂了没有。”

这种注解游戏他们师徒玩了多年，被纪婉香称为一根肠子转筋。

“估计你老人家又想说从前、如今和以后的话题。吃一堑长一智，大概是说凡事要悟，小时候我犯了错或是吃了亏你都让我到一边静坐，说不会悟那些亏就白吃了，要总结教训。”华生说道，“今朝有酒不妨醉，是在说现如今，肯定不是说喝酒行乐，那么是说不要浪费手边的东西，要像地道成都人，先看眼前，然后按各自的意愿去安身立命。”

周伯千想了想，点头认可。

“痴心妄想，我愿意解释为：痴心，目标专一；妄想，敢把目标放大去想。人活着是靠各种想法的支撑，不然就像你说的生出来是瓦块、埋的时候还是瓦块，没活出名堂。”周伯千摇头：“这个不全对，不是我想说的那个意思，换个词就好理解了，好高骛远，你咋解？”

“好高骛远，听上去就是要杜绝的哈……”华生低头考虑。

周伯千虚着眼睛自顾自说开了：“说的还是做人做事要踏实，做好分内的事，不要有事没事学人家大谈什么理想，有想法先放在心头，不大张旗鼓不要嘴上功夫，更不要事情还没谱谱就弄得满城皆知，假大空最莫得意思，这不仅是对自己好、对各人好，说深点也是对国家好，务实、不虚！比如现在，如果人人都做好自己该做的，农民种好田、学生读好书、搞电影的做好宣传、市民有钱出钱有力出力，就是对抗战最好的支持。”

他给自己加了酒，一饮而尽。

“还有一句不做讨论只做赠送，不管你干哪行，记住一点：胸怀。以气度定高度，凡事讲胸怀，容得下人容得下事，不小肚鸡肠、不争来斗去，那定会受到老天的保佑和众人的酬和。当然，还要心善，都晓得富善可交、贫善可交，若非心善之人贫富均不可交，没人愿意当傻瓜。你不要嫌师父老生常谈，从小给你讲道理是因为晓得有一天等你独立了，说再多你也未必听得进去。师父领进门修行在各人，能吃透多少看你的造化，我是希望你能过上自己把握得住的日子。”

“徒弟愿意随时恭听。”

“你从小就听话好带，这点比我强，我是从小反对老子的不孝之子，他说东我偏想往西，现在自己也当了老子，晓得老年人的话还是有一定的道理。”

华生替他添了酒，“师父，不如讲些你的故事来听，你总说师爷严厉但从来不说具体的内容，你在老家都做过哪些事情？”

周伯千斜眼看着他，“有啥好讲的，都是些青年人反叛老子的旧事，说了好让你们觉得我没得威信，连你师母我都不想多讲。”

“你二十岁从达县老家独自出来闯，卖过山货，修过步枪，搞过电器，最后加入电影院，完全不像反叛，倒像是英雄下山。”

周伯千哈哈大笑，“是英雄也不提当年勇了，其实我那个时候还是好高骛远的，说人家容易，都忘了自己当年冒失闯祸的样子。”他一副往事无边惆怅感怀的样子，端着酒杯看着面前的院子，“都是从年轻时候走过来的，所以历来对你宽松，是不希望把自己受过的压制重新放到你的身上。坏事不轮回，至少我是这么认为。”

外面不知道什么时候下起了雨，春天的第一场雨，从屋顶到屋檐再到天井、街沿、阴沟，淅淅唰唰地响。各处的灯都开了，整个小桃园隐在灯光和雨雾当中。吴妈进来添了热菜热汤，周伯千兴致不错，仰头又干掉一杯，然后把酒杯往桌上一跺，红着脸盯着酒杯上的小楷出神，“现在晓得我为啥不愿意当板着脸的师父了哈，因为我自己都曾经是个费娃娃，有些事情只是不想对你们说而已。”

华生听出他的舌头有些伸不直，怕是快要喝到快活和难受交界的那一点，忙扶着进屋休息。把人弄进房，送至大床斜对角的单人小床（那是周伯千目前的卧具，可儿领回来不久他就被请出了大床）。脱了鞋，伺候着喝了茶水，待看到师父睡下才退出房间。经过堂屋的时候他停下来去看佛龛上菩萨慈悲的眼睛，本想感谢一下菩萨的一路照顾，结果在闭上眼睛的瞬间，想的却是：不知碧玉在做什么？

不能不去想她，这个人好像已经不经允许在心头生了根，而且还想发芽、开花。

一夜的雨洗出一片晴空，早晨推开窗户居然能闻到青草和水珠的气息，桃树底下一地残红。升职的事在机器房引起了波动，众人等不及地恭喜了新主任。

下午，他坐在暖和的机器房工作台边，衬衣袖口卷着，手轻轻敲着桌子，眼睛无目的望着手里的放映单子走神。

小师兄探头进来，“生哥，有女人找你。”

“女人？在哪儿？”

“在街上，没进来，喊我进来通报。”

就他认识的女性，亲戚们比如书良姨妈们是不需要站在门外等人通报的，而且她们也没理由来电影院单独找他，“是你见过的人？”他心头盼着是某个可能的人物。

“没见过，但愿你见过，去了不就晓得。”小师兄挤眉弄眼加以暗示。

他放下了手中的东西起身按线报去了电影院大门，正好赶上电影中场休息，楼上下来上厕所的人和堂厢出来的熟人打招呼，观众面色潮红沉浸在上半场的情节中。越过众人的脸，他一眼看见了门外街上站着的人，是碧玉。

碧玉穿了件豆绿色旗袍，因为怕冷，裹了条黑毛线织的围巾，秀头在阳光下微微泛黄，散出一种温柔。她的神情，怎么说呢，是他梦中见过的，汪洋中的一条小船，一只在薄雾中慢慢航行的船，像是可以带人去任何想去的地方。那一刻他才晓得，原来自己比想象的还要想她。

他走了过去，什么理智顾虑思考，即便有也无所谓了。

“正好路过，过来打个招呼。”碧玉大方地盯着他，“还以为你会去找我。”他感觉脸上有几分发烧，“最近忙，本想去看你的。”他原本还想说些什么，但觉得所有的解释都会显现虚伪，就没有往下，“咋晓得我在这儿上班？”

“你自己说的，看来那天你果真醉了。”

一个莫名其妙的矮小男人凑过来看他们，想听他们在说啥子。他将碧玉拉到安全的一侧，又上来一个笑嘻嘻的叫花子一边反手抠背一边伸手要钱，他挡开了叫花子的手，用身体护住了自己的人。

“去走走好吗？”

那个场景是他想象过无数次的，碧玉和他并肩而行，好得近似太虚幻境，有好几秒他想伸手去搂一下那个温柔的肩膀，但是不敢造次，就克制着将双手背在身后，左手抓住右手慢慢陪着往前，只有他晓得自己的内心在对抗一种冲锋陷阵的冲动。穿过春熙路上到了总府街，走出没多远，一处相馆橱窗吸引了碧玉的目光，她改变方向朝橱窗走去，那里面展示有三张大尺寸、吸引视线的黑白照片，他跟了过去。

“上海来的舞蹈演员。”他靠近她，指着其中一张。照片中长发舞者身着白色拖地长纱裙，舞姿扭曲夸张，非本地人敢有的海派风情。

“你认识？”碧玉没转头。

“不认识，晓得。”他当然晓得，这是二姨爹的相馆，他还晓得那张照片是二姨爹酒后即兴之作，二姨妈为此吃了不少的干醋。

“这位，”他指向旁边一张道士模样的长胡子男人，“书画界名人，张大千，内江人，画家。”给大千先生照相二姨妈没意见，那是她和二姨爹的朋友，张大千来成都二姨妈带他和书良去拜访过，柜子里至今还有张大千给的几张习作，一尺见方花鸟草虫的水墨速写。当然这些就不必讲了，讲了等于卖弄，而他最不喜欢和不擅长的就是卖弄。

“这张你该认识。”

那是一张小女孩的大头照，可儿。照片中可儿皱着眉头默默地凝视镜头，小脑袋里的想法正在飘浮，颇具感染力的一张照片。碧玉把脸贴在玻璃窗上仔细欣赏，他站在她身后，小心观察着周围的情况。在这块地盘自然是不希望被相馆师兄撞到，不然很快二姨爹会晓得，二姨妈也会晓得，然后是师父师母，保不住连街坊邻居都晓得他在和一个姑娘逛马路。这并非说他怕被人知道，而是怕某些难以预料的因素让碧玉受到伤害，毕竟她的处境比较特殊。他想保护的人不是自己，是身边之人。

“看来你认识不少人。”碧玉看够了，转身继续向前走，走出一截之后停了下来，“其实来找你是有事情的。”

他心里在猜会是什么事情。

“想请你帮忙找份工作。”碧玉的手不自觉地放进口袋又拿了出来。

“想找工作？好的，你都会些啥呢？”能找份工作是好的，她必须离开那个旅馆，而且是越远越好。

“不会啥，但啥都能干，我可以学，只是我不太识字。”碧玉底气不足，见华生埋头考虑，她有些吃不准，“为难就算了，我晓得不会那么容易。”华生没有接话，四下看了看。不远处有人卖风吹吹，十多个插在草垛子上五颜六色的小玩意儿在阳光下愉快地转着。

“等我下。”他跑了过去从草垛中挑选了个大号的交了钱跑回来递到她的手上，“就当它是个幸运转转，有事没事对着多吹几口，保你愿望能够实现。”

碧玉接过风吹吹慢慢地拨弄，“我在成都没熟人，没做过工没上过学，也不晓得哪里要人，上天无路入地无门。”她鼓着嘴孩子气地对着风吹吹一圈一圈地吹起来，没有城府的样子。

“照顾好你自己，找工作的事我来想办法，过两天给你答复。”他心中其实已经有了一个方向，暂不告之是怕如若不成会令她失望。

他和她在春熙路口分手道别，之后一回到电影院第一件事就是给蒋少虎打电话，而一放下电话马上就去商业场二楼与之碰头，找工作这件事他一分钟都不想耽搁。蒋少虎干脆得腾都没有打一个①，“算你运气，开年人手紧张，库房的管事正需要一个帮手，我去和二哥说说把她安插进去。”蒋老幺一改好管闲事的毛病没有多问，只是说，“亲戚还是要帮的，一个女娃

① 表示没有丝毫犹豫。

子单枪匹马来成都见世面也不容易。”

说话的时候这位少爷正仰躺在桌子后面的藤椅上吃账房先生递来的削好的荸荠，“住宿找到没有？我们公司在诸葛井有间屋子，以前的会计在那儿住，正要退租，房东是个婆婆，你要看得上可以租下来。”有他这句话，华生自然不能放过，拉起就要去实地查看。蒋少虎被他拉得闪来闪去，在楼梯上自言自语的摆脑袋：“这娃娃耿直，帮人死帮。”也不晓得是说自己还是说华生。

两人一个骑车一个小跑，拐了两个街口只几分钟就进了一条叫江南馆的小街，继续往前经过十来间门板铺面房，便是目的地诸葛井。

“你不要看街上冷冷清清，这可是块风水宝地。”蒋少虎下车推着和他并肩而行滔滔不绝介绍开了，“宝嘛就是街上那口诸葛井，据说三国时期诸葛亮住过这边，亲自选址打出一口水井，水质清亮从不干枯。听懂风水的私下说凡在此处居住的人家只要诚心接受其水气的滋养，定会家和人安、人财两旺，当初租这边的房子就是喜欢听这个故事。”

“不错，离商业场十多分钟步行距离；清一色门板房，冬天不冷夏天不热；街道明亮不阴暗，走夜路安全不害怕；老街老街坊，适宜租住。”华生看着街边的房子予以了点评，他很愿意碧玉住进这种正派有典故的街上。蒋少虎一听高兴了，“说了会满意，我介绍的地方咋个会差。”

房主人不在，房门紧闭，一筲箕白萝卜摆在门前的竹椅子上晒太阳，等主人回家。

“去对面看看，屠婆婆常年帮庙子做卫生，也许在那边。”蒋少虎把单车靠墙放好，领着他去了对面窄窄的一个小门。小门后面连着窄窄的巷道，末端有一个深藏不露的小庙子，那是因诸葛井而修的诸葛庙，因为祭拜的是道入骨髓的诸葛先生，规格上是个道观。

他们走了进去，诸葛庙的门大开着，破旧的木门敞开搭靠在破旧的墙壁上，上面满是风吹雨打太阳晒的痕迹。庙内规模不大，走两步便站到了天井中央，正面一个供诸葛先生的主殿，左一个偏房右一个偏房，院内各个角落杂七杂八地堆着零碎的板凳和扫地的工具，天井上方一小块青天。庙里空无一人，静得鸟都可以坝窝筑巢。

蒋少虎捅了捅他，“安逸哈，适合你这种书生气质的躲进来吃茶看书想事情，平时只有一个道人，街坊邻居很少进来。”

“清静得好。”他环顾着四周的环境。

“那当然，你想嘛，拜祭蜀汉开国功臣的都会去南门武侯祠，那边除了有诸葛亮，还有刘备张飞、明碑唐碑、千年乌龟，这种小地方一般都留给道人自己修炼。而且信道的也不会来这种香火不旺的地方，道友都去了西门青羊宫，那边有太上老君、慈航道人、元始天尊、玉皇大地，还有啥子道生一，一生二，二生三，热闹好耍。”

“房子那边都不用多看了，只要房东愿意我把房间租下来。”华生做了决定，“需要几天办妥？”

“何需几天，屠婆婆一回来马上拿下。”蒋少虎探头探脑地打望。

蒋少虎没有食言，次日便把一切安排妥当，华生谢他，蒋老幺只说："我不帮你哪个帮你，不要说不识字的，就是不识爹妈的都给你安排了。"

六

东大街新开的一家西餐厅，下午的光线霸道地拥进去占据了大半个屋子，糕点柜台前排着两个顾客，屋内五六组藤椅零星坐了一半私语的客人；阳光已经有了暖和的温度，但在阴凉处还能触摸空气的微凉。

华生靠坐在临窗当阳的一张椅子里，饶有兴趣地看着面相而坐的碧玉，没留意旁边的两桌人在用眼睛偷偷打量他们。他最近不怎么爱穿长衫了，衬衣西裤让他觉得更有精神，围着围巾，浑身散发着男性的成熟健康之美，而低头喝咖啡的碧玉则把一件普通的长袖旗袍穿出了女性的典范，看见她那个样子的邻桌姑娘很可能想回家把柜子里过于紧绷忸怩的新款旗袍拿出来加长放线，因为当身材自带一分玲珑，是不需要刻意张扬体态的，没有拼命收腰的旗袍自带出大气的含蓄和不俗的飘逸。

"咖啡味道如何?"他把桌上的两份奶油蛋糕推到她的面前。

"像是加了白糖的中药，有大黄的那种。"碧玉低声说道，双手捧着杯子，小口小口地喝，把所有的不适应控制在那个慢慢的动作中。华生埋头笑了起来，再抬头，觉得自己真是好喜欢看她。

“我去给你买杯茶。”

“不用，多喝几口就会习惯。”碧玉看看杯里棕色的东西，抿了一口。

华生端起杯子喝了一口大黄咖啡，“工作找到了。”他说道。

碧玉盯住他消化着这个消息，眼睛里闪出了亮光，她快速放下杯子双手按在桌上，“快说来听，都干些啥，难不难，我做不做得来?”

他把自己的双手慎重搭了上去，就像搭上的还有他的幸福，“不难，在商业场蒋家百货做货品管理，经理是和我一起长大的朋友，他会找人带你一段时间，试用期拿临时工工钱，不用交任何保证金，还给你提供了一个就近的住处，在诸葛井，房东是个婆婆。”他在看她的反应。

碧玉没有掩饰自己的激动，脚在桌下跺了两下，“欠的钱就快要还完，这边工作也有了，还有住处，我的运气也不差。”

“家里欠的债都你在还?”

“我不还谁还。”

“欠了多少?”

“前后大概几十块银圆。”她一带而过。

“为啥欠那么多，你家里人呢，他们都不管吗?”华生脱口而出，周围桌子的人转头看他们。碧玉没有正面回答，“我管不就行了，钱是一定得抓紧还，当初人家肯借出来是信任和义气，都未收一分的利息。”

“还剩多少需要还?”他低声问道。

“不多了，大约十来块银圆，当初借到的是法币，说好按银圆价还钱，那时银圆兑法币还是 1∶1 现在差不多是 1∶3，法币贬得厉害，得多还上一阵子。”

华生的心顿时痛了起来，剩下的咖啡一口喝下都不觉得苦而是觉得不够苦。她的家人居然丢下一个姑娘还债，还是用那样的方式。

“准备搬家吧，以前发生过的以后再不会让它发生，钱会很快还完的。”他碰碰她的手没有多说什么，“把蛋糕吃了，那么瘦，工作起来会没力气。”

“你不要小看人，我气力可不小。”

他摇头不信。

碧玉偷偷看了看周围，“不信你试试。”她把双手摊开，手心朝上放在桌上。他把自己的双手放了上去，“你手腕受过伤，哪一只？”

碧玉有些意外，“你还记得？”

“你的事我不会忘记。”

“早不妨事了，开始嘛。”

他抓住了她的手掌上下相扣，刚用了一点力气就觉得手被她握得死死的，她的手劲大得让他吃惊，没想到看上去那么文静的人却有钳子一样的筋骨。他并不想弄痛她，对抗了一阵便笑着认输，手被捏得微痛，她没有手下留情。

碧玉松了劲，替他揉了揉，“没骗人是不是，我天生劲大。放心，这是我第一份工作，会好好做，不会给你丢脸。”她笑了，笑得有点腼腆。

华生坐在那里看着她，心口被弄得像泡水的海绵。她身上有他对女性抱有的所有想象和神秘，那种感觉一归纳就两个字：喜欢。一个新鲜有趣温和稚雅的人，没想象的柔弱，看不够猜不透像一本引诱人想读下去的章回小说，而且想一页一页慢慢去翻。

“还没问你姓什么，要向商业场报全名。”他问她。

“姓陈，耳东陈，陈碧玉，你一点儿也不好奇哈。”碧玉答完两人对视着笑了。离他们不远有一桌摩登青年男女，各自拿了稿纸轮着在念，边念边争论，正在发言的短发姑娘口红擦得非常之勇敢。碧玉转头看向了他们，“等上了班，我想学习认字，认了字一切该会不一样，以前在家学的都是家务，到了成都才知道羡慕人家有学问。”

“好，我教你。”他用手指在她手背写出“识字”二字，“只要愿意，你也可以变得和他们一样。”他拉着她的手，鼓励地望着她眼里的黑眼仁，他看到了自己在她眼底里的影子，“如果你肯认我当你的老师。”碧玉含笑首肯。

离开西餐厅已是太阳西沉，站在街边分手，他交代了几句后舍不得地离开。今天家里请客，两位姨妈们都要过来，得在开饭前回家陪客。

正值晚饭时分，各条住家街道热热闹闹，很多人家把饭桌摆在了屋檐下或是街沿边，邻居们端着碗在品评彼此的饭菜；路口一个磨刀匠正起劲地吆喝：“磨剪刀切菜刀。”那是傍晚常见的街景，稍晚些还会有收粪水的车子出现在街口，各家老少会端着各色马桶从门洞里出来把脏物倒进粪车顶上的圆洞，然后不分尊卑弓腰在街边站成一排刷马桶。经常会看到有人边干活、边闲聊、边笑得抽气，好像那是最开心的活路，好像世上根本不存在烦心的事情，比如欠债、还钱。

华生看着眼前的熟悉往家走去。

刚进宽巷子，远远看见二毛三毛两兄弟各自守住小桃园门外的石狮子，正跟外街街坊白猪几弟兄在斗嘴较劲，这帮半大小子也是从小混在一起费大，吵架打架是维持彼此关系的一种方式。白猪一伙人显然占着上风，敞开嗓子一浪接一浪地放肆：

“二毛、三毛，狗×的P毛。”

二毛三毛一时没敢还嘴怕院内大人听到，唯有做鬼脸予以还击。他正想上前训斥两句，不料大门内猛地站出来手拄拐杖的大姨爹，盯着几个顽童冷冷接出了下联：

“白猪、黑猪，狗×的P……猪。”

话音未了白猪几兄弟已丧胆而逃，都没想到冯家爹爹在院内做客。冯小儿虎着脸回头，并没去责怪自己的儿子，“对没有礼貌的人，不必讲啥礼貌。不学好，一盘散沙，如何救国?”随即跟华生打了招呼，面无表情去了街当头的茅房。二毛还傻站着，三毛已不声不响溜回了院子。

华生望着那个高瘦的背影有些想笑，骂人都不忘工整对应的大概只有大姨爹。一个脾气不大好的人，常年爱穿中山装，只因喜欢其中的理念，说是：四个口袋象征四维①，倒笔架形

① 礼义廉耻。

状的口袋盖子是以文治国；前襟五粒纽扣代表五权宪法[1]或民族大同[2]；左右袖口各三颗纽扣分别是三民主义[3]和共和理念[4]；衣领翻立封闭，严谨治国；后背不破缝，和平统一。你可以不喜欢他，但是不能不佩服尊重。

二毛从旁伸着舌头凑了过来，“好险，爹手上那根文明杖可是最厉害的兵器。”他高兴地吊住了华生的肩膀，书良从大门内闻声出来。

“为啥又和人家吵架，不是说好和平共处的吗?”华生问道。

“他骂我们是亡国奴。”

“骂你亡国奴你就亡国奴啦，愚笨!”书良不问青红皂白就是一掌。

“书良姐，有话好说，切莫打人。”二毛笑嘻嘻地揉着被打痛的手臂，转向华生，“哥，你说亡国奴到底会是啥样子?”华生还未及作答，书良啪又一掌落在了问话人的头上，“这个也要问？就好比黑猪一家跑到你们家把大姨妈大姨爹抓来关起，然后占你们的房子、吃你们、住你们，拿走所有的东西还让你们干活扫地倒马桶，基本就是这种样子。”

“你吓我，华生哥，会有那么严重?”二毛收起了脸上所有的顽皮。

---

① 行政权、立法权、司法权、考试权、监察权。

② 汉、满、蒙、回、藏。

③ 民族、民权、民生。

④ 平等、自由、博爱。

“嗯，亡国奴涉及的不单单是一家人，是整个国家、整个国家的人和整个的历史文化，要是被外族人占领和统治，所有这些都要沦丧。所以，没有人想让它发生对不对？现在的仗就是为这个而打，相信我们的队伍迟早会把他们通通赶跑。”

“我不要当亡国奴。”二毛嘟着嘴老老实实地跟着他们往里走。

可儿迎面朝着他们跑了过来，吴妈在后面迈着碎步追，嘴里喊着：“小祖宗，再吃几口，不要跑啰，我跑不动你。”可儿明显高了胖了白净了，头上被人扎了个粉色大蝴蝶结，搞得更像洋人娃娃。华生伸手将其逮住抱起，可儿兴奋得掉下一溜的口水。

“姨妈些早来了，马上开饭。”吴妈舀满一勺油油饭，就势喂了出去。

院中气氛正浓，堂屋里摆着两张饭桌，按惯例长辈大桌晚辈小桌，饭菜已经上齐，杯碗勺碟摆满。三位姨妈站着安排座次，周伯千和二姨爹站在一边说话，幺妹妹和三毛则在天井里抢篮球，篮球打在地上发出嘭嘭嘭的闷响。眼前的小桃园，夕阳余晖，饭香扑鼻，花草树木，暗香浮动。

晚饭是吴妈精心安排荤素搭配的：莲藕排骨汤、凉拌鸡块、蒜苗回锅肉、糖醋带鱼、虎皮海椒、春芽炒蛋、炝莲白，还有当归红枣秘制的粉色爽口泡菜。姨妈们过来吃饭吴妈喜欢炖藕汤，要不就是豆芽排骨汤，她私下说过：大姨爹二姨爹，一个肝火旺一个心火重，都要清热祛火。

二姨爹正和周伯千站在堂屋摆谈时事，“刘湘会在汉口暴毙？那可是川军抗战司令，死得太快太蹊跷。”“也许是真的重病，外界的那些阴谋论站不住脚，缺乏凭据的说法即为谣言，暴毙未必就隐射谋杀。”一边的师母和两位姨妈来不及管这些自己掌握不了的大事，她们正在讨论下礼拜在大姨妈家的饭局，今天过来吃饭就是为了讨论下一顿饭的细节，而下一顿饭又是为了安排清明节各家上坟的事宜，简直忙得不可开交。

华生上前逐一请安，问了大毛的去向，大姨妈说了：“人整天不着家，都不晓得在忙些啥子，反正刚回成都索性让他由着性子放纵。”以书良为首的娃娃们已经等不及推着他去了一边的小桌就座。

“哥，书良姐不愿把《傲慢与偏见》借给我，待会儿去你房里找几本书好不好？”二毛还没坐下就开始提要求，方才的尴尬思考担忧已经飞去九霄云外。

“奥斯丁的书你看不懂。”书良秉承一贯做法没有丝毫客气。

“那种书是给书良她们看的，你要是喜欢看外面世界发生的事，我倒是有本书可以借给你，一个法国人写的《侠隐记》[1]，外国侠客，英雄主义，精彩曲折，想不想看？”他帮着圆场。

“想，我就喜欢侠客喜欢英雄。”

“谁又不喜欢，爱读历史野史秘史，爱看电影戏剧小说的都晓得，每个人心头都住了个英雄。”

---

① 《侠隐记》：20 世纪 70 年代译作“三个火枪手”。

大家围着桌子坐好了，端碗吃饭。

“咋这么晚才回来，当主任很忙吗？”书良问他，“明天华大有篮球比赛，你来看我们打球，给我们助威好不好？打完球陪我去古籍书店买书。”

“明天不行，已经有安排。”

“当个主任就那么不好耍，莫得意思。”书良嘟嘟囔囔地发牢骚。

“不去都晓得你们赢，你那么能抢，对手肯定怕你。”他夹起一块肉放到她的碗里，书良伸出筷子打他的筷子，“不去就算了何必挖苦，喊你去还有另外一个目的。”她夹了菜送进嘴里，留下一半的话不说。

“啥目的？”

“我两个同学想见你。”书良说得轻描淡写。

“见我干啥？”

“不干啥，就看看你长啥样子。”书良伸手夹菜放到嘴里慢慢嚼着，就像根本没跟同学透露过任何个人的秘密。

华生没有往下问，对她眼神中闪过的一丝难得的娇滴滴保持了足够的警惕。看来不管书良跟她同学说了什么，他们都不适合再像从前那样单独活动了。对感情之事他也许不够灵醒，但绝不愚笨。

大姨妈二姨妈两家离开的时候天已漆黑，客人一走老黄忙着关大门上门杠，吴妈抓紧在收拾，周伯千坐在床边烫脚，纪婉香喝着睡前的冰糖银耳羹，可儿早已顶着蝴蝶结四仰八叉地在吴妈的床上梦猫猫了。

华生回到自己的屋子，关了门，从箱子里摸出一个内衬红绸的木头匣子，匣子里并排躺着二十一枚袁大头。那是两年前币制改革白银禁止流通时候留下来做纪念储备用的，选数字二十一是因为，那是他喜欢的阿拉伯数字。现在二十一块大洋要派上用场，拿给碧玉还债对这些银子来说算是功德圆满。

他拿起其中的两块，一手一个以两指轻扣中央，蜻蜓点水似的对擦而过，然后放到耳边去听空气中传来的游丝般的震动。钱响的时候思绪在某个遐想的空间荡起了秋千，不杂带任何的庸俗。

第二天一下班，他拎着个布袋子去了九龙巷。

隔壁老乡说碧玉出门还没回来，老乡靠在门框上抱着手臂问要不要进屋子喝杯茶嘛，他应一句不敢打扰，转身离开。经过皇城坝远远看见一个熟悉的身影迎面走来，是碧玉。他走上前也不开口，把手里的东西递了过去。成都那么大，真是只遇有缘人，碧玉接过一看，抬头问："哪来的这么多银圆，做啥子?"

"给你还债，剩下的换成现钱买锅碗瓢盆，你新住处需要。"他答道。

"给我的?"

"啊，我用不了这些钱。"

"你好像很有钱的样子。"碧玉笑着把袋子递了回去，"还是你自己留着用，你已经帮我找到了工作，哪儿还能用你的钱，债我自己晓得还。"

他拉过她的手把东西重新放回她的手中，但碧玉并未领情，“平白无故拿你的钱，你以为我会好过?”钱又回到了他的手上。那天下午五点过，如果哪个正好经过皇城，看到一对逗人爱的青年男女在推一包东西，那就是他们，双方都在庆幸没有看错人。

两天之后碧玉搬了家，搬去了诸葛井新租的屋子。离开旅馆的那个早晨隔壁老乡过来送别，老乡说：“还是你运气，在商业场找了工作，有了正经事做，该享福了。”老乡神情黯淡端着个茶杯靠在门边看他们收拾。

碧玉告诉她：“你随时可以去找我，如果不想在这边待就说一声，搬去跟我一起，再说找事情做。”

“但是，我啥也不会做也不想做，只配在这儿待着，命该如此，我认命。”老乡呆站了片刻，看他们收拾了一阵，“哎呀，差点忘了我也有事做，走了，不打搅了，你们慢慢收拾。”说罢转身离开，在出门的一瞬间，华生看到她脸上有藏不住的失落。隔壁的房门很快嘎吱地关上，再没传来任何的声响。

去诸葛井的路上碧玉问他：“刚才我让我老乡搬去和我一起住，你没搭腔，你不喜欢是不是?”

他没有吱声，往前走了一截才开口：“暂且如此吧，以后有机会看能不能帮她找个事做，有了工作自然能够离开那个地方。”

“她人不坏，也是命中多劫的人，从老家偷跑来成都找安身之处，无奈世道非她所料，只能勉强艰难活命。没害过人、没出卖过良心，就算活成一只蚂蚁也只是怪一声命苦。”碧玉说道。

“我会记着这个事情，合适的时候会想办法帮她，商业场那边不便再安插人，请人家帮忙得有个限度。以后有机会我们一起帮她。”

碧玉点点头，没再说什么。他们上了总府街朝打金街方向走，沿途树荫婆娑，行人匆忙，他拎着包裹陪着她，去了新的住处。

诸葛井街上照旧的清净，街口粮店已经开门，各家各户夹道欢迎似的开着房门，几个娃娃在屠婆婆门口挥鞭子护牛牛儿①，其中一个像可儿那么大的男娃娃穿着开裆裤流着清鼻涕，屁股后头挂着挡风的棉布帘子，眼神十分认真。

两人对看一眼走了过去。

“屠婆婆出门一会儿转来，喊你们各人上楼先收拾。”为首的娃娃朝着他们发话，显然在护牛牛儿之外还有额外的任务。

“晓得了。”华生领了碧玉进屋，直接去了后屋。面前出现一个又窄又陡的木头梯子，沐浴在小天窗的一缕阳光之中，像个通天的梯子，空心的。

“屋子在二楼，上下要爬楼梯，梯子是固定死的，你不用怕。”他话还没说完，碧玉已麻利地顺着梯子爬了上去，站在梯口俯视，看他拎着包裹小心翼翼上楼的样子。待他爬完最后一格站稳，两人不约而同地笑了出来，“你的胆子好像更大一些。”他喘了一口气。

房间的门半闭着，从开着的缝隙里能看到里面的光线，在

---

① 护牛牛儿：抽陀螺。

推门之前他就晓得她会喜欢。“把眼睛闭上，我领你进去。”他牵起她的手，碧玉听话地闭了眼睛。他推开了门把她带进屋子，带到房间中央才放手，“好，到了。”

那是一间阁楼上的屋子，干爽清净，因为明亮显得宽敞，木头地板带零星家具；屋内的光线来自于一扇可以向外打开的窗户，窗外四五米处有棵挂着一串串对称状新叶子的大树。这样的房间要是加一个书橱很容易变成一间书房，而要是加一个梳妆台则能变作一间不错的闺房。

碧玉脸露欣喜去了窗边，“皂荚树。”她将窗户完全推开。

“你认得那种树子?”

“我家屋后也有一棵，春末会开花，秋天过完可以捡皂角。”她显出了娃娃似的兴奋，“没想到商场会提供这么好的住处。”

“你可以安心住下来了。”他把包裹放到了床对面的写字台，“可惜墙面旧了些，这里都发灰发黄露了草芥子，过两天拿幅字画来挡一下，估计就不成问题。”

“有树子作陪，墙再旧都不打紧。”碧玉靠在窗边转过身来，“我喜欢这个屋子，正是我想要的那种屋子。”她说话的时候日光在身后看上去相当婆娑，一幅很好看的画面。

“喜欢就好，至少在这里有足够的空间和自由。”他走了过去。

碧玉没看够地转身向外，探出半个身体，“这种带树子的房子总会让我想起老家，小时候最爱躺在床上看窗外树上的花或是看一串串吊着的皂角，胡乱想些故事哄自己睡觉，不管是夏天还是冬天、有叶子还是没叶子，都爱看得很。快看那边的瓦屋顶，还有那个院子，那个房子。”

他从后面靠拢，“再说下去我都要忌妒树子了。”他贴在她身后，视线所到是后面街上的矮房子、邻家的院坝和被房子挡住的小半截街道。

“站这么高看下去，跟做梦一样。”碧玉望着毗邻的灰瓦屋顶青砖院墙，“刚来成都的时候还怕在这么大的地方找不到安身之处，后来不怕了，不怕了的时候也就处处都能够安身了。”

“心安则身安，我也有过体会。”他揽住了她的肩膀，伸手指给她看，“那边金玉街、纱帽街，右边糠市街，再往右穿出去是东大街。”

“咋对成都这么熟悉?”碧玉侧过脸看他。

“嗯，因为喜欢。”

“这就是你从老家过来的原因?”

“不，当初来是为了弟弟，带走星星的是成都口音的人，后来没找到就一直住了下来。你呢，为啥来成都?”

碧玉没有马上作答。

“跟你说过家里欠了账，逃债，都跑了。一个邻居帮我，说不如去成都，地方大债主找不到。现在好了，不用怕了，也没债主了。”

“有我在即便有债主也不怕，只管安心住在这里，要是喜欢看树子，我陪你。”他把下巴放在了她的后颈窝，手臂环上了她的腰，双手交叉放在了她的腹部。

“也好，一起看就不用怕鬼出来了。”碧玉笑了起来，那张笑脸真是胜过窗外所有的花草树木。“幸亏你来了成都，不然咋会遇到。”他像吹风一样在她耳边低声细语，搂着的手不想再松开。

“要遇到谁哪个也估计不到，都是天在安排。”

“信不信，在认识你之前就见过你的影子，在宽巷子，让我晓得世上还有一个你的存在。”

碧玉向后靠了靠，像玩橡皮筋一样揪他的手背皮肤，叹息似的说了一句：“咋会，大概是你看走了眼。”

“也许吧，反正你早就进入了我的视线。”他几乎咬着她的耳根在说。

树枝好像开始了晕乎乎的晃动，树叶沙沙发出细微的摩擦。碧玉头上患子水①的香味让人昏昏欲睡，他把脸埋了进去，彻底地抱紧了她，整个人走火入魔地闭了眼睛。他听到了自己心脏嘭嘭地跳跃，手指开始随着那个节奏在她身上轻轻地抚摩、弹奏，她的小肚子有些肉嘟嘟的厚实，软和舒服。

“就在这里站一个下午，站到站不住，好不好？”他的声音轻了下去。肌肤的接触让一切变得恍惚起来，恍惚得像没有时间的存在，照此下去大概站一辈子都是可能。他的手有些想慢慢向上移动，并微微调整了一下脚站的位置。

就在这个时候，楼下传来房主人屠婆婆热爆爆的声音：“家搬完了哇？东西都收拾好了哇？收拾好了赶紧下来，领你们看看灶房。”

他停了下来，睁开了眼睛，皱着眉头和她相视一笑。

---

① 患子水：由无患子制成的洗头液。

他牵了她的手下楼，去见新的房东。

见工被安排在搬家之后，他们去了商业场，见了蒋少虎。

蒋少虎初见碧玉那是惊讶有余预料不足，面前这位不识字的老乡和他想的根本不一样。蒋老幺单手插于裤兜、目不斜视、稳重寒暄，亲自带路去商场内外看了一转。碧玉谢他的安排也谢提供的住处，弄得蒋少虎莫名其妙地转头看华生，原本想替朋友申辩两句，结果华生给出了一个暗示的微笑，他便吞了口水没有说出实情，埋头认了这桩不属于自己的善事。他叫来了他的跟班——留着山羊胡子一米五五的账房先生，“你陪碧玉小姐去库房看一圈，我和华生说点事情。”等到他们离开，转身单独面对华生，他才恢复了本性。

“我说咋安排个工作就千恩万谢，以前帮你打架鼻子打爆了都没说声谢谢，绝对的重色轻友。自己花钱租了房子还不让告诉，说，她是哪路仙姑，值得你这么大动心思。”

华生笑而不答。

“喂，你到底从哪儿找来这么安逸的老乡，从来没听你提过。我咋就遇不到这么安逸的老乡。”

“非要回答吗?”

“哈，你已经给出了答案。”蒋少虎意味深长地点着他，“放心，把她放在这里，我帮你罩到。”

“那我替她谢过。”华生抱拳作揖。

“听上去有点儿亲热哈，她!”蒋少虎无限神往地晃着脑袋，并且都走到了外面走廊，还意犹未尽地叹出一大声：“她!”

七

近段时间一直忙碧玉的事，也没来得及去关心刚回成都的大毛，直到又听到冯大毛的消息。

某天送完碧玉回家，全家已经吃过夜饭，老黄在内院天井专心致志地修花台，师父师母在屋里说话，吴妈和可儿不知去向。华生径直去了厨房，刚从灶台铁锅里盛出饭菜，周伯千踱步走了进来。

“最近缺不缺钱花?”周伯千开口便问。

“不缺，咋突然问这个，师父?”

“刚刚和你师母说了，你也大了，当了主任有应酬该有自己的花销，以后不用再交那么多钱给她，交伙食费就好，自己管账自己计划。”

“那些钱是孝敬师母的。”

“有孝心就好，她不缺钱。倒是你需要钱，也不小了，总有一天要成家养家，存些钱是好的。”他不清楚师父是不是听到风声，忙试探一句：“成啥家?”

“未必你想在小桃园住一辈子，二天遇到合适的就该成家了，等你有家就会晓得财力的重要。”周伯千拖长了声音，“对了，我和师母要去趟大姨妈那边，大毛犯了些事情。”

“大毛？犯了啥事情?”华生等着下文，大毛犯事总能搞得人心惊肉跳，不知此次所为何事。

“他在航校到底学了些什么，你晓不晓得?”

“学的无线电通讯。”他努力跟上师父的思路以理解这些和大毛犯事的关系。

“屁，要真那样你大姨爹就不用生气了，看来是连你都瞒了。这个娃娃胆大包天，他可不像你能安静地守着无线电，他改学了开飞机，空军！我甚至怀疑他一开始报考的就是开飞机，麻爹妈不懂撒弥天大谎，都要去新津基地报到了才跟家里说。我们要过去看看，你去不去？”

“去，当然去。”他匆匆吃完饭，放下碗跟着动身。看来大毛不仅没对父母说，连这帮兄弟也一并瞒过。

他们在街口另外招了两辆车，华生周伯千各人一辆，老黄拉着纪婉香跑在了前头。街头电桩上亮着照不过三米的灯光，三辆车子先后跑到了署袜街，过邮局洋楼再跑一截老黄收脚停住请师母下车，然后就地打个转身回去继续修花台。

“十点半来接我们。”纪碗香挽着周伯千进了一个门洞，顺着一条不宽的小通道去了后面的住家。他们面前出现了一条内巷，巷内三个独自的院子，大姨妈家在最后一处。大门关着，纪婉香几步走拢，推门而入。

冯家的院子小巧规整，青瓦屋顶带着飞檐，院子中央是一块长形的院坝，上房的房间横成一长排，中间客厅两边卧房，院坝左右是短短的厢房，顺屋外街沿往上房后面走，有一条长通道，通向后面的厨房和小天井。华生对这个院子是再熟悉不过，小时候在此窜来窜去地打游击，闭着眼睛都晓得哪家的后门可以直接通到背后的小街。

院坝中央的三合土上跪着一脸不服气的冯大毛，旁边地上放着一个小香炉，里头燃着半截檀香，书良坐在另一边的小凳上陪罚，“喊你不要顶嘴，偏不听。”她正在试图安慰，身后的上房灯火通明房门半掩，里面传来冯小儿剧烈的咳嗽声。

“罚跪，该！”纪婉香敲了敲大毛的头，拉着周伯千进屋消气散火。

华生拉过一张矮凳挨着坐下，“当空军又不是坏事，何必瞒大家，把事情搞到这么大。”

大毛挪了挪跪麻的膝盖，“当初妈一听考空军，说人坐在铁砣砣里头吓都吓毛了，不让考，要考只能考在地面活动的兵种，所以必须说谎；要是他们晓得我学飞行，绝不会轻松地去买船票，所以先斩后奏等生米成熟饭再说。”他看了看身后的屋子，附耳过去，“刚才你没看到，我爹一直数落我的隐瞒，对当空军一事没提任何反对意见。要是没有那个隐瞒而只有当空军一件事，他肯定是对准目标直接发一枚反对的炮弹，你又不是不晓得他是老顽固、老牛黄丸。”

“那可是你爹，看你把他气成了啥样子？”华生替大姨爹鸣了不平。

“就是，大姨爹都快被气疯了！”书良在一边帮忙告状。

“一切皆是被逼，凡事我还没开口他就已经是一副反对的面孔，当时只想走得轻松、走得准时，唯有拿撒谎当作保护。”大毛耸耸肩膀，“大不了按老办法再关我几天或是杖罚一顿，我承得起。”

“打你？晓不晓得去年8月日本飞机炸你们航校，他几天吃不下东西，如果不是收到你的电报他都想上杭州找人。”华生毫不犹豫站在了大姨爹一边。大毛是人在福中不知福，他爹的脾气一半是被儿子的不驯服逼出来的。

大毛耸了耸肩膀，“晓得，但事已至此，唯有坚持、坚持！”他握起拳头做出了坚持的动作，“放心，熬过今日便是风平浪静。老套路，硬顶、软磨，先把妈搞定。”

“也只有你敢做这种事情，那现在是啥情况，说你要去新津空军基地，何时动身？”华生放缓了口气，此时他更像是老大哥。

“下礼拜，要参加中队训练了。”大毛小声说道，“喂，压抑了这么久才说给你们听，你以为我就不难受。跟你们说，和我一起升空的朋友只有我顺利毕业，另外两个半途就遭淘汰转了专业，我凶不凶！”他甩了甩头发，一扫刚才的沮丧灰暗。

“当空军那么难啊！”书良露出好奇。

“你以为国民空军是人人能当的，训练之严格，飞得不好会是机毁人亡，不严格咋行！”大毛用骄傲碾压了死亡的阴影。

“那你还去当空军？先不说打仗，弄不好自己都有可能弄死自己。”书良提心吊胆的样子惹得另外两人笑了起来。

“生命追随理想，有啥不敢？”大毛撑着跪疼的腰杆望着头顶的天空，“要做就做自己想做的事情，活起来才比较有意思。”

“我也有个理想说给你们听。”书良显然是被他的话打动，“我想转系当医生。”其余两个同时“哦”了一声，“牙医？”

书良看着他们，“不，想想战场上还需要哪个，外科医生！”

“如果你学医，我爹会第一个站起来恭喜你。”大毛的幽默细胞活跃起来，“但是有一点先警告一下，当外科医生要了解人体构造，晓不晓得咋个了解?”他居然像做操一样活动起了双臂。

“咋了解?”书良的口气发毛。

“上人体课：从药水池里把人捞起来，解剖开看，要敢的话就可以去学。男人可以做很多事情，你们女娃子不一样，最好远离充满血光的事情，要是没有这个胆量就干脆断了这个念头，女娃子想问题简单，喜欢凭冲动做事情。”

书良咬住嘴巴半天没有回答，“那我还是继续学公共卫生然后去红十字当志愿者，就用不着去碰那些东西了。”她尽量回避着吓人的字眼。

“或者你可以当作家，现在最需要拯救的不是人的身体而是人的灵魂。你不是喜欢上海那个写男女专栏的苏青吗，你们新女性可以多做文字方面的事情，唤醒沉睡的灵魂让他们学会思想，要知道思想才是推动人类进步的首要力量，思想!”大毛指了指自己的脑袋，“一个没有思想、不去思想的民族，不打都败了。”

“当作家我没想过，你觉得呢?”书良见华生没有插话，转头问他。

“大毛说得有理，当作家不错，你是女生，动刀子的事不太合适。”这么保守的话要是从其他人口里出来书良肯定反驳，但因为是华生，她也就只说了句：“仗都打起来了，光靠笔是不够的嘛。”

“别光顾着说我们的事，也说说你，听妈说你当了主任，还没有来得及恭喜。”大毛想起华生的事情，“现在好了，都出息了，有理想有现实，再不是当初那帮光晓得藏猫猫的耍客。”此言一出，气氛一下子变得不像罚跪，倒像是在喝茶聊天晒太阳。

“还是你们目标大，我在电影院干好就算知足。”华生酬和着两位。

“啥远大，说来吓人，人各有天命，顺命而为，晓得该干啥不该干啥，对得起自己的想法就差不多了。一辈子可以过得身心富有、很有意思，也可以过得很富有、没多大意思，还可以过得不富有但有些意思，那种既不富有也没啥意思的就不提了，会是一种折磨。对自己选的生活知足，是最大的幸福。”大毛仰头数起天上的星星。

“冯大毛式精辟言论。”华生笑着赞他。

“好天气！”大毛已经跳跃式地转了话锋，“好久没搞活动了，是不是在我动身前安排去哪儿踏个青，一来庆祝华生当主任，顺便庆祝我功德圆满。”说完转向了书良，“预祝你哪天成为作家。”他的情绪似乎回到了正常状态，不再陷在和父母的矛盾当中，对付父母他自有一套。

“少城公园如何？”书良仰头想着各大公园正门的长相快速做了选择，“最近红十字在那边普及急救知识，经常有活动，我们可以先参加活动，然后喝茶吃饭。”

“好！”大毛回头看看上房两扇半掩的房门，“记得要通知少虎一声，少了他不好耍。”三个人遂讨论起细节：哪儿见面、哪儿吃饭、资金足否。说到钱，大毛咳了一声，“本次由我请客，想不想晓得我们军饷每月多少现大洋?”他附耳报了一个数字，华生书良听罢一起捶他，“那么多，发财了你，要请顿好的，小馆子不算。”

他们闹了起来，基本忘了家里还有两个生气的大人。

上房的门开了，纪婉香和二姨妈筋疲力尽地站在门口招呼他们进屋。里面的调停工作已经完毕，事已至此想不通也得想通，当空军是报效国家理应支持，扯谎一事另当别论。大姨爹预备的惩罚是：闭门思过三天，写出保证不管大事小事都不准隐瞒；还有，吃素三日，去去不驯服之气。实际上大姨爹的这种处罚根本算不得是什么处罚，现在他这个儿子从精神、身体到经济，都经得起折腾，单飞了，要去追逐自己的理想。

“走吧，进屋，眼神放低，表示一下悔过的诚意。”华生扶着脚跪麻木的人进屋，就像没讨论过任何和罚跪无关的话题。

“要不等你一关完三天我们就活动。”背后传来书良高高兴兴大大咧咧的声音，把低姿态的两个吓了一跳。

春游那天是难得的晒铺盖棉絮的好天，但气温还没有彻底转暖。华生洗漱完毕，给自己选配了衬衣套罩衫，罩衫没扣纽扣随意地敞开。吃过早饭见时间尚早，一时不想看书又无心做其他事情，便回到房中站到桌前从笔架上取下一只小号羊毫准备练字打发打发时间。他提笔在宣纸上流畅地从上到下、从右至左地写道：

当年走马锦城西，曾为梅花醉似泥，
二十里中香不断，青羊宫到浣花溪。

那是南宋诗人陆游冬日游成都西郊写下的句子，梅花绚烂之场景对应诗人豪放之心境，他很喜欢。不过在落笔的时候并没去联想梅花片片而是满脑子碧玉的样子，正可谓：一想到她，万朵梅花就掉了下来。

今日出游他约了碧玉，一是想让她出来走动走动不要光想着上班和学习，二是想向大家交代交代最近的动向，特别是书良，想让她晓得碧玉的存在，让她们结识并且能够相互喜欢，那样的话也算是了结掉一个心事。反正他自己是越来越喜欢这个人了，已经到了没有商量的余地。如果说心中有什么理想，她应该就是那个理想。

他换了一张纸重新起笔，以字作画，随意想象：

暮色　锦江　垂柳　　竹林　农舍　炊烟
大街　小院　细雨　　碧玉　碧玉　碧玉

纸的底端被写了一排的碧玉，他收住手看着那个名字。万一，他不由得分了神，万一有一天大毛他们晓得了她的底细，希望他们不要轻看她，碧玉也许没有什么理想，但她所做的一切是为了弥补家人为达自私目的而胡乱砸出的大坑。为了还债牺牲自己去兑付债主曾经的信任，她不自私，内心干净！他重重地在纸上写了一个大大的“她”字。

不管怎么说他会小心地呵护，呵护她的秘密、她的过去。

“一大早就在写诗?”门口跳进来一个人影打断了思路，是蒋少虎，一身皮衣皮帽，有钱的打扮，看上去不像是去学救护倒像是招亲的架势。蒋少虎往纸上探头看了一眼，“还是艳诗。”不由分说上前就要抢笔，“乖乖把笔给我，让我来接句嘴。”

华生把笔递过去，蒋少虎咬着笔杆想了想，手起笔落：

桃花净尽菜花黄，西城门外好风光，
仰面冒死用力喊，良良良良良良良。

“功力咋样，比不比得过你那幅?”蒋少虎扔了笔站开半步，拍手收功。

华生抄起手笑，“颇具个性，比我的强，套用刘禹锡的句子开头然后峰回路转泄露心事，真实；敢用整排的仄仄平平，豪气。只问一句，谁是良良?”蒋老幺扑过去按他肩膀，“不许说，不许说。”

两人闹了起来，蒋少虎上蹿下跳像娃娃一样的猴实。

他们亲热地搂着肩膀出了房间，正好周伯千从二门出来，见着二人说道：“准备出门啦，学救护是好事，关键时候可以帮人救人，好好上课，好好学习。”蒋少虎余兴未了地嚷嚷：“我们根本不是去学习。”华生赶紧把他拉走。

二门内跑出来穿着藕色纱裙金丝绒披风的可儿，后面跟着纪婉香和双手拎着网兜的吴妈。

“难得全家都有安排，我们一会儿去悦来茶园听周企何[1]的戏，吴妈在家打扬尘，可儿跟哥哥去凑热闹。老黄，今天车子全天归可儿，你不用跟着我们。”纪婉香一边给娃娃整理衣服一边吩咐。在她说话的当口，吴妈递了一个大号网兜给华生，里面是可儿一天的吃喝用度，紧接着又递了一个小号的给老黄，想必也是有关吃喝的东西。

蒋少虎已经等不及在大门口来回骑了两圈，“看你快还是我快。”他向老黄发出了出发的信号。“那就比一下嘛。”老黄没有示弱，见华生可儿已经坐好，抓稳车把手说了声：“放马开跑。”纪婉香和吴妈站在门口挥手目送。脚踏车和黄包车前后出了巷子，叮叮当当打着铃铛追逐着跑向几条街之外的少城公园。

老黄的千层底布鞋在路面上跑得沙沙地响，不时扭头和骑回来的蒋少虎或是车上的人调侃两句。华生抱紧了膝上的可儿，她正仰头让风吹自己的小脸和头发，憨憨笑着在享受这个早晨和这一刻的美好。

成都街上的交通状况总的说来还算不错，大部分街道在二十年代被杨森治理得规整有序，青石板路面拓宽加固，再难看到水凼凼和烂稀泥；即便遇到下雨天两边的阴沟也可以很快把积水排干，让喜欢坐车和喜欢走路的都有了条件去各行所好。对于喜欢用脚走的，全城四方均为脚力可到，而不喜欢走路的则可以喊黄包车，满城随处都有招手即停的黄包车低价恭候。

---

① 川戏名丑，著名折子戏有《迎贤店》《秋江》《做文章》等。

十年前本来还有鸡公车和黄包车抢生意，后来因为鸡公车震动声音大且对地面的磨损大，被管制不准进城拉客只准在郊外出没，现在满大街都是老黄及其同行们的天下。

一辆被他们超过的车行黄包车追了上来，车上挤着两位捂着嘴巴瞟眼看的年轻小姐。“看你的脚劲大还是我的大嘛。”她们的车夫超了过去，“两位小姐要额外加赏钱哈。”车夫没有忘记及时请赏。

“想和我比赛跑得快。”老黄被这种行为彻底刺激了，暂时放过了前面的目标蒋少爷，认真追起了胆敢加入进来的陌生人。老黄做事历来认真，就算拉去打仗都会认真打的那种，岂愿输给一位半道杀出戴瓜皮帽的同行。“坐稳了。”他抓紧了把手，让手臂和小腿的筋骨肌肉进入了竞技状态，匀速地放大了步子。不管是对私家车夫还是跑零散的车夫来说，这样的小插曲无疑是往日常的单调中注入一瓢强行的刺激。

他们的车子愉快地超了过去，愉快地朝前方等着的蒋少爷奔去。少城公园并不远，很快就看见了公园大门，也看见了相约聚会的各位至爱亲朋在那边有说有笑地等候。

大毛书良早到了，旁边还有冯家的二毛三毛幺妹妹。大毛穿着浅蓝色鸡心领毛衣，围了条黑白格子羊毛围巾，手中拎了一网兜糕点，虽然关了几天精神还算不错。书良一件暗红色小西装配褐色马裤外加棕色靴子，手里只差一根马鞭。

脚踏车和黄包车双双朝着他们做了最后的冲刺。

蒋少虎在一圈人面前刹住了车，一看书良的行头和自己的装束意外般配，又见她难得的情绪安好嘴角含笑，便大胆地招呼："这是要骑马观花乎?"书良颇为客气地回敬："乎个头，你厉害，花那么大价钱穿成这种样子。"看得出来书良原本还想再赠送两句有盐味的句子，但最终选择做了讲涵养不伤人的纤纤闺秀。

华生从车上下来，拍了蒋少虎的肩膀转头和大毛说话。"还以为只有我有网兜。"大毛朝他举了举手里的东西。

"那我们就当一天的司令。"

一群人正在各自说笑，碧玉从远处走了过来。蒋少虎伸手捅了捅华生，"你老乡来了。"神秘兮兮的表情立即把所有视线引向了这位匆匆而来、脸色微红、着小方格旗袍的温柔女子身上。碧玉参加活动这个事，蒋少虎晓得，大毛晓得，书良不晓得。头两天蒋少虎提前去署袜街向大毛做了禀告，除了事实以外他添油加醋把碧玉的容貌和为人狠狠夸赞了一番以增加好奇和悬念。

碧玉走近大家，自然地和华生站到了一起。

"碧玉，华生的老乡，我们商场的新人，今天大家一起活动。"蒋少虎热情出头帮着介绍。

"晓得你们老家山清水秀，但也不必个个都山清水秀地出来洗成都人的眼睛。"大毛装得不紧张地开起了玩笑，眼间嘴角的笑意意味深长。他和蔼地猛拍了华生的后背，意思大概是：你老乡不错，不过肯定不是老乡那么简单。两个站在一起简直有珠联璧合的感觉，完全是般配一词的现场注解，如果把她比成拴船的桩子，有人肯定是那条想要靠岸的船了。

几个小娃娃哪管有没有新人入伙，直嚷着快进公园。

书良在一边干瞪起大眼睛不说话，从碧玉一露面她就没出过声音，头顶上方冒出一缕战场的硝烟。华生突然认了个女老乡而且没有提前知会一声，还带来参加聚会，你以为她会愉快接受而不产生被出卖的不满与妒忌？

“穿旗袍干啥子，待会儿我们有好多活动，恐怕你只有看的份了。”书良终于开了口，不以为然地瞥了碧玉一眼。她未动更多更大的声色，不是能忍，是不想让外人看笑话。像她这种得宠的小姐，骄傲是与生俱来而且是必须捍卫的东西，就算是气晕了都会憋口气不让自己倒下，那是身份风度教养文化，她难得地藏起了内心的战鼓。

碧玉指了指华生，“是华生没说清楚，我以为只是上课喝茶，那你们都有哪些活动？”

“学车、接力赛、划船。”书良一口气说了个痛快，料定对方啥也不会。

华生凑了过去，“你们女生不是任何时候都可以穿旗袍的吗，小心就是。”他转身面向老黄，问他如何安排，是去聊天还是去茶铺喝茶？老黄顺视线望了一眼大门墙根闲坐的一排散客车夫，“和他们有啥好聊的。我去隔壁街上看我老乡，他在帮铺子做木工，去看他做木工活路。”说完指着车边挂的网兜，“不用担心我，吴胖子给我备了午饭，看过老乡就回这儿晒太阳，保证你们一出来就找得到车子。”一边的娃娃们已经猴跳雀跃等不及，蜂拥进了公园大门，冲上了石拱桥。

公园湖畔的鹤鸣茶铺里茶客如常密集，两位茶博士正拎着铜壶或以白鹤展翅或武松打虎的姿势在竹椅座位间穿梭掺茶水，碗里的茶叶被水柱冲得旋转翻飞。不远的草坝上红十字的人员分了几处在做准备，身后挂着普及现场急救的大型横幅，而周边的各种花卉邀约着竞相怒放：茶花、桃花、玉兰、海棠，还有几株含苞待放花味刺鼻的夹竹桃。

“美景加热闹，谁来即兴赋诗一首，开场助个兴？”大毛叉着腰问。

根本没人来得及响应这个号召，哄一下都散了，分组各干各的去。二毛三毛争着在推自行车，书良在赌气找蒋少虎的茬子，幺妹妹和可儿像两只彩色蝴蝶，舞着披风转到碧玉身边嚷着请她帮着扯竹心。大毛只好耸耸肩膀，各自去路边看石头上不知谁人写下的书法。

华生落在了最后，站在小径的中央在一定距离之外看着大家。书良的不快是显而易见的，其间的微妙自然只有当事人心头知道。书良接不接受新朋友只是时间问题，以他对她和碧玉双方的了解，相信她们迟早会相互喜欢，眼下是需要些彼此了解的时间而已。

他把目光落在了意中人的身上，停住。

碧玉站在路边一处矮小的竹丛旁边，伸手帮娃娃们采摘竹心，不时弯腰和她们说着什么，两个娃娃蹦蹦跳跳地黏着她高兴得很。喜欢娃娃和被娃娃喜欢，大概也是天赋。

碧玉晓得有人在背后看自己，转过头来，他心中顿时冒出一串的四言体：竹意朦胧，云淡天空，卿卿回眸，姹紫嫣红。

她那个样子，实在胜过周边的繁花无数。

“看，竹子的心，可以和青果冰糖一起熬水。”碧玉朝他挥手里的东西，“用竹子的心清人的心，有意思不？”

他走了过去。

“小时候我妈妈喜欢熬青果水给我喝。”她继续说着，伸手去够高处的竹子，他上前一步靠在身后帮她把竹枝拉低，“过阵子陪你回家，一起喝你妈熬的水如何，她还在老家？”他低声问道，这样的问题可以让她继续说青果竹叶，也可以说说她的母亲，虽然她并不怎么爱说她家里的事情。

“没人熬了，妈早走了，在我七岁的时候。”碧玉赶紧离开了一点儿距离，显然大庭广众之下的贴身而站让她觉得不自在，“我们两个身世遭遇倒是差不多哈。”她一回头，见到了他脸上的表情，“你看我，看到竹子就忍不住触景生情，也到石头上写诗算了。”她笑了，华生没笑，“以后想喝青果水说一声，我给你熬。”碧玉没搭腔，旁边的娃娃们接了嘴：“我们要喝青果水，我们要喝青果水。”

“开始了，你们搞快。”前面到了活动位置的人在挥手招呼，远处草地上的活动现场一片春光明媚。“走吧，去听课，加入大家。”他们牵了可儿和幺妹妹，四个人手拉手跑了起来。

课程已经开始，听课的群众席地坐了几圈，一个女教官正站在临时课桌前给大家讲外伤出血及止血的方法，大毛等人已各自找了位置散落一地，碧玉领着两个女娃娃过去挨着书良坐下。

“那我们咋晓得是动脉还是静脉流血？”有听众在大声发问。

“区别在于，动脉出血。”教官加以了解释，“颜色鲜红，出血量大、出血快，血液会随心脏跳动一股一股使劲往外冒，遇到大动脉出血则会朝外喷射。”

“这个解释好，懂了。”群众纷纷点头，教官接着讲道，“静脉出血，颜色乌红，血缓缓流出。不管会不会区别，也不管是哪种出血，最关键的是先止住伤口不让它流血。止血，永远是第一步。”

碧玉一时没有跟上内容，将手搭上了书良的膝盖，“我没听到前面的，一会儿你当先生讲一遍给我听好不好？”书良懒兮兮地应了一声，谁让她也有不明白的地方，比如，当骄傲和自尊受伤的时候该如何止血。华生刚才开小差的各种举动都收在她的眼中，他对碧玉表现出的在乎和体贴连傻瓜都看得出来，那她成了什么，一个一厢情愿的傻瓜。

止血之后是包扎，之后还有不少的内容，群众的热情高涨得很，其间不少是没文化或文化不高的人，过往之中他们不是不想学习，是没机会和条件学，眼下有了机会都好奇地睁大眼睛盯紧教官。

“我来，我来！”蒋少虎自告奋勇上前假扮伤兵为大家做示范，要宝似的坐得笔直，直视前方，任由女教官用绷带一圈圈把他的脑门前后严实地缠起，大毛儿兄弟在下面猛竖大拇指。碧玉拿了绷带依样画葫芦地替可儿幺妹妹包扎，两个女孩顶着头上的东西，嚷着想包颈项。

书良没有半毫参与的情绪，大家在练习包扎，她在练习控制猫抓似的呼吸，像所有受暗伤的人那样，用假扮安静来掩饰内心的垂头丧气。受打击是肯定的，一直以来都以为华生喜欢她，现在才发觉通通皆为错觉，就像他捧了一盘糖果兴高采烈地跑拢，到跟前却眼巴巴递给了旁边不相干的外人。如果非要用词形容一下心情，两个字——失望，四个字——非常失望，他居然会去喜欢碧玉那种只晓得讨好娃娃没啥性格的人。

课程热热闹闹地完成了固定和搬运，转到了心肺复苏，教官告诉大家："掌握了这些技术可以在第一时间救人性命，而能救人一命，胜造七级浮屠。""大家各自结对各自练习，一定要亲自动手，光看不练等于零，看了练了才忘不了。"红十字的辅助人员拍着手从旁鼓劲。

蒋少虎第一个上前摊在了草地上，由大毛跪在一侧帮他做心脏按压，等大毛一碰他的胸口蒋少虎便笑得又抽气又蹬腿，大毛只好举着手望着教官摇头。换到华生躺下，碧玉照着指导认真按他心脏的位置，蒋少虎他们站成一排挤眉弄眼做怪相。书良在一边看着，心里的不爽已经从窝火滑到了极度的失落，他那么舒服地躺在地上让人按胸口，让她不战而败就成了输家。

"快去试试，有意思得很。"碧玉跑过去一把拉了她，"你做一次，我在一边陪着看，又当练了一回。"书良抬眼看了一眼现场，地上躺着的人还是，赵华生。

她顺从了，被碧玉牵了过去，蹲下，伸手在华生身上按了两把。教官说不对，换了位置再按还是不对，她噌的跪了起来，用力去压面前的胸口，最后甚至想抡拳头锤，华生撑起身捂住胸部告饶。大毛和蒋少虎在一边勾着肩膀看热闹，碧玉早已扶着书良的肩膀笑到弯腰，书良自己也忍不住扑哧一下笑了出来。

“你要是不喜欢按别人，那你躺下，我们按你。”蒋少虎上前想安慰一下，说完觉得话不对劲，“要不我躺下，你找人来随便按我。”书良狠狠瞪了他一眼，“你以为是在耍游戏？找人按你，你才舒服！”大毛在一边捂着肚子笑得抽筋。

碧玉拉走了书良，去不远的大树下休息说话。

书良没有释放完心中的忌妒，不过十八岁的忌妒冒的只是轻烟，她没有再抵制来自一个和善姐姐的友谊。忌妒是必然的，但没有长出伤人的毒刺，毕竟骨子里面住的还是大家闺秀，怪只怪自己错判了状况，自作多情地受了一盘委屈。

三个男人跟着她们去了树下，并排躺在草地上有一搭没一搭地摆起了龙门阵，头顶的天空没有一丝云彩，不可见底，蓝至清澈。碧玉带着几个娃娃把网兜里的点心摆放到报纸上，草地上的零食时间。

书良以打坐的姿势封闭了自己，偶尔半睁眼睛扫一眼华生的方向，他嘴里叼着草，闭眼假寐，周围是抬着担架跑来跑去的男女群众。

这种时候还能那么惬意无边，足见是没心没肺。既然他都不想晓得谁是这个世界上对他最好的人，那就让他永远不晓得好了，永远。她很佩服自己在受这么大委屈之后还能沉得住气，没像小家子那样一蹦三跳而是打起精神在和这段无疾而终的爱情挥手告别，就当它从来没有发生过，就当是自己跟自己开了个玩笑，忘了它，然后重新开始，去找下一个属于自己的归属。记得她妈曾经说过：“输，要输得骨气，不能让人家小瞧了还要踏上一只脚，一个女人如果被一个男人看不起就永远不会有爱意可言。”那么既然他没选她，至少要让他看得起，不能便宜地让他轻易就把她忘记。

蒋少虎不知什么时候靠拢了过来，手里拿着一牙从可儿手中借来的小蛋糕献花一样送到她面前。书良有心没肠地转头瞥了一眼，接着就改主意伸手拿过蛋糕咬了下去。倒是可以让华生看看，她是想和哪个做朋友就和哪个做朋友，世上没有谁离了谁就过不下去的道理，他不喜欢她，她还犯不着喜欢他呢。

她把蛋糕咬了个遍体鳞伤，最后放到口中整块吞掉。

华生从地上坐了起来，见大家都在吃点心，走过去拿了一块饼干，经过书良的时候见她鼓着腮帮子以为蒋少虎又惹她生气，习惯性地在她头上按了一下算作是一天的安慰。被他那么一按，书良鼻子一酸差点把蛋糕吐出来，等到华生走远她才哇的张开嘴巴哭了出来。

突如其来的哭声把所有人吓了一跳，书良边哭边解释：“不小心咬了舌头。”她的泪水没有马上止住，还以为他们是在发展青梅竹马的感情，还以为他是她的战利品，其实他只是把她当成一个摸摸头就算数的小妹妹。哭了一阵，书良抽泣着扯了袖子把眼泪擦干，把蛋糕咽了下去。突然就发现自己好像大了两岁，像是已经满了二十，因为已经爱过恨过。她转过头，强迫自己去听蒋少虎的一箩筐废话。

华生在一旁的草地上躺着，闭着眼睛，什么也没有说。

书良终归还是书良，有委屈不发完终究不对，她借机向蒋少虎展示了什么叫作风云莫测的小姐脾气。好在蒋少虎没去介意，有啥好介意的呢，追女生哪有不受气的，书良是他第一个正儿八经喜欢的人，她十八他二十，让着点是应该的。再说了，这辈子还从来没有让过哪位，有个人能让一让心头还是多舒服的。

晚些时候在鹤鸣吃茶，书良和蒋少虎反常地成了朋友，书良顶人的时候蒋少虎附和，而当蒋少虎打趣的时候书良又极力展示她的鼎力。真是天不下雨就出太阳，不了解情况的肯定搞不懂这两个家伙合在一起在唱哪出戏。不过，能不闹总是好事，蒋少虎也不容易，受了那么久的委屈，书良才学会客气地和他说话。

感情的事说穿了是一场莫名其妙的复杂：你喜欢他，他不喜欢你，而你不喜欢的，偏偏始终如一喜欢你。有没有更加合理些的安排呢？谁也说不清楚。

八

如果说去公园活动之前华生还有些许的担心，之后看来是大可不必，一帮人大大小小都喜欢和接受了碧玉，不能不说是一件高兴的事情。不过，他好像忽略了某些定律，从而忽略了可能出现的麻烦。那些定律是：生活绝对不会一帆风顺，总会凭地突起波澜，如此这般才能让人长大变老直至退潮而去。还有，世界上没有绝对的秘密，秘密只有持续长短而没有永远，所有的秘密从一开始就注定在等被说破捅破的那一天。

在大家学急救的那一日，大毛的某个重庆朋友也在离茶铺不远的地方活动。同一个朋友，曾在小旅馆中亲眼见到华生带走碧玉并且彻夜未见两人露面，善良正直的重庆朋友惊讶地发现碧玉居然和大毛他们玩到一起，道德观念立刻受到了刺激和挑战，他没有声张，远远地躲在暗中偷看。其实这个朋友本身并不牙尖①，只是稍显老实迂腐，事发之后闷头想了两天，决定去找大毛说说这个情况。他去了署袜街大姨妈的家，不巧大毛已经去了新津，本月都不会回来，在大姨妈的热情款待下他一感动，告了密状。

这还了得，被揭发的秘密冲击了大姨妈原本并不太高的防线，她的想法绝对比同学多，马上就想出一堆的祸害，二话不多说一反平日的优柔寡断，坐上自家黄包车即刻赶往小桃园，把事情真相和着猜测，再加下意识带出的夸张通通说给了纪婉香，接下来的事情可想而知。

一待大姨妈在纪婉香耳边觑觑②完，后者惊诧得合不拢嘴巴。

“过来就是告诉你这个事，大毛的朋友专程告的秘，亲眼所见绝对没错。我说婉香，你可得劝劝他，那么聪明的一个人可不要犯糊涂错误，现在社会上到处都有这种女人的影子，要是爱上这一口，跟抽大烟一样，祸害！”大姨妈拍着手巴掌。

纪婉香瘫坐到了椅子上，周伯千陪在一边吧嗒吧嗒地抽水烟。周家还没发生过这么大的败坏门风的事情，而且犯错的是

① 牙尖：搬弄是非。
② 觑觑：说悄悄话。

一向规矩听话的徒儿，真是万万没有想到。

“说过不许沾毒赌嫖，他是在触犯家规。”纪婉香啪的拍了一把桌子。

“是噻，不要怪我说话难听，你们想想看，嫖，好难听的一个字，不但难听而且伤人，伤钱包、伤身体、伤名声，一连串的伤害之后焉能有身心健全的好人。不是我吓你老三，这个行为铁定是有惯性的，就像偷过腥的猫儿很难管得住嘴巴，一旦有了第一次耽怕以后会不可收拾。”大姨妈敞开发表了看法，也不管另外两个的脸色在比赛变暗，“你们没看报纸啊，现在这种女人随着外来人口的涌入空前泛滥，旅馆、烟馆、茶社、赌场、浴室，甚至戏院都有她们的影子，要是爱上了这一口，不比沾毒死得慢，要赶紧想办法。”她也拍桌子，把担心惊吓一起扔了出去。

纪婉香头疼得揉起了太阳穴，“大姐，你不用再吓我了，整件事情已经了然，没有想到家中会有这么不争气的娃娃，做出这等不动脑筋的事来。”她转头对着周伯千就是劈头盖脸的一句，“都是你干的好事！”

周伯千莫名其妙地挨上一顿，不服地申辩：“关我啥事情？”

“咋不关你的事，要不是你放任他想干啥干啥，他敢去招惹那种女人？这个娃娃，肯定是失神走岔吃错了药。”

大姨妈附和着：“就是就是，聪明人犯糊涂错误。”

纪婉香唰的站了起来，站在周伯千面前，“早说给他介绍一个，你总说还小，小啥？现在好了，做出这种事情，简直是丢人现眼，看你这下咋办。”

“马后炮的话不要说了，最后一句你说对了，说说咋办。”周伯千半闭着眼睛，在做自我平息。

“对，说说咋个办。”大姨妈跟了他们。

“咋个办？我不信他不考虑前程，找那种人还抬得起头来嗦。成都那么多好姑娘，长得乖的，嘴巴甜的，懂事的，能干的，要啥有啥，哪儿犯得着去那种地方找那种人。”纪婉香把声音提高了几度，不过虽然满心恼火她心头还是希望一切不是真的，“等会儿他回来先好好问问，看是不是遭了人家的诬陷。”

“对，先问问，看是不是遭了冤枉。”大姨妈已经忘了是她跑来告的头状。

周伯千补充的话没能让她们两个轻松，“这段时间他早出晚归，看起来像在忙工作，刚才又说出去和人喝酒，怕是同时在干不少的事情，此事恐怕没那么简单。”他看着大门口，手中的烟抽得像在拉风箱。

等到大姨妈告辞出门，他才把心里话通通掏了出来：“当初我就说把他和书良撮合到一起，你说不妥，现在后悔都来不及。”

“咋怪起我来，你不是不晓得二姐看好大毛，航校生，人又长得敦实气派，两家人门当户对，而华生，没爹没妈的徒弟，二姐的天平不会偏向他那一方。”

“依我看和大毛比较起来，华生和书良更为般配，我就不了解你们女人的想法，要是我选女婿一定选华生，有担当、务实、实在，大毛好是好，就是不太适合居家过日子。”他嘟囔起来，做师父的本能让他在这种时候也没忘偏袒自己的徒弟。

“好了，说啥都晚了，出了这种事更是一切皆不可能，二姐那个脾气你不是不晓得，华生没那个福气，以后不要再提这个。”纪婉香恼火地绞着手里的帕子，仿佛从那里可以绞出什么解决的法子，“如果不是大姐来说这个事，我肯定说是诬陷，但愿是有人诬陷他。”

周伯千叹了口气，“我又何尝不是，对他原本是有充分的信任，但在这个事情吃不准了。他那种年纪，遇到男女问题再稳重也难免把持不住，被拖下水是可能的。毕竟年轻，喊他在生意上栽跟斗肯定不愿意，喊他在工作上栽跟斗肯定也不愿意，但在男女事情上这些年轻人是心甘情愿地栽跟斗，栽了都认栽，说啥卿为重、情为重，简直是一沾感情就忘了原则。我倒不怕他隐瞒，就怕这种隐瞒代表的是他在认真对待那个女人，那才是真正的危险。”

“你意思是他不仅要一下，还想带回来？”纪婉香紧张地凑了过去。

“啊，所以必须先弄清楚，必须打掉这层关系以免后患！不过，华生不是东一下西一下的人，做事历来都有分寸，也就是说在这件事情的表现会是：不会轻易放弃。喊他断就断，你说得容易，这个才是我真正的担心！”周伯千狠狠地再抽了两口，坐在太师椅上伤脑筋。

“天，那咋整？”纪婉香跌坐回旁边的椅子。

“我来摊牌，我唱白脸！无论如何必须喊他断掉这层关系。”周伯千拍案而起。

“好，但你不要动元气，要把你气病了他这个祸就真的闯大了。不行，要先给你补一下，你不能生病，吴妈，吴妈！”她喊了起来，吴妈小跑着出现。

“快去熬些红枣参汤来。”纪婉香起身吩咐。

“要得，马上熬。”吴妈察言观色地看着他们，在去厨房的路上吴妈小声问道，“师父好像在生气，有啥问题？”她见大姨妈鬼鬼祟祟地来又鬼鬼祟祟地走了，想必有事，而且不是好事。

“问题大，大问题！走吧，慢慢说给你听。”两人朝后厨房走去。

而此时，当事人正啥事不知地在外面吃饭，完全不知风波已起。

街上三三两两的路人，准备回家的、下馆子的、听戏的、闲逛的，还有一个叮叮当当敲着工具吆喝着卖麻糖的，都在享受收工后的闲散。华生和碧玉坐在一家小馆子里，旁边坐着机器房的小师兄，小师兄双眼发红，碧玉正在倒酒安慰。

小师兄家里出了变化，他大哥两年前跟着邻居跑出去闯天下，一个月前邻居回来了大哥却没能回来。据说他们一路闯到山西在那边帮政府修国防工事，后来仗打起来东躲西藏没有逃过日军魔爪，去年秋天太原会战之后被敌人抓去当劳工继续修工事，再后来有地下党发动他们集体逃跑，他们跑了，日军追着机枪扫射，近两百人跑出来十多个，邻居机灵跑脱，大哥却永远留在了山西。不光如此，他的另一个哥哥为了替大哥报仇，等不及服兵役直接找了个机会跟着乡里经过的不晓得哪一支队伍走了，小师兄这就要回家去照顾老娘，照顾其余的弟弟妹妹。小师兄一口口灌自己酒，也一杯杯敬华生，在电影院华生是最照顾他的人。

他们都喝过了量，临到起身出门小师兄已是踉踉跄跄，“不用送，我自己走，真的，不送。”他扶着墙壁痛苦地走掉。

“我去去后面，等我一下。”华生脚下也是踩着棉花般地飘浮，他去了后面小解，留下碧玉独自在街上等着。等他略感昏沉地出来，见不知从哪里钻出一个嬉皮笑脸的青年，苍蝇一样黏着碧玉，碧玉正左躲右闪地想走。那只苍蝇伸长了手臂，“哦哟，打个招呼都不行嗦，听说你搬走了，咋也不说一声，好久一起再耍一盘。”

他马上反应过来是怎么回事情，血往上冲，两步过去拎起对方的衣领一掌推了出去。那小子不曾提防有人护驾，后退两步一屁股坐到了地上。

“我们走。”他搂着碧玉的肩膀护着准备离开。

摔到地上的人杀猪般蹬着双腿喊了起来：“哥，有人打我，哥，有人打我，打到我了。”街上的人一看有热闹，一下就围了过来。华生虽然头晕目眩但思路没乱，预感到了不妥，暗暗后悔自己的鲁莽，不该冲动招惹麻烦，不该把碧玉带进不必要的冲突和危险，他努力摆脱着酒劲对大脑的控制。

旁边肉铺子冲出来一个一看就是不咋爱动脑筋的中年汉子，穿着杀猪匠的木屐，嗒嗒嗒嗒，火冒三丈东张西望地过来，“哪个打你，哪个敢打你?”赖在地上的人抬手指着华生，中年汉子不分青红皂白就冲了过来，显然是护弟心切。此人活脱脱的鲁智深转世，面圆耳大鼻直口方，腮边留头发，身材高出他兄弟一头，腰围大他兄弟两圈，勇气可嘉但好像智谋不足。

华生一把将碧玉推开，快速侧身让过，那人见他闪开回头再扑，华生侧身等着来人靠近，一抬右手肘迎上，几乎在同一秒整个小臂九十度向外挡去。中年汉子不是一个会打架的人，被这种连环招数弄傻了眼，刹住脚退后两步站在那儿，也不扑了，也晓得会武功的醉汉惹不起。

“你还想打人。”汉子弹跳着做出打架的姿势，但小心地不再反扑。

周围群众啪啪啪地鼓掌，“没想到小伙子长得伸展，身手还好。”

华生一拱手，“得罪，我没想打架，刚才也没打你兄弟，是他经不得推倒在地上。”

“人家小伙子在让你，是你家弟娃儿先调戏人家姑娘，人家没有打他。”有人见华生会拳脚，自愿帮他扎场子。

“你调戏人家了?”汉子皱着眉毛回头问他兄弟，那弟娃扭捏了一下，“我没有。”说完鬼祟地蹿起来附耳在他哥哥耳边嘀咕。当哥的一听完，戏剧性抬手啪就是一个耳光，“不学好，原来我的钱就是这么被你骗去糟蹋，去旅馆、去旅馆，我让你去旅馆。”他追着兄弟打起来，后者捂着屁股喊着救命逃开。周围的人哄笑开了，窃窃私语指指点点看着剩下的两个。

华生拉了碧玉快步离开，走远一转弯，快速离开了是非之地。

“没想到你会打架。”碧玉并没有被突发情况吓住，相当镇定。

“以前跟电影院的一个师傅学过几招，用于防身不用来打架，早没练了，要是遇到真正会打的人，那招根本不管用。”他扶着她的肩膀，控制着脚下不太稳的步子。

碧玉搀着他走了一截，“我会给你添麻烦的。”

“我不怕麻烦，你不要乱想，以后再要遇到那种乱七八糟的人走开就是，刚才是我冲动了，不该推他那一掌，差点儿闹出事来，幸亏他们不是真正的浑人，不然会把你引入麻烦。”他揉着发胀的太阳穴，脚下的飘浮丝毫没有减轻，“还有，以后也不乱喝酒了，小饮即可，绝不多喝，朋友劝也不喝。”他控制着说话时候舌头的位置。碧玉拿起他的手，帮着推手心消酒劲，“看你打人我觉得过瘾。”她慢悠悠地说道，“不过，他倒不是啥坏人。”

华生不解地“哦”了一声，“此话怎讲?”

“他是我老乡的熟人，喜欢赌钱又不敢去大场伙，爱跑来找我老乡打牌以为女的好欺负，我帮我老乡打过几次，赢过他的钱。”

“帮人打牌？你不怕输钱?”

“五岁起就帮我爸摸牌凑桌子，长牌麻将十打九赢。我老乡喜欢打牌，遇到合适的人会让我上，赢了钱分我一些，说那样还债比较快当。”

华生停住了脚步，面露惊讶心头却是一阵轻松，混混的赌客身份让他的肠胃好受了许多。他突然觉得如果时间能够倒退，大概会亲手把混混从地上一把拉起来。

“你觉得我不是好姑娘，是不是?”碧玉见他不说话，有一丝不确定。

“不要那么想，你是好姑娘，当然是好姑娘，愿赌服输，你没有做错。你也要生活，要活要还债，没人有资格说你的对错。”他搂紧了她的肩膀，哄她一样地说道，“事情都过去了，以后不要再提也不要再想，这样过去才会真正变成过去，只管开始新的生活，好不好?”

“好。”碧玉的情绪显然不高。

他捏了捏她的手膀，似乎想把不好的情绪从她身体中挤捏出去，“喂，我真的喝多了，送送我好不好，免得中途醉倒一睡不醒或是被坏人拐跑。”他拿话逗她。碧玉点头，扶着他往宽巷子走。

她把他送至了宽巷子巷口，远远看着他进了大门才转身离开。

天麻麻黑，各屋的灯亮了起来，吴妈和老黄在桑树下威襟正坐表情凝重，见他走进来马上迎了上去。吴妈闻了闻他身上的酒气，皱着眉毛数落，“惹了事不说还喝酒，是哪个坏人把你灌成这个样子。”

他争取站稳了脚跟，吴妈摇头对着老黄使眼色，“快倒杯浓茶给他醒酒。”老黄照办，喝完茶他们把人弄进上房交给了师母。

上房内周伯千背着手，站在相框前看全家人的照片，没搭理进屋的人。纪婉香一见华生红脸关公站都站不稳的样子，拽了下他的衣服示意跪下。他跪了下去，家里的气氛已经让他预感到了什么，三堂会审的气氛。

“哥哥要挨打。”床上被窝里的可儿粉嘟嘟地说了一句。

纪婉香走过去一把将娃娃从床上抱起递给吴妈并朝吴妈努了努嘴巴，吴妈接过用一床小被子裹好朝外走，边走边哄：“可儿乖，可儿听话，可儿跟吴妈到外头诓觉觉。”待她们出了堂屋，身后的房门被纪婉香哐当地关上。

吴妈抱着娃娃去了外院，站到桑树下难过，可儿见她不理自己，伸手拉她的耳朵。老黄凑了上去，“又不是好大的事情，你难过做啥?”

“我是心疼他，那么好个小伙子，身世又那么可怜，好不容易要出头又被人拖下了水，你说背时不背时。才当上主任就要挂上坏名声，以后咋让他挺直腰板做人?”老黄不晓得该如何宽慰，只觉得以后不去花那个钱、不去嫖就是，又不是十恶不赦，没偷没抢，好了不起嗦，华生又没娶女人，嫖一回全当长了见识。他心头这么想，嘴里啥都不敢说。

吴妈搂着可儿在藤椅上坐了下来，也不管娃娃是不是想睡，搂在怀里哦哦地诓着，也许是白天玩累了，可儿很快在她怀里打起了小鼾。不久上房里传来周伯千放大的声音：“不要以为样样都依你，这个不行，做人没了原则那叫堕落。”华生在低声解释着什么。

吴妈赶紧起身回了自己的房间，把娃娃放到了床上，再出门和老黄靠在一起侧耳听着里面的动静。

一盏茶的工夫之后，上房里传出了失控的声音："嫖一次可以，想发展成关系就不可以！你的生活可以天翻地覆，但在这一点上永远不要跟我耍花样，你到底听不听我的话?!"

一阵钟摆停顿的沉默，只听得咣当一声，茶碗砸到了地板上，"那好，你听好了，我这么跟你注明：她不仅是娼妓，还是无政府无组织的暗娼!"周伯千的声音清楚无误地传到每个人的耳朵里面，屋内屋外死水一般的静。

数秒之后华生固执地从屋里冲了出来，后面传来纪婉香的声音，明显是对着周伯千在喊："你要冷静。"周伯千也在喊："我冷静不下来。"关键时候两个人的性子完全打了颠倒。

吴妈嗓音都变了调，招呼老黄快去上房外候到，不要让师父冲动起来追出来打人或是砸啥子值钱的东西，师父还从来没有发过这么大的火，华生也从来没有这么狼狈这么不听话，他们两个都在失去控制。

周伯千在屋里气得发抖，"不知羞耻，不知羞耻!"吴妈老黄则在外头不晓得该咋办，急得团团转。

纪婉香从屋里追了出来，见到两个六神无主的人，"人呢?"吴妈和老黄这才回过神，赶紧跑去找人。外院哪有华生的人影，两人正欲去屋里查看，一抬头吓了一跳，但见一个人跨坐在老桑树离地两米多高的枝杈上，不是华生是谁?

"这是干啥子，咋上树啰，快下来，当心摔跤。"纪婉香站在树下跺脚，同时示意老黄快去大门背后搬梯子，几个人乱成一团。

华生坐在高高的树杈上，谁喊也不低头。从小到大他都太过听话了，从来没任性过一次，现在索性让那个稳重听话的赵华生出来放一次风，任一次性又当如何，他虽理智不等于没有情绪。他望着暗淡的天空，想着碧玉的温柔和刚才师父说她的坏话，有些心痛。

老黄靠好了梯子小心地往上爬，纪婉香和吴妈一边一个在保护。

“你不用管我，我想清静一会儿。”他看着老黄探出的头放平了语气，老黄只好暂时退下和树下的人继续商量。他没去管他们，只让残余的酒精把大脑暂时关闭起来，待在自由的世界和喜欢的人相守，进入到醉后自我释放的境界。

自甘堕落、执迷不悟。他仰头望着静止不动的树梢，想着师父说的话。师父其实并不信他，正常状态下展露的信任不算真信任，真正的信任该是在争议状态下的坚守，如果信，断不会如此这般的武断。碧玉是好姑娘，绝对的好姑娘，他们没有做错什么更没有行为不端，他喜欢她并且想保护她，不在乎她以前做过什么，这一点何须申辩。无须申辩！

一股夜风过来，他抱住树干控制住了胃部以及散发酒气的呼吸。

周伯千听到动静从内院走出来，看到了树上挂着的徒弟。

“学猴子上树嗦。”周伯千毫不客气地挖苦，“看看都成了啥样子，脸比猴子屁股红。”他拉了一张椅子坐下，“吴妈，麻烦把我的茶杯端来。老黄你不用站在梯子上帮他，我倒想看看他能在上面挂多久。”

纪婉香赶紧朝吴妈老黄使眼色，让他们听师父的话，把师父惹毛了也不好收拾，两方对仗以不激怒双方为原则，“我看还是先让他下来，有话慢慢说，你看他的眼睛都晓得醉得可以。”她试图缓和气氛。在她说话的当口，老黄已经迂回到树下一个位置随时准备接住可能掉下来的人，吴妈在一边跟着，大白猫在他们脚下穿来穿去尖声惊叫。

周伯千看了一眼树上被荷尔蒙冲坏脑子的徒弟，沉默了数秒，“把他先给我弄下来。”说完起身一甩手，生气地走了。

这时蒋少虎从门外探进头来，一见院中那个阵仗，抄起手走到树下看起稀奇。

“还不快帮着想个办法。”纪婉香又使眼色又努嘴巴示意，蒋少虎看了看树上的人，“啥事这么严重，交给我了，先弄下来再说。”他站在树下嘴里吱吱两声，“是你下来还是我上去?”同时摇着头，“真是的，这么大了还在爬树子。”

华生在老黄和梯子的帮助下从树上下来，扶着蒋少虎的肩膀回了自己的房间，其余人等则跟着纪婉香去内院查看周伯千的平息状态。

夜色全然降临在了小桃园，这样的晚上没有几个能够顺利入眠。

碧玉的事，就算全家反对他也不会退却更不会后悔，这是坐在树上就想清楚了的事情。该来的就让它来吧，哪怕是一场风暴。

九

处理男女关系二姨妈比较有经验，她给纪婉香出谋划策递了点子。

“你去找她摊牌，让她主动从华生身边消失，至于怎么消失那就要看谈的情形，可以帮她安排出路，也可以给点钱让她离开成都。住在旅馆干那种事不可能是爱好，多半是家里出了问题，经济问题。人一穷、志易短，是很多罪恶的根源。”

“对，我们陪你，先想好要说哪些问题，开诚布公地谈，人都是讲道理的，她要是心疼华生就该晓得放手离开。”大姨妈也表示了大致的看法。

“好，那就一起行动，救徒儿要紧。”纪婉香听从了她们的劝告。

三人约好了时间盛装坐着各家的黄包车浩浩荡荡奔向商业场，一待车子齐刷刷的停稳，纪婉香领头直奔里面的蒋家百货，至少从气势上先压倒对方。她在底楼巷道逮着一个工人问了碧玉的位置，然后向其余二人使了个眼色上楼去了仓库。

百货店的人一见来者不善，快速去后面的办公室向蒋少虎做了禀报，晓得碧玉是幺少爷关照的熟人。蒋少虎一听有人闹事那还了得，招呼一声带着几名工人卷着袖子就去楼道口拦人，一看来者是周家师母和两位姨妈，他马上收拾了气焰点头哈腰地问候：“姨妈们过来，想干啥子呢?”对其中的二姨妈格外恭敬，那可不是一般的姨妈伯母，是心头的岳母大人。

纪婉香停住了脚，“老幺，你来得正好，带我们去找碧玉，有话跟她讲。”蒋少虎一看她眼中暗藏杀气，心头一惊。

“想跟她说啥呢?”他故作天真地问道。不弄清楚是否安全他不会放行，碧玉的事他已经了解，目前这种阵仗吃不准师母想玩啥把戏，她们这种年纪激动起来不太好理喻，当眼中有杀气的时候打人扇耳光都有可能。他用身体挡在了过道中央，其余伙计懂事地堵住了剩下的去路。

他的小过场哪能挡得住纪婉香的老辣，她轻描淡写地把手一挥，“没啥，想让她帮我劝劝华生，就几句话。”

蒋少虎想了两秒，挥手示意众人让开，“那好，我亲自给各位姨妈领路。”硬拦不好拦，只有见机行事，有他在场量她们不至于乱来。

“姨妈些有话慢慢说，仓库是闲人免进，我陪你们进去。”他点到为止，心理上已经做好得罪伯母岳母的准备，华生的人他肯定全力保护，即便此人颇具争议。

纪婉香没有理会，昂首挺胸朝里走，二姨妈一伸手挡住了蒋少虎，“你看门，不要让外人进来打扰。”蒋少虎没敢得罪这位，留在了外头，伸长耳朵听动静同时用眼神示意工人们把住门待命，以防万一。

仓库内的光线很暗，三个姨妈从一排货柜走到另一排货柜，四下打望。大屋子的一角，一个戴袖套梳辫子的姑娘正弯腰边查看边认真地往本子上记东西，姑娘闻声抬起头，看着从暗处缓缓而来的三个摩登中年妇女，吃不准来者何人。

“你们找人?”一缕光线像丝线一样从窗户里射进来，照在她的脸上。姑娘绝对和姨妈们预想的不一样，文静、不张扬、毫无阴谋诡计的那种，而且相当年轻，让人怎么都不能把这张脸和那种事拉扯在一起。纪婉香显然是愣住了，站在那里，对着那张脸没动。碧玉看上去那么干干净净，脸上没有一点妆容，大方得脱俗，这是没有料到的，看着那张脸她说不出一句狠话。

碧玉客气地又问："有事哇?"仓库里数秒的安静，连门外偷看的人都屏住了呼吸。

二姨妈见纪婉香光看不出声以为她忘了说词，上前一步想替她来开场白，没想到纪婉香一伸手拦住了她。二姨妈不解地看了一眼，纪婉香给出一个"不要行动"的眼神。"我们好像走错了地方。"她尴尬地说了句，然后拉着大姨妈二姨妈离开。她们退了出去，边往外走边嘀咕，顾不得门口守着的蒋老幺一伙，直接退下楼，退出了商业场的大门。

蒋少虎靠在走廊栏杆上探出身子查看究竟，账房先生贴在身后懂事地问，"幺少爷，咋办?""去，跑趟电影院，告诉华生，事情要搞大。"

而街边的三位姨妈已经围圈展开了讨论。

"这是咋回事，人都在面前了咋不说了呢?"二姨妈忍不住率先发话，纪婉香皱着眉头轻轻锤了心口，"心头乱。"

"心头再乱，一开口就不乱了噻。"

"说了怕你们不信，不知咋搞的，一看这个女娃子心头就有点喜欢，没想到是个端端正正的姑娘，小脸看了让人疼还来不及哪儿还说得出赶人走的话。要是长得肮脏怪异倒好办了，三下五除二上去按计划说完走人，难怪华生连顶撞他师父都没怕。”大姨妈在一边“就是就是”地迎合，说碧玉就像书良那种好女娃娃，谁见了都会喜欢，她也一样，喜欢。

二姨妈闻言把脚一跺，“你们简直是不讲原则，看人不能光看表面，要看本质，提醒你们不要忘了那个事实，我们反对的主要原因是她干过那个事情。一个姑娘干那个特定是不可弥补的错误，一辈子都洗不掉的污点，哪个跟着她都跳不过这一页，不信以后看，吵架都吵不过别人。还是坚决点好，不要感情用事，哪儿有看一眼就把害处一笔勾销的，也太没有原则。”

“你说的也是，的确是个问题，不能看一眼就定性质。”大姨妈又站到了她这边。她这种两边倒的性子，另外两个倒是见怪不怪。

纪婉香抿着嘴巴梳理思路，大姨妈见她心头不爽，赶紧站出来调和气氛，“街上人多不方便，要不改一下计划去老二的照相馆喝茶，慢慢交换看法，想清楚了再行动也不迟，最后总归有个说法。”另外两个同意了这个缓兵之计。等坐到照相馆二楼的大沙发上喝着香浓的奶咖啡，大姨妈先站在纪婉香的一边表达了对碧玉姑娘的同情。

“大家把话说回来并且扪心自问一下，人生那么无常，如果实在到了走投无路的那一天，如果不去一头撞死，谁敢担保自己不走那么差的一步？再说她又没有加入任何乱七八糟的组织，说不定是临时发生了事情不得已而为之，那么稚雅，多半是被坏人骗了也说不定。”

纪婉香点头，她的菩萨心肠在起作用，恻隐之心大动。

“我不认同你们心软的说法。”二姨妈坚决地说道，“人生确实无常，但我还不大可能大度到包容这种事情，华生要是我儿子，绝不会让他把这种背景的姑娘领进家门，就是在地上打滚也在所不惜。你们不是不晓得，一个人的社会影响是何等的重要，毕竟都是要活在社会上，世人都势利得很，长脸的被酬和，不长脸的被踩一辈子。像这种事情，等着看，会被人放在角落里当暗器，等到需要攻击的时候就会被人搬出来示众。做过妓女，还能咋样？姑娘家穷点不怕，最怕没有一个干净正常的背景，我劝你们不要在关键问题上发晕犯糊涂。”

二姨妈是三个人里面唯一读过中学的人，历来有批判精神并且习惯用思想指导行动，她晓得大姨妈和纪婉香没读多少书，喜欢凭直觉和感情，不考虑社会影响只考虑自己的感受和接受能力，故此需要毫不留情抨击了她们这种被情感操控的简单想法。最后她补充一点说明自己的正确性，“也不晓得你们咋个在看，未必就没有注意到她的眼神，我们冲进去她连眉毛都没跳一下，镇定得很呢，绝对不像你们想的那么简单，那双眼睛里头有东西。”

这句话直接戳了纪婉香的心坎，说啥都行你不能说她没有眼水不会看人，她放下了咖啡杯，反唇相讥，“你就是心眼多，我咋没有看到呢。大姐，你说，你看到啥子没有？”她以一贯的手法找大姐当帮手，老二太过绝对，一味喜欢挑人的毛病，以为方圆几里就她聪明。

大姨妈老实地摇头，“没看到呢。”

当观点被极端化之后，大家也就忘了问题本身而只顾各说各有理地起劲，纪婉香嘴上想赢，二姨妈同样，大姨妈被她们两个夹在中间来来回回地打圆场。一个下午的讨论，最后三个人比较难得的以意见不统一散场，不过分手的时候还是尽量地心平和气，“都是有啥说啥，不要多心哈。”有分歧也不是第一次，顶顶也就过了，还不都是为了对方好。

在她们忙着讨论的时候华生已经赶到了商业场，蒋少虎在百货店门口拦住了他，“没事，都走了。通知你是想让你晓得状况，你好像给自己找了很大的麻烦。”

华生拍拍他的肩膀，“我上去看看。”

“喂。”蒋少虎叫住了他，“只问一句，真的就那么喜欢她?”

华生“嗯”了一声。

“为啥?”蒋少虎追问。

“不为啥，第一眼看到就喜欢。”他没转头，蒋少虎也没有再问，只是仰头虚眼睛地走开。这时碧玉出现在了楼道口，扶着楼梯看他，看得出来她已经察觉到那三位不速之客是冲谁而来。

“不用怕，有我在，谁也不能欺负你。”他两步上去抓住了她的手腕。碧玉坦然地和他眼睛对眼睛，“我没怕，只是，我说过我会给你添麻烦的。”

“我不怕麻烦！你不要乱想！”他有些怕听她再次说出这样的话，就像那个是分手的前奏或是什么开场白。事实上他是怕的，怕有人会伤害她。如果因为他的缘故让她受任何形式的伤害和屈辱，他会自责，说明自己根本就没有能力保护她。师母带着姨妈们突然出现，她们自是有一些打算。

还来不及想具体的对策，当天晚上纪婉香到屋里找到了他。

纪婉香进屋后在写字台旁边站了两秒没说话。他当然知道师母想说什么，忙恭谨而立，准备先洗耳恭听，再做应对。

“以后不要上树了，摔了跤可没人管你，你还是十四岁以前爬过那棵树。”纪婉香没有先去碰那个敏感问题。

他不好意思地挠头。

“以后少惹你师父生气，他要安心较劲，我都不去惹。”她爱惜地看着他。华生低头不语，不碰主题的开场白，不知师母心头在打什么样的主意。

“今天我在商业场碰到她了，叫碧玉对吧?”她用了“碰到”而不是“去找”，缓和了当时去的目的性。“这个事情我也不想多嘴了，你自己看着办吧，自己的事自己做主，你大了，我们也管不了了。”纪婉香叹了口气，“你师父那边我会帮着说话，他不是不通情达理的人，只是这个事有它的复杂性，一个人走错了路可以重来，但是外人的看法一旦形成想重来就很难，凭她的身世背景，恐怕你会有不少的麻烦。”

“我不怕麻烦。”

“不怕最好，多方权衡总归不错。先搞清楚她是不是你想一辈子在一起过日子的人，乱吃苦可划不来。”

“多谢师母提醒，我会谨记!”他心头松了一半，知道师母这边已然不是问题。

“话已说到，再说就是啰唆，你自己定夺。”纪婉香转身准备离开。

华生跟上问了句："你觉得她怎么样嘛?"

纪婉香停住了脚步，意味深长回头看了他一眼，"你以为我会无缘无故放你一马，只许你一见倾心啊，师母我可是爱憎分明之人，不然咋会劝完你师父又来跟你说这番话，你们两个都不让人省心。"她压住自己的绝顶聪明微微露齿一笑，"男人要有男人样，女人要有女人样，我从来不听别人乱说什么，只看自己想要什么喜欢什么。她有我喜欢的面相，就是这样。"说罢头也不回地走了。

"多谢师母!"华生恭敬目送。纪婉香一摆手，"不谢，要谢就谢观音菩萨，我这辈子注定是做不了歹人，各人好自为之，不后悔就行。"

"师母走好。"他对着纪婉香的背影再次拱手，松了一大口气。

那么接下去的关键就是师父周伯千了，得找机会让师父见到碧玉，只有见过本人才能消除脑子里的偏见和不符合事实的凭空想象。凡是见过碧玉的人没有不喜欢她的，像师母说的，她有那种招人喜欢的面相。

天气一天天热了起来，悬在天上的太阳像刺眼的风火轮，二十九度的高温，午后往坝子里一走浑身出汗发软；青石板地面被烤得发烫，连肉铺案板子上的绿头苍蝇都懒得飞走。荫凉坝下总睡着些无家可归的叫花子，街角巷尾也总蹲着卖冰糕、冰粉、凉茶的小贩，而各处街头的大树下会有一两个扇芭蕉扇等买主的挑子。挑子芭蕉叶上躺着新鲜的樱桃、李子、白花桃，在刺眼干裂的日光下比拼着各自的色泽。这段时间街上的外来面孔多了不少，外省的学者、学生、商人，还有逃难要饭的都找机会跑来大后方，各茶馆、饭馆、书院、棋社，坐满形形色色谈论大事小事的闲人。

夏天的傍晚是最受欢迎的时刻，太阳落坡后热气随着夜风消散了许多，留下的热度正适合躺在马架子上打把扇子乘凉。大街小巷里乘凉的人几乎占了全城人口的一大半，临街讨论局势的、下棋、吃夜饭、摆龙门阵的，到处都是呼朋唤友的面孔。

周伯千独自坐在内院的躺椅上轻摇折叠扇闭目养神。照外人看来他是在放松，岂知身体处于安静状态的人往往思想异常活跃，他在脑子里东一下西一下地想着本不想去想的事情。纪婉香在他耳边说了多次碧玉的事情，既然她们几个都默认了碧玉的存在他还有什么话好说，男大也是不中留，苦心调教了这么一个乖徒弟，不想让一个花巷子出来的姑娘把魂勾走，想起来就是怅然。纪婉香提了几次说见见人再说，可他并不打算见那个碧玉，由他们去吧，把结果留给以后，也许他们会好下去，也许会很快分开，也许……听命吧，虽然不晓得结果会是什么样子，但有一点是肯定的，那就是：爱徒已经长大，想自己当家做主了。

华生身着衬衣西裤从外院走了进来，见师父闭目养神，忙过去提起地上的水瓶把茶杯掺满。

“师父，茶水。”

周伯千像没有听到一样。这段时间师徒之间的话明显少了，不过双方并没把它视为坏兆头，师父希望徒弟能够通过反省知错改正，徒弟则认为师父不提不问等于是在逐渐默认，属于让步的早期表现，双方都在平静中等待对方转变或是妥协，然后再进行下一步的动作。

周伯千睁开眼睛看了一眼华生的打扮，啥时候开始喜欢穿时髦的衣服，看来是出师了。

“你是进来乘凉呢还是要出门？”他问道。他当然希望听到前面的答案，往年这种时候他们两个经常坐在院子里喝茶摆龙门阵，家里的其他人偶尔会参加，更多时候纪婉香要外出打牌，老黄去巷子看人下棋，吴妈则永远抹抹搞搞地做家务，只有华生可以陪他天南地北、唐宋夏金元明清地聊上一阵。

“大毛回了成都，约我和老幺出去见面，今晚他来小桃园过夜。”华生的回答多少让他有点失望，挥手示意徒弟可以离开，“那还不快去，早去早回来，免得他们等你。”他疲倦地闭了眼睛。

华生起身本欲说点什么，想想还是不说为好，应了一声去外院跟吴妈打招呼准备出门。

吴妈正在房内靠在床头发呆，没有开灯，可儿在旁边的凉席上露着小胳膊小腿睡得呼呼的香。平常中的吴妈不是一个喜欢暗自伤神的人，就算和老黄吵架也是红光满面阳气十足，华生走过去逗她，“咋呢，和老黄顶嘴了？”一般来说提到老黄就能让她精神抖擞。

“哪有那么多嘴顶。”吴妈叹道，“不瞒你说，是我的一个远房亲戚，人失踪了，到处都找不到，想起来有些心焦。”

“好端端的咋会失踪，把情况说来听听，我帮你找，是老年人？”华生在她跟前蹲了下来。

“不，年轻人，是个姑娘儿。”

可儿在床上翻身，梦言梦语说了句“不给你”。吴妈笑了，“这个娃娃，不晓得又梦到了啥耍玩意儿。”她拉过小毛毯把可儿的肚子盖好，“不用了，也许人根本就不在成都，兵荒马乱的到哪里去找，该出现的时候自然会出现，找不一定能找到。对了，你不是说要出门吗，咋还没走？”

“这就走，和大毛少虎碰头，晚些时候他们一起来小桃园过夜。”

“那还不快走，免得他们等你。”吴妈拉起围腰擦着眼睛和嘴巴，华生想再陪她多说几句，待在原地没有动。

“走吧，我没事，过一会儿就好。”吴妈陪着他到了大门口，“以前你们三个老喜欢横躺在大床上摆龙门阵狂得不得了，现在大了，好长时间没见你们一起疯了。年轻人在一起闹腾是好事，你看到了我这把岁数没朋友不说，就算想闹腾也没有了精力，命中闹腾的事太多，光想图清净了。你叫他们早点过来，厨房里有饭菜，饿了自己弄。”

“我会照顾他们。”他别过了吴妈，如果不是约好时间去碧玉那边玩碟仙，他不介意再陪着多说说话。

蒋家门厅的灯亮着，灯光下站着一身雪白的蒋少虎，推着脚踏车在等他。“不用站在亮处，看得到你。”他笑着招呼。待把车子推到巷中，两人稍一商量就分了工，蒋少虎跳上了脚踏车的前横杠，他当了骑车人，一路直奔了指定的地点。

这次的聚会是源于大毛的提议。前些天在一个空气中散发着饭香的晚上，蒋少虎想念大毛，从办公室往空军基地去了电话，把碧玉的情况做了详告。大毛在那头一句反对的话没说，隔了一阵才传来他冷静的声音："我就说，华生是表面听话私下胆子阴倒大。你告诉他，等我回来再聚，老子什么闲言碎语都不会怕。"他的意思是：聚会不是目的，目的只有一个，就是坚持原则：在家长反对的时候彼此无条件支持，"搞点轻松的项目，开心算数，下礼拜我回来一趟。"蒋少虎向华生转述的时候多加了一句，"只要你自己不怕被人中伤就行。"华生则做了自我解嘲："爹妈都能失去还怕什么中伤，八岁以后就没再怕过。去碧玉那儿坐坐吧，她刚得了一个碟仙游戏，想让大家开开心。"

本轮聚会自然少不了书良，书良已从二姨妈那儿晓得了碧玉的底细，她认为也好，如果华生需要受罚，老天已经罚了他。不要以为书良因此就高兴得很，没有；相反，在听完消息数小时她一直情绪低落，她并不喜欢看到华生受任何的委屈，即便他没有选她。

到了集合的时间书良大毛双双晚到，在打金街路口等着比他们更晚的人。大毛身穿空军咔叽布短袖衬衣配长裤，头顶的头发梳成三七开，耳后两侧及颈后则被推子推得露出了头皮，看上去极具军人的硬朗，人黑了结实了，符合目前见习官的风度气质。书良的精神也算不错，跟蒋少虎说起话来也不再像刺猬，除了取笑他的白马打扮。对华生，她的态度大大不似从前，不打不掐，收敛得像个大人。

四个人一碰面没谈正事，闲聊着绕过街沿上横七竖八纳凉的人。进了江南馆街，走出一段距离，老远就见碧玉坐在门口小凳上看连环画。

碧玉的头发长了，梳成两条辫子搭在肩上，穿了一身无袖浅色中式小衣衫，往木板门前一坐，配上夜色下蜿蜒的巷子和不远的浓密大树，一幅朦胧耐看的景致。三个男生没说什么，书良开了口："好一幅佳人夜读，碧玉不是不识字吗？"

"她一直在学，现在可以看些简单的书本。"他们说着话往前走。

"一边上班一边学习，上进哈。"

"每天逮着人就问字，入迷了。"

"那岂不成了《红楼梦》中的香菱。"

"有空你教她一首诗试试，就晓得她的认真。"

"废话，要教也该你教。学这么快，怀疑你就是那位先生。"

"风雅！"大毛做出了肯定的结论。

碧玉察觉到走过来的一帮人，抬起头，一边让思绪跳出书外一边快速擦了擦眼睛。以华生对她的了解，他认为她是在擦眼泪，他好奇什么样的连环画会讲那么惨的故事。

房东屠婆婆又出门走人户了，几个人进了屋子推推嚷嚷登上空心的木头楼梯进到了楼上的房间。

屋中窗户大开，外面那棵大树成了窗框中好看的活动风景画，原本该是靠墙的写字台被挪到了屋中央，上面备着小碟的卤腊肝、卤牛肉、煮毛豆、豆腐干和切好的黄瓜。蒋少虎不客气地拿起一块腊肝放进嘴里，“不是说玩碟仙吗，当我们来吃晚饭啊?”

“边吃边耍可是成都人的习惯。”碧玉请大家入座。

大毛环顾四周，“满屋子可见对生活的热爱哈。”他表扬起来。面前的闺房虽然简单但被主人搞得整洁温馨，连梳妆台前的绣凳都绑了花布做的软垫子，窗台的杯子里插着含苞待放香味四溢的栀子花，床对面的墙上一幅花绫裱糊的横幅书法，上面四个墨迹饱满的大字：翰墨凝香。大毛凑过去仔细鉴赏，脸上露出看懂的微笑。

蒋少虎伸手想拿插在梳妆台上的一个风吹吹，碧玉打他的手，“不许动，人家送的幸运转转。”大毛回头看了一眼华生，华生亦是脸露微笑。

“果然风雅，送字画送风吹吹，还送了什么好东西我们没有看到?”趁着碧玉书良下楼提开水的工夫，大毛抱起手臂审问。

蒋少虎凑过去看翰墨凝香的落款，“难怪字迹这么眼熟，原来是出自熟人之手。”他们把华生按倒在床上疯了起来，待碧玉书良拎着热水瓶上楼，三个人还疯得没有收手。

“好了，你们三个。”碧玉说道，“不是想玩碟仙吗，房子跳垮了可没得玩了。”

“好，玩碟仙，我都等不及了。”蒋少虎整理着弄乱的头发，“不过说真的，我不太信这个鬼神之说。”

“不信还玩啥，靠边站了。”书良呛他，“我要看了再说信不信。”

“你们这叫不懂，就是这种信与不信才更刺激，增加悬念。”大毛转头问华生，“你玩过没有?”

华生笑了，“还没呢，等你们，有鬼一起见。听说是必须仰仗某个仙人的帮忙达到人和神仙对话，靠一张牛皮纸和一个小碟子做媒介，玄之又玄的耍法。在座的只有碧玉见识过，她信，所以想让你们一起看看。”

“真有那么玄的事?”

“谁说得清楚，世上不了解的东西太多了。”

碧玉没有参言，转身从柜子里变戏法一样拿出一卷牛皮纸、一节蜡烛、一个茶碟，回身把牛皮纸展于桌上，把碟子扣上去，其余的人看见了纸上黑墨画的古怪线路和独立圆圈中一个个1—9的阿拉伯数字。

“眼见为实，看看到底是咋回事情。”她划着洋火点燃蜡烛，滴出几滴固定到窗前，关了电灯，屋子一下子就陷入幽暗跳动的烛光中。有人咳嗽了一声，书良赶紧往大毛身边靠。

碧玉看着大家，“要两男两女。”除大毛外，所有人伸出了右手。

“食指放在碟子上，不许推、不许用力、顺着走，如果出现控制不住的情况，闭上眼睛马上松手。”

“还没有开始已经紧张了呢。”

“就是，手心在出汗。”

“嘘，不要说话。”

几个人原本还在嚼东西，这时都住了嘴巴，卷起衣袖按要求把食指轻轻搭在碟子的底部凝神屏气。“我观战，想看看有没有人作弊。”大毛凑近盯紧，小声说道。

碧玉作法一样开始了低唤：“碟仙碟仙，请你出来走一走算一算；碟仙碟仙，请你出来走一走算一算。”窗外似乎有风吹过，但碟子纹丝不动。

大毛支着下巴怀疑地摇头，“也许游仙不敢造访，诸葛先生就住在对面的庙子。”书良嘘他，怕乱说话得罪了要请的仙人。

十多分钟之后碟子突然抖了起来，下面像是钻了个什么东西，几个人快速交换了眼色。碟子动了，顺着黑墨路线慢慢走了起来。

“你们不要推碟子。”大毛相当的怀疑，另外几个低声否认：“没推！”

“先问问我口袋里有多少钱。”大毛凑上去盯紧了碟子。

碧玉帮着问了，碟仙缓慢地原地转圈，接着迅速滑向数字“2”，“你是说20?”大家感觉指头下的碟仙快速滑向了“否”。

“200?”碟仙在“否”字上打转不走。

“2元?”碟仙听到这个问题呼啦一下滑向了“是”。

“不可能，他那么有钱咋会只揣2元出门。”

“把钱摸出来当面数。”大毛已经满脸惊奇地从上衣口袋里掏出折叠的钱来，“晚上出门，只带了这么多。”

蒋少虎兴奋起来，“碟仙碟仙，你猜我有好多钱?”

碟仙像是在慢慢数他口袋里的东西，缓缓走向“2”，然后“5”，最后停在9，蒋少虎伸手掏口袋，“连我自己都不晓得带了多少。”他拿出一把钞票来数，共259元，一分不少，他的脸兴奋得冒油。

“你是准备买几头牛啊，带这么多出门。”有人打趣起来。书良赶忙问她们班上有多少同学，碟仙的回答让她很满意，她马上又问了新买衣服的颜色，她给出五个颜色，分别用五个数字代替，碟仙也说准了，看来这个游仙不仅能算，记性还好。简直有些不可思议。

轮到华生的时候问题发生了转变，不再是测试性的而是只有真正的灵媒才能回答的问题。“碟仙，我爹妈在那边好不好，你可以走‘是’或‘否’。”碟仙想都不想呼呼地滑到了“是”。他即俯身问了第二个问题：“我和星星还能不能见面?”碟仙缓缓在原地转了三圈，最后滑向了“是”。

大毛在一边按住了他的肩膀。

其他几人见这个碟仙这么神，都争着问问题，书良问她爸，大毛问外婆，蒋老幺问候了好几个，碧玉没有和他们抢，由他们问过尽兴。

“再来，再来，四年后我会不会进博济医院，‘是’还是‘否’?”书良着急抢问。博济医院是成都有名的教会医院，在她家斜对门，她希望毕业后能去那里上班，可是碟仙却给出了否定答案，让她多少有些失望。蒋少虎马上抢了机会，“那四年后我会不会还在商业场坐办公室?”碟仙停在一个岔路口不动，蒋少虎又问，碟仙还是不动，华生怕碟仙没听清楚帮着问了一次，还是没有动，蒋少虎便自我解释：“看来是去其他地方发展了，正合我意。”

“问问抗战还要打多久?”大毛几乎是扑倒在他们的身上。

碟仙沉稳地走向“7”，“还要打七个月啊?”有人大声说道。华生没有作声，本想问问是月份、季度还是年生，但一转念没有开口，不管是七个月还是七个季度都够久，他不想让任何答案跳出来扫大家的兴。

“甲午战争和他们打了九个月最后我们惨败，又割地又赔钱还向他们开放通商口岸让其投资办厂，现在这场仗已经正式打了一年多，再打七个月不晓得谁输谁赢，也不晓得会是什么样的结果，要晓得对方有很多不怕死的人，又舍得花钱扩军和改善装备，我们这边嘛……”大毛把到嘴边的话咽了下去，“如果不怕死跟他们打，全民出钱出力买新装备，七个月结束战争也不是不可能。”

书良见气氛沉了起来，“还是问我们自己的事算了，抗战的事情也许碟仙也不清楚。”说完低头便问，“碟仙，华生哥有啥秘密?”华生闻言猛地缩回了手指，大家嚷着让他把手放回去，碟仙答“否”。

书良挨着问了大毛蒋少虎，大毛倒是无所谓，蒋少虎好奇之极，也想看看自己是不是有啥子秘密，答案都是“否”。书良抬头看向碧玉，碧玉极为镇定，“你随便问，答案肯定是‘否’。”但碟仙收到这个问题后，停了停，走向了“是”。碧玉摆着手，“不准了，我哪里还有什么秘密。”众人起哄，要她说出藏着的是什么事情，碧玉笑着求饶，保证以后有秘密的时候会告诉大家。

“要不我们休息一下，吃些东西再继续。”她反守为攻占了主动。这个提议受到了欢迎，几个人随即把注意力转移到盘子里的小吃和玄乎乎的龙门阵。

夜，渲染开了它的颜色，像张撒开的大网，挂在房顶、挂在树梢。

继续玩了一阵，各自问了很多想问的问题，也相互帮着问了不少的问题，等到最后都不晓得该问什么才打住，五人喝着杯里的茶，回味着碟仙给出的答案。书良会遇到一个潇洒高大的男生，大毛会过着不是一般的日子，华生两年内有新发展，蒋少虎会离开成都，而碧玉，一年之后可以读“三言两拍”。

“你们说碟仙是真的还是假的?”书良问大家。

“就当它是真的，至少听了心中高兴。”碧玉扶着她的肩膀。

“给的都是充满想象的答案，都可以按照各自的意愿填上具体的内容，是不是真的不重要，心头高兴就好。其实想一下，人生的美好就在于这种想象而不是提前看到，要是可以预先看到未来，会不会有些可怕?”

“对头，要是可以预知未来，可能很多人一生下来就不想再继续，不晓得未来也许是一种福气。”

“那看来还得谢谢这个碟仙，没有乱讲什么吓唬我们。”

“就是，这个游戏以后也不要玩了，说得不好会睡不着觉。”

“那我们来敬它一下，敬它没有吓我们。”

“对对对，以茶代酒敬它，我还多喜欢它勾勒的画面。”

几个人全站了起来，在跳动的烛光中愉快地碰起杯来。

“老幺，它说你会离开成都，准备去哪儿？”

“我咋晓得，它说的它自会安排。”

“你以为你遇到的是神仙？还它会安排，多半是你欠债跑路了。”

“咋会，你蒋幺哥才不是那种人，就算跑路也先通知你一声。”

“扛枪打仗去了？”

“不会，现在哪个还有时间和闲钱来训练没摸过枪的人，当兵的才上前线，没扛过枪没训练过的去打仗，不是白送死就是去拖队伍的后腿。”

“老幺，你最好哪儿也不要去，你要走了我们不好耍。”

“看，还没走就想我了；放心，只要有你们在，我寸步不离成都。”

“喂，可不可以把灯打开说话，暗中说瞎话，说啥都不算数。”

“开灯，开灯。”周围的桌椅板凳稀里哗啦响了起来，蜡烛被人吹灭，升起一股淡淡的烟子。听老人家说跟着烛烟许愿可以让愿望直达天际，不管信不信吧，有那么几秒他们都没有讲话，各自发挥着各自的想象，默默地向天泄露心事。

那一天其实是他们全体最后一次轻松的聚会，很快战争的风暴波及了后方。日军攻陷武汉占领了汉口机场，新一批苏联志愿队和他们的 SB 型快速轰炸机抵达中国境内，集中在肃州和兰州机场初训。听大毛说志愿队除了要熟悉地形天气、要熟悉不完善的机场设施，还要熟悉他们之前并不熟悉的高空带氧飞行，因为日本研发的97式轰炸机飞行高度达到万米，如果我方飞机飞不上八千米会很难对其进行拦截。空军为了保障苏制飞机带的氧气瓶能在高空作战时持续使用，找私人工厂生产了高空专用的氧气以作补充。事实后来证明这些氧气有用但也有缺陷，杂质含量较高，容易导致人员高空缺氧，增加了中俄飞行员执行任务的难度，而敌人那边仗着汉口的地势和众多性能良好的飞机，蝗虫一样频繁起落在中原的天空。

十

重庆再一次遭到了小型轰炸，成都方面开始部署空防预案并向市民发了公告，政府是这么讲的：

> 信号站挂黄旗为预行警报，说明敌机已经起飞，请大家相互通知，尽快尽量往城外疏散，没有条件疏散的可找隐蔽地方躲藏。旗帜挂出后学校、单位停课停工，不得怠慢；信号站挂红灯笼为紧急警报，说明敌机飞临成都，必须就地藏好，严禁在街上跑动，违者重处。各街区组织更夫预警。

公告让空气中弥漫开紧张的情绪，很多人赶快回家物色疏散或隐蔽的地方，仗真的要打过来了。省内的征兵工作在各处加紧进行，四川是大省，组织了不少的壮丁队伍以作军力补充，城、镇、乡、村都在招募人马，大致按家中男丁五抽二、三抽一的标准进行。

吴妈的女婿应征去打仗，正赶上她女儿过几个月要生娃娃，家里托人带话让吴妈赶快回金堂乡下，吴妈放下手里的活路就去和纪婉香商量。此种情况下周家自然不便留人，纪婉香结算了当月的工钱，去东大街给吴妈未出生的孙子买了鞋帽衣物，舍不得地看着吴妈打点包裹准备离开。

吴妈在周家帮佣六年，上上下下操持一切已然一个顶梁柱，现在说走就走全家人都舍不得，特别是搭档老黄，别看平日里顶顶撞撞，待到离别却最为不舍，两个人站在大桑树下说了好久只有他们自己才听得到的悄悄话，之后老黄用黄包车把吴妈送去运输站点赶马车。临走之前吴妈私下搂着可儿道别，她低声跟可儿说："乖乖，最舍不得的就是你，现在剩你一个人在这儿，好好听爸爸妈妈的话、好好吃饭，等吴妈忙完还回来照顾你。"可儿靠着她，虽然不懂别离代表什么，但被别离的气氛弄得有些害怕，"我跟你走。"惹得吴妈一下子红了眼睛。

吴妈走后的几个礼拜，隔壁蒋家老爷太太也在儿女的安排下带着最小的孙儿孙女们回彭县白鹿老家躲灾避难，蒋家爹妈信天主教，白鹿山上有天主教修道学院回乡不愁没有事情干。蒋二哥本来安排蒋少虎跟着父母一起离开，蒋少虎一听回老家，嚷着要留下来和二哥一起守商场。

"我倒不是怕回老家被我爹近身看管，是怕乡下那种天一黑就无事可做的生活，要离开了成都的热闹离开了你们大家，生活也就没啥意思，坚决不走，我妈拿我没法，把我留下了。"

事后他告诉华生。

小桃园也召集了家庭会议，全家坐在堂屋听周伯千说了相对乐观的打算，“离开家就是流窜，我们不搬，就守在小桃园，看局势发展再说。”“反正不到万不得已我是哪儿都不想去，还是烧高香吧，求菩萨保佑。”纪婉香则把保佑全家的任务拜托给了供台上的各路神仙。

家可以不搬但空防的预先准备不可以没有，纪婉香悄悄把私存的首饰银圆等用油布包好，放到一个崭新的泡菜坛子里用蜡封口，在后天井的泥巴地上挖了个坑，埋了。

“自抗战以来，黑市银圆越来越值钱而流通的法币越来越不值钱，物价猛涨，烫个头发都在翻倍，照这么下去那些银圆一定会发挥作用。”她在周伯千耳边嘀咕。

至于说到是疏散还是躲起来，全家倾向前者。疏散对宽巷子的人来说不是难事，巷子不远就有菜地，如果再跑远些出通惠门那更是天地宽阔房屋稀疏，没有什么可作为攻击的目标。纪婉香特地准备了跑警报的东西，“一旦跑警报，”她把一个口袋递给老黄，“记得带上这个。”

“啥东西值得带着跑?”周伯千不免露了好奇。

“沙琪玛。”纪婉香答得干脆，“就算逃命也不可以饿肚子。”

“政府说了啥都不要带，我看该加一句，沙琪玛除外。”周伯千打趣她，纪婉香毫不介意地撇撇嘴巴，“你听政府说，真要找不到吃的，政府才难得管你。我这不算啥，大姐的备战包还有万金油、风油精。”

“带那些东西干啥?”

“田坝有蚊子你不晓得?跑警报也不能丢了常识。”她对自家男人居然不理解万金油风油精的用途感到不可思议和轻微的蔑视。

“逃命还怕蚊子，真是女人之见。”周伯千同样也是不可思议。其实女人的预见性是天给的，就算是没有进过学堂，也可以凭借这种天赋办正确的事情，不久之后大家就觉得她们的思路确实还是有些道理。

农历九月的一个下午，街上传来急促敲棒子的声音，预行警报来了。当天是礼拜二，电影院只有晚上的单场电影，华生和周伯千在家休息。院里出现了呼吸停止般的凝滞，华生已麻利地从椅子上起身出门，对面的老黄也手忙脚乱地冲出屋子，周伯千穿着汗衫灯笼裤抱着熟睡的可儿站在院中大喊：“快，拉车子。”

纪婉香手里拿着一包生玉米从厨房跑了出来。

巷子里邻居们碰头商量着一起跑，“往西，飞机会从东边过来。”华生周伯千配合着一左一右扶了老黄的车子加入了扶老携幼的队伍，没人注意到车上师母搂娃娃的手中仍抓着苞谷。都等车子出了巷口，她才把玉米一撅两段，扔给了也不知吃不吃那个东西的两只土狗。

各条街的人蜂拥而出，胆子大的在扎堆看动静，胆子小的惊恐得一如末日来临般埋头紧跑，个别动作快的早已在家找好地方藏了起来。没人晓得警报之后会出现什么情况，对于不明状况的危险，其恐慌程度可以想象。华生有些担心碧玉，希望她能保护好自己。

逃命产生的焦虑让人失去了时间概念，没有人晓得自己到底跑了多久，鞋子掉了东西掉了都顾不得，没有人敢弯腰杆，后面的人群浪子一样一波一波地涌上。一个婆婆拉紧了身边五六岁的男孩，“孙儿，家里门牌号码好多?”小男孩清楚的回答让他婆婆多少得到了安慰。

华生和师父对看了一眼，过去抱起男孩放到老黄的车上让他抱着纪婉香的脚坐好，周伯千招呼婆婆跟着他们一起跑。那个婆婆跑得并不比他们慢，看得出来平日体力活路没少干。

出了通惠门城外风光呈现在了眼前，有人喊起来：快看，红灯笼！众人回头，见红红的灯笼静静地挂在城门之上。此时的红灯笼不再代表它本身的光明喜庆，而像一只怪兽的眼睛，看一眼胆战心惊，再看一眼魂飞魄散，如果刚才还有个别人跑得散漫，现在是恨不能多生出一只脚来。

天边很远的什么地方响起了隐约的闷雷，方位难辨，“炸了，炸了!”乱哄哄的人群反而安静了下来，听着那个陌生的声音不知如何是好。

“去田坎!”华生指挥着身边的人群。

老黄去远处树下藏车子，华生抱着仍在酣睡的可儿和周伯千并排坐到了干燥的地沟，纪婉香在他们旁边叉着腰观察，皱起眉头看着脏兮兮的泥巴地。老黄跑了回来，懂事地脱下身上的坎肩铺在地上让其入座，纪婉香坐了下来，接过了华生手中迷迷瞪瞪的娃娃，“是场梦就好了。”

一时间田边瘫坐倒下一大片，没有人想说话。华生周伯千动作一致地仰靠在田坎上，看着远处的天边。

天空中有两只鸟飞过，一只追着一只发出嗷嗷的叫声，远处的爆炸声没有对它们产生意识内的威胁，它们像寻常一样时高时低地追逐着去寻找当晚的食物。鸟飞过的地方是种满冬麦苗的田野，那些麦苗是立秋后播的种，已经过了地下的低温春化期青幽幽地露出了小头，等到来年春末收割以后把麦子磨成面粉再送到前线那就是抗战士兵的粮食。

前后左右的麦田里到处是丢盔卸甲六神无主的市民，个别没找到藏处的还在继续跑。如果不是吓人的爆炸，不是可恶的战争，坐在田坎边看鸟飞、看人跑、看市内看不到的地平线或是更远的西岭雪山，该是别样的心情；但是现在每个人都又累又渴又担心，既无心情也无想法，唯一能做的是：侧耳静听，疲乏等待。

远处有娃娃在哭，哭声惊醒了可儿，她揉着眼睛看着周围陌生的人和陌生的地方，一时间弄不明白为啥要在这里排排坐，当眼睛落在旁边小男孩的身上，她彻底醒了，"饿了。"

小男孩手里拿了一个馒头静静在啃。老黄这才意识到犯了大错误，跑得仓促居然忘了拿沙琪玛的袋子，他忙站起来向师母告罪。纪婉香本想说他几句，"你看你。"她刚起了个头，跟着一转念，原谅了这个逃命中的过失，"以后要记得带，田里找不到东西吃。"和被炸弹炸比起来，忘记带干粮倒也算不得啥子。

小男孩的婆婆注意到这边的动静，从手上的口袋里摸出一个馒头递给孙儿示意。男孩接过馒头跑过来塞到可儿手里又跑了回去，可儿也不客气，拿起馒头津津有味地吃起来。

“还不谢谢婆婆和哥哥，请你吃馒头。”纪婉香心不在焉地说着。

华生坐了起来，坐直身体看着周围的群众。那都是安分守己的平民百姓，受的都是孔孟之道的教育，就算没有上过学堂也口耳相传地学到为人忍让宽厚、讲礼重义，血管里流的是温和的血液，心口里跳的是善良的心脏，可能很多人都想不通为啥会有人大老远跑过来朝他们头上扔炸弹

“可恶，炸大后方。”周伯千顺着他的视线看了过去。

“炸我们有用吗，师父，飞机为啥飞这么远来扔炸弹。”老黄凑过来问。

“为啥？还不都是为了利益，一旦被贪婪控制了人性，人就成了世界上最凶残的动物。”周伯千捶着跑累的双腿，“你看眼前这片田园风光，看看脚下这块平原土地，那都是土层肥厚、垦殖指数极高的好土地，这些地一年四季都可以找到东西种，被诸葛亮赞为‘沃野千里天府之土’。四川是产粮大省，成都又是平原的中心，特定要在抗战的粮食物资保障上发挥作用，飞机飞过来扔炸弹，这大概是原因之一。”

“空军该升空了吧，跟他们大干一场才好。”

“应该升空了，也只能是武力对抗武力，再不喜欢战争也只有跟他们打，打到底。”周伯千感慨道，“战争、死亡，再有能耐这两样东西个人可解决不了，必须仰仗国家强大老天慈悲才能得以解脱。所以，支持政府是当务之急，如果国都没有了也就没有了家，要是我们最终败了谁也活不好。华生，明天在

电影院搞个捐款活动咋样，我们不会拿枪拿炮，筹钱这种事还是可以出力去做的。”

“好，我去办，明天组织人马对内外进行义捐，完毕后以电影院的名义统一把款子交给红十字。”华生脑子里已经有了一个兼顾左右的计划。

“算我一份，晚上交钱给你，人多力量大还怕赢不了！”老黄来了情绪，就像在参与巷口赌棋凑份子。“你全权去办，注意要符合对外捐款的各项要求。”周伯千首肯之后半靠在田坎上，闭目，不语，休息。

所有的人在田坎边等待着，等轰炸停止，等危险过去。过了很久，负责观察的人才喊起来：城门灯笼消失了，警报解除，敌机回巢了。

回到市区一进家门纪婉香便忙着点炉子烧晚饭，老黄领着可儿在院中擦洗黄包车。华生禀明一声想出去一趟，周伯千也没问为什么，原因很简单，自然是为了那个碧玉。

华生一路小跑赶到了诸葛井，推门进去大声地喊着。楼上空空的没有人答应，屠婆婆从后面的厨房转了出来。

“哎呀，不晓得这个女娃子跑哪方去了，刚开始都跟街坊在一起，我们还拉着手一齐跑一齐跑，后来不晓得几冲几冲的就看不到人影，她们几个年轻人一起跑了。看嘛，到现在都没回来，兴许是跑得太远一下子没力气回来也说不定。我跟你说这个跑警报太耗体力了，心惊肉跳的一时半刻吓得不敢回城也是可能，隔壁陈姆姆她们就没有跑，下次我也不跑了，我跟你说……”

屠婆婆连比带画地继续，华生站到门口打望。市区没有遭到轰炸，碧玉和街坊该是安全的，兴许真是跑累了在什么地方休息，他信她的机智灵敏。等了约莫一个钟头仍不见人影，遂向屠婆婆告辞，请她带话给碧玉：明日一早会来接她，去电影院参加活动，为抗战筹款；此时不能久等是因为得赶去找蒋少虎和书良安排一些事情。

次日清晨全家都起了早床，连惯于晚睡晚起的纪婉香也破例八点就整装待发，说是要去大姨妈二姨妈那边看看跑警报的情况。

起早床的不止他们，总府路上游行声援队伍早早就拉开了阵势，各路人马拉着横幅走成方块，加上围观的群众，把主街道堵得水泄不通。昨日日军出动了十架飞机，分别在北面和南面的机场投掷了炸弹，听说有人员伤亡，机场跑道有不同程度的毁坏，空军方面紧急召开了会议并着手在当地招民工抢修跑道。打金街上人头攒动，游行队伍顺着朝东大街移动，环城示威，为首的青年额头上绑着写着红字的白布，上书：血战到底。

华生赶到电影院召集一帮师兄弟安排了活动事宜并分派了任务，“一会儿蒋少爷也来，还有书良小姐，我出去一趟，要是他们过来你们先帮着接待。还有，把桌子摆到街对面，正对电影院大门，等我回来!”安排完毕他匆匆离开，去了不远的诸葛井。

出影院右拐走出半条小街，穿打金街马路进入江南馆，快步到了屠婆婆的门前。屠家的房门大开，正待进屋，后身传来一个姑娘大声武气的声音："你找哪个？"身后一位扎短毛根的大姑娘正瞪着眼睛看他，姑娘身上套着一件碧玉的小花棉袄，因为身材厚实，衣服显得过紧，纽扣没扣，敞开。

"找碧玉。"他边答边猜测姑娘的身份，眼中露了一丝的疑问。

"碧玉？哪个碧玉？"姑娘没头没脑地反问，这时碧玉拿着一个空水桶从屋里出来，将桶递给了姑娘，"你去庙子把房间收拾干净，我出去一下，一会儿回来。"随后才转过头解答他眼中的疑惑，"她是花花，我妹妹。"她拉了拉花花，"还不快喊华生哥哥。"

"华生哥哥。"花花埋头瞟着大声地招呼。

"你等我下，上楼拿了东西就跟你走。"碧玉返身回屋，把他和花花留在了街上。花花抱着水桶一动不动地站着，他知道她在偷偷打量，笑了笑，望着房门专心等人。

很快碧玉从楼上穿着平底布鞋跑下来，头上别了两颗小夹子，干净利索，"走吧，给我说说筹款是咋回事情。"

他追着在街上走出了一截，"先不说筹款，说说你妹妹，从来不晓得你还有个妹妹，她不知道你叫碧玉？"不过他一说完便知是错。

"碧玉不是我的本名，到成都改的名字。"碧玉没有避讳地直接作答，"为了躲债而改的，我妈妈喜欢绿色，所以用了这两个字。昨天跑警报碰到了我爸妈，现在的妈，他们现在住在东门外，我爸在那边帮人家守厂房，三个人挤在一个小房子里面，我就把花花带了过来。"

"你家里的事你从来不具体说，我倒是愿意一听，愿闻其详。"他本想问问她的本名，但想想那并不重要，对她的过去太好奇不合适，除非是她自己愿意说明。

"你以为我怕说啊，是懒得说，不过既然你看到了花花，我会说给你听的，等参加完活动再说好不好？现在该你把募捐的事说给我听，就快到电影院了。"他点了头，把情况简要地向她做了介绍。

影院外师兄弟们已经安排好了义捐现场，两张铺着绒布的桌子正对影院门口隔街摆放，没有横幅、没有演讲，只有两个腰间挂腰鼓的师兄和准备排队捐钱的师兄们在嘻哈打闹。书良和蒋少虎已经到了，书良不仅带来了红十字的一名工作人员，还带来了捐款箱，一见他们走近所有人都兴奋起来，活动随即拉开了序幕。

碧玉过去和书良站到了一起，守着捐款箱开始分工商量，腰鼓敲了起来，向所有能听得到那个声音的人敲响了聚集围观的信号。华生不用抬头都知道师父已出现在对面二楼的办公窗口观战，他并没告诉师父会有哪些人员参加活动，但现在他会让他晓得都有谁在为抗战卖劲出力。他随意地去了碧玉的身边，陪着向捐款的人宣传道谢，然后做了一个能让周伯千明白无误猜到碧玉身份的动作，亲密地将她肩头的什么灰尘轻轻地弹开。

一楼大厅里陆续走出来各部门的同仁，包括早场排练的话剧演员都结队前来解囊支持，现场的气氛很快到了高潮。一个多时辰之后，开完早会的各位董事经理也集体出来慰问，还派工人端来茶水和蛋糕。他们把快要装满的捐款箱抱给董事们看，其中一位董事表明了态度：“格老子的，要是不够打，大家再捐。”

唯独没有靠近的人是周伯千，他站在台阶上背着手远远地看着。碧玉和书良正稍作休息喝水聊天，两人都穿着长及脚踝的棉质旗袍，看上去像是一对关系不错的姐妹花，年轻正派、积极向上。

一上午的活动结束后蒋少虎陪着书良和红十字的人走了，华生则陪着碧玉返家，诸葛井还有一个妹妹在等着碧玉照顾。往回走的路上碧玉还沉浸在方才的情绪当中，“做这些事让我觉得自己有用，以后有这种活动你尽管叫我。”她的表情看上去既生动又可爱。

“当然，就晓得你会喜欢。”他嘴里说着，心里在想不晓得师父会怎么看她，第一眼的印象应该不差。

“事情做完，刚才答应过你讲我家的事情，现在可以讲了。”

“好，你讲，我听。”他背着手，陪着走在她的身边。

“也不是啥高兴的事，所以难得去提。”碧玉已经把情绪带进了回忆，“我爸在自贡地方上当过兵，我三岁那年他在外面有了另外一个家，就是花花她们。几年后我妈重病走了，临走之前妈让爸把她们接过来，听现在的妈妈说当时我妈托她照顾我，妈走之后我们四个人就在一起生活。又过了好多年我爸开始酗酒赌钱，家被败得差不多了就到外头借钱赌，还不出钱来被人家追着砍，他跑了，不晓得去了哪里，对方放出话要是找不到人就抓家属点天灯。晓不晓得啥是点天灯？”

华生点头，那是川康地区的刑罚，削开头顶的天灵盖，倒上灯油插上灯心，把人当油灯点。

“等我从邻居那儿听到消息妈早带着花花跑了，邻居好心帮我，说：干脆逃远些去成都。后来的事情你可以想象，十七岁，没钱没熟人、没见过世面，第一次进省城不亚于那个刘姥姥初进大观园。”碧玉笑了，语气平静得像在给他讲故事，他却听得阵阵地心惊肉跳，没想到她的那几年是这么过的。一个人惊恐无靠跑来成都，能好好活下来已是不易，哪儿还存在什么对错。

“你来成都几年了？”他从没问过这个问题。

“三年多了。”

“爸妈托人找过我，妈和花花很快在灌县一个远房亲戚家找到了爸，他们在那边住了一阵，后来也到了成都。”

“真是打不散的一家人，慌慌张张跑一趟警报居然遇到了。昨晚我把花花带到诸葛井，东郊那边的房子又偏僻又冷，三个人挤在一个小房间不是办法，想给他们换个地方，争取都接到城里来住。”

华生心头微微地发热发痛，听她的口气好像当初抛开她跑路的根本不是这帮人。受了那么多委屈那么多苦还顾着不争气的家人，没有怨恨没有抱怨，那要长多大一颗心脏。这个人，对她真是越了解越佩服，越佩服越喜欢。

“你就不恨他们？”他问。

碧玉没有直接回答而是再讲了一个故事：“在老家的时候

离我家不远有个尼姑庵，里面有一个师太婆婆，家头是中道没落的大户，有文化的那种，妈妈在世的时候爱去供养她，我也喜欢去找她说话。婆婆说过：娘胎里出来的人都会恨、都会气，但假若知道自己从根本上是天上下来的，只是到世上走一遭，那所有的恨和气就容易消了，看事情也容易看得明白。婆婆还说，很多事搞不明白也正常，即便是她自己到死也不敢说自己全都明白。我没习惯恨人，更不会恨自己的家人，当初要是我在家也会让他们先跑。你不要一听后妈就有想法，她人不坏只是胆子小，是她把我从小带大的，咋会恨？”

“有机会带我去看看这位师太婆婆。”

“早圆寂走了，之后我很少去那儿，因为再没人跟我说那些话。”

碧玉沉默着走了一段，“你看，我们家和寺庙有缘分，前阵子听李道人说想去青城山修炼，正在找人帮着看守诸葛庙，一般的人他信不过，其他庙子的人也信不过，昨晚我和他讲好，如果他把庙里现成的一间屋子借给我爸妈住，他们可以帮他看庙子做卫生，保证人在庙子在，让他安心上山修炼，他答应了。总的说来运气不错是不是，算是有了住的地方。对了，你要有空的话帮我去弄张床好不好，我想让妈和花花先住过来，爸要上班就让他暂时住在东门，合适了再搬。”

“下班就去办。”华生一口答应了下来，虽然并不喜欢那一对不负责任的爹妈。碧玉在街口停住，“你回去吧，我自己回家。”

“那下班我去找你，不管床买没买到。”他们分了手，在往回走的路上他一直在想碧玉说的天上下来的话。现在晓得她为什么有一张耐看的脸和招人喜欢的面相，她就是天上来的，脸会透亮，像个仙女。

认真喜欢一个人大概就是这个样子，喜欢并且甘愿为她做任何的事情，哪怕只是去买一张大床。下班后他赶着买好所需的东西，在店主装货的时候又自作主张买了棕垫、棉絮和枕头，然后把门牌号码告诉店主让其送货上门，自己则喊了车子先行一步。他并没有做好见碧玉爸妈的准备，但是当车子到达诸葛井的时候，他们已经在那儿了。

碧玉的后妈高胖结实，如果除去脸上的浮肿，基本和花花一个模子。看得出来她也曾经有过风光，暗淡的衣衫面容之下还暗存一丝旧日风韵，有些落魄的样子。相比之下碧玉的爸爸就相当落魄了，头发花白蓬松，胡子拉碴未剃，赤脚穿双旧哇哇的胶鞋，完全残留着地方兵的气息，脸色潮红、酒意未散。碧玉的五官长得像他，但绝对一个天上一个地下。此时他们都抬头看着黄包车上的青年，不招呼、不说话。

在未见到碧玉爸妈之前他把他们想得比较可恶，为了他们曾经干出的那些事情，然而一旦见到却发现这对父母并非凶恶歹毒的一类，而是像许多受苦受难的普通大众，浑身上下写满无助——自身难保的那种。在和他的眼神对碰之后他们继续跟在碧玉身后听她介绍街上的情况，老实得几近卑微。

他没有马上下车，坐在车上想该怎么称呼他们。

花花跑了过来，不见外地打招呼："你来啦！"好像他们已经是老熟人。她父母站在后头警惕地打量，碧玉说了句："他就是华生。”他便晓得自己已经提前被介绍过。

“是华生啊，听小萍说了，这几年多亏你一直帮她。”花花妈突然的热情让他一时不太适应，不知该说什么，叫了声伯父伯母，客气了几句。

碧玉爸顶着伯父的称号有点别扭，面前这位年轻后生仪表堂堂让他又是欢喜又是惭愧，黑着脸吼了花花妈两句：“还不帮着把东西接下来，你看他大包小包的，咋个下车？”花花和她妈争着去接枕头。

送货的车夫也到了，大家忙起了具体的事情，待把所有的东西搬下车，再搬到庙内堆放好，已经不用彼此客套。华生跟着碧玉往庙子走，途中小声问道，“原来你叫小萍？”

“你还是叫我碧玉好了，听惯你那么叫了。”

“你告诉他们这几年都是我在帮你？”

“他们比你还好奇，你指望我跟他们讲啥故事？”

“真希望那是真的”。

碧玉一时没明白其所指，面带疑惑地看着他。

“我是说要真是三年前认识你就好了，至少不会让你受苦，有苦也会由我去受。”他解释了一句。碧玉在巷道中停了下来左右看了看，他以为她会亲他，结果她只是凑近说了句：“傻话，除非发生过的事情可以重来。”他趁势拉过她的手，还没来得及放到嘴边做一些动作，碧玉突然像被蜂子扎似的把手缩了回去。他一扭头，见花花站在庙门内盯着他们，像个唐突的不速之客。他忙换了姿势顺势帮碧玉拍了拍袖口，一前一后进了庙子。

一家人开始争着谁做卫生、谁负责安床。碧玉爸在花花妈耳边唠叨，花花妈在花花耳边唠叨，花花反过去唠叨她爸，三个人轮盘扯但都一致听从了碧玉的指挥。

他隔着一定距离看着她们一家，看得出来他们的关系不是想象的那么糟糕，甚至还可以说关系不错，不了解情况的大概会以为只有碧玉抛弃他们，没有他们抛弃她的道理。真是与众不同的一家子，在那种情况下各自逃离老家，分别经历了说不清的苦，如今再聚头该惭愧的不见惭愧，该埋怨的没有埋怨，就像什么事情也没发生过。当然，起关键作用的人是碧玉，既然她不去怨恨，其他人也就乐得把私自跑路的事假装忘了，或许是真的忘了，也许在他们看来在那种情形下谁先跑都正常，又不是安心要丢下哪一个。

世上什么样的家庭都有、什么样的父母都有，遇到这样的家人也够难为她的。他走过去从碧玉身后拿走了她手中的东西，“我来。”

太阳下山的时候一切规整妥当，全家在街沿上站着喝了一阵茶，李道人出门还没回来，庙内庙外没有外人。花花妈趁机找了半只盘香和一把米，用洋火点着盘香敬了四方仙人和各路孤魂野鬼，念念有词地把米撒到房前屋后算是完成了乔迁的过场，反正道人不在她愿意咋干都行。其余人在一边看热闹，看她在庙子里弄出些家的味道。

“躲债躲战乱，能找到这么一处不受打扰的地方落脚，可以了。”碧玉爸一副此生何求的满足，这种情绪传染了大家，所有人都很开心。

起身告辞天色已经不早，离开前华生告诉碧玉爸说自己会试试能不能在市中心帮他找个活路，那样的话他就不用去东郊上班。

“太好了，关键不是路远，是郊区上班和市中心上班完全性质不同，爸爸要是能进市中心挣钱那才叫安逸。”花花妈脸露不加掩饰的激动。

“好嘛，就看看能不能找到你说的工作，试一下嘛。”碧玉爸背起手，嘴上说好心头想的却是：这小子在喜欢碧玉，以后就是一家人，一家人还有什么谢不谢的，那么见外。“你们两个送客，”他对着两个女儿，“送到正街上，免得他走错，这边的巷子长得都差屎不多。”

姐妹二人一左一右把华生送到了打金街上。

回到宽巷子在巷口碰上了蒋少虎。蒋少虎说书良家也跑了警报，说他告诉书良下次最好往西门跑，大家聚到一起相互间好有个照应。

“猜我听到了啥消息?”蒋少虎附耳过来讲了一个秘密，“书良的爸、你家二姨爹多半是地下党！听一个朋友讲的，说二姨爹一直在资助地下党的人，估计本人就是一分子。没想到吧，水深吧。记得保密哈！”说完哼着浪里格浪走了。

这不是一个让人吃惊的消息，以前隐约听师父提过二姨爹的党派问题，说他和很多进步人士有往来，还说那个照相馆也不单单只是照相，功能没那么简单，“不可以小看任何人，人不可貌相，干大事的人喜欢深藏不露，你以为他是耍家，他耍的东西你也许耍不起。”

他进了小桃园，进了二门。

师父师母端坐在堂屋里说话，可儿在不远的桃树下捉蚂蚁。纪婉香正说在兴头之上，“跟你说了不是在耀华餐厅，是邓锡侯在他百花潭的康庄公馆搞这个募捐餐会，西式自助餐，邀请了社会各界名流，二哥是名流又是邓家大公子的忘年交，自然被邀请携带家属出席。”

“邓锡侯现在当了川康绥靖公署主任，那么忙还费心费力亲自捐钱助战，这个要支持，该去！”周伯千支持的主要还是自家的夫人。

“就是噻，所以二姐叫上我和大姐一起，捐款不嫌人多，见识见识也不是坏事，问题是这种捐款会该穿哪件衣服才合适，真是费脑筋，穿得太好钱捐少了不好意思，穿得不好去了又说不过去，达官贵人聚会的正式场合原则上要穿得体面得体、不张扬也不小气；也许，该穿那件新做的旗袍，不过要穿那件旗袍就要把天井里面埋的泡菜坛子挖出来，酒红色旗袍一定要陪豹子头碎钻胸针才好看，但那枚胸针偏偏埋在天井的坛子里头。”纪婉香不泄气地一路转折，周伯千配合地边听边点头，仿佛选衣服选首饰确实是天下头等伤脑筋的大事。

“还有，你说捐多少钱才合适?”纪婉香换了一个思路。

“钱是你在管，你定夺。”周伯千温和地给出一个模棱两可的答案，“都听你的，你说了算。”

“说了半天等于没说。”纪婉香站了起来，“不和你说了，我回屋去试衣服。”

周伯千和颜悦色地目送她进屋，侧头对看热闹的徒弟说了真心话，“她那个脾气，不管坛子挖不挖、餐会捐多少都让她说了算，免得日后有后患。对了，你要不要一起去？想去喊师母带上你，再把书良也叫上。”

“你不去，师父？”

“我不去凑那个热闹，一是吃不惯洋餐，二是电影院的应酬已经够多，那帮名流很多都是熟人，多一轮少一轮也无所谓，在家落个清闲，你师母去捐钱就算当了代表。你还没回答我的问题，想不想去？”

“我也爱清闲，就不凑热闹了。”

“我这把年纪享享清闲可以，你那么年轻图清闲可不是啥好事情。不去算了，下次。”周伯千清了清嗓子，“那，陪我下盘棋如何，说好和你师母下棋，她却要去试衣服，吊人口味。”

“好，我陪师父。”

他们都没有去提上午电影院捐款的事，为了避免谈及碧玉。华生在回屋拿棋盘的途中既没去想衣服、也没想捐款或是下棋的事，想的是庙子里碧玉的爸妈。碧玉父母和师父师母算是同辈人，生活却是那么不同，这边在烦参加宴会该穿哪件衣服捐多少钱，那边连基本生活还没得到保障。帮碧玉爸找工作的事一定要抓紧，还要想办法帮他们找个合适的住处，让他们有一个像样的地方——住庙子毕竟不是长久之计。

陪师父下棋的时候，他心头一直没放下这个事情。

一个礼拜之后工作的事有了着落。春熙路旁边玉泉浴室需要一个看门人，两班倒，值班的时候可以住门房，要是愿意的话下个礼拜就可以去上班。这个工作不需要任何手艺技术，只要老板点头谁都可以做。

他带着消息去商业场找碧玉，不料在商场门口碰到花花母女二人，正站在那里探头探脑。花花一见他眼睛亮了起来，她还穿着碧玉的夹袄，纽扣仍然没有扣，充了气一样的紧绷，挥着手招呼："我们在这儿，我们在这儿。"就像他是为了她们而来。还是她妈妈比较懂礼，"碧玉今天有空，喊我们在这儿等，要带我们去买衣服。"

他们还在寒暄，突然有人喊了起来："黄旗子挂出来了。"接着就有惊慌的声音跟着呼应："飞机来啰……"街上的喊声汇成乌压压的一片厚重，让来得及、来不及反应的都如坠噩梦，很多人的心陡然就空了，不知道该疏散还是该就地躲起来，定在原地双脚发软肝肾发胀。花花妈像中了邪一手拉紧花花一手抓住华生，"咋又要跑警报，唛，往哪边跑？"

"先不急，飞机不会说到就到，我去找碧玉。"他吩咐着，准备去楼上仓库找人。

刚到楼道口就碰到了碧玉，两人来不及说话拉起手就走，等返回大门见花花妈已是眼光散乱、六神无主，花花倒是无所谓地东张西望。碧玉跑了过去，"你带妈去东郊找爸，安全了再回城。"

"那你们呢？"花花不情愿的样子，就像他们要甩开她去看电影。

"喊你跑就跑，我们还要帮人。"碧玉的声音是命令式的，花花妈赶紧拉了花花，"听你姐姐的，我们先跑。"两个人一个惊慌失措一个嘟嘟囔囔抓着手跑开，消失在人头攒动之中。

“帮哪一个？”华生一时没反应过来。

“师母和可儿在家，炸市区她们有危险。”

他这才想起跟碧玉提过今天下午老黄拉师父去西门会朋友，不想她还记得。一辆黄包车跑过，他上前拦住，“跑趟宽巷子。”车夫的表情跟哭似的，“先生，不做生意啰，跑警报啰。”

“给你双倍价钱，跑趟宽巷子也是跑警报。”车夫被他的话弄得迷迷糊糊，犹豫了两秒便放低了扶手让碧玉上去，开腿便跑，华生在一边扶着车框助他一臂之力。

城中心到处是惊慌失措的人，大家按各自计划的方式寻求着保护，部分人仍然选择顺着四个大方向朝城门外疏散，跑不动的仍旧选择回家躲藏起来。车夫跑通总府街提督街，经东华门，顺着小巷子朝宽巷子跑。宽巷子内早已空空如也，躲的躲、跑的跑，不知哪家的鸡趁机跑到巷子里不受打扰地到处啄东西吃。

“出西门。”华生指了跑警报的线路，车夫“哦”了一声往西奔去，碧玉坐在车上，看着灰蒙蒙的天空。这一次的轰炸和上个礼拜的简直如出一辙，同样的机群飞到郊区的机场，肆无忌惮地狂轰。也许是老天保佑，正当炸弹如雨的时候一阵乌云飘过，阴沉沉的天空下起了细雨，敌机见能见度变差，遂中止了行动转向回巢。

他们在相同的田坎边找到了纪婉香和可儿，蒋少虎也在。可能是因为之前有经验，大家相对平静，吃东西的摆龙门阵的，各自在打发着等待的时间，一个邻居居然端着茶缸在喝茶水。

“下次不跑了，跑不动了。”纪婉香头发凌乱，用力拍着身上的泥巴。听华生说碧玉如何惦记她和可儿的安危，她大感欣慰，觉得自己没有错看，姑娘是个懂事的好姑娘，如果说之前对碧玉的事多少还有顾忌，那么在经历了这场奔命之后也就彻底想通了，人活着命最重要，城门口的红灯笼都见过了，外人的闲话又算得了什么。

“没想到大家的正式见面是在这个兵荒马乱的田坎上，你看我这份蓬头垢面的狼狈相，乱世也顾不了这些，让你见笑了。”她拉起碧玉的手说起话来，可儿在一边跳来跳去高兴得很。

红灯笼从视野消失后华生让车夫拉人回宽巷子，车夫不干，说肚子饿要去找地方吃炸酱面，要求结算车钱。

“不对哦，不是说好给双份的吗，你给多了。”车夫属于地道的穷善之辈，跟他认真较起劲来。

华生笑了，“你从宽巷子跑到这边算不算钱?”车夫想了想，“那段可以不算，是我自己在跑警报。”华生分析给他听，“拉一个人跑和你跑空车肯定不同，是不是?”一边看热闹的蒋少虎耐不住烦，一个响指敲到车夫头上，“啰唆，赶快拿到，少收了钱都不晓得，笨得可以。”

往回走的路上雨继续在下，冷风飕飕。纪婉香和碧玉挽着手走在前头，华生抱着可儿走在后头，娃娃在怀中晃来晃去不老实。蒋少虎在旁边试图抓回他分散的注意力，绘声绘色地在讲刚才跑路的经过。晚饭后他还要去书良那边，看看她们这次跑了没有，跑了好远。

几次空袭之后政府下令四川省政府扩建新津机场，为空战做准备，省政府成立了筹建委员会开始在各乡县征民工民田准备修新跑道，大毛他们搬去了离城更近的太平寺机场。同时政府还启动了另一项紧急国防工程——在紧邻成都的双流双桂寺修建军用机场，由国民党航空委员会负责技术、四川省政府直接领导、地方保甲负责具体执行，政府按各家的土地面积、庄家种类等发放青苗费、土地费、搬迁费作为补偿，让指定区域内的农户马上迁走；搬迁工作完成后，简阳、金堂、广汉、德阳、双流等县调集的民工潮水一样进了施工现场。身强力壮的都当壮丁上前线去了，剩下的男女老少凡是能干活能帮忙的都被招了来，民工们在艰苦环境中加班加点轮番出工，经历了饥寒交迫、肩挑背扛，死伤无数，机场在这样的状况下一天天的初具规模。

雨，一场一场下了起来，整个城市被雨水洗了个干净，气温也一场场的冷下去。年前冯玉祥将军从重庆赶到成都做了为期几天的战时系列演讲，华生被点名去负责各处的音响保障，他忙了起来。

十一

市政府没有因为年关而闲散下来，他们根据前期形势加紧出台了新的空防部署。省防空司令部也明确地划出了城外疏散指定区并派专人防守，成立了成都市疏散区警备司令部来维持治安，同时还选好地址准备开挖防空避难所。全城东南西北都安装了警报器，关于新的警报系统政府是这么讲的：

空袭警报：警报器鸣六秒，停六秒，依次重复

紧急报警：警报器短促反复鸣响

解除警报：警报汽笛长鸣

启用警报器是一个进步，只是很多人不理解为什么解除警报要心惊肉跳地拉那么久，于是懂道理的就解释给想不通的人听：你就当它是在欢呼，也可以当作是在送瘟神。

这一年，在这样的气氛中迎来了新年。

关于过年成都人有个好习惯：过年不欠账。怎么都得在新年之前把旧债结清，一是信用、二是迷信，都信不那么做新的一年会新账不断。于是债主们在想如何讨债，欠债的在想如何还钱，那些不欠账不欠钱的也没敢闲着，都把心思用在计划油盐柴米上。物价在一路往上蹿，小道消息说政府为了多筹钱抗战很快又要出台货币政策，新政策是什么没人晓得，晓得的是只要仗还在打日子就不会好过，不管是公司还是个人都觉得今年的年关比往年难过，连米价都疯涨，真要让当家管钱的愁白头发烦不胜烦。

华生提前去庙子给碧玉家送年货。那天纪婉香把天井里的坛子挖了起来，戴着豹子头胸针准备去参加百花潭康庄的募捐自助餐，周伯千要去杜甫草堂会从北京过来的老朋友，纪婉香安排可儿随华生去碧玉家做客，免得她撵爸妈的路。

对这个安排周伯千没发表意见，基本就像没有听到，不说赞同当然也不提反对，碧玉的事在家里还是像小火炮，都不想

去拉那根点燃的引线。赞成也好反对也罢，事情到最后会不攻自破，赢到最后才是胜算。做客的前两天周伯千问华生：“你真不想跟我去草堂和胡老板吃茶?”纪婉香事后在背后嘀咕：“我看你师父不像是冲着碧玉，倒像是舍不得你长大了要丢开他自己去耍!”

师父终归会转变态度的，华生心里这么认为，但也没敢十分肯定。

难得一个艳阳天，上房西洋五音钟一敲过下午三点，一家人便各自按计划出发，纪婉香去二姨妈家集合，老黄拉周伯千去西门会胡老板，华生抱着可儿拎着东西到街口招车去诸葛庙。他们坐上了黄包车，穿过城中心晃动的人群，穿过树荫婆娑的街道，去见想见的人。可儿趴在他身上啃车子扶手看街上风景，车还没进江南馆，远远就见街口杂货铺门前站着碧玉和花花两姐妹。

花花穿着新买的灯芯绒夹袄，看上去结实健康，再配上棕色灯芯绒裤子，整个人明显的比以往耐看。她的发型也变了，照着碧玉的样式剪成短发，几剪刀下去，大脸蛋被挡去了边缘，平添了几分稚气和可爱，有些成都姑娘的模样。兴许是晒了太阳的缘故，两个脸蛋红扑扑的，当她们同时转过脸来的时候，一旁的碧玉就显得过于白净。如果用花比喻，姐姐是玉兰，而妹妹，就颜色而论，红苕花吧。

可儿一见到碧玉姐姐急着想挣脱出去，碧玉上前把她抱走。花花的兴奋不亚于可儿，但她的兴奋显然不是为了娃娃而是为了华生，她根本就没多看可儿一眼，笑嘻嘻跑上去半拉半扶要把华生弄下车。对于花花的热情华生每次都得用几秒来适应，他从车上下到地面，跟在碧玉可儿后面去了杂货铺的柜台。

铺里的伙计在打清油，杂耍一样麻利地把空油桶放到油缸出油管下，快速上下压动油乎乎的打油手柄，油顺着细嘴铜管流进油桶，大半桶又稠又黏的清油打好了。可儿双手勾着柜台的边缘，踮着脚看。伙计见有了看客，又拿起一个空瓶放上漏斗，一转身从墙上一排打酒器中选了中号的竹筒量杯，滑步走到墙角的大酒缸，揭开红绸子包着的坛盖把量杯往酒缸里一沉一提起，酒香飘动，再高提、低下、倒酒入瓶，如此重复一次，一斤白酒便已打好。

“还要、还要。”可人拍手叫着，碧玉哄她下次再来，把她带离了那个满是坛坛罐罐的地方。碧玉拎着油桶牵着可儿，花花提着酒瓶跟着华生，四个人说着话往家走，她们没有去屠婆婆那边而是直接去了对面的庙子。现在庙子是家，李道人已经上青城山隐遁去了。

庙内天井里支着小方桌，碧玉爸坐在桌边喝酒，花花妈弯腰在小火炉上煮汤，抬头见他们进门忙迎了上来伸手从华生手中接过东西转手递给花花，“你看你，这么大的人了也不晓得给哥哥搭手。”花花歪着嘴巴算是回答了她妈的问话。

花花妈注意到碧玉手里牵的可儿，晓得那是师父家的心肝宝贝，着实把娃娃从穿着到长相夸了一番。可儿对面前笑容夸张的婆婆不感兴趣，靠着碧玉坚决不喊人，碧玉爸在一边招呼：“小娃娃，过来啃骨头。”可儿望望碧玉，碧玉推推她，

“爷爷给你吃东西，去嘛。”花花一把拉起可儿的手，“瓜的，走，带你去吃肉。”

还不待华生在桌边坐下，桌上马上新添了炸排骨和下酒的花生。

可儿好奇地拿起一个大号土碗罩在脸上“喂喂”地喊，家里见惯的是精致小瓷碗，这么大的土海碗对她来说基本等于玩具。花花妈站在一边抄着手看，“我说碧玉，你小时候长得就像她这个样子，乖得很，只是你的头发没那种卷卷，你们是一种长法，不信你喊华生看，这才叫有缘才能遇见，才能走到一起。”

“可以想象。”华生看着碧玉说了一句。

“我哪儿能比，人家是千金小姐。”碧玉拿下可儿手中的碗，用一片五香豆腐干取代了这个兴趣，随手又拿起两颗花生，把外壳弄开一条缝，一边一颗给可儿夹在耳朵上当了耳环，有人立刻就有吃有耍地老实下来。

“啥子哦，你以前也算小姐，吃得好也穿得好，怪只怪我把你们拖累了，害得跟到受苦。”碧玉爸替女子撑面子，他们又不是没有过过好日子。

花花拿起一块鸭脖子放进嘴里，插嘴过来：“晓得就好，都是因为你，以后不许赌了。”话音未落她老娘一筷子敲到头上，“没大没小，还轮不到你教训老子，好在你华生哥不是外人，不然让人看笑话。”

碧玉爸无所谓地摆手，“还赌啥子，没得兴趣也没得钱赌了。”

“啷说要是有钱你还是要去赌?”花花不依不饶顶她老汉儿。她妈又去敲她脑袋，碧玉打住了他们，“老提那些干啥，又不是光彩的事情。”

“华生啊，你是没有看到我们以前的光景，那个时候家里条件还是安逸的，经常一桌子的人吃饭，碧玉和你伯母都会烧菜，做的饭菜好吃，见得客！我那个时候在队伍上领月饷，家的房子跟你说，”碧玉爸环视了一下四周，“小，但也有坝子，养了鸡养了鹅，她们两姊妹还是过了些安稳日子，那边的生活和成都比起来虽然说是乡坝，还是多舒服的。”他仰头喝了一口酒。

“就是，爸爸在队伍的时候多风光的，要不是队伍上有人整爸爸，要不是后来不发薪水，说不定……”花花妈还没说完就被碧玉爸打住，嫌她把话扯得太远，陈谷子旧事听了烦人。花花妈马上转了风向，“我说碧玉，当初教你做家务该是没错，看看你现在多能干，在成都落了脚，又在商业场找到了工作，事情干顺了就是这个样子，一通百通。我就说嘛，你从小就长得好看，要再会干家务活，找个好婆家肯定不是问题。”她边说边拿眼睛瞟华生，想让他了解自己对碧玉的一番苦心。

华生饶有兴趣地听着，碧玉在一边和可儿头顶头蹲在地上捣鼓一个碓窝里放的紫红色牵牛花，认真地把花瓣舂成泥。就算她啥都不会也没关系，他眼神流露的大概是这样的一层意思。

“再看看你妹妹。”花花妈回头看了一眼手抓鸡翅膀的花花，“当初让花花读书从学问上长进一下，结果学了那么多之乎者也，也没碰到半个倾慕的人，成天待在家也不晓得哪天才能遇得到个合适的，说起都窝囊。”这番话花花大概早听腻了，既不多心也不犟嘴，拿起下一块鸡腿继续啃。倒是碧玉听不过去，“花花自有她的运势，不要太早下定论，人家才刚满十七。”

“十七？”花花妈略受打击的瘪嘴皱眉，“我十七的时候都生她了，现在这些新年轻，十七岁还昏要，也不晓得张罗大事。”

花花见有人替自己扎场子来了劲，懒得理她娘亲的不满意，“就是，你不要太早下结论，哪天我去找个好差事吓死你。”本来她想说找个好后生吓死你，但顾忌着一旁的华生，忍嘴没说。她妈一听死字抬手又用筷子敲她，又是一个听不得死字的人，和纪婉香同门同派，同出一辙。

华生见她们母女耍嘴皮子也不好插嘴，跟着开玩笑会显得轻狂，而过于正经又不凑气氛，于是他让自己当了含笑善听的听众。花花妈一见他脾气好便来了劲，趁着花花上厕所，坐过来挨着，“华生啊，你在电影院上班认识那么多舒气的人，要是看到有哪个合适的，给花花妹妹撮合一个。”

“最好撮合个吃官粮的，时局不稳定，吃官粮的稳当。”碧玉爸直截了当地帮腔。华生挠挠脑袋，一抬头，见碧玉似笑非笑在看自己，就含含糊糊地应承下来，这种事他还从来不曾干过。花花妈开心了，在她看来凡事拜托给华生就是有希望，他能帮碧玉又能帮爸爸，未必帮花花撮合一个人会难得倒他？她们家遇到他简直就是，捡了一个宝！

顷刻间，华生的碗里被放满了翅膀。

碧玉没管他的处境，继续和可儿摆弄手里的东西，她拿了一张砂纸轻轻擦可儿的指甲盖准备给她染红指甲，华生原本对这些女孩子东西不感兴趣，但为了回避一下花花妈，就起身去看她们做指甲。碧玉认真地把滴了清油的花泥弄到可儿的指甲上，用早已准备好的油纸和布条把十个指头包了起来，“好了，希望走之前颜色可以上去。”她握着可儿的手宣布大功告成，可儿兴奋地看着被包起来的指头，举着跟在碧玉后面，跟前跟后，就是不把手放下。

花花妈边想好事边继续张罗吃喝，请华生过来就是要把他的肚子填饱，安心要讨好讨好这个未来的女婿。她将熬锅肉、萝卜汤、蘸水、炖菜、烤海椒摆了一桌子，招呼所有人重新回位置坐好，接着搓了搓手，觉得气氛不够，起身跑回屋，等再回来的时候手里多了一把胡琴，“爸爸，开饭前来段曲子凑个兴，好久没听你拉琴了。”她把琴递了过去。

“要得，我就来现宝嘛，活动活动手脚。”碧玉爸用手抹了一下油乎乎的嘴巴，接过胡琴拉了几下调好弦，拉出了一段悲凉的声音。华生没想到他会拉琴而且拉得还不错，多少有些意外。

一曲完毕花花妈和可儿起劲地鼓掌，花花妈回手使劲拉他，“拉得好哈，爸爸样样都会，要不是队伍里头有人整他，还是多有发展的。”碧玉爸半眯着眼睛又拉了一段不那么悲伤的曲子，很难想象在那个常年酒醉的身体里居然还藏着音乐的旋律。

华生端起桌上的酒杯，突然觉得面前这两个曾被视为可恨的人也有了可爱之处。其实他们是非常般配的一对儿，都有小人物的自私、卑微、怯弱，在大难来临之时不由分说忘掉责任抬腿跑路。他们不是不在乎家人，是不知道怎么在乎，既然生活的磨难没有把他们变得高尚，也就把他们放到和高尚相反的一面，成了芸芸众生中最最普通的一枚。从某种意义上讲他们才是值得同情的那种，像芦草陷于泥塘，自己都在挣扎哪儿还顾得到别人，包括家人，他们自己都需要照顾和保护。碧玉该是看清了这点，所以没有抱怨没有要求，明明知道卑微自私还不离不弃和他们守在一起做家人，既然她没嫌弃他也不可以嫌弃，她的家人即是他的家人，这个逻辑不加感情色彩也可以成立。不嫌不弃，是做一家人的根本。

胡琴的声音戛然而止，碧玉爸把自己拉高兴了，端起酒杯仰头干了一杯，杯子还没放下即让华生也干掉杯中的劣酒。华生从命一饮而尽，举着空杯子看向了碧玉，送上一个让她不用担心的微笑。

带着可儿回小桃园的时候时钟已敲过九点，街上各处亮起了灯，油灯电灯星星点点连成柔和的光线，一天之中家的气氛浓到了极致。刚踏进院门就听到上房里传出兴奋的笑声，一个人影从内院寂寞地走了出来，是书良。书良抬头见是他，习惯地问了句："咋这么晚才回来，我正要回去呢。"

他忙领着可儿去上房找师母，纪婉香正和大姨妈二姨妈在屋里交换刚才康庄自助餐会的印象，衣品、菜品、人品、酒品和花边杂闻。他把可儿交给师母，从房里退出来回到外面的院子。

书良站在桑树下等着。难得她那么耐心，没有拔腿走人也没有让人去追，他笑她难得的耐烦。书良动了动嘴巴没有作答，盯他的那种眼神和表情让他不能再故作轻松地继续把玩笑开下去。

“我送送你。”他陪着出了院子。他们很久没有单独相处了，自从认识碧玉之后就再未有过。两个人沉默着走了一段路，都没有说话，书良是选择不说，他却不晓得从何说起，只是慢慢地陪着走，像是在陪一只受伤的鸵鸟。

书良埋头走了好长一截，陡然问了句：“你们两个还好吗?”透露了她脑子里一路在想的东西。他“嗯”了一声，如果对方不是书良，倒是不介意谈谈和碧玉在一起的诸多感受。

“你该回去了，不用送了。”书良伸手猛拉衣领，很冷的样子。他见她没有戴手套也没戴围巾，忙把自己的围巾取下来递过去，书良没有伸手，他把围巾绕上了她的脖子。

书良眼珠子不转地盯着人不说话，他转头将双手插进裤子口袋，避开和她的眼神正面交锋。要是再多看一眼，等于在鼓励她说出一些会弄得彼此尴尬的话来。其实，他们的友谊从头到尾就只是友谊，不包含其他，自己是她的老大哥，始终都是。原以为她早已了解，现在看来情况比想象的严重。还是回避和沉默吧，如果说那是一场误会，就让误会自行消除，不可以让她再误会下去了。

他们并肩继续向前走着，慢慢地走着。

送到东华门街口书良停了下来，似乎不死心就这么离开，

"我也送送你，不能让你白送，我不欠人家人情。"她执意跟着往回。他没办法只得由着她往回走了一截，路上书良几次欲言又止最终都选择了沉默。天已经晚了，他不放心她一个人回家，又原路把她送了回去。

看着书良一改性子压抑自己，他心里多少有些不是滋味，知道自己欠了人情；虽然他们之间从来没有什么开始也无所谓什么结束，但从小一起玩到大的伙伴，她想要的东西他不能给她。

天定的姻缘不是人能控制的，在处理他们的关系上能做什么呢？能做的是什么也不要做，能说的是什么也不要说，就这么过去，溪流一样，悄无声息。感情之事大概就是这个样子，有人得意，就注定有人失意。

对碧玉的事周伯千还是没有松口的迹象，华生只能等着某个可以突破僵局的时机。纪婉香性子急不想等了，因为她脑子里萌生了一个想法，想让碧玉能来小桃园走动走动，不为华生，为她自己。

情况是这样，自从吴妈走了之后家里没有再请帮佣，年纪大的嫌手脚慢，年纪轻的又看不惯，一时半会儿没发现合适的人选；如今外面物价飞涨，以前买一篮子鸡蛋的钱现在最多买半篮子，让不爱在钱上费功夫的人成天都想盯着算盘珠子算小账。没有帮佣倒也不急，省了开支，只是这么一来有一个不方便的地方，就是没人帮着搭手照顾可儿。带娃娃是相当淘神费力的活路，可儿一天的吃喝拉撒比伺候一个大人还麻烦，伺候一天耗命半条，她是真心盼望能有一个看得上又愿意主动帮忙的人，就像消防所或红十字的那种志愿者，来帮着带带娃娃。

但谁会心甘情愿又胜任这个帮手的角色呢？想都不用多想就有了合适的人选——碧玉。可儿喜欢碧玉、碧玉喜欢可儿，两个人多半八字相合。碧玉会哄娃娃而且没有一般年轻姑娘的毛躁，叫人放心的那种，要是她能来那算是功德圆满。娃娃有人带，华生也不用一下班就丢了魂似的往外跑，两全齐美的事情。

她考虑了一阵觉得想法不错，便去周伯千面前软化他的想法。

“这个事想来想去最怕不过就是闲话，但再一想警报都跑过了还怕啥闲话。依我说不如请姑娘到家里坐坐，看看情况再提反对，如果真的不合适，了解之后再反对岂不是更响当当地说硬话？都是懂道理的人，只要占理最后都说得通，你的徒弟你还不了解？他不会傻到给自己找一个不好的媳妇；再说了，这事要处理不好，你们两个会打肚皮官司，家不和如何万事兴呢？”

周伯千扔出一句：“你想咋弄就咋弄，我不管了。”

纪婉香马上抓住了属于自己的机会，“不管就对了，下礼拜我请姑娘来吃个饭，接触一下，就这么一个宝贝徒弟，当初要不是他已经懂事都想收来当儿子，你也愿意看到他开心是不是？我看你啊，思想还没我新派。”

周伯千还她的嘴：“关思想啥事，是做男人的面子问题，他年轻不懂，你也不懂？”

纪婉香端起桌上的一碗藕粉一勺勺地吃着养胃，“我懂，也不懂。我只晓得我喜欢看的，就可以进门。”正好可儿跑过来黏她，纪婉香放下碗捧着娃娃的脸蛋揪，“就好比我们家可儿的脸，我就咋看都看不够。”可儿打了个喷嚏，喷了她一脸的唾液星子。

计划定好她转身把日程告诉了华生，华生转达到了碧玉，碧玉的反应却是出乎意料，“去小桃园做客？我还没有想过。”她露出了犹豫。

“有啥好想的，迟早你得见他们。还说你胆子大，不会是因为要见长辈而紧张吧？”

“倒不是紧张……”碧玉埋头在想。

“师父人好心善，你去了该怎么做就怎么做，既然请你过去断不会出招为难，何况还有我和师母，你只管安心去当一天的客人。”

“好嘛，我去，扭扭捏捏反倒奇怪。”碧玉答应去小桃园做客。

十二

纪婉香想让计划中的好事一锤定音，提前时不时在周伯千面前说些碧玉的好话，做足了铺垫。吃饭的头一天她意外地在街边捡了一张五角的票子，赶紧把这份意外之喜放进灯柜抽屉一个红封封里面，那个封封里头都是老天爷前前后后给的各种暗示，她喜欢在这种关键时刻见到吉兆，即便受到周伯千的挖苦也在所不惜；捡的哪是钱，捡的是兆头，是上天的旨意。吃饭的当天又出来一件让人高兴的事情，吴妈出人预料地回了小桃园，带来了自家做的腊肉萝卜干，全家上下无不欢喜，连周伯千都估计此次的安排招惹吉庆。家里的气氛让搭顺风车回来探望的吴妈很满意，特别是听到周家没有另请帮工而是把位置给她留到的时候，她撩起围腰擦了嘴巴又擦眼睛。

吴妈和纪婉香简直是天生的主仆关系，纪婉香没容她多喘几口气，就说："华生的客人要来吃饭，先不要顾着喝茶，赶紧帮着弄些春卷出来，这些技术活路只有你能做。"

"哪个客人这么隆重？"

"一个姑娘儿。"纪婉香意味深长在拖长的尾音中加进了充分的暗示。

"懂啰——"吴妈二话不说卷起袖子就去生炉子和面，院中又响起了她久违的大嗓门，吆喝老黄过来帮着打下手。

其实自吴妈踏进门起，老黄就一直跟在后面没有离开。老黄今天也高兴得很，老搭档终于回来了，没有她的日子真是暗无天日。两个往日里爱打嘴仗的老搭档，在久别重逢之后以一种让人不太适应的态度商量着干活路，似乎应验了那句关于人际关系的老话——远香近臭，特别近的，最后往往特别臭。也只有他们自己才晓得是咋回事情，在分开的那段时间里不管好不好意思承认，双方都在想念以前一起顶嘴的日子，嘴上顶心头却是踏实，都是天涯孤独之人，那些顶嘴不过是换了方式的相互取悦或俗称的打情骂俏，属于冬天的炭火，一旦顶嘴的人走了双方都不自在得很。吴妈和老黄在厨房里心花怒放地干着熟悉的活路。

周伯千和纪婉香坐在天井里喝茶说话，纪婉香拍他的手背，“你紧张干啥，放松，一切以和为贵，其他的事情都好说。”

“我好久紧张了，来的是人，又不是老虎。”周伯千不认。

“不紧张你抖腿干啥?”纪婉香撇撇嘴巴，一点面子都没给他留。

碧玉被华生可儿陪着从二门进了内院，周伯千立刻坐直了身体假装稳起没转头。他不太想轻易发出妥协的信号，即便让碧玉来做客就已经算是妥协。纪婉香却是爽快，起身上前拉着碧玉的手问长问短，有什么好装的，幼稚。

可儿举着一条竹子做的青蛇跑了过来，“爸爸，爸爸，碧玉姐姐给我买的耍玩意儿。”周伯千不好扫女儿的兴，弯腰去看。

“看，它可以动。”可儿宣布了自己的发现，周伯千假装在听。

“师父。”华生叫了一声。通过后脑勺，周伯千晓得全家人都在看他的一举一动，躲是躲不过的，只好转身对着客人。

“师父。”碧玉跟着喊了一声，双手交叉放在前面等他发话，周伯千挺直身体用烟袋指着周围的院子，“华生，你先带客人各处参观一下。”

纪婉香扫了他一眼，转身朝后厨房喊：“吴妈倒茶，客来了。”

吴妈闻声端着茶盘从后面走出来，猛一见碧玉她愣了一秒，随即马上掩饰了失态。对于一个不善掩饰的人来说，想掩饰偷看的冲动是不可能的，吴妈端着托盘偷看碧玉，看一眼赶快埋下脑袋，然后像中了邪一样，任碧玉从手中端走茶碗、任她客气地谢过自己，直着腰杆丢了魂似的回厨房而去。华生有些想笑，就算好奇惊艳，也不用那么直接。

周伯千到底是心软的师父，接下来的几小时很快就卸下了对碧玉的防卫，缴械投降，以至后来华生每想起那个下午都想面露微笑。和同年龄的人相比碧玉真的非常懂事得体，那天他们陪着师父师母在院子里打麻将，气氛和谐得不得了。吴妈和老黄一直带着可儿在旁边寸步不离地陪着，一家人就这么消磨了整个下午。

待到吃过晚饭碧玉离开，周伯千紧绷的神经已然彻底放松，他嘱咐道："下次陪师母打牌千万要认真对待，不然你的钱会被她赢光的。华生，你送碧玉回家，要送到家门口，怕路上不安全。"

纪婉香趁着这个档口拉着碧玉说了想法："以后下了班和华生一起过来，可儿妹妹喜欢你，要是你们能带着她一起耍就好了。"碧玉还没有来得及回答，可儿跳着叫好，华生俯下身用手刮她的鼻子，吴妈在一边拽着围腰看热闹。

华生陪着碧玉告辞出了院子，走在了清风雅静的街上。

空气中隐约飘着熟悉的味道，说不清是饭香花香还是地道成都空气的幽香。各家各户的灯都开了，柔和的电灯光从不同的窗口门厅照出来，在暮色中肆意散发家的温馨。这种时刻、这种心情和喜欢的人并肩散步，感觉很好，感觉可以不要目的一路走下去，一直走到天荒地老。

“师母要晓得你的真实牌技定会大吃一惊。”华生拉起了碧玉的手。

“是他们打得好，倒不是我刻意输牌。”

“懂事!”他牵着她慢慢地向前。

“还难得见到那么和气没架子的师父。”碧玉说道。

“老江湖了，在省内很多地方跑过，又在电影院待了那么久，见过无数世面，心宽得很。”

“你有福气，其他当徒弟的可没这么好的运气。”

“师母说我和他是上辈子的父子，这辈子换个名号在一起。”

“师母人也很好，我好喜欢她。”

“你们是惺惺相惜，你喜欢她，她也喜欢你，连吴妈都止不住在偷看，可儿就更不用说，那是敞开大门欢迎碧玉姐姐大驾光临。”

“哪有那么严重。”

“相当严重，只怕她们喜欢你不喜欢我了。”他搓玩着她的掌心，“以后经常过来，当你在成都又多了一个家。不管是小桃园还是诸葛庙，只要有你在，于我都是待着不想挪窝的地方。”

碧玉点点头，没多说什么。

“对了，过几天陪你去做几身衣服如何?”他换了个话题问道。

“咋突然说起衣服，嫌我穿得不好看?”

“你穿啥都好看，只是你把钱花在家人身上自己也不买新衣服。”

“又不上台演戏要那么多衣服干啥?”碧玉把握着的手缩了回去，“多一件少一件又不会改变我的生活，旧衣服又不难看，都是我喜欢的样式。”

“为我而做而穿，可否?”

“那让我想想，我不要欠你太多。”

未待她说完，他已把她的手拉了回去，“我喜欢你欠，欠得越多越好，当你的债主是我莫大的荣幸。”

“要做衣服我自己晓得，你陪着也帮不上忙，白白浪费时间。”

“好强！我是想陪你，陪你不算是浪费。”

两人闲扯着走了一截，之后碧玉停了下来，“好了，不要送了，我自己回去。”他忍不住叹了出来，“你看你，不喜欢撒娇、不喜欢黏人、不喜欢主动提要求，倒是宁愿你趾高气扬发号施令，太客气周到容易显得不亲密，你不需要那么懂事晓不晓得?”他摸了摸她的下巴。

“不是懂事，是第一次过来不想让他们觉得我们黏糊，你现在回去师父师母会更满意今天的一切，我只是实惠。”

“想让我当孝顺徒弟，不想要男朋友啦?”

“要着就到家了，天又不晚。”碧玉推着哄他。

“我突然觉得自己像依依不舍的女娃子，你像男娃子。”他看着她的眼睛不动，“信不信，我喜欢你绝对多过你喜欢我，不然不可能甘拜下风这么听话，你能不能自私一点儿多想想自己？”

“就说了一句让你不送，哪儿多出来这么多的话！”碧玉又推，再次哄他离开，“那就看你是不是真的乖乖听话。”她站在原地跟他挥手，确定华生走远并且离开之后才回头朝前。

很显然，碧玉这么做是有目的的，在独自走完下一条巷子之后她停了下来，转身走上街沿朝来处张望，像是在等人。果不出所料，很快就看见吴妈筋斗扑爬地赶了过来。

“四婶。”碧玉先打了招呼。

吴妈慌张地四下看了一圈，“边走边说还是找个地方说？”

“去那边吧。”碧玉示意街对面一个相对隐蔽的门洞，吴妈小跑跟了过去。街道上人来人往，没人会留意两个站在门洞里说话的女人，就算有人留意好奇，也不会想到两个看似摆龙门阵的人在说一个天大的秘密。

“我说，这是咋回事嘛？”吴妈看上去不用搭脉都知道正急火攻心，方才在小桃园中的故作镇定早已荡然无存，“这些日子你跑哪儿去了？当初把娃娃抱走，几个月之后回去看你，才晓得老五没有挺过已经走了，你也失踪不知去向。本以为你是离开了伤心地，结果居然当了华生的女朋友，还通过他混进了周家，这也太让人跟不上趟，太危险了！”吴妈把憋着的话通通倒了出来，一鼓作气地说了下去。

“讲好娃娃送人就不可以打扰的，现在饭都吃到家里去了，咋回事嘛？事情的危险性你是晓得的，要这么发展下去保不住哪天就要暴露。我们做人可要讲信用，说好的事就不可以反悔，如果让周家晓得了底细，你叫我的老脸往哪里搁嘛？”吴妈话说到此，焦急地盯着碧玉等答复。别看吴妈没文化，她认一个理——说话算数。

碧玉没有马上作答，沉默着，在想从何而答。

“四婶，你把娃娃抱走之后五哥追问她的去向，我先骗他说送到了乡下，后来骗不下去说了实情，他哭了，怪我不该瞒着把荷花送掉，要我把人要回来。我去过宽巷子也打听过情况，晓得荷花过得很好，既然她好我也就什么都没有做，送都送了人哪里还能要回来。五哥弥留的时候一直念荷花的名字，那个时候我很想去宽巷子找她，但最后还是什么都没有做。你看，在那种状况下都没有反悔，以后就更不会，周家收留了她对她有恩，知恩就该图报，不能说给就给、说要回来就要回来，别人也是付出了感情。你不用误会更不要担心，我出现在小桃园没有别的意思，能在近处看护荷花，找机会弥补对她的亏欠，就够了。”

“你说的我都晓得，不过也太冒险、胆子太大了。”吴妈手背对手心“啪啪”拍了两下，对秘密的担心并没缓解多少。

碧玉此时的冷静超出了她的年龄范围，“四婶，娃娃现在属于周家，以后也是，这个秘密只要你不说我不说没人会晓得，放心嘛，我晓得分寸。”

这句类似承诺的话对吴妈的紧张起了些许安抚作用，她的脸部肌肉舒缓了下来，焦虑化为了伤感，叹道：“哎，老五那么喜欢你，你那么喜欢他，一家三口原本可以好好过日子，都怪老五没福气去操啥子社会，被人打成那个样子，真是害了你们母女。当初就跟他说，他的命不是他一个人的是你们全家的，男人是家里的顶梁柱要惜命，不为自己也要为家人保重，他要出了事最后受苦的是你们，偏偏被我说中了不是?”这一通的责怪中带了几分疼惜，虽然和老五是八竿子打不着的干亲戚，但看着这家人惨兮兮地走到生离死别，没理由不让她难过。

“四婶，快不要那么说，他也是为了让我们才跟人家去混去拼，命该如此。一辈子没过什么好日子，最后还在床上拖了大半年，遭了不少的罪，离开对他来讲是脱离苦海，以前在街上看见老得走不动路的老人家还不觉得咋样，以为人人都可以活到很老，现在想来一个人要活到老也不是一件容易的事情，他离开时候还没满……”碧玉的声音低了下去。

“你把他送回老家了啊?”吴妈小心地察言观色问道，“老五走了你也失踪，好多情况都不清楚，也不敢打听，怕东家晓得起疑心。”

“没有，他哥哥嫂嫂们都不想管，送回去又有啥用，埋在东门牛王庙那边了，方便我去看望。他的坟上已经长满了青草，坟头的树也高了，大概还满意那个地方。”碧玉自言自语起来，眼神远了思绪也飘了，像是飘去了郊外某个孤独的坟包。有那么几秒，灵魂出壳一样站在那里，在另一个地方游弋。

一帮大呼小叫的娃娃从远处跑过来，没给她继续想下去的机会，她抬起头，见吴妈一脸的关切，就靠了过去，“四婶，把肩膀借给我靠一下好不好?”吴妈二话不说上前一步让她把头埋在自己的身上。

碧玉刚闭上眼睛，便听见吴妈雷公般的声音在耳边响起：“女娃子，人的命就是这个样子，扛一扛都能过去。老五走了但他那么喜欢你和荷花，肯定会在天上保佑你们两个。人一辈子上多少坡就下多少坎，下好多坎就要上好多坡，你既然已经下了那么多的坎坎，该走上坡了。”

碧玉没有出声音，从吴妈手臂里脱开身来。吴妈以为她在哭，却见她脸上没有一滴眼泪。

“对了，搞快说说你和华生是咋回儿事？”吴妈猛想起另一件重要的事情，“自己认识的啊？”她冒险追着出门是因为担心也是因为某种好奇，现在担心不存在了，满足一下好奇也是可以的。

碧玉没有直接回答而是反问了一句：“四婶，你信不信缘分？”很多解释不清楚的事一旦打上缘分两个字好像就解释清楚了，“认识华生是天意，他也是我命中注定的人，还于我有恩。”她简单地给了个说明。

好在吴妈也不是存心想找什么答案，“对了，还有可儿，居然没有认出你来，真是老天爷保佑，老天爷保佑。”她把手一拍，只顾着秘密竟然忘了这句话可能带来的刺激。

碧玉并没有受到任何的影响，“你抱她走的时候她话都不会说，小不懂事，几个月不见加上我把长辫子剪掉，换了打扮，即使她觉得熟悉也什么都说不出来，以为我是一个亲近的姐姐。”

“也对，把你忘了也好，这样你们两个更安全。”吴妈干脆地说道。由于时间关系她没有再往下追问，碧玉能和华生在一起也算是好事，只要不提可儿的身世，这个结局可以接受。

“天不早我该回去了，刚才跟师母谎称出来买东西，回去晚了不好交代，就算做客也该遵守小桃园的规矩。”吴妈拍了拍衣服，“不过还是要提醒你，此事务必小心不能有丝毫的闪失，一旦露了馅所有人都落不了好，你，我，华生，周家，还有娃娃。”

“晓得，关于这个秘密以后就不是秘密是事实，她是师父师母的娃娃，不存在其他任何章回版本，只要她好，我可以成全一切。”

吴妈的心这才算放回了原来的位置，站在门洞里说了几句宽慰的话，然后分手道别。她像来时一样慌慌张张地离开，走出一段距离之后回头张望，见碧玉站在那里。“长得那么好看，就是运气差点儿，哎，啥世道。”她叹了一声，也不管这声叹息是不是有它的道理。

碧玉站在街边看吴妈走远，等看到吴妈消失在街的尽头，她才顺着青石板路往家的方向走去。街坊邻居都回屋了，街上清静得很，只有漫天星斗图钉一样钉在头顶上方遥远的地方眨着眼睛受刑叹息。

她向前走了一段，伸手从口袋里面摸出一条叠得整整齐齐的小手帕，将手帕放到鼻子下面，脸上浮起一层温柔。那是可儿在庙子做客时候掉下的帕子，上面有她的奶香。奶香让她脸上浮起了一种恍惚，她尽量让表情放松、尽量让肌肉放松，即便发生了那么多的事情，也不希望有朝一日可儿看到她长了一张悲伤的面孔。

无边际的苍穹散发着慈悲的力量，安抚着地面上一颗颗无可奈何的心灵。她望向了天空，看上去和街上其他路人没有什么两样，就像根本没在难过，就像生命中没发生过什么不能接受的事情。人生本来就是一场从生到死的折磨和摆脱不掉的含辛茹苦，若不微笑又能如何？她只是普通人，不是什么例外。

时间沙漏一样地流着，一天接着一天。小桃园里一切在朝好的方向发展，而外部环境却在恶化。

5 月的第一个礼拜，日军出动一批 96 式轰炸机从汉口起飞连续两天集中炸了重庆，燃烧弹、炸弹齐下，重庆市内火光冲天死伤惨重，满街无家可归之人，整个城市从《新新新闻》登载的照片上看，简直就是人间地狱。很多人被新闻照片吓坏了，没想到活一辈子不容易而死却可以很容易，一颗炸弹下来就灰飞烟灭。

全国各地炸开了锅，新闻报道和新闻图片铺天盖地地涌来。成都市民为吊唁重庆遇难同胞进行了声势浩大的火炬游行，而就在游行的第二天，成都自身也遭到了突然袭击。这一轮敌机没有投弹，只是让十多架飞机在市区上空超低空来回地飞，像一群随时可以把人抓到天上去的钢铁怪兽。好多来不及躲避的人就那么傻傻地站在街上，仰头看那些蜂子一样“嗡嗡”叫的飞机从头顶“唰唰”地急速飞过……那天是好天气，大街小巷中的花花朵朵开得格外鲜艳，在记忆里形成一种怪异的难以抹掉的景象，以至于随后的日子只要是好，就有人提心吊胆担心有飞机会突然出现。

假空袭之后，市政府响应蒋委员长的指示做好战备疏散，政府连夜开始组织施工，在四面城墙上增开了城门并在门外护城河上搭了木桥以方便群众紧急撤离，宣传空防的标语铺天盖地地贴满大大小小的街巷。后方的紧张形势让空军也加大加快了备战的步伐，新建好的双流双桂寺机场交付给了空军驱逐机总队使用。大毛接到通知，要去昆明巫家坝进行飞行训练，熟悉盆地周边环境和备降场地，然后会奔赴真正的战场。

大毛离开成都之前来了一趟小桃园，当时华生碧玉正在院内陪师父师母说话，大毛书良以及冯家的三个小娃娃浩浩荡荡地进了大门。走在前头的三毛小妹一看见院子里的人，迫不及待地飞奔上前拉着三姨妈的手嚷着报信，说哥哥要去打仗了，哥哥要去打仗了，一脸都是兴奋。娃娃小，不清楚打仗的性质，只当是彻底的好事光荣的事，只晓得打仗出英雄，不晓得英雄必须先从死亡阵营中带着勇气和运气走出来。后面的二毛显然懂得更多，表情较为复杂，众人跟着周伯千纪婉香去了堂屋说话。

“去隔壁找少虎哥，把消息告诉他。”华生拉住了二毛。

“我陪你。”碧玉扶着二毛的肩膀出了院子。

大毛在小桃园前后待了不到一个时辰，接到通知说走就走，次日凌晨就要出发。碧玉书良还有赶来的蒋少虎提出第二天去送行，被挡了回去，大毛说又不是不再见面，不必兴师动众，部队集合地点在皇城后子门，不远。华生懂他的心思，大毛不怕打仗而是怕大家把出征弄得像一场生离死别，不是每个人都有他冯大毛的胸怀，到时候要是这帮人过于伤感，他肯定受不了。

“我当代表去送，你们都不要去了。”华生帮着说服了众人，蒋少虎毫不避讳拉着大毛的手摇晃，“那你早点回来，打完仗就回来。”

三个一起长大的朋友，勾着肩膀排成一排晃着去了巷口，装成他们曾经爱做的那样，没心没肺地傻开心。

然而这场告别是注定的怅然，因为一，不晓得时间长短。二，不晓得还能不能见面，有的告别是为了再聚，而有的，可能就是永远。在分手的时间点上，没人晓得那会是很多事情的结束还是更多事情的开始，命运的车轮一旦转动，最终会停于何处，天知道。

那天晚些时候周伯千去了华生的房间，绷着脸站了几秒，华生以为他想说说战争或是大毛的离开，结果周伯千开口说的是另外一件事情。

“我有个想法，也可以叫打算，想说给你听，听听你的看法。”

华生嘴里说着师父请讲，心头预感是大事情。

“现在为了防大白天空袭，全市商店的营业时间都改到午后三点开门，电影院只有一场夜场电影，生意不太好做。”周伯千背起了手，突然问道，“如果我说我想退出电影院，你咋看？”

房里一下没了声音，消息来得比反应快了几秒。

“退出电影院？是因为生意的不景气？”

“不全是，生意不景气不是主要理由。”

“那，是为了股东间的分歧？我晓得近一年来师父做得不太顺心。”

周伯千点了头。

“但是，我们是中间派，又没得罪过任何人。”

“何需得罪谁，有分歧也正常，是我自己想退出来了。一起做事需要共同的目标，当初加入进去是看到大家有相同的想法和方向，现在一打仗生意一不好矛盾就显现突出了，各自都有了打算，各自为政各有各的侧重，所以想离开了，退出来按自己的意思去做些事情，反正我走影响不大，其他人反而能多分些票房。这个事，你咋看？”

“出来当然没问题，只是下一步的方向……你不要怪徒弟多嘴，电影院生意要萧条下去，其他生意也不会好做。”

周伯千背起一只手沉思，“这个决定不完全关乎于生意，是关乎于个人目标和做事的意义。目前尚在考虑之中，不过既然已经起了心，离开是迟早的事，说给你听是想让你有个准备，你师母那边我还没说，想稍后再告诉她，免得节外生枝。”

“从没想过师父会中道离开，更没想过要离开你单干。”华生快速在脑子里消化这个消息，有些走神地说道，“原本以为电影院是我们唯一和最终的归属，不出意外都会从那里告老还乡。”

“你不用担心，即使我走你也不会受到影响，你是机器房的主任，上上下下都喜欢你，股东们还想重用你，我找个不伤人的理由低调退出，你只管继续。”

“师父不用考虑我，我这边会自己考虑。”他的大脑仍在急速转动。

那天晚上他整夜没睡安稳，先是睡不着，后来是迷迷糊糊地做怪梦。记得清楚的一个梦是在树林上空张着手臂来来回回地飞，手臂像一对翅膀但是缺了飞的力量。试图在空中寻找什么但又好像什么也没有找，最后从天上莫名其妙掉了下来，惊出一身冷汗。

不晓得这算什么样的兆头，预示着什么样的变化。

十三

闹钟的声音没把人从梦中叫醒，好在老黄按时过来敲门，进屋把他从床上摇醒。华生翻身下床匆忙收拾，五点一过便按时出门，前往署袜街大姨妈的家。街上非常安静，居民都在睡眠中圆各自的梦，一个清道夫拿着叉头扫帚在远处唰唰的扫街道，稍显稀薄的空气让昏沉的人彻底地苏醒。

冯家院内冯大毛刚在大姨妈的监督下吃完一桌子的早餐，大毛也像一夜没睡好，即便洗漱整理完毕但头发没梳服帖地在后脑袋上翘了一股。大姨妈心事重重地打过招呼，心情重重地去检查箱子包裹是否捆绑牢靠，大姨爹冯小儿则坐在一边光看不说话。

家里的三个小娃娃没有被叫起来，在屋里搂着各自的枕头铺盖睡得正香。大毛走到他们的房间拉着门帘看了一会儿，回身招呼出发。大毛平时话很多，此时却沉默得出奇，弄得华生也不好多说什么。冯家二老一前一后跟着出了门，大姨妈抓紧时间叮嘱：机灵些，有机会就给家里带信报平安。冯小儿阴沉沉地跟在后头。

快走出内巷的时候，从冯家院门口钻出来一个人，是二毛，他叫了一声哥，光着脚跑了上来抱住了大毛的腰。大毛放下手里的包裹，搂了他一会儿，然后敲敲头：“快回去，不要把那两个小的弄醒，你答应我的事情不要忘了。”二毛点点头，埋头往回走。

到了外面街上，冯小儿终于开口：“去吧，不要晚了让队伍等你。”

大毛摸了摸大姨妈的肩膀，“妈我走了。”大姨妈一下子红了眼睛，赶忙去掸大毛衣服上一处看不见的灰尘。大毛朝他爹鞠了一躬，“走了。”

他们拎起行李，步入了晨光。

街上还是没啥人，大毛的皮靴在路面上踩出了声响。两个血气方刚的青年，一个要上战场，一个送伙伴上战场，心头自有豪情千万丈。他们没有说话，并肩朝前，两旁是再熟悉不过的会掉果子的法国梧桐。走到街角转弯华生回头看了看，见大姨爹双手拄着拐杖在原地打望，大姨妈在旁边用手绢擦眼睛，他忙示意大毛身后二老还没有离开。大毛转身朝远处挥挥手，冯小儿没有任何动作，大姨妈又挥手又揉眼睛又忙着点头。

华生看到大毛红了眼圈，还以为他是一个不会哭的人。

大毛没吭声地闷头走了一长段，“你以为我是在为离开家难过是不是？不，不是为这个，至少不全是，我难过的是为什么我会那么不喜欢我爹爹，这个不孝的想法让人很痛苦，但我又确实没办法去喜欢他。一个老腐朽老专制，没有情趣没有人情的老古董，可敬不可亲，我们要不是父子恐怕连朋友都做不成。不怕你见笑，当初考航校理想是一个因素，还有一个就是想离开他，离得越远越好，双方最好眼不见心不烦，和他根本就无话可说。”他虚起了眼睛，“他从来没在乎过我的需求，只在乎他自己和那些中药，说实话我也没怎么在乎过他，我也在乎自己，两个人生观截然不同的人成了父子简直就是别扭。从小到大你晓得我挨了多少打罚了多少站，我觉得自己没有童年，上次听你和书良讲小时候你们玩这样玩那样，在我的记忆里全是被关在家里读书、练字、背诗歌，你也许要说那是他在教育我，我则认为那是身心的摧残。弄不好就挨上一闷棒，我的反叛多半是被这种家长制逼出来的。”大毛还是第一次这么直白露骨地提到父子关系，华生不作声地在听。

大毛转头看了看他，“不晓得为啥突然想说这些，你会认为我很不孝是吧？”“嗯有点儿，不过能够理解。”

“从小到大他没满意过我，永远是指责，晓不晓得为啥子我一直很用功？是因为从心里觉得自己做得不够，得不到他的认可，总觉得马上又要被骂。家对我来说已经不是家的那个意义，而是一个堆积烦恼的地方，都是活在这个世界上的人，凭什么一个父子关系就注定要被他以为父之名管一辈子，我要的公平又在哪里？”大毛从鼻子里笑了一声，“昨天人多没跟你说，现在可以说了，去昆明之后我暂时不想回来，也许会留在那边，也许会去更远更激烈的地方，请求报告已经交了，看长官怎么批示。外面的世界很新很大，想乘这个机会走出去看一看。”

华生没有过于吃惊，因为这是典型的冯大毛，凡事自己做主不和他人商量，这也是他爹最莫得办法最头疼的地方，先斩后奏，永远如此。

“既然走得干脆，那难过是为了啥子，对你爹就没有一点儿感觉？”

大毛咧了咧嘴巴，“问得好，所以才说痛苦呢，也许不喜欢归不喜欢，可他总归是我爹，断不开的血脉，有点矛盾是不是？”

“依我看天下没有不是的父母，他供你吃、供你住、供你穿、供你出川求学，这是那些无父无母的人想都想不到的待遇，你还要要求精神上平等，是不是要求太高了点儿，再说如果没有他的那些严加管教，你会这么出类拔萃？你有理想有抱负，比我们所有人都优秀，我羡慕你有这么个爹爹管着。你看我，从小没人管，没理想没抱负，过的是一日三餐寻常日子，我都不抱怨，你抱怨啥子？”

大毛笑了，“你乱说没人管的话，三姨爹听了要生气的哈。好嘛，算我不知足，吃了他的还怪他，我的想法需要调整是吧？反正短期内是不会回来了，半年一年谁知道。”他仰头看着路旁绿油油的树子，“说真的，还是有点舍不得成都，我会想念这里，想念你们大家的。”

“对了，你和碧玉怎么样，有进一步打算没有？”他不想再说自己。

华生脑子里第一个想到的是师父离开电影院后他的打算，

但他暂不想把这个说给大毛听，就说了另外的想法：“其实也不是你一个想离开家，最近我也在想该不该搬出小桃园。”

“咋呢，想闹独立，三姨爹那么喜欢你，怕是舍不得吧。”

“还没来得及跟他说，搬出去是迟早的事，总不能赖在小桃园一辈子，一边做准备一边等时机，这段时间事情多他心烦，过阵子再说。”

“啥事心烦?”

“还不是电影院的事，这种时候不想给他添乱子。”

“两码子的事添啥乱子，搬出去住又不是坏事，没什么不能说的，依我看趁他在家无事，正好摆一摆。”大毛不以为然，“要等这些老人家心情好起来谁知道是哪年哪月，我就是最好的例子，不管我爹处于哪种心情，给他说任何事情都可能惹他冒火，也就无所谓时机不时机，有事直说，说完再看效果。”

“好，听你的，尽快找机会说。”

“这就对了，抓紧办，只有独立出来才可以完全掌控自己想过的生活，活成新时代的新青年。”大毛说罢伸出手掌高高举在半空，“来吧，努力，奔向各自崭新的未来。”华生握拳在上面轻轻一击，大毛用力握住了他的手。两个一起耍大的朋友，虽然目标不同，一个属于家庭一个属于外面世界，心却是永远相通。

接下来大毛讲了一个关于蒋少虎的消息，问他昨天注没注意到少虎没和书良说话，“没注意是吧，老幺追了书良。前阵子他老兄一有空就去华大校园献殷勤，而且还追随着参加了红十字救护集训班，但书良根本不在乎，不仅拉一大帮同学当观众，还和其中一个华大的外国人打得火热，弄得那个自作多情的人很是受伤。

“他心情不好，前几天约我出去泡澡，本来想找你摆摆，但你天天都在耍朋友，就没有打扰。没事你也劝劝他，既然前方是墙壁就该马上撤退，硬碰硬撞绝对是不明智。他也是，潇洒一生没想到在书良手上栽了跟斗，那可是个软硬不吃的家伙。说书良喜欢你我信，喜欢老幺，基本没啥可能，他算是在白费力气。”

华生背起手笑了笑，“早看出来了，他是我们中间最调皮最不具备感情细胞的一个，没想到第一次就碰上一颗大钉子，虽说喜欢一个人不是上战场，但他遇到的确实不是一个容易的对手。要么挑明要么离开，死个干净利落一了百了，陷在里面的确不明智。我会找机会和他说，你不会认为他就此而伤心欲绝吧？”两人同时摇头，他们就着这个新鲜话题一路说到了皇城背面的后子门。

后子门原小煤山的位置停着空军的三辆军用敞篷吉普车，前来送行的人群正三五一堆围在一起叮嘱自己的亲人好好训练、好好保重，他们走了过去。大毛把行李扔上 1 号车转身做最后的道别，华生看着他，“还记不记得小时候你和人打架，打不赢回来搬我们当救兵？”

“记得。”

“先撤也是一种打法，才有机会争取最终的胜利。”

“晓得，不会蛮拼，不过仗一旦打起来可能会是身不由己。”大毛看了一眼不远的战友，“晓不晓得机舱盖一关手握操纵杆会有啥感觉？铁打的机舱，一望无边的蓝天，身下是田野民房，想象一下前方突然出现敌机机群，那个时候世界会只存在四个字：干掉对方。”他一拍华生的肩膀，“放心嘛，炮弹没有眼睛，我有，不要小看了我的军事才能。”

华生从口袋里摸出一个东西递了过去，大毛接过来摊开，见手中躺着一个小小的红布袋袋，“不会是送我长命锁吧？”他拿起袋子往里面掏，掏出一个小小的玉菩萨坠子。“这是三姨妈给你的护身菩萨，给我干啥？”大毛把玉菩萨放到脖子下比画。

“现在是你的了。”

大毛把菩萨放进了上衣口袋，慎重拍了拍，“我们会一起回来。”他转身想走，华生拉住了他，“空军的战斗力是不是真的像外界所说那么不容乐观？”整个早晨他们都在谈家庭谈感情，偏偏没谈一个问题，一个他想知道的问题。

大毛回过身，咬着嘴唇，“对方战机超过我们很多，不仅仅是数量。”他望着正陆陆续续上车的同伴，“打仗是斗智斗勇，输赢很难说，要凭借意志的力量。我们都在努力训练，很快会加入正式的战斗，会尽全力去拼。”他重重地拍了拍华生的手臂，大步走向了军车。

所有人都上了车，车内转头侧身的是一张张年轻勇敢的面孔，华生看着大毛，相视挥手。他暗祝车中所有的人打胜仗，并且平安回来。

军车出发后他直接回了家。近段时间因为防空袭电影院上午不开门，场子让给剧团彩排，每晚五点以后才放电影，大白天基本无事可做。回到宽巷子，见蒋家两个女佣在大门口清点挑子送来的鲜鱼和蔬菜，他停下来招呼，得知蒋家老爷太太下午从老家白鹿回来。

“多半是想幺儿了。”其中一个女佣大声调侃，话声未落就见蒋少虎穿着拴腰带的睡衣裤走出来，脚下穿的是皮鞋，女佣们望着他哧哧地笑。

“幺少爷，你睡瞌睡的衣服好笑人，腰杆上捆绳绳，在我们乡坝头只有小娃儿睡觉才捆起睡。”蒋少虎软塌塌一摆手，她们笑着回了院子。

“没精打采的，病啦?”华生明知故问。蒋少虎出了一口长气，蔫茄子一样走到墙边，呆了一秒，两手一抬一个倒立贴了上去。华生跟过去，抱着手看。

“出问题啦?”

“烦!”

“哪个惹了幺少爷?”

“自己。”蒋少虎惜字如金，分开两腿在墙上画大字。

“估计和生意无关，估计是社会朋友惹了你。”华生故意逗他，能说说也算是排解。蒋少虎鼓着青筋撑了两秒，一收腿从墙上下来，耷拉下脑袋，“如果我说我追了书良而且碰了一鼻子灰，会不会吓你一跳?”

“会，吓倒了。”

“正儿八经在跟你说。”蒋少虎推了他一把，“她拒绝了，说是有了朋友，她们华大的洋人，叫啥威廉姆还是母威廉。我说不信，说洋人长得电线杆子一样黄头发绿眼睛咋摆得拢，她一生气就不理我，连原本的友谊都掀翻了。”蒋少虎难得的有气无力。

“她那个脾气你还不晓得，翻不了船，过几天就会没事。”

“她好了我好不了，这两天睡觉都不踏实，没想到喜欢一个人比讨厌一个人还烦，吃饭不香上班散神了。沾爱就死，是哪个龟儿子说的，简直有道理得很。”蒋少虎咧了咧嘴巴，“人都是自私的，但是对她我一点也不想自私，都到这个份上还是想对她好点。前一阵请二嫂帮着选了一串项链，本想她过生日的时候送去做个友情的见证，现在还是想送，就怕她不收。你说我是不是真的在喜欢她，难道男人一遇到命中注定就真的，瓜了[①]?”

这下轮到华生想打倒立，痴情来自看似不懂痴情的人，痴情就显得益发的可贵，而且还带着莎士比亚的颜色。

他拍了拍那个多情的肩膀，“礼物是祝福，她应该不会拒绝。今天晚上想不想来电影院看电影，看完吃夜宵，我陪你。”蒋少虎嘟着嘴巴：“不想出门，不想见人，不想看电影，只想睡一天，看会不会好点儿。喂，你说咋你执着就能成，咋我执着就成不了呢?”他眨着眼睛。

“执着的前提，是双方要有共同的意愿，对不对?”华生晓得这句话残酷，但此种情形之下必须点醒梦中人。

“对哈，回家睡觉了，烦!”蒋少虎埋头垂肩，回了院子。华生望着他败仗一样的背影，能够想象这位幺少爷心头的委屈

① 瓜了：傻了。

和打击。

他独自站了一阵，朝自家院子走去，刚迈过院门就听见纪婉香在内院天井训人："要走也轮不到你走，你这叫不思进取，遇到事情就当缩头乌龟，算啥子。"他径直走了进去，内院之中周伯千正在天井中抓着一把鸟食子假装在喂笼子里的鸟，纪婉香叉着腰站在旁边，脸色很不好看。

"你看你，大清早就吵。"周伯千一脸无奈，"咋又成了乌龟，都说了是为心情。"

"心情？做事只凭心情？请问你几岁，多大，贵庚？"纪婉香不依不饶地全面爆发。

"师母，哪个惹你生气了，有气我帮你出。"华生上前解围，明里帮着师母，暗中向着师父。

"你的事你自己说。"纪婉香冲着周伯千吼。

周伯千拍掉手上的脏东西，"不要生气嘛，跟你说过多少次生气对身体不好，咋不听呢？"他转向了华生，假装之前没有和他通气，"你师母是在生我的气，因为师父我做了一个决定，要退出电影院。"

"退出电影院？这可是大事情，师父。"华生假装刚刚听到消息，"你老人家历来思虑周全，想退出必自有道理，倘若是你退我也退，一起离开。近一年来电影院的事我最清楚，让师父不开心的地方我也不想多待。"他干脆地说道。

"你也离开？"周伯千盯着他问。

纪婉香在旁边急了，"喂，关你啥事，你起啥哄？说得容易，退出，退了去哪里挣钱吃饭，我看你们是想合起来气我。

都退了，去喝风啊!”

周伯千没有理会纪婉香，只看着自己的徒弟，“又没喊你跟着走，我和其他董事交换过意见，大家都看重你想重用你，你还年轻，只管在里头好好待着。”

“你退我也退，真的。”

“理由呢？盲目跟风不算理由，没有理由就是冲动。”

“没其他理由，我也需要心情，如果这算得上是一个理由的话。我不会待在一个让你不开心而中道离开的地方，我也可以有自己的打算，也可以韬光养晦去做自己喜欢的事情。你要是离开了，电影院于我就少了很多意义，不干了。”

“天哪，又疯了一个。”纪婉香痛苦地翻着眼皮，“周伯千，都是你干的好事，惹得他也跟到闹。你们不要把自己当文人雅士，清高得只剩想法。命有天给的、人给的，你们全是自找的!”

“说了不生气嘛，咋又在发火，气大伤身体。”周伯千想去扶夫人的肩膀，被她一挥手挡掉。

“师母，你不用担心，赚钱的办法有很多，不瞒你说前阵子一个朋友想出租科甲巷的私家铺面，想放弃市区生意去郊外疏散地点开火锅铺子，我看过那个铺子，好口岸要价也不贵，离电影院半条街，当时就想如果租下来开电器铺肯定赚钱。那个铺子一直没人租，要是我去开电器铺维修和买卖家电，不亚于在机器房上班，不比当主任差。”

纪婉香不作声了。

“我可以做电机和发电机的买卖，这个生意前景空间大，私人和公家都可以交易。前几天北较场军校还有朋友介绍生意过来，因为忙没回应，明天我就回话把活路接下来增进些了解。另外，喝茶的时候听朋友说最近收音机电唱机生意紧俏，有水路朋友可以弄到货源，新货二手货零配件样样齐备，组装、卖成品，都是不错的买卖。”

华生特意说得详细，想让师父师母了解自己不是一时兴起或是盲目蛮干。

周伯千颇为意外地看着他，伸手在他头上敲了一个响指，“你小子，原来早就在打鬼主意，还不全部给我说出来，还藏了多少秘密行动没有讲，看来就算不离开电影院你也有大干一场的想法。”他扭头向着纪婉香，“看到没有，我们都不用你担心，有本事有手艺还怕挣不到钱，你是小看了我们。这个世界上，宽巷子旁边有窄巷子、窄巷子旁边有宽巷子，到处都是有合适的路可走。”他拍了拍胸脯，“本人壮汉一条还愁没有发展，都不晓得你在怕啥子。”

“怕啥子？我没本事没手艺，担心自己行不行。”纪婉香哭笑不得。

“咋不相信人呢，家里的钱都是你管，你不同意我也做不成事。听我把话说完好不好，我说了会去找其他生意就会去找其他生意，改天把想法说给你听，让我挣个顺心钱好不好，不然赚了钱都没有心情享受。”周伯千把最后一句话加重了分量。

纪婉香使性子地侧过身不理他。

“徒弟，走，出门喝茶，好好摆一摆你的计划，看看能不能说服我。”周伯千转向了华生，愉快地搭着他的肩膀准备出门，就像是两个平起平坐的兄弟。华生像他，性情中人，晓得怎么由着性子做事情，只不过他由着性子是因为懒得掺和，而华生却是大胆，阴倒大胆。有这么一个忠心能干的徒弟，怎能不让人高兴。

去茶铺的路上周伯千说了："你是到了晓得自己想干啥子的年纪，我却是晓得哪些事情不想再干，你支持师父，师父更支持你。此事慢慢商量从长计议，行得通你才离开，行不通，还是留在电影院继续。"

华生一如既往的稳重，"在这个世界上有两类人，一类为了生存一类为了梦想，区分的关键在于为梦的敢舍弃而为活命的不敢。师父，猜一下我属于哪一类？"

周伯千仰头哈哈大笑，"不愧是我的徒弟。梦想，好！你这个梦是顺着性子在做。"

华生也没含糊，进一步分析了自身的优势："以前负责公众演讲的音效结识了不少社团、机构和政府的人，这些都是生产资料，有人脉就会有生意，只要合理利用再加上师父教的手艺，一定会有新的发展。"周伯千瞥着他，"说起电器就两眼放光，那是你从小到大的爱好。继续！"

华生趁机说了一个想法："如果师父不嫌生意小，我们可以一起，反正这行你老人家做过，我们重起炉灶。"

"鬼机灵，想喊我入伙。这么看来你出来也不是坏事情，那就先按你的想法去干，把前期工作做好，如果可行就退出来自己干。伙我就不入了，入了也是白拿钱，你自己依着喜好去干，如果需要资金倒是可以向我开口，按规矩付利息，我好向你师母伸手，你师母可是财主。”

“好，先多谢师父的成全。”

到了长顺街，在临街的一间茶铺找好位置入座，周伯千感慨万千。他端起盖碗茶，揭开盖子吹了一口浮着的茶叶，“不要忘了我还有修枪的绝技，当初你只学了皮毛就不想再学，必要的时候再传法宝给你，依目前的状况来看，那也是个吃香的手艺。出路有的是，不怕。”他环视左右扫了一圈，凑过去小声补充了一句：“怕的是龟儿子。”

师徒二人同时笑了起来。

“以前老嫌人家讲粗话，其实偶尔讲句粗话还多发泄的。”周伯千解恨地说道，“认真去做，应该不差。”

十四

周伯千退出电影院的事众人褒贬不一，赞成的觉得有性格不为钱约束自己，不赞成的觉得那么好的位置说不干就不干也太过舍得。至于听到华生要离开电影院，大家的评语都和二姨妈差不多：傻气，伯千退出情有可原，他跟着离开，典型的意气用事。

当时二姨妈正在小桃园给可儿扎辫子，大姨妈拿着钩针在旁边给可儿钩小衫衫，听完二姨妈的发言，她说道：“离开也不算太坏，自己当老板说不定比当电影院的小股东强。”纪婉香原本在一边泡茶，一听小股东三字看了大姨妈一眼，大姨妈马上不说话了，继续钩手中的衣服。

二姨妈又道："你真以为当老板生意就好做？兵荒马乱的，哪儿有那么多钱赚。看看我们家那位，开个照相馆，天天拉生意，祝寿、开张、唱堂会，哪有热闹往那儿钻，而且赚了钱也不见拿多少回家。爱国，但是败家。"

大姨妈神秘兮兮地问道："咋呢，二弟还在资助地下党？"

"党派问题敏感，可别往外说。资助地下党的成都大有人在也不是他一个，反正不入这个党就入那个党，说是都要有个组织。"

纪婉香拿茶壶给她们加茶水，"当家的挣钱养家也不容易，算了，随他的愿去挣开心钱。如果他想动用家里的存款，我只给小笔，随便他怎么折腾。"说完把杯中剩的凉茶泼了出去。

对退出之事唯一没提反对意见的人是碧玉，她只说了一句符合个性的话："如果铺子不赚钱，你每天来庙子吃饭。"为了这句话，有人当场就想下聘礼娶她回家。他当然舍不得让她去养家供饭，立刻着手谈原配件进货、谈铺子租赁，同时托二姨爹的熟人帮着申请了工商手续。一个月后租到了铺子，不是在科甲巷而是在离家更近的提督街上，内外两间的临街铺面，他请师父抽空去帮忙看看。

"外屋临街这块摆玻璃柜台，零件价格一目了然；墙上搭木头架子，摆各种样品；架子下方搭工作台，里面小房间也搭架子，当仓库。"他指着靠墙放的一块匾"蜀一电器行"，"牌子等开张再挂出去。"

周伯千点头看着，"不错，先不要声张，把开张前的事做好做足。钱不够早点说，我好找师母要。"

华生笑了，“那您的任务比我的重。”

“当心被师母听到，她够支持的了，还想咋样?”周伯千说道。华生办事的快速果断超出所有人的想象，很快初期工作顺利到位，让那些原本认为他年轻毛躁的，开始怀疑自己的判断。

碧玉每天早上去铺子上帮忙，商业场早上防空袭不营业，她不用上班。等铺子到了可以对外开张的程度，花花妈选了个时间跟着她跑去参观，并向华生推荐了一个可以接件记账的文化人，花花。

“反正都是找人看铺子，花花能写会算完全能胜任，工钱多少无所谓，有事情给她干就行。”华生接受了这份美意，虽然花花并不像会做事的那类人，但怎么说也是自家人，来了慢慢教吧，工钱照发。

花花绝对比店主人兴奋，一屁股坐到柜台后面的藤椅上当起了接待生，随即她去工作台把那些不晓得用来干什么的烙铁、松香、工具摆放得更为整齐，最后坐回柜台打开玻璃门检查里面的零件。她妈妈在一边满意地看她工作。花花的兴奋持续了一整天，即便到了晚上华生让碧玉陪着去电影院值班她也没有反对，而是央求他开着店门，看有没有人路过问价格。“那好，就开着店门，看看不挂牌子会不会有生意。”华生答应了让她看店，他和碧玉去电影院值班，路上他告诉碧玉，“一旦离开电影院我会全心投入铺子生意，我们会有一个美好的将来。”

夜幕降临，看电影的人三三两两聚在影院门口的灯光下对着宣传画指指点点，有人在陆续验票进场，电影即将开场。

他领着碧玉进了影院的前庭左拐上了二楼，从工作人员才可以通过的小门进了工作区域，经过厚实的木板楼道登上了通往顶层机器房的楼梯。他太过熟悉那里的一切，做梦都会梦到那个灯光暗淡的区域，进进出出了十余年，知道哪块地板踩上去会嘎吱的响，哪块墙壁有剥落的痕迹，之前从没带碧玉来过，离开之前想带她上来看看。

机器房内值班的师兄正在做放映的准备，见他带了客人都纷纷放下手里的活路过来招呼，端茶水、端凳子。有年轻姑娘来机器房总是让大家兴奋，何况还是位年轻漂亮的姑娘。这帮师兄弟们无一例外地喜欢电影里的情节，更喜欢身边能出现些类似的小插曲。

他将碧玉带到了观察窗口，四方小窗外面是灯光明亮的放映大厅，能看到人头攒动的观众席位和迎面巨大的白色屏幕。他帮她摆好了高脚凳子，示意她从窗口看下面；有人懂事地把机器房的灯光调到了最低的程度，大厅里的灯光也被调暗，师兄们把注意力放到了放映机上。

他怕她不适应，走到身后弯腰顺着视线望出去，看看是不是舒服、是不是角度合适。他们的脸几乎贴到一起，能感觉呼吸的距离。他看了看微光中她的侧面，那个聚精会神的样子，难道不知道自己比电影好看？不远的师兄们被放映机挡住，他没有改变姿势以免引起注意，将手搭在了她的脖子上，轻轻地按摩，“看得不舒服就说，我带你去外面堂厢”。碧玉完全被银幕吸引了，由着他来回地抚摩。那一刻他还是有一丝遗憾，要是不离开电影院的话，倒是可以经常带她上来看片子。

那天是他在机器房最后的回忆，次日电影院和成都其他娱乐场所接到政府下达的暂停营业的通知，辞工之前他不用去电影院上班，可以专心地打理铺子。

暂停娱乐场所的通知不算突然，从春天起所有商场就改成下午三点到晚上十点营业。据最近报纸上刊登的评论分析，说为什么日本《外交时评》会引用其海军某部长的讲话："时值夏季空袭的好季节……蒋氏政权气数有限，上苍也叹无藏身之处。辗转迁都，幸与不幸，劳民伤财……只要抗日政权继续存在，首都选在何处，麻烦便会殃及该处"。这分明是话中有话，似乎在暗示要继续轰炸重庆甚至可能是周边的城市，不管说者有没有意，听着绝对不能无心，敏感时期任何风吹草动都是不该被忽略的信号。成都市政府把办公地点搬到了城外，很多机构也跟着往郊区搬迁，部分市民选择了出城避难，但大多数的人仍选择单次跑警报，至少跑完可以回到自家的床上睡上一觉。与此同时家中老黄也有了自己的计划。

第一个察觉老黄有计划的是华生，他见老黄很晚的时候偷偷摸摸站在桃树下摸树干，一问，老黄就把想法说了出来。

"师父好久没去上班了，我现在几乎是处在失业的状况，师父师母最近都不咋出门，黄包车也没用武之地，我每天不过是帮着做做家务、浇浇花草，之前风风火火拉着师父满城跑，现在是坐在小板凳上帮师母淘米剥豌豆，咋都觉得憋闷得很。你说，既然师父不用上班，也就不会频繁用车，那么把一个车夫养在家里就显得不太合情理，让我觉得自己成了一个吃闲饭的人，闲得都不好意思，所以想告辞了。”

“辞了想去哪里？”华生问道。老黄没有避他，把问过桃树的问题拿来问他：“我想去金堂找吴胖子，你觉得咋样？”

“其实胖子对我还是不错的，我们吵归吵还是说了不少的知心话。”他低头撮着短粗的手指，“她说如果我不在这边干了就去乡下找她，她可以给我活路。我一直没有想通这个话的意思，她能给我啥活路？你说是不是还有其他的意思，就是说她想喊我去她那边也不是真要干什么，就只是想喊我过去？”老黄歪着头问。

“去了不就晓得。”华生鼓励了他，“依我看吴妈对你是有意思的，和你吵归吵，但每次你拉车出门她都给你准备吃喝，而一旦你没有按时回来她会骂人，这些都说明一个问题，她眼里有你。依吴妈的脾气，就算喜欢也不会直说，肯定会拐弯抹角地发些信号，你自己感觉感觉，是不是这么回事。”

老黄开始摸脑袋。

“你不如去跟师父师母说明情况，最好把整个计划都说出来，师母是性情中人又成天在考虑减少开支，只要说是去找吴妈，她一定批准。”

“真的？你认为他们会支持？”

“会不会支持，去说了不就晓得。”于是老黄按他的建议做了，得到了路费和一小笔额外的工钱。

老黄离开周家的头天晚上，周伯千叫上全家到院子里吃了一顿告别的茶。那晚的天空天象异常复杂，晚霞与浓云混杂，一个矛盾的集合体：光明与黑暗，骚动与安详。阴影之上的万丈光芒美得近似邪乎，大概只有会观天象的能看透它在预示些什么。

“是我没有把你们照顾好啊。”周伯千坐在院内对着老黄发了感慨，“也只能这样了，自己想干什么就干什么去吧，有打算总是好的。天下没有不散的宴席，这句雷打不动的至理名言就是用在这种时候安慰所有想得通、想不通的人。该散的时候自然会散的，只不过等你们一个个都走了，我是说华生也可能成家离开，到那时小桃园就冷清了。这倒有点像是在放电影，曲终人散场，一场一场地进行。”

他话音未落纪婉香已经呸了起来：“呸呸呸，啥散不散的，啥就分手了，老黄投靠吴胖子是两全其美，华生如果想搬出去是自力更生。小桃园空一半你也不用担心冷清，必要的时候我把外院租出去收租金，找一窝房客回来壮人气，哪儿就曲终、哪里就人散了？最不耐烦你这种悲观情绪，本来已经够烦，何必再乱说话折磨大家的神经。”

“你看你，我不过是感慨一下，哪就折磨你了。”周伯千哭笑不得。老黄在一边连忙帮腔：“没关系没关系，请师父随便折磨，我们不怕，是不是华生？”

华生恭敬地朝纪婉香作了一个揖，“任何问题到了师母这里都不成其为问题，而且点评得语言之精准、气度之非凡，实非我辈所能及，受教了，师母乃女中豪杰。”纪婉香笑着瘪了瘪嘴巴，“跟你们讲，凡事要往好处上看，苦中作乐好过自找苦吃。现在这个世道，不会想会过得很惨，想问题是为了把自己想高兴，不然就是白白浪费时间和脑筋。”

“你倒是不吃亏，那就向你学了。”周伯千自我解嘲，刚才的感怀伤感等都被她说跑了，“听你们师母的，捡高兴的讲，高高兴兴道别、高高兴兴说话，至少老黄是奔往自己的幸福，那我们就等着哪天你和胖子一起回来，让小桃园重新热热闹闹。”

“这还差不多，有盼头总是好的。”纪婉香终于认同了他一回合，“大家现在分开，以后照样会有合拢的时候。”

老黄走了，离开周家投奔了吴妈。他走之后小桃园真就清静了下来，外院只剩下华生一人，不过好在碧玉很快成了家里的常客，时不时带着花花过来陪师父师母说话或是带可儿玩耍，没有让那份冷清持续下去。

华生从商会朋友处听到一个消息，说育婴堂也在计划暂时撤出成都，需要招一些临时保育员跟着搬迁。他马上想到了小旅馆的女老乡，照顾娃娃的工作她应该能做，而且去了先上课，即便没有经验只要肯学都能胜任。他把消息告诉了碧玉。

“太好了，这个机会再好不过，你保证她能进去？”“朋友那边都说好了，只要本人愿意就行。”碧玉二话不多说，拉着就去了九龙巷。自从碧玉搬走之后他们还没回过那条巷子，如果不是为了老乡，他永远也不会踏入半步。

他们是从电器铺直接去的，到了巷子口，离旅馆还有一段距离就见几个小娃娃惊恐地在跑，后面一个婆婆慌慌张张地迈着小脚跟着跑，就像背后有妖怪在追。华生拉住最后的一个男娃娃，“出了啥事，那么多人？”

“放开我。”小娃娃大声地喊，猛力挣脱了他的手，“弄死人了，马上要推过来了。”说完一溜烟头跑到巷口，回头和他的同伴推推嚷嚷地等着看热闹。远处传来脚步声吆喝声，三名马脸警察驱赶着两边看热闹的人群，以便让旅馆门口停着的一辆架架车可以顺利起步。碧玉看着那辆车子，惊恐地睁大了眼睛，车上扔了一床席子，里面裹了一个人，席子外面露着那个人穿花棉鞋的脚。华生意识到了什么，挽住了她的手臂。还没等他们有进一步的反应架架车已经出发，围观的人群一下子像中了分水咒一样朝四处闪开。车子在窄小的巷道中快速移动，碧玉拽紧了他的手膀，要躲是来不及了，华生一转身把她推到墙边，用自己的身体挡住了她的视线，他几乎是贴着她站在那里，碧玉的头埋在他的胸前，抓紧了他的衣服，她在发抖。架架车贴着从他们身边通过，一股阴风和着作呕的血腥味扑鼻而来，连华生都忍不住打了一个寒战。

他没有回头去看车上的状况，不想看到那个擦驱蚊水的姑娘无声无息地躺在上面，魂已飞、魄已散。

从现场过来一个埋头紧走的中年男人，他挡住了问情况。男人前后望了望，压低了声音：“像是青帮干的，也有说是扬州开台基的惹的祸，弄死了旅馆的一个姑娘，干那个的。听说一大早对方派人来赶她走，不准私自在这个地盘干活，她不听劝，又吵又闹还搬凳子打人，后来双方推搡起来，惹毛了捅了几刀，当场就没命了。惨啊，钱没赚到命却丢了，还不如乖乖听话得个平安。算了不说了，快些走开，是非之地不宜久留，说不定杀人的还在附近没走远。”男人回头望了望，摇头走开。

华生搂着碧玉转身离开。那一幕实在是始料不及的触目惊心，惊心且后怕，如果他们没有遇到，如果碧玉还在旅馆，如果……他不敢往下发挥想象。

“我找朋友打听一下人送哪儿去了。”

碧玉的脸色非常难看，他希望她能说点什么，哪怕说说害怕也好，但她选了沉默。躺在架架车上的人和她一样命中多劫，只是一个幸运地走了出来，另一个没有。

“死了也好，死了就不用受罪了。”走出整整一条街之后她才开口，“挨那几刀多半已经不在乎了，她从小被卖出去当童养媳，被夫家虐待打到手断，不服气偷了钱逃到成都自己过，以为会有所不同，结果又被抽大烟的男人骗，她说早就不晓得啥叫疼啥叫怕，生死横竖命一条，想开了也就无所谓了。

“她一直想遇到一个可以把她带走的男人，带到一个不愁温饱的地方，还说吃苦吃惯了，要是哪天突然享福说不定还不习惯。可哪儿还有这种机会，最后落个这样的下场。每个人都以为自己惨，其实惨的人有很多，一个比一个更惨。”

华生揽着她的肩膀，让她说。

“以前就有人来找过，喊加入他们，说正规场子有人保护，那是啥样的场子，不仅要卖身体还要卖自由。她说那些地方会给人喂一种药，放到肉丸子里面骗人吃下去，绝后的药，钱再多也不能去，她还等着有一天能有自己的娃娃，生个娃娃去彻底报复夫家，还说等有了钱一定要去找亲生爹妈，没有其他意思，只想去问问当初为啥卖她。一辈子活着可怜死得也可怜，一床席子就打发掉，拉到哪儿去埋都不晓得，她爹妈要晓得是这个下场，当初肯定是一万个舍不得。”碧玉低下了头。

“不管啥原因都不该卖娃娃，小娃娃多可怜，啥事不懂，不懂自我保护不懂世道险恶，飘到哪儿算哪儿，怎么都该和大人守在一处，说啥不要娃娃是怕他们吃苦，逃避责任而已。”他说这些话的时候想到的是星星，都不敢想象星星发现被卖找不到哥哥的惊慌，而如果是被自己的亲生父母所卖，那就不单单是惊慌，还有绝望和难过吧。

碧玉反应过激地摆头，“也许是舍不得让她受苦才走的那一步，当父母的为了不让娃娃受苦，什么都干得出来。”华生转头看了一眼，忙伸手从口袋里掏出手绢递了上去。

“她的魂是干净的，出窍之后老天该会收走。”碧玉没有让眼泪下来。

“会的，我们来求佛成全她。”

事后他托公安局的朋友打听了情况，那位朋友谨慎地提醒：“我要是你就不再过问这个事情，那个女的招惹的不仅是某些人，招惹的还有地方法规，逃避税收、逃避监管，没遵守从业人员的定期检查，根本不占理。现在事情已经全部处理好了，丧葬费也有人出，人也挖坑埋了，就让它过去吧，烧七[①]的时候多给她烧些纸钱就行了”。

他把情况转述给碧玉，商量着去找旅馆老板，看看能不能在夜半无人时关起门来烧七，让老乡的魂魄安心地离开。想来旅馆老板不会反对这个计划，出了这种事谁都希望有人来帮着

---

① 烧七：自人离开之日算起四十九天内每隔七日烧纸钱祭奠。

安抚冤魂，把它安全送走，送得越远越好，最好不要回来打扰别人。

然而，这个计划并没有得到实施，两天过后敌机大规模轰炸了成都，小旅馆和它附近的房子夷为平地，即使有魂魄想回家，也找不到大门。就像人生的棋局被一只大手搅动，很多人的生活开始偏离了原来的方向。

十五

礼拜天是蒋家老爷太太定的请客日子，因为过两天要回白鹿，他们请了几位朋友去青石桥河鲜馆子吃鱼翅打牌，周伯千纪婉香在被邀之列。不巧那两天纪婉香为了些无关紧要的事和周伯千打肚皮官司没有讲话，加上可儿发高烧，她心情烦躁坚决留在家里哪儿也不去，让周伯千单独赴约，她不想虚伪地跟在后面赔笑脸。

碧玉答应华生去陪师母可儿吃晚饭，五点一过她带着花花去小桃园，留下华生独自在铺子里赶剩下的活路。就在她们离开铺子大约一顿饭的工夫，预行警报挂了出来，左右店铺的人纷纷开始上门板，华生也准备关铺面，不巧柜台上来了一个老板模样的中年男人，抱了一台收音机不慌不忙地回头在看。

“这么晚了哪还会有飞机，多半跟前两天一样，白跑一趟。”男人把收音机往柜台上一放，“估计接触不良，要不就是电子管烧了，前几天不敲不出声音，现在是彻底不出声音，看看能不能尽快修好，说不定还能赶上新闻和讲故事的时间。”

他往地上吐了一泡口水，靠在柜台边等着。

华生探头看看外面太阳落山的天色，再看了看收音机，那是一台美国机子，“我先看看。”他抱着东西去了工作台。男人站在外面看着街上跑警报的人，“又让大家跑冤枉，天天这样恐吓，也该有脾气去他们头上扔几颗炸弹；敢来，来了就用高射炮射他龟儿子，通通弄下来。”他又往地上狠狠吐了一泡口水。

两刻钟过去收音机发出了让人满意的声音，在男人交钱的时候空袭警报在空气中响了起来，那个声音来得如此的突然和巨大，即使已经不陌生，还是让所有的人心头一震。

“真的要来了?”男人把剩余的钱塞回口袋，“谢了，该跑警报了，找个地方躲一下。”说完抱着收音机骂骂咧咧地走了。

快七点了天还亮着，华生上好门板锁了铺子，朝着宽巷子出发。街上跑警报的不似以往那样蜂拥，已经跑了多次的警报，心头大致有数。还有两条街就要到家的时候，警报突然哑了一样地不再发出声音。他停下脚步抬头，灰色的天空上一片宁静，如果不是刚才刺耳销魂的响声，这该是典型的成都傍晚。就在那一秒他有种不祥的感觉，隐约听到空中有一些奇怪的暗藏着杀气的声音，希望那只是紧张引起的幻觉，他加快了脚步。

紧急警报猛烈地响了起来，短而急促的声音让心脏和膀胱瞬间失控地膨胀，人快吓死了脚却跑不动，僵在原地傻掉。

“躲起来，赶快躲起来。”不知谁喊了一声，僵住的画面顷刻间解冻，人群像耗子一样见缝就钻，哪儿还顾得上尊严。街上空了，灯火早已熄掉，唯剩死寂一片。

天上响起了轰鸣，一种巨大的由金属和风混在一起弄出来的声音。黑压压的飞机出现了，并排飞来，越来越近、越来越快、越来越低，机尾的膏药旗清晰可见。华生和一个穿拖鞋的男人奔向了同一个门洞，那个门洞里堆着一堆纸箱，他们靠过去暂时用纸箱做了掩体。那个男人背靠着墙壁蹲下，脸色煞白脚趾抓紧，飞机在头顶急速盘旋的时候他闭着眼睛喃喃地念阿弥陀佛。

华生担心起小桃园的人，非常担心，不晓得来了多少飞机，一架接一架地飞过，漫天都是。

敌机在屋顶低飞了两圈，为首的一架猛的一掉头，向市区方向窜去，周围的飞机以相同的姿态动作跟着一起掉头飞走。还没有等大家来得及松口气，炮弹像长了眼睛一样呼啸着从天空窜向了远处的某个街区。几声闷响之后火焰蹿了起来，一些躲在建筑里的人被大火逼着离开隐身处跑上了街头，紧接着炸弹在他们身后的房顶、院内炸开了。巨大的爆炸声成片地响起来，那是一种任何惊雷都比不了的声音，震得头皮耳朵发麻，两声三声，接着是数不清的一连串爆炸，持续着向市中心方向移动，来势猛烈、此起彼伏、地动山摇，整个世界仿佛只剩下轰炸的声音。他身边的男人抱头缩成一团。

几分钟过去轰炸在继续，很久都没有停下来的意思，市中心方向炸弹遍地开花。华生的心悬了起来，他旁边的人开始抽泣。

黑红的火苗蹿上了天空，对面门洞里躲藏的几个人和他一样趴在地上探头查看究竟，都想把外面的状况看清楚，好做下一步的判断，就是死也得死个明白。远处的火烧了起来，天红了，尘烟四起，空气里飘起呛人的味道。华生顾不得危险，起身离开了门洞，拔腿往家跑。与此同时对面也有人从躲避处出来，朝不同的方向一路狂奔。

一口气跑回家，纪婉香碧玉花花还有可儿都在，四个人躲在堂屋供台底下，前面挡着椅子，脸露惊恐。见他回来，马上从桌子底下钻出来围了过来。

纪婉香拽着他，“你师父还没回来，不晓得会不会有事。”华生退回院子中央，市区方向的天空被火光映照，轰炸似乎停了，爆炸也停了，连飞机的声音也都消失了，外面有了喊声。他让碧玉照顾好师母，如果再有警报马上藏起来，不要开灯、不要乱跑，他出去找师父。

街上的状况比想象的糟糕，狼藉一片面目全非，房子倒了树也倒了，幸存的建筑失去了木头门框和玻璃窗户，只剩下一堆砖瓦的废墟。活下来的人绝望地在残壁中拼命刨自己的家人，哭声喊声。一个满脸血污、蓬头垢面的男人跌坐在一处完全垮塌的房子前面骂人：“我×你先人，×你先人!”双眼紧闭，泪如泉涌。

房屋受损程度如此严重，人员的伤亡也就可想而知，到处都有被炸伤和烧伤的人，好多原本健康的人衣衫不整支离破碎地横尸街头。华生顾不得眼前的惨景，拔腿跑了起来。市中心硝烟灰尘四起，呛得人想咳嗽。“师父你在哪里，等我来救你。”他感觉脚下生风一样的快，决定先去青石桥河鲜馆找找看。解除警报的汽笛早响过，但不少人出现了幻听，时不时停止动作，侧耳去听空中那似有似无的声音。

盐市口一带过不去了，到处是火，废墟上的大火浓烟和热度逼退了那些想要靠近的人。联排房屋的防火墙根本不起作用，一并被大火吞没。“水、水，快取水灭火。”有人在喊。华兴街消防警察出动了，推着两轮人力手推消防车，附带着水桶水袋到了现场，然而这些工具一面对庞大的火场就成了摆设，只能眼睁睁看着大火噼里啪啦地越烧越猛、越烧越高。本地的房屋多是木质结构，而且为了防潮防蛀，上料之前还要给木头刷桐油，一旦起火成片地烧。

他判断着情况和方位，绕着火海的边缘朝青石桥跑。街道已经被砖瓦横梁弄得失去了原来的样子，空气中飘着一股股苦涩的味道，说不清是炭烧焦还是肉烧焦的味道，恶心反胃。经过一片光线暗淡的区域，看到一台被炸裂的收音机，没有错，那是刚刚修好的美国机子。他看了看周围，没有看到主人的影子，但愿它的主人还有机会继续听它讲故事。

青石桥同样是废墟火海，火势比盐市口小，但受损状况绝对不轻，污血、尸体，还有很多不清楚部位的残肢肉块血淋淋地粘在地上、砖瓦、墙上、树上。血腥之下，影影绰绰，感觉有地狱的使者隐身四下，飘来飘去、毛骨悚然。一楼一底的河鲜馆完全垮塌，没有起火。对面杂货铺的老板说附近的几家店铺都没有跑，都以为是虚惊，河鲜馆老板和食客应该还在里面。

从远处跑来了蒋少虎和蒋二哥，两兄弟满脸焦急，一旦看到华生的表情，二话不说奔过去动手开始清理木头瓦块。他们已经回宽巷子看过，父母双亲没有回家。

不到半小时他们刨出变了形的餐馆老板，又刨了一会儿，看到了最不愿意看到的东西。如果说还能认出来那是蒋家的爹妈，也仅是从衣服上辨认，尸体的脸部完全血肉模糊。蒋少虎大叫了一声，毫无防备地跪了下去；蒋二哥则倒吸一口冷气，腿一软蹲下去，双手抱头埋到膝盖上来回地晃，嘴里发出“哧哧”的声音。

在把蒋家老爷太太刨出来的时候，华生的心凉了，他请杂货铺老板帮着加紧清理剩余的地方，自己则用手没命地刨砖瓦房梁。没有发现周伯千的身影，没有，到处都没有，师父好像不在这边！

废墟下面一共翻出五具尸体，他们把它们放到稍微平坦的地方以便亲人来认。蒋二哥双眼血红，脱下自己的长衫和内衣分别盖住父母的头部，光穿着内裤去找车找人准备带人回家。二哥没找到架架车只找来一个小号门板，他把门板放到地上，准备用它抬人。附近的街坊邻居在忙着翻房子挖人，没人能够搭手，连那个乐于助人的杂货铺老板都说不是不想帮忙抬，我连自己的铺子都顾不得了，挖人要紧。

二哥找老板要了一捆麻绳，这个平日里被大家戏称为秀才的四十岁中年男人，把断了气的母亲背到了背上，用绳子绑稳，旁边的蒋少虎擦着眼泪和华生用门板把他爹抬了起来，三个人深一脚浅一脚避开着脚下的障碍物，借着远处的火光在废墟中穿行。回宽巷子的路并不太远，但因为负重抬人，这段距离似乎比平日长了一倍。

盐市口完全陷入了火海，戒严了，到处是警察、消防警察；火烧得猛，都慌了，束手无策之下警察开始动手拆卸房屋，以阻断火势防止继续往下蔓延。华生感觉头上冒出了汗珠，门板偏短，蒋老爷的脚不时在撞他的胸口。也顾不得了，他控制着脚下的步伐，争取不让板子上的人掉下去。半道上他们停了两次喘气，岁数几乎大他们一倍的蒋二哥一鼓作气回了宽巷子，赤裸的身上被麻绳勒出了紫红的痕迹。

进入巷子之后才意识到整个城市断了电，刚才一路的亮光都来自于火海。巷内很黑，他们进了蒋家院子，一踏进自家院子蒋少虎开始不加控制地抽泣，他的五个姐姐、二嫂、姐夫们闻声从屋子里奔出来，围住了这几个灰头土脸的人，顷刻间一片撕心裂肺的哭声包围上来。

华生离开了蒋家，回了小桃园。

小桃园的大门开着，堂屋的烛光里坐了一桌子的女人，大姨妈二姨妈书良都来了，加上纪婉香和啃苞谷的可儿，唯独没有碧玉和花花的影子。他疲乏地走向大家，顾不得浑身沾满的灰土，师父没有回来。大姨妈二姨妈正在安慰双眼通红的纪婉香，说吉人自有天相，也许是当志愿者帮着救人救火去了。

纪婉香见华生一个人回来，眼中先闪露出一丝失望，随即便火冒三丈，“就算去帮人也该先回来打声招呼，搞得大家这么担心，他以为他是老几，都十一点了，咋也该回来了。”说完眼巴巴地望着华生，指望能听到好一点的什么消息。华生选择性地讲了盐市口和青石桥的情况，没提蒋家父母的事，只说师父已经离开了河鲜馆，暂时不晓得去向，可能是提前离开躲警报去了。说这句话的时候他自己都觉得别扭，依师父的个性，怎么可能不念及妻女独自去跑警报。

书良在一边帮着骗人：“跑警报的好多都去了城外，现在都想回城，好多地方又在戒严，被堵在半道也说不定，等会儿要是三姨爹还不回来，我们出去找他。”

纪婉香点点头，低头抹眼泪。

大姨妈善解人意地走到华生身边，拉着去天井找了条毛巾拍打满头满身的灰，顺便告诉他碧玉送她妹妹回了诸葛井，回去看看家里的情况，待会儿还要过来。华生有些担心，怕两姐妹看到惨象害怕，不过真正让他担心的还是师父，如果真像姨妈们说的在外面帮忙救火，早该派信差回来通风报信了，不可能等到现在都没消息，那不是师父的做派。

他越想越不放心，匆匆喝了两口水，决定再出去找找，书良提出和他一起去，二姨妈点头同意了这个提议。

二姨妈跟着到了外院，“去博济医院看看，受伤的应该都送到那儿去了。”她特别嘱咐书良，“不要太晚，去完医院直接回家，过会儿碧玉来换我们，我们就回家，你大姨妈还有一大家子，外婆又是一个人在家，都不宜待得太晚。”博济医院在东华门她家斜对门，去那边找人还是放心的。华生和书良转身出了大门。经过蒋家，里面的哭声乱成一片，书良探头想去看究竟，他拉住了她，示意离开，他把蒋家的事说给了书良听。

市中心被硝烟和灰尘笼罩着，空气中有大量黑色的烟灰，鬼魂一样在火光中飘飞，那是建筑木材被烧焦，再燃烧，再彻底燃烧之后产生的灰烬。火势仍没有止住，警察局出动了，红十字出动了，连MP宪兵队都出动了，加上义务消防员、救护队，救房子救人，闲杂人员一律被要求离开。

他们直奔东华门博济医院，到医院大门就进不去了，搀着、扶着、抬着的人堵在门口。几个女护士在充当指挥，躺在简易担架上的重中度伤员被让了进去，浑身污血但能走能动的则一律被指挥去不远街口空地，由红十字临时救护站的人员检查，其他无关人员被驱赶着离开，把空间让出来给需要的人，医院小根本没办法一下子容纳那么多的病人。

华生查看着周围状况，拉了书良绕到最外侧一个胖乎乎的小护士身边，靠过去招呼。小护士回头望着招呼自己的陌生小伙子，不知他想干什么。“帮个忙，去里面看看登记名单上有没有一个叫周伯千的人。”他看着小护士的眼睛，“劳烦了!”护士的心一下就软了，同时还有点不好意思，被这个好看的年轻人近距离盯着，几乎都忘了守大门的职责。“那你等一下嘛，我去看看。”她对着旁边的人耳语两句，转身飞快跑了，很快又飞快地跑了出来，边跑边摇头，说名单上没有那个叫周伯千的人。

他们只好退到无人的角落，商量下一步该怎么办。这时一个声音在远处喊书良，寻声望去，华生猜自己看见了蒋少虎说的外国电线杆子。

一个戴金丝边眼镜的洋人小伙朝他们跑过来，此人高出周围群众一个头，本来就已足够引人注目，再加上一身中式长衫，鹤立鸡群的抢眼。

洋小伙跑到了书良跟前，“正要去你家找你，阿弥陀佛，你没事，没事就好。”说的居然是成都话，“华大救护队的都来了，在那边坝坝，要不要一起去嘛?”他不见外地抓住书良的手臂。

书良有些犹豫，想去参加救护队可又不忍心丢下华生不管。“想去就去，我再到周围找找，一小时之后来送你回家。”华生看出了她的心思。

书良没表态，洋人已经大方地把手伸了过来，“我叫威廉姆，中文名字是威龙，喊我威龙或小威都要得。”华生抓住那只又大又软的手握了握，这套西洋礼仪一般人不习惯，他在电影院还是习惯的。他还没来得及介绍自己，书良抢先说他是自己的表哥。

威廉姆一听他们在找书良的三姨爹，摸着大鼻子发表了看法，“我觉得这个时候最好还是回家等消息。你想嘛，要是受了伤肯定会找人回家报信，而如果是其他任何情况，这么找肯定很难找到，现在很多人都在失踪，没有消息就算是好消息，至少说明还有希望。”

华生不得不承认他的话很有道理。

“表哥，你把书良交给我，我保证把她安全送回家。”威廉姆在一边很乖的样子，华生看看他又看看书良，有这个大块头当护花使者应该不成问题。于是嘱咐他们不要太晚，不要让家里担心。书良对自己的中途背叛于心不忍，但她很想参加救护队，最后一步一回头跟着威廉姆走了。

从跑警报算起已经六七个小时过去，在回家的路上华生明显感觉脚下乏力，积攒的疲劳在时间的催化下渐渐到了极限，如果不是精神做支撑真想就地坐下躺下，然而精神的力量是巨大的，经历了轰炸并侥幸活了下来，身体上的不良反应又算得了什么。他暗自给自己打气，尽量朝好的方向想，想吉人天相，像威廉姆说的没有消息就算好消息，师父一定没事，师父不会死，师父应该活到很老，寿终正寝。

他转身往家走，身后的天空仍冒着红光。

回到宽巷子在巷口碰到了纪婉香眼中莫得素质的李老大。李老大正往蒋家院子跑，见他走来，问找到人没有，大家听说周老板失踪，都担心得很。

“周老板是好人，但愿平安无事。”李老大扬着手中的一捆细铁丝朝蒋家努嘴，“扎白花用的，邻居都来帮忙了，准备连夜把灵堂搭起来。”华生顺着他的话朝院内望去，里面烛火通明。

“谁晓得去吃趟河鲜会把命送了，幸亏我们吃不起哦。你说人是不是莫得想头，忙了一辈子家大业大、儿孙满堂，又有啥子用，最后一撒手一蹬腿一分一厘都带不走。”李老大凑上来耳语，“已经去教堂请神父了，听说请过来念什么赞美的经，炸得那么惨，肯定走得不甘心，做些法事还是必要的，他们家信这个。”说完像打摆子①一样浑身上下一抖，进了蒋家的院门。

华生在巷内独自站了一会儿，朝自家走去。现在最需要他

---

① 打摆子：寒战。

的是小桃园的人，那里的煎熬不比蒋家少，在没有得到师父的任何消息之前师母一定会用尽想象吓唬和搞垮她自己。

他推门进了院子，院里没有灯火漆黑一片，没有任何奇迹发生的迹象。桑树下马架子上躺着碧玉，身上盖的毛毯掉了一半在地上，她在给他等门。他走了过去，蹲下来把毯子捡起盖好，凑近看着那张睡梦中的脸，伸手替她挪开挡在额头的一缕头发。碧玉被他的手惊醒睁开了眼睛，不用问就晓得了寻找的结果。

“该等我回来再送花花回家，外面的情景你们都看到了？”他就势坐在了地上，这才察觉双腿完全没了力气。

“看到了，花花很害怕，好几段路都是蒙着眼睛牵过去的。”

“你没怕？”

“怕，但是还能忍。”

“师母怎么样了？”他看着黑漆漆的内院。没有了上房的灯光，没有师父的咳嗽，已经不是以往的夜深人静，是罩在失踪之下的死气沉沉。

“本来不睡，大姨妈二姨妈说要是她垮了，家里就没了主心骨，这才听话地上床躺下。”

他靠在了她的腿上，“睡了做噩梦也比睁着眼睛吓她自己好，他们从来没有分开过一个晚上，师父每天都准时回家，就算要去哪里也一定会事先说清楚去向好让师母晓得方位。师父历来谨慎周全，几十年来闯荡江湖养成的习惯，就是说要是哪一天他突然闷声不响半夜都不回来，肯定是出了事情。所以你可以想象师母的恐惧，要是师父有个三长两短，在这个世界上最难过的人就是她了。”

“都说坏消息可怕，其实去猜消息才最为可怕。”碧玉望着内院。

他碰了碰她的手，“今后我会让你始终晓得我的去向，不会让你担惊受怕。”碧玉一低头注意到他沾满灰尘的手上有血迹，忙打开来看，手指手掌破皮出血了，是刚才挖人时候弄出的伤。她拉起他去井台边舀水清理。

“不用紧张，外面死伤那么重，这点伤算不了什么。”他乖乖地跟着。

碧玉托着他的手用打湿的手绢仔细清洗，他看着她垂下的眼帘由着她摆弄。碧玉擦掉他脸上蹭的一块黑灰，转身准备清洗手绢，他一把从背后抱住了她，“我们一辈子在一起好不好，永远不要分开。”碧玉一手拿着水瓢一手拿着小盆子，站着点头。

“不管发生什么都不分开。我会好好对你，让你，凡事不和你争、不和你计较，只要和你在一起。”他低声说道。

“要是我跟你吵架，你也不计较?”

“不计较。”

“那要是我不会管家呢，也不计较?”

“不计较。”

“要是我骗你呢?”

他的脸摩擦着她的头发，“你咋会骗我，为什么要骗，哪个骗我你都不会骗我是不是，就算你骗我我也不在乎，活一辈子守在一起就是福气，其他的不重要。再说，要是你骗肯定有你的理由，理由过了就不骗了是不是？”他扶着她的肩膀，把她转向了市中心的方向，远处视线内是燃烧过的天空，“人其实是很脆弱的，你看蒋少虎的爹妈，一场饭局就丢了性命，就像河边的沙，风一吹无踪无迹，还有啥好计较的。”

他又把她转了过来，拿掉她手中的东西放到一边。

“以前不理解为啥别人叫师父炽耳朵他还那么高兴，现在懂了，能爱个无悔，活个心安，死得不留遗憾，是一种福气。”

碧玉抬手挡住了他的嘴巴，“不许说那个字。”

“咋变得跟师母一样，我福大命大，吉人天相。”

“就不喜欢听那个字。”

“好，不说，说你喜欢的。”他搂住了她，像一个护蛋的鸵鸟。

他们保持着那个姿势站在黑暗中的桑树下，站了好久。

两天过去之后周伯千仍然没有一点的消息，像是从世上蒸发了一样。华生和碧玉陪着心情沉重的纪婉香去隔壁蒋家祭奠送礼，陪同前往的还有大姨妈大姨爹、二姨妈二姨爹。

十六

蒋家的丧事办得热闹，花圈从巷子一直架到院子中央，一长排花圈上醒目的祭字以及黄底黑字的挽联让空气中布满了哀思。还未等他们走进灵堂，纪婉香已是泣不成声，华生碧玉一边一个扶着，晓得她哭的不仅是蒋老爷蒋太太的亡灵，也是在哭师父还没有下落，哭人失踪了她却一点办法都没有，这种后果不明的状况让她触景生情，心如猫抓。

蒋家上上下下孝帽孝服，客人一哭孝子们也跟着哭，不少来打丧火的女眷们又陪着哭了一场。蒋家二老被停放在堂屋阴凉处一个用白麻布隔出的空间，6 月的天气，不得不考虑到阳气和热空气的作用。大家在帘子外的遗像前烧了香，由蒋家兄妹陪着去院子里吃茶。蒋二嫂因上次帮碧玉老乡找工作的事和她成了朋友，拉了去一边讲话。

蒋二哥介绍了情况。两副楠木棺材是几个女婿马不停蹄跑遍全市最后在北门一个棺材店找到的，所有棺材店都卖断了货，上等的檀香木根本想都不要想，能找到楠木已属运气，听说很多人连普通木板棺材都没买到，只能用席子或木头匣子埋人，那些人家承受的是双倍的打击和痛苦。停灵的时间为三天，搭棚子、报丧、入殓、停灵、吊唁、答谢等都指定了专人负责，忙但是没乱。三天之后是阴阳先生推算的适合出丧的日子，他们将启程扶灵回白鹿老家，准备第八天在祖坟下葬。

蒋二哥拟定了一个护灵回家的计划：由两位姑爷打前站，安排一路的马车、轿子、鸡公车以及吃饭歇脚的地方，用接力赛的方法确保棺木、女眷和孩子们顺利到达一百二十里以外的老家白鹿。姨妈们夸赞了他们的能干和孝顺，然后起身去宾客中找熟人说话喝茶，蒋家兄妹则去接待后到的宾客。

从他们进门起披麻戴孝的蒋少虎就一直垂头跪在香案前一动不动，对周围不闻不理，连旁边站着一排高声诵经的教友也没能吸引他的注意，要是此时有鸟飞过完全可以拿他当栖息的木头桩子。

华生走了过去，在旁边蹲下，拿起一打钱纸，一张张撕开，用蜡烛引燃放到火盆中，烧了。纸钱烧起来的灰飞得很高，据说纸灰飞得越高表示收钱的魂魄越高兴，旺火总能给伤心的活人带来小小的安慰。他没有去打扰伤心的人，只聚精会神一沓一沓地烧钱纸，盆中的火苗燃得像是一只展翅欲飞的凤凰。火盆周边的人都感觉到了火的温度，蒋少虎抬头看了一眼，只见他双眼红肿鼻涕横流，完全没了平日的少爷模样，而是一副失魂落魄让人心疼的样子，看上去不再是那个被宠惯了的幺儿，而是一个伤心迷途的娃娃。

华生从口袋里摸出手帕递了过去，蒋少虎接了按住鼻子窸窸窣窣地擦了两把，递回来还给了他。华生接过手绢放回口袋，对面的人吸吸鼻子把头缩回去又没了动静。旁边的教友对着小本本在大声地念唱，唱完一首又翻页唱下一首。

除免世罪者，求你垂怜我们，
除免世罪者，求你俯听我们，
坐在圣父之右者，求你垂怜我们，
因为只有你是圣，只有你是主，只有你至高无上，
耶稣基督，你和圣神，同享天主圣父的光荣，
我们由天地的主宰天主所创生，
我们也要回归到生命的根源，
生命永无止境，
先我们而去的亲人已在天乡等待重逢！

华生蹲在那儿听了一会儿教友们念经。唱腔很熟悉，像寺庙里念经的声音，连频率都一样，只是内容不同地平抚着一颗颗肉长的心灵，把人带入一种虚幻。此时蒋家二老躺在棺材里安息，师父不明去向，蒋少虎本性迷失，师母姨妈姨爹在吃茶，他则在听教友们滑稽地用成都话唱洋教的经文。像做梦，又不是梦，因为所有的痛都那么真实。

他拉过一张小凳子坐在蒋少虎旁边，默默陪着。手上在烧纸钱，脑子里想的是生命中的那些不可捉摸和难以预料的突然变故。

晚些时候他去了警察局打探结果，警局的人对他实话实说："这两天都在忙着统计房屋和人员伤亡情况，找人的事只能暂时放一放，要是运气好碰巧发现了线索可能会第一时间通知到家属，到警局寻求帮助的也不只你们一家，连警察内部都有人员失踪，统统都得等把清理工作完成了再说。现在想专门去找一个人，上哪儿去找？"最后那个警察又说了实话："说实话，只要不是欠债的乘机跑路，多半都是遭了，你想嘛，哪有好端端的人两天不回家。"

看来师父的一生是到了尽头，虽然他不愿意看到这个结果，也只能朝着这个结果去做准备。这两天大姨爹二姨爹也帮着在各大医院和临时救护站查找，都没有发现线索，这可能就是结局。

街上到处是坍塌的房屋，活着的老老小小拿着篮子、筲箕、背篓、筐筐在收拾自家的残局，几天前市区还满大街衣着光鲜的人物，此时望去都像是要饭的在捡瓦块。提督街的电器铺还在，大姨爹的药铺还在，二姨爹的相馆也在，唯独师父不在了。他走在街上，想着残酷的可能，仰头望着天空，孩子气地许起愿来："你把我师父放回来，把我的电器铺收走好了。"天空发散着慈悲的光芒，但是没有给予回答。

大姨妈二姨妈两家人都在小桃园，书良外婆也来了，都在上房陪着说话。他前脚进门，后脚书良便带来了消息。书良是冲着进的院子，不到二门便大声喊："找到了，找到了，三姨爹找到了。"喊声唤出了所有的人，纪婉香两步就从上房冲到了堂屋门槛，但猛地又止住了脚步，脸色惨白地护住门框等下文，她看上去像是要晕倒一样，华生赶紧上扶住。

"在平安桥教堂找到的。"书良叉着腰喘气，"这两天都在教堂那边，受了伤，脑震荡，已经安排人抬回来，我先跑回来报信，他们随后就到。"她边喘边说，不待说完纪婉香已经拉出手绢抽泣起来，所有的女人都红了眼睛。眼泪是对高度紧张的释放，心中的石头总算落了地，外婆说："谢天谢地，谢天谢地，总算找到了，脑震荡就脑震荡，人能回来比啥都强。"

"今天我们一帮志愿者去平安桥教堂帮忙，碰巧遇到的。轰炸的时候神父发现三姨爹躺在教堂门口，就让人把他抬进去救了一命。"

大家闻言又惊又喜，谁也没想到人在洋教堂，冯小儿说了句："还不赶快去门口接人，伯千命大福大，脑震荡不是好大的问题，静养一段时间就会好起来。"纪婉香听他这么一说边擦干眼泪边点头，大家七嘴八舌拥着催着去巷口等人。听到动静的邻居跑来道贺凑热闹，可儿和二毛三毛幺妹妹不知从哪里钻了出来，跑到最前头去迎接。

担架出现了，由四个小伙子抬着走来，走在后排的是一个穿长褂子戴眼镜的高个洋人，华生知道来者何人，大姨妈不知就里以为是洋神父亲自送人回来。纪婉香根本没在意谁抬着担架，一双眼睛只管盯着上面躺的人，当担架的影子刚在视线中出现的时候，她奔了过去。

如果说这是一场欢迎仪式，那么仪式的序幕是以哭声开始。

担架里的周伯千看上去很虚弱，脸上手上很多擦伤，衣服又脏又破，浑身散发着骚味，眼巴巴地望着大家，好像有很多无可奈何的痛苦。他动了动嘴巴说了句什么，但话从嘴里出来的时候已经轻得像蚊子扇动的翅膀。纪婉香拉起他的手，伤心而痛快地哭了出来。围观的部分群众跟着开始抹眼泪，此时的泪水是对九死一生的感慨，平常小病都少有的人，在与死神擦肩之后就变成了这副样子，生与死原来只是一墙之隔。

冯小儿最为镇定，“老三，快喊他们把人抬进屋，伯千受不得刺激。”纪婉香才稳住情绪请小伙子们抬人回家，众人让出道路保护着担架，就像担架上躺的是归来的英雄。

小桃园忙开了，纪婉香领着碧玉从箱子里翻出旧棉絮旧床单铺到大床上准备让病人睡大床，只是就算情形紧急也不准任何人弄脏她的雕花床。接下来是烧水洗澡，把据说是可以祛晦气的柚子皮泡在澡盆里，让同学们抬进屋子，剩余的工作交由华生和男人们去完成。

华生承担了给师父擦澡的任务，清场关门后在大姨爹二姨爹的帮助下脱掉了周伯千浸有尿液的衣裤，用热毛巾擦拭病人的身体。他顾不得避讳把师父全身擦了个干净，整个过程中周伯千像无助的娃娃任由人摆布。二姨爹见状风趣地对着床上的病人说道："华生小时候你给他洗澡，现在还你了哈。"

冯小儿负责清理后的身体检查，所有人拥进来围在床边看他干活。号脉、看舌苔、听胸口、翻眼皮，检查了一圈之后他让周伯千抬腿，右腿抬不起来的病人低低地说了声痛，冯小儿便皱起了眉头，又从脚底到膝盖到大腿根部查了一遍，"那边的医生咋说？"他问书良。

"诊断为脑震荡，说各种反射都有，意识也还清楚，脑壳里面应该不存在血块，说静养几天会慢慢好起来。"

冯小儿冷笑一声，"越来越好，就那么肯定？这帮西医，以为抠抠脚底板就晓得了一切。"他转向纪婉香，"伯千的右腿有问题，可能断了。"他指指病人的大腿根部，"这个地方，明天赶快请骨科医生过来出诊，看看具体情况再说。"他坐到书桌前拿纸笔开始写处方。纪婉香原本舒展的眉头又皱了回去，忧心忡忡地坐到床边摸周伯千的腿。病人本人倒是一脸的放弛，能再次躺到自家床上，就算断掉整条腿也打消不了活着回家的欣慰。

冯小儿把处方递给华生，"你跑一趟，到我铺子上抓几服药，吃了药至少你师父可以睡个安稳觉。"又转头对着大姨妈，"今晚我就留在这边，陪伯千一个晚上。"他家三个娃娃立刻附议提要求也想跟着留下。

屋里的人开始交头接耳讨论对住宿的想法。纪婉香拉着碧玉让她不要走，“要是晚上我忙，你帮我照顾妹妹。”碧玉现在是她的心腹，基本顶替了吴妈的位置。

二姨爹趁机跟二姨妈商量：“我们也留下来，蒋家那边有几个朋友要打通宵麻将，我去打牌守灵，晚些时候喊威龙送妈和书良回家。”二姨妈翻出白板那么大的一个白眼把头掉开，家里的男人成天想往外跑，大事小事都是借口，天晓得这是不是所谓的大事，不过留下来过夜她还是乐意的。最后一汇总，四个房间分配如下：

上房：病人大床，华生小床看护。

吴妈房：纪婉香、碧玉、可儿。

华生房：大姨妈、二姨妈、小妹。

老黄房：大姨爹、二毛、三毛。

房间分配完没有不满意的，经历了一场生死劫难，都心甘情愿挤在一起过一个热闹的晚上。这边床铺刚分配，那边外婆已在院里招呼开饭，众人这才察觉到肚子里被兴奋掩盖了的饥饿，折腾了一天，都没有好好吃过一餐。书良、威龙和同学早一步被安排在堂屋的小方桌上吃开了。今晚的饭菜就两样，一盆莲白回锅肉，一盆火锅味蔬菜大杂烩，外加泡菜萝卜干。二姨爹看着菜搓手，先把胃吊倒，过几天再慢慢进补。

华生看了一眼盆里的肉片，自从看过轰炸现场之后他对肉类失去了胃口。回头见威龙吃得高兴，问味道如何，威龙停下筷子夸张地大声说着：“不摆了！”地道的一句成都话把两桌子的人逗乐了，连冯小儿都忍不住扑哧地笑了出来。洋人滑稽得很，穿长衫子、说成都话、用筷子，还喜欢吃辣子，不晓得哪辈子修的缘分。

威龙见大家高兴便来了兴致，献宝一样指着回锅肉，“这个肉肉，民间味道，安逸。”大姨妈笑得把嘴里的半口茶喷到了二毛头上，边笑边掏手绢解决自己造成的问题。书良在旁边纠正：“跟你说了不要重叠用字，只有可儿那种年纪的娃娃才可以说肉肉，肉就是肉。”威龙反驳她：“那你咋个说娃娃而不说娃，你还说包包棍棍、坛坛罐罐，都为重叠。”

华生在旁边说书良是棋逢了对手，二姨爹侧头说给冯小儿听，“这个娃儿，你不要看他是外国的，懂得不少，《论语》、唐诗、书法，有机会你考考他，有意思得很。”冯小儿微微点头，夸着：“难得、不错。”只要爱学习的他都喜欢，外国的也不例外，仗都打成这个样子还能留在这边学中国文化帮助中国人，值得表扬。

纪婉香推推二姨妈，“让洋人坐小桌子吃大盆菜，连句谢谢都没来得及跟他讲，真是过意不去，希望不见怪才好。”

二姨妈把手一摆，“你不用那么客气，我都只当他是戴了外国戏脸壳的成都娃儿。”二姨妈的语气中没有显露丝毫对威龙的好感或是热度，倒是外婆不避讳长辈的亲热，一直喊：“廉姆，多吃点儿，那么大的个子，才吃一碗饭。”她老人家用的称呼让书良和同学们笑翻趴起，家里算是恢复了以往的气氛，大家高高兴兴地吃饭，避开了任何影响食欲的话题。

当天晚上，院内各房灯火通亮，散发出浓烈的大家庭的温馨踏实。

几天之后，纪婉香从后天井柴房里搬出一口袋大米、一口袋面粉、十斤清油和一大捆腊肉，让华生碧玉跑一趟平安桥教堂，代她去谢过神父的搭救之恩；洋教堂和寺庙一样救苦救难，里面供的都是菩萨，只是和洋菩萨打交道她不习惯，故此需要委派代表。她不喜欢欠人情跟她不喜欢欠债同属一个道理，欠情还情欠债还债，今生之事今生了结，不拖到下辈子，她信现世报。

华生按照吩咐和碧玉选了一个下午，招了黄包车去平安桥送东西。

救了周伯千一命的教堂位于皇城西华门一侧，半条街的围墙和左中右三扇黑漆大门把教堂和外面的街道分开，圆门对着照壁，不了解情况的如果不看大门口的牌子，很可能以为里面是座庙子或是什么衙门机构。华生对这个地方并不陌生，小时候跟着蒋家给教堂送过瓜果蔬菜。

黄包车夫帮着把东西拉到教堂主教公署的门口，两个聊天的教友婆婆见状热情地上前招呼，待弄清楚来意，从门里喊出几个人帮着搬东西，其中一个婆婆扯着嗓子喊来一个少年，让他带客人去找管事修道。主教洛书雅神父不在家，去元通的天主堂说事去了，东西可以交给管事修道。

他们进了一个本土样式、木结构排房组成的前后左右多重院落，前院回廊里贴着外国画像，给这个中式庭院添了一笔西洋的神秘。

少年直接把他们带到了后院，那里有一条短走廊，隔出了左右两个天井，假山花台处种了不少高低错落的植物和树子，走廊里是一根根一抱粗带石墩的楠木柱子。如果不是门窗上的西式彩色玻璃，很难把这个院子和洋教堂扯上关系。花台边有几个干活的男女，还有两位洋人妇女在走廊里给一个左眼包纱布的小男娃娃剪头发，热热闹闹的一院子。

一位穿长袍戴眼镜的年轻人正在聊天，年龄和华生差不多，少年示意那就是管事修道。修道听完他们的来意连声说好，这几天教堂人多，厨房粮食快要告急，送来的米面正好可以派上用场。他指着周围让他们看，轰炸的时候房子受了损伤，震坏不少门窗玻璃和部分的房檐，过来帮忙修缮的教友和避难没走的教友，都要留下来吃饭。

修道很喜欢讲话，握着一串带十字架的木头念珠，“主的力量是无穷的大，昨天还有人问洛神父到哪儿弄粮食供所有人吃饭，神父说不急。你看，今天你们就送东西过来，平常大家总爱说一句：山重水复疑无路，柳暗花明又一村。都以为是在说冥冥中存在的定数，其实那是说主在安排一切，没有东西可以平白无故地生出来，都是被精心安排好的。人力促成过程，但结果全凭主的旨意。刚才还有人问我为什么信主，我说只有信了才晓得为什么要信，因为信，能让人看到奇迹。”

华生和碧玉不知道该如何插嘴，只认认真真地听着。

“我记得你家师父，记得每一个送进来接出去的人，当时这个走廊躺满了受伤和避难的朋友，蒙主庇护，都躲过了一劫。你们看那边那个失去左眼的娃娃，轰炸的时候神父从外面把他抱进来，到现在都没有找到家人，成天嚷着要神父给他洗礼，说是想见证奇迹，你看他那副开心的样子，不就是一个奇迹。”

修道听说碧玉第一次进来，把带路少年叫了过来，让他带客人参观一圈。少年领他们看了西洋风格的拱门大礼拜堂，看了带花瓣窗户爬满藤蔓的洋建筑，最后把他们带进后院走道尽头的小礼拜堂，说那个地方原本用于各区神父们做弥撒，这几天都可以进去。礼拜堂里稀疏坐了些人，少年说都是受过教堂恩惠的远近住户。

他们在长凳上坐了下来，管事修道捧着经书、带着几个穿袍子的人出现在前面台子，领大家念经、祷告、唱歌；那种声音是在蒋少虎家听过的，溪流一样，像是能带走世俗世界的所有悲伤。修道说："为了我们的亲人也为了与我们为敌的人，求主宽恕我们的过错，如同我们宽恕别人，阿门。"下面的众人跟着念阿门，华生看着少年递来的一页纸：

> 我父在天，
> 愿尔名圣，尔国临格，
> 尔旨得成，在地若天，
> 所需之粮，今日赐我，
> 我免人负，求免我负，
> 俾勿我试，拯我出恶，
> 以国权荣，皆尔所有，
> 爰及世世，诚心所愿。

我免人负，求免我负。这大概就是神父说的我们原谅别人的过错，请主原谅我们的过错；但敌人的过错需要被原谅吗，如果不是过错是罪行，也要被原谅？

弥撒之后他和碧玉在天井和管事修道说话，他问了这个问题。修道说没错，说的正是：求你宽恕我们的过错，如同我们宽恕别人的过错。“别人”泛指一切人，包括敌人。这里的宽恕比原谅更深一层，原谅是针对某一个行为动态，而宽恕则是针对灵魂。

“要是敌人对我们犯的不是过错，是罪恶，比如那些朝我们头上扔炸弹的，也要被宽恕？”

“为什么不呢？”修道答道，“都说了是针对灵魂，那些被派过来扔炸弹的士兵，也面临妻离子散，也面临生死存亡，罪孽深的灵魂更需要得到宽恕和拯救，总得有人去救他们，是不是？”

“基督就不讲惩罚？比如报仇雪恨、以牙还牙、惩恶扬善。”

“惩罚是人的方法，基督用宽恕，懂得宽恕才能进天堂。人都是有罪的，身上都带着来自于祖先的原罪，都需要被宽恕，当初主耶稣被钉在十字架上为众生受难，用身体和血去替所有人赎罪，以慈爱让世人明白只有懂得宽恕才能被宽恕，才能得永生，武力不能从根本上解决人类的问题。”

“如果只是针对灵魂，也就是说可以把肉体和灵魂分开对待，心头宽恕但行动上可以反击，不算是一种自相矛盾，对不对？”

“反击是人类本能的自我保护，主能够理解这一点，但反击还是要不忘宽恕，反击打击的是肉体但对灵魂要施以宽恕。

其实《圣经》旧约里也讲惩罚，那是一种带着宽恕的纠错办法，是上帝用人类的方式去教会人一些规则，大概是像爹妈管教娃娃用打的方式，这种方法和宽恕不相矛盾。反正只有最终懂得宽恕懂得赎罪，这个世界也才会真正好起来；以牙还牙的方式只会增加愤怒而让恶行无限循环，不能彻底终止错误，想想嘛，谁都想打出最后一拳，那就永远不存在最后一拳，这不能不说是人类社会的悲哀，等以后干净高尚的灵魂越来越多，就没人想打了。”修道慢悠悠地关闭了话匣子，“都不打了。”

华生顺着这些话想了一会儿关于灵魂的问题。

离开修道之后他问碧玉：“你怎么看？”

碧玉倒是直接：“我喜欢佛教的因果报应，奖惩分明，恶有恶报善有善终才会让坏人越来越少、好人越来越多，好坏总得有个区别。你看外面，成都被炸、蒋家爹妈惨死、师父无辜受伤，要说宽恕哪儿那么容易，杀父之仇不共戴天，血债血偿，这些都是从古至今的道理。”她看着他反问，“你说这种教堂在洋人国家多不多，不能光让我们懂宽恕和原谅，要大家都懂才行，那么多人在轰炸中冤死，那么多孤魂野鬼找不到家门，能像修道他们一边修补房子一边宽恕人的毕竟是少数，对于受苦受难的人来说这辈子的事都管不完，哪个还去管下辈子。对坏人宽恕，等把仗打完再说不迟。”

华生点头，“说得在理，不过修道说的那个宽恕也不无道理，要是每个人都有懂宽恕的善念，我是说善念，那世上会少很多恶人。没有恶人就没有杀戮，没有杀戮就没有战争，没有战争也就没有轰炸和警报，百姓只管守着热热闹闹的社会关系过自己的日子，想上寺庙上寺庙，想上教堂上教堂，享受平常人的快活，岂不是很好。”

“一切还是打完仗再说，惩恶就是为了扬善。”碧玉语气非常之坚决。

华生转头颇为欣赏地看着她，“出师了，能说出这样的句子，让人刮目相看。”他好喜欢看她说话的那个样子，“那你觉得这个教堂咋样，喜不喜欢？”

“喜欢，以前从来没进来看过，怕有装神弄鬼的出来吓人，今天算是长了见识。这个洋教堂看上去和寺庙的感觉差不多，进门也有舒服的感觉，心静得很，以后我们可以多来走走。”

“咋呢，想一仆二主了？”他笑了。

“不是，只是觉得多一个神像多一位先生。我外婆信佛，妈妈信佛，佛菩萨从我出生就一直跟着，永远是我的菩萨，是不会变的。”

“喜欢就再来，寺庙我们也去，好的神灵不嫌多。”

他们出了教堂，在周围的街区转了一大圈，然后穿过曲径通幽的条条巷子慢慢地走着回家。

此时小桃园那边，请来的骨科大夫已经肯定了冯小儿的判断，周伯千腿断了，股骨颈骨折，需要静养。大夫回家取了材料，调出一小盆热乎乎的中药泥敷到病人的大腿根部。伤筋动骨一百天，大夫会每天过来换药，家属需要做的是注意病人的情绪和营养，慢慢将息。

全家上下围着师父的臀部康复忙开了。

省防空救济联合办事处也在忙，忙于发放赈灾款，忙于向死难者家属及受伤人员发放补助。政府拨了专款用作建房费用，协助市民搭建住房，军事委员会参谋总长何应钦亲自到了成都，慰问受难同胞顺带转达政府对大家的关怀。周伯千躺在床上接待了派出所过来登记发钱的人，周伯千说钱不能要，不能让政府破费，本该我们捐款才对，派出所的人说："钱肯定要按登记的发，数目微薄但算是心意，如果不要可以领了再捐出去。"

不想领钱的不止他们，隔壁蒋家也没有心思领这样的补偿，他们正紧锣密鼓地做着送灵柩回老家的准备。丧事头三天一过完，披麻戴孝的护灵队伍就做好了启程的准备，全家老小管人的、管事的、管钱管账的，有组织无纪律地各就各位。

出发的那个上午，蒋家灵堂一大早被全部撤掉，所有的东西包括花圈白花黑纱都上了门外等候的马车，院子里恢复了蒋老爷蒋太太在世前的样子。街坊邻居亲朋好友都赶来送行，蒋二哥带着一家人跪在院子里对着棺材磕响头。待九点钟吉辰到，来送行的教友开始念经，负责抬灵的男人们动手把两副棺材抬到门外的马车上放好固定，全家陆续在马车后面依次排好等着。经过三天四夜的守灵早已疲惫不堪，泪哭干了，都垂头丧气地站着，等二哥发起出发的信号。

纪婉香站在送行的人群中掏手绢擦眼睛，华生陪着队伍前排抱牌位的蒋少虎。蒋少虎吸着鼻子，静静抱着手里的东西，周围的一切像是和他不相干，自从爹妈过世之后他好像关闭了身上说话的机关。蒋二哥抱拳答谢亲朋邻居的帮忙，锁好大门，举着下人递上来的招魂幡站到了队伍的最前头，蒋二嫂抱着一坛子祭奠完的饭菜贡品跟着，那坛东西会随同棺材一起埋掉。

有人开始撒钱纸，女眷们举着白纸做的哭丧棒，像得到信号一般开始哭泣，送行的教友密集地念起了经文。马车缓缓起步，送行人群传出阵阵的叹息声。梦一样的瞬间，护灵队伍便消失在巷子拐角，多出来一地的钱纸；那些剪成铜钱状的白色纸片魂魄状、轻飘飘地在阳光里要飞不飞、去而还留，似乎在提示这是一个悲伤的早晨。

围观人群散了。纪婉香拉住看热闹的可儿往家门口走，她望了一眼空荡荡的巷子，对着身边的华生感慨："啥都不重要，活着最重要，即或这次老天让你师父成了跛子，都认了，全家能在一起就好，只要青山在不怕没柴烧。"说完一低头见可儿在地上捡纸钱，忙挥手去打手，"先人，还不赶快甩了，这些东西哪里捡得！"可儿不服气地挣脱开，跑远几步弯腰又捡，纪婉香气急败坏忙着逮人。

母女二人在巷子里追了起来，华生见师母敌不过腿脚灵活的娃娃，遂上前逮兔子一样逮住可儿一把扛到肩上坐好。可儿又蹬又踢又笑，他只管抱牢她的一条小腿，把人带到不远的大树下，说道："要是你乖乖地采几片叶子给我，等会儿帮你做金鱼。"可儿一听有这等好事，惯性地蹬了两下，马上安静下来高高兴兴地动手去采树叶。

纪婉香不由地叹道："娃娃越来越皮，每天光伺候她就够了，你师父又是这个样子，从早到晚都忙不过来。"她停了两秒，“我有个想法说给你听，看行不行哈，我想喊碧玉搬过来住。”

既然开了头她也就不泄气敞开了说：“她喜欢娃娃，娃娃喜欢她，要是她能住过来帮我搭手是最好不过。当然，一个姑娘家白眉白眼搬过来肯定不妥，你们两个也不方便单独住在外院。我有一个办法，你不是说她们家在找房子吗，现在到处炸得乱七八糟哪儿还有多余的房子租，干脆喊她两姊妹过来租我的房子，诸葛井那边的屋子让给她们的父母，我这边每月象征性地收几元房租，当她们是小桃园的租客以堵外人的嘴巴。她们可以像真的租客一样安排自己的地方，比如弄个炉灶什么的，这么一来既帮了我也帮了她们，你看咋样?”

华生伸手帮着可儿采树叶，没有马上表态。他当然希望能和碧玉同院对门而居，只是，师母要强的性格，姐妹俩住过来会不会起冲突。

“咋呢，不妥?”

“妥！不晓得她舍不舍得丢下父母搬来，待会儿我先问问，看看她的意思如何。”他选了一个温和的理由。

“那你告诉她两姐妹都过来，不能让你们孤男寡女单独住在外院，有她妹妹在就说得过了。”纪婉香趁机把话说清楚，免得年轻人不晓得利害，凡事都要有个体统。把该说的说完后，她牵着可儿回院子吃点心，把华生一人留在了大门之外。

巷子里空空的，华生独自站着。

光线有些晃眼睛，让他的脑子瞬间进入一种空白的状态，突然好像什么想法都没有了，没有战争、没有死亡，甚至都没有爱情，像是夹在现在和将来之间的某个空档。他没有试图去摆脱那片空白，而是让它自由地变大，覆盖住整个的世界。

和碧玉朝夕相处，直至昼夜相伴，那是他想要的现实。

十七

转眼又是春天，花开了、草绿了，树枝上冒出了新的叶子。大半年一晃而过，但并没影响这个时间段里该发生的事情。毛泽东在陕甘宁边区发表了《新民主主义论》；汉奸汪精卫靠着日本的保护在南京成立了伪政府，起名“中华民国国民政府”；国际共产主义战士白求恩大夫病逝；蒋介石偕夫人在邓锡侯等人陪同下拜访了全真道圣地青城山；各地政府继续招兵买马；通货膨胀日益明显，平均工资涨两倍而很多物价涨了五六倍；电器铺生意平稳发展，碧玉花花搬进了小桃园；周伯千的腿瘸了，骨头没有接好。

半年来唯一没变的是战争，仗还在打。自从前次轰炸后，敌机又在秋天和冬天炸了成都两次，期间跑了数次真真假假的警报。战争就像一场没有尽头的噩梦，一直到不了醒来的那天。

清晨，阳光中透着新鲜的微凉，小桃园的人在各自的房间消磨天光刚亮的一段安心时间。院子天井里来了一只麻雀，跳来跳去在啄东西。

华生披着外衣站到了房门口，往面前的地上撒蛋糕渣。小麻雀冒险跳过来衔起一块开跑，如此重复几次后不再怕人，干脆收起翅膀留在了食物边上，埋着头享受自己的早点。花花难得地起早床出门买豆浆油条去了，碧玉在院角新搭的小厨房做早饭，华生跟着去帮忙打下手，完全是居家过日子的节奏。

饭菜才刚上桌，花花惊慌失措地跑了回来，端着的筲箕里面是打翻的瓷盅盅和湿漉漉的油糕，而本该在盅盅里的豆浆全部都在她的身上。一见到院中的他们，花花边抖边说："我被抢了。"眼泪鼻涕一起下来。

"人家好端端在走路有人冲过来抢油条，还没有看清楚影子又抢油糕，本想抢转来，他推我，豆浆全撒到了身上。"花花的哭相比可儿的惨，哭的不仅是油糕也有被抢后的惊吓。纪婉香听到动静从内院出来，后面跟着拄拐杖的周伯千。华生见惊动了师父师母，忙上前几步扶住。

周伯千拄着拐杖到了桑树底下，"光天化日之下敢上街抢东西也不怕被警察抓，简直是造孽。快不哭了，你遇到的不是坏人，是穷人！抢人钱包的才是坏人，抢食物的都是饿肚子的人，可能饿的不止一个而是全家，你就当他拿走油糕油条救命去了。先被炸得没房住，然后被涨得没东西敢买，不抢才怪，抢几块油糕算是老实的，我们这边哭，可能他比我们哭得厉害。"

纪婉香听着觉得不咋对劲，"喂，我说你脑震荡到底好完全没有，这叫啥立场，居然帮着歹人说话。啥买不到吃的就抢，那么没骨气，有种当兵去抢敌人，抢小姑娘手里的油糕算啥本事。抢油糕事小，吓死人事大，要是这样发展下去离抢人抢钱的日子就不远了。"说完还不过瘾，又补充一句，"穷、不善、无德，可怕。”

“你这个说法站不住脚，未必富不善无德就不可怕?”周伯千和她较上了劲。纪婉香一时没想到合适的词反驳，暂时放过他转身对着三个年轻人，“反正今天花花被抢绝对是个教训，依目前状况来看丢一块钱在地上不见得有人捡，你丢一把米在地上试试看，不抢才怪，何况还是热气腾腾的油糕油条。二天买了吃的走到路上要小心，藏好不要让外人看到，东西被抢事小，人吃亏事大。”

“这些话还有些道理。”周伯千实事求是地附和起来，“人一旦饿肚子什么事都干得出来，以前说不能露财，现在是不能露食物，都是为了自身的安全。虽说抢吃的和抢钱是两个范畴，但从第一步发展到第二步也是转念之间，只要事态不发展到第二步那么这个城市还有救，大不了诱发一些油糕事件。”说完他叹了一声世风日下，叹完好像想起了什么，对着纪婉香，“一打岔差点儿忘了，胡老板前几天从北京过来，说要托朋友给我们送些平价米和清油，你准备些现钱，不要等人家把东西送来钱不够。现在平价东西稀缺，能买到都得托关系，等到政府再加大法币的发行，到时候平价是什么价都难得说，不妨提前做做准备。”

“该不会到时候平价比现在的黑市还高嘛?”纪婉香脑子绝对的灵活，已经觉得问题的严重。

“那哪个晓得，仗打了三年，政府的开销和军费开支已经是大大的赤字，发公债都抵不了作用，肯定要大量发行货币保持平衡，等到发行过量通货膨胀加剧，你就晓得市场是什么样子了。头两年一块银圆几个人可以在商业场舒舒服服吃顿火锅，现在的一元钱能买啥子，掉在地上估计都像你说的没得人愿意弯腰杆。钱拼命贬值，前几天报上有文章说教师都要吃不起饭了，要是教育系统都要饿到瘫痪，那就真的危险了，往后走会变成什么局面，天才晓得。”

“就是说以后市场也会抢人，那我们绝不能坐等被抢。华生，你去问问有没有熟人能买到便宜的油盐柴米，有的话赶快多弄些回来存进灶房，有货无患先堆起再说，要真的走到了膨胀，平价肯定比现在的黑市还黑。”纪婉香敏捷地转动脑筋想对策。华生刚要点头，周伯千接过话去，“要是再打两三年的仗，看你能存多少。”纪婉香不信邪地回敬一句：“啥子仗要打那么久？”

正说着可儿光着身体抱着小童毯从内院赤脚跑了出来，显然是睡醒了见不到爸妈的影子出来找人。纪婉香立刻分散了注意力，“我的小先人，说了多少次不许打光胴胴不许打光脚板，咋就是不听，走走走，马上回去穿衣服，穿好了我给你弄早饭。”她伸手拉人。

碧玉说道：“师母，一起吃好了，我熬了菜粥。”

纪婉香没客气地应了下来，带着可儿回房穿衣服，花花也回房收拾自己，碧玉赶快去厨房添饭菜添碗筷。周伯千被华生扶着找椅子坐下，望着内院方向锤着伤腿，“吃得好让骨头长得太牢也不对，接错了都舍不得打断重来。”他开起了玩笑。

“我拒绝手术你们以为是怕动刀子、怕打麻药、怕流血？实话跟你说，师父我啥都不怕，怕是怕万一运气不好弄出个什么状况你师母和可儿可能会失去依靠，所以宁可当一辈子瘸子也不想去碰那个运气。瘸就瘸吧，到这把年纪也无所谓这些了，慢慢去习惯瘸腿走路，腿疼能忍，让她们无依无靠不能忍啊，世道这么乱，一家之主的担子必须挑稳当。”

华生不太希望他顺那种方向去做无谓的想象，安慰道：“要是师母大清早就听到有人说不吉利的话多半要生气，你老人家只管听大夫的话好好养伤，凡事还有我们，放宽心等着吃早饭好不好？”

周伯千笑了，“又想帮你师母管我，好嘛，不说这些，说其他的！”他挪了挪椅子，“说说最近的生意情况，看你成天忙前忙后的，成果如何？”

华生挪了凳子靠向师父，谈生意他愿意，至少都是些让人听了高兴的事情。他汇报了电器铺的大致进展，目前生意处于顺手的阶段，自从跑警报之后停电成了常态，使得发电机生意特别好做，私人、公司，新老客人轮番上门，订单天天有，铺子上客人不断。还有，收音机的销量也在增加，特别是小收音机，基本卖断货。赚到的钱全部用于进货，进货量和进货速度在加大，争取本季度把营业额翻一番。

周伯千半闭着眼睛在听。碧玉端着碗过来，他们的视线落在搬弄饭菜的那双灵巧的手上。

“你们都是孝顺的好娃娃，该有好运气，孝顺之人得天保佑，逢凶都能化吉。”周伯千接过碧玉递上的米饭，“生意上虽然不操心你，但有一个事还是要提醒一下，就是刚才说的通胀，现在局势不乐观，要是有多余的现钱想办法换成银圆搁起来，如果货币持续贬值缩水再多的积蓄也经不起折腾，提前做些准备是必要的，金子银子是最稳当的东西。”

纪婉香、可儿以及花花各自换好衣服出来，师徒两人便打住了话头，全家人围着桌子开早饭。

花花坐到了华生的旁边，满脸劫后余生的兴奋，“你们想不想听被抢的详细经过?”她问道。纪婉香端着碗搭腔：“这个女娃子，好了伤疤忘了痛，被抢有啥好说的，逗大家开心可以，不要吓着妹妹就行。”花花说了句不会，起身站开两步比画起来。正当她讲得眉飞色舞的时候，大门外走进来一个人，蒋少虎，手里抱着一个袖珍泡菜坛子，没精打采的样子和花花的亢奋形成冬夏对比。

蒋少虎从白鹿回来已经有段时间了，情绪显然还没有从父母之丧的打击中恢复转来，他哥哥姐姐及朋友三四都比较担心他的状况。以前的他虽谈不上出众但至少也是少爷打头，但现在，完全成了另外一个样子：头发毛怂，脸色灰暗，浑身衣服都没穿伸抖①，不仅精神垮了，整个外形都垮了下去。

蒋少虎走过来把小坛子往碧玉手里一塞，“二嫂做的油辣子，让你尝尝。”说着想去坐花花的椅子。花花不客气地抢先一步捍卫了自己的地盘，推了一个矮板凳给他，蒋老幺也不在意，坐了上去一伸手取了桌上多余的筷子，接过碧玉递上的稀饭窸窸窣窣加入了他们。

“咋呢，又不想上班?”周伯千关切地问道。

---

① 伸抖：整齐。

蒋少虎埋头喝了一口汤饭，“今天不开门，昨晚簧门街重庆银行发生暴乱，仓库被砸，米和钱被抢了，乱了。蒋老二说今天不开铺子，吃不准那些人会不会急了连百货商店一起抢。”

众人一听都瞪大了眼睛。

“天，原来花花被抢不是独立的事件，还有其他被抢的地方和其他被抢的人！”纪婉香拉着蒋老幺的袖子，“你先把碗放下，说清楚具体是啥情况，说详细，好让大家判断一下暴乱的性质。”

“具体情况我也是早晨才听二哥说的，说是重庆银行引发的整件事情，重庆银行在自家仓库存了大量的粮食准备高价出售，因为存放时间过久粮食发了霉，他们就把霉烂的大米通通倒进了府河。因为倒的不是小数目，消息一泄露一传开引起了公愤，听到消息的人邀约一起去银行米仓砸铺子抢米，整条街被堵得水泄不通，几个警察署同时出动都没管用。听说去了好几卡车的军警，一边清理现场一边抓人，开没开枪不晓得，反正一片狼藉血光，跑不脱的头版头条。”

纪婉香松了手，蒋少虎夹了一口菜送进嘴巴，“光晓得整自己人，去整鬼子噻。”他用袖口抹了一下嘴巴。纪婉香反应了过来，恍然大悟地一巴掌拍在大腿上，“砍脑壳的，我说咋到处买不到平价米，原来都被他们几爷子藏了起来。还嫌不够乱、还嫌不够惨，被炸的房子到现在还在那儿摆起，不好好想想咋帮老百姓解决困难，倒搞起投机倒把发国难财了，丧德！恶浊！”

周伯千做出让她消气的手势，“发国难财当然不好，但米是人家银行名下的财产，去抢总是不对，这个事该政府出面调查干预，外人擅自抢砸肯定违法，再说银行的人也没料到米会生霉，倒掉发霉的大米说明他们自己承认损失自甘认赔，至少没像黑心的商贩把霉米处理一下再卖出去哄人赚钱。”

纪婉香没等他说完已是两眼金星火冒三丈，“周伯千，你要再没有立场，我们扯脱[①]！这种时候居然还帮着奸商说话，他们这么干是没天理没王法，这种时候大凡有道德良心的都唯恐救急不及，只有黑心烂肺的才会想抬高物价坑蒙穷苦大众！你同情他们，哪个同情我们，要是有权有钱的都像他们一样投机倒把哄抬物价，还要不要人活了。”

周伯千再次做出消停的手势，“好好好，我错了，他们都不是东西，但抢人总归不应该，抢只会乱上加乱、让情况更为复杂，那些抢一次尝到甜头的人说不一定会抢二次，这次抢米下次抢油，接下去就该抢人了。一个国家，最怕穷的穷凶极恶、富的为富不仁，那会落得不打自败，我担心还来不及，咋会帮着哪方说话。依我看近段时间不相干的地方最好就不要去了，人多的地方也不要去，特别不要去凑热闹打堆堆，动荡起来容易出事，没必要卷入无谓的牺牲，不给社会添乱子。”

他话音未落院，门口又进来一位访客，这位来客长相怪异但衣衫阔卓气质颇佳，张口便是好听的鼻腔里出来的官腔。这便是刚才提到可以买到平价米的胡老板，北京人士，周伯千的江湖老朋友，家境殷实，喜欢成都。

---

① 扯脱：离婚。

“好热闹啊，伯千，你的小桃园真是人气旺盛。”

胡老板已拱手快步走近，周伯千忙起身寒暄，华生也跟着起身抱拳，胡老板亲热地一拍他的肩膀，“好小子，越发出众了，你这样会让很多人跳井的哦，改天大家一起喝茶。”一席话听得人心头亲切得很。“进屋说话吧，请!”周伯千拄着拐杖引客人去了内院，纪婉香估计要说平价米，拉着可儿跟了进去。

外院大树下剩了四个年轻人，蒋少虎歪歪嘴示意华生自己也有事要说，递暗号一样把头朝大门外一偏，华生便起身跟着一前一后出了院子。他好奇蒋少虎会有什么紧要之事，近段时间这位少爷是金口难开，听碧玉说（当然碧玉又是听蒋二嫂说）他刚回城的时候闷声不响去过一趟华大，回来便把自己关在屋里不出门，随后变得更古怪孤僻、更沉默寡语，不时还望着墙壁发呆走神。二嫂担心他是不是脑筋出了问题或是撞了哪位瘟神。当然瘟神是不可能有，如果说有东西困扰他，只可能是和书良的事情，像他这种从小受宠一帆风顺的人，挨上人生头几次打击，反应会比其他人大些。也许，他想找人敞开心胸摆上一摆。

到了大门外蒋少虎走到围墙边，转身面对着他，开口说的不是书良而是另一个颇为意外的消息，他去红十字报名上前线，被录取了。

“需要年轻力壮受过救护训练的，一报名就录取了。”

“去前线哪儿?”

“管他哪儿，前线就行，跟救护队走。”

"啥时候出发?"

"明天。"

"这么快?!家里咋说?"

"没跟他们说，说了多半哭成一团，所以才来找你。明天天一亮出发，你帮我殿后，安抚一下。"

消息来得突然，华生一时不晓得该不该答应这个要求让他就这么走掉。蒋少虎上前线的理由不用推测都让人感觉不安全，其他人上前线要么热血为国，要么报仇雪恨，再不就是响应号召，不管哪一种至少都晓得保护自己。他不同，情况复杂得多，看看那些让他痛苦的东西，失去的亲情和得不到的爱情，完全有可能让他忘记安危甚至还可能无意识地以牺牲肉体疼痛去降低内心的折磨。此人有豁出去以某种极端方式释放自己的动机和情绪，这一去怕不光为了红十字，而是为了寻找某种解脱。

华生带着不放心和疑问，看着面前的人。

蒋少虎耸了耸鼻子，"过来跟你打招呼算是告个别，不然你会怪我不够朋友。我写了一个留言，明天一过你帮我交给二哥，算是给他的交代，记住一定要过了明天再交，免得他们撵路。"

华生接过他从口袋里掏出来的纸条。用不着打开，纸是展开递过来的，上面写了八个张牙舞爪的小字：不用担心，打仗去了。

他突然有些想笑，这是蒋少虎的字体跟作风，看来不想说话和不想写字是一个道理。不过这几个字倒是让他放了心，如果是情深意切的辞别那才会让人毛骨悚然。也许不该担心，最深刻的痛苦往往要被推到极端的边缘才能找到出口，上战场能让这位少爷从封闭的状态中走出来，从而懂得人活着的时候，生，最重要。他收好条子，退一步靠到了院墙上，“放心，会帮你办好。”蒋少虎学着他的样子，肩靠肩和他挨在一起。

眼前的巷子是他们小时候一起玩耍时的那个老样子，那时候的每日黄昏被大人喊回家吃饭，没有战争，没有离别，没有伤感，最烦的不过是被人揪着耳朵回去报到，而现在，有人的烦躁已经到了耳朵揪掉都不见得痛的地步，以前的生活离得已经太远。

蒋少虎靠着墙壁，视线定在前方，“突然想起在文殊院见过的一个句子，‘如果不了解人生的意义，活着会像是一场折磨’。你说活着的意义到底是什么，当时看到句子没咋理解，现在半理解半不理解，活着受折磨倒是真的。”

华生笑了笑，“要回答这个问题，我们是不是还太年轻。”

蒋少虎侧脸审视他：“你笑得那么有内容，多半是懂了不想说，估计你八岁就懂了。算了，不说那么深沉，说其他的，说说你会不会很快办喜事？”他揉了揉毛怂怂的头发。

“咋突然想起问这个？”

“看你和碧玉那么好，估计快了。”

“这种状况，咋办喜事？”

“狗×的战争，把你的计划也打乱了。”

“你早点回来还赶得上当伴郎，你和大毛都说过想当伴郎。”

“你能等好久？”

“半年如何，长了怕我耐不住。”

“真的？”

“真的。”

“那说话算数，千万不要让冯大毛那个娃娃抢了独食。”蒋少虎一说完，两人神经兮兮地笑了起来，笑了好一阵才重新靠回到墙壁，像以前游击战斗结束那样，靠在那儿挨着，想说就说两句，不想说就什么也不说，让时间就那么不需要意义地随意流走。

次日一早蒋少虎跟红十字走了，留给家里一堆后知后觉的着急上火。

蒋二哥是得到消息后最镇定的一个，他把纸条认真看完，仔细叠起来宝贝一样放到大柜子抽屉里放好，“老幺有胆无心，做事从来不顾后果，他从来没有单独出过远门，咋能一个人去前线。”华生答应二哥去红十字查查救护队人员的资料，看人去了哪个方向。

蒋少虎出发后的几天，不仅蒋家乱，东华门二姨妈家也乱了。

抢米事件之后警察局在市中心搜查抓人，除抢米当场被抓走的几十名市民外，还有不少报馆的人被抓，陆续又有不少进步人士被抓，祠堂街《新华日报》成都办事处被整个端掉。报上说抓的都是共产党，而共产党就是策划暴动抢米的幕后组织，报上点名《时事新刊》编辑朱亚凡是共党组织者并提供了证据，很快就把朱亚凡判处死刑并执行了枪决，动作之快让所有人没有分析的余地，只有每天盯着报纸看事态发展。在逮捕行动中被抓的还有努力餐厅老板车耀先和省工委的罗世文，反正其中问题复杂得很，听说不单单是抢米矛盾那么简单而是政治斗争，枪口直接对准共产党，市内的共产党或是共产嫌疑都处在了危险的边缘。

二姨爹被熟人通知了消息，趁着夜色跟着两个朋友离开了成都，没说原因，只叮嘱家里：要有人问起就说上峨眉山拍照采风去了。

事发后二姨妈到小桃园来了好几趟，每次来都在上房关着门说话，周伯千告诉华生：“要是有人问起就说二姨爹外出采风了。”但华生知道，二姨爹的离开肯定不是拍照片那么简单。

抓人造成了恐怖气氛，该抓的抓、该跑的跑，老百姓只有看着新闻发议论，等着看事态进一步的发展，除此之外大家最关心还是：那啥时候才可以买到平价米？

二姨爹跑路之后，二姨妈成了小桃园的常客，或求安慰或倒苦水，说她恨这种不安定的生活，打仗、涨价、抓人。有一回说到伤心处二姨妈流下了眼泪。

纪婉香事后查了皇历，二姨妈哭的那天正好是黄道吉日，吉日家里有哭声肯定是不吉利的事情，加上她的右眼皮连续跳了好几天，左眼跳财右眼跳灾，两件事情加在一起预示有事要发生。会是什么事还不晓得，反正心头不踏实得很。

她没有担心多久，只过了几天，让眼皮跳的事情发生了。

十八

胡老板晨访小桃园是过来透露一件机密的事情：他有熟人可以低于市价换到金条，已经帮几个朋友完成了兑换。

纪婉香拉着周伯千关起门商量，决定：换金条，埋到院子保险。她趁黑挖出了天井中的泡茶坛子，试探性地拿了点钱让胡老板去换，第二天胡老板就送来一根一两的金条，价格果然公道。过了两天再试，隔天第二根金条又躺着进了小桃园。她彻底相信这是一条安全畅通的财路，决定一不做二不休，有关系就不能落在人后头，必须尽快操办。

胡老板说私下交易最好用现金，纪婉香在他的陪同下拿着票证存单去了银行。在银行柜台，听到旁边一个商人男抱怨钱在加速贬值，纪婉香心思一动，问胡老板能不能再多换些。当时胡老板考虑了几秒，说："暂且这些吧，需要的时候再换。"她觉得老胡是多对的一个熟人，就放心地拎了钱跟着去了他朋友开的银楼。路上胡老板叮嘱她不要多问，把钱交出去就回家，他会留下来督促，具体细节不便多说，都是商业机密和欠人情的事情。

纪婉香抱着钱袋子跟着到了东大街的大仓银楼，一进门胡老板熟门熟路地跟经理打招呼拍肩膀，她按示意递上钱袋，按示意离开。

胡老板陪着她走到门口，"等这边差不多了我还要去帮另外一个朋友，晚上去小桃园吃饭。"她比较放心地离开了自己的钱。到晚饭时间胡老板如约出现在院子，但不是来吃饭而是来告诉他们事情办得相当顺利，快的话明天这个时候金条就可以送到，不过另外那个朋友的事就没那么顺利了，所以今天不吃饭改成明天再来。纪婉香周伯千没多留客。

胡老板出门的时候正好遇到华生进门，双方差些撞个正着，胡老板含糊打了招呼便急匆匆离开。华生看着他的背影颇为奇怪，从来不慌不忙稳重善谈的人，像这样拔腿就走头也不回实属少见，想来是有急事要办。进院后他忙着帮碧玉做晚饭，也没有把这件事放在心上。

第二天晚饭时间过了，胡老板和金条没有出现。纪婉香在大门口看了几次，心头不安起来。约莫又等了一个时辰，大门外还是不见送金条的人影子，纪婉香坐不稳了，心头七上八下的慌，问周伯千胡老板的住址，说是想喊华生去看看是不是发生了什么事情，“就算没办好也该过来吃饭，就算不来吃饭也该打声招呼才合情合理。”她来来回回地走着，脑子里除了钱、金条，就是胡老板，真是一点潇洒不起来。

“再等一等，请人家帮忙不要催，弄好了自然会送到。”周伯千端着久违了的烟壶，一口比一口用力地吸烟。

“你把他的地址给我。”纪婉香朝着他伸出了右手。

“啥子？”周伯千一脸疑惑，“我哪晓得地址，他在成都又没有家，过来都是这儿住那儿住，到哪儿去找他？”

“啥子呢，你连他住哪儿都不晓得，这是哪门子的朋友？”纪婉香急得跺起了脚。此事之离谱，不需动用任何逻辑光凭直觉就晓得要出问题。把钱交给了一个莫得住址的人，虽然此人有十多年的交情，那也是天玄地玄。她大喊“华生快来”。华生正在外院看碧玉花花可儿玩藏猫猫，听到喊声小跑着到了跟前。那种喊法，不是有人受伤就是出了性命关天的大事情。

“晓不晓得老胡在成都的住址或做生意的地方？”纪婉香开口问道。

华生已感觉出了状况，“头几年好像在书院街租房子，从来没去过，现在住哪儿不清楚，具体做什么生意也不清楚，听说是做布匹买卖，师父应该比我清楚。咋呢，有事？”

纪婉香转头盯紧了周伯千，“连住哪儿干啥都不晓得，那你了解他哪些情况？”

周伯千“这、这”两声没答上来。他和胡老板确实是老熟人，每年人家从北京过来都要吃茶叙旧，但老胡的布匹生意具体怎么做，和谁做，做得怎么样，他从来没有多嘴问过；老胡家在北京什么地方、家里老婆娃娃啥样、到底有多少钱、离开成都后是什么样的生活，也没人亲眼见过，都是老胡自己在说，反正感觉他人不错，没有不可靠的印象。

纪婉香已是气急攻心脸色发白，几乎是提着嗓子问：“你到底有没有亲眼见过他做生意？”她得到的答案很直接也很啰唆：“人家做生意不一定要我看到，我们又不是生意朋友，他每次请我喝茶，当然我也请他，在一起就是喜欢听他摆些国家大事和北平的新鲜事情，要不就是谈谈京剧川剧。他自己说在北方搞得不错，做生意赚了钱，家里也很有钱，看上去也确实如此嘛。”

“那你到底有没有亲眼看到他有钱？”纪婉香完全处在了崩

溃的边缘。周伯千答不上来，毫无说服力地说服着："你不要吓自己也不要吓我们好不好，要是明天人家把东西送来，看你咋好意思伸手去接。"

"自己的钱有啥不好意思伸手。就是说你并不晓得他到底是不是真的很有钱，要是他不那么有钱，也就有可能见钱眼开！"纪婉香高度紧张地动用了逻辑推理。

华生问起缘由，纪婉香三言两语把经过说了出来。他听罢觉得师母的担心不为多余，而师父的顾虑也不是没有道理，昨天胡老板神色慌张的那一幕在脑子里浮了出来。他有种不太好的预感，但又不希望那是真的，不想给未确定的事增添无谓的恐惧。

"要不我去找茗香茶庄李老板问问，也许他晓得住址。"他说道。李老板是胡老板的朋友，当初是他把胡老板带到电影院介绍给师父的，一个圈子的朋友。

周伯千没理由反对只好叮嘱："策略一点儿，不要莽莽撞撞伤了和气。"

"我晓得分寸。"

周伯千皱着眉头说了声："那你跑一趟吧。如果十多年的交情都要骗人，我认了。"碧玉在旁边安慰纪婉香，说一切等华生打探了再说，也许只是虚惊一场。

很快华生从五福街李老板处得知："哪个晓得他住哪儿哦，去年在书院街，今年到处住，头几天还在我铺子上喝茶，说不定过几天还要来，等来了我帮你转告。"华生试探着问了换金条的事，李老板笑了，说："想问这个你该回去问你师父，听胡老板说他帮你家师父换了不少哦，还问我换不换，我哪儿来闲钱。”离开李老板的家，华生大致确定凶多吉少。虽然还没有证据证明出了问题，但胡老板昨天的神色、今天的爽约以及背后不为人知的个人状况，让人不踏实。要是就这么连人带钱的消失，到哪儿去找人。

他去了另外两个熟人处打探消息，所有可能知道胡老板行踪的人都说不知道其所在方位，其中一家也换了金条，正在等人送货上门。华生直接回了宽巷子，进院就看见全家大小都在堂屋里盼着。

纪婉香和周伯千听完汇报表现不一，前者跌坐在椅子上拍扶手，“完了，完了，遭算计了。”后者眉头紧皱，仍是不信，“还是耐烦些，再等等，一起喝茶吃饭那么多年，不可能下得了手。”

纪婉香连还嘴的心情都没有，两眼发直，精气神像是松了弦的胡琴。华生问要不要明日去趟那个换钱的银楼，问问情况再说。

纪婉香站起来一把拉住他，“对，你陪我，明天一早去银楼，和尚跑了庙还在，那个经理我认得，找到他就能找到钱。”

花花自告奋勇想跟着一起去扎场子，被周伯千制止了，说有华生陪着就好，事情没有弄清楚切不可兴师动众，要是明天人家拎着东西过来，脸就丢大了。

“丢脸总比丢钱好。”纪婉香都想扶着墙壁哭上一场。倒是希望能有丢脸的机会，至少说明那些钱还在、钱还安全。

第二天早晨，耐着性子等到十点，估摸着银楼开门，她叫上华生去了那个悲喜交加的地方。

银楼伙计躬身招呼接待，纪婉香直截了当让他去叫经理出来说话。很快他们见到了白白胖胖的换钱经理，经理满面春风、一脸堆笑、拱手相迎，热情问候起咋胡老板没有一起来。纪婉香尽量的友好，开门见山问金条换好了没有。经理的回答虽然不算出乎意料，但一旦亲耳听到还是让人倒吸一口凉气，而经理对她的问题好像也颇为吃惊，“都按要求换了，你走后不久就全部弄好了。”

“全部弄好是啥意思？”华生问道，纪婉香已咬着牙根说不出话来。

“就是都兑换好当场交给了胡老板，拿走了。”经理看着他们二人。

“不是说隔天吗？”

“哪儿需要隔天哦，从来是一手交钱一手交货，钱货当面两清。”经理感觉到其中的不对劲，双手来回地搓，“咋呢，有问题？”

“华生，报警，我被骗了。”纪婉香终于站稳了挤出来几个字。银楼伙计们一听报警都围了过来。华生试图把来龙去脉理清楚，问金条是不是低于银行价格便宜换出的，经理的回答让纪婉香觉得自己简直就是心甘情愿的傻瓜。

“咋可能哦，哪儿还有便宜的金条！”经理的声音提高了一度，“都是差不多的价格，只是我们更快更方便又不限数量，熟客喜欢找我们。”

这下算是看清了被骗的事实，胡老板是先施小恩，然后让人贪便宜失大财，骗人的人已经跑路了。华生扶了师母去椅子稍作休息，纪婉香像抓救命稻草一样抓着他的手腕，“快报警，遭他们骗了，我要找警察。”经理一听“他们”二字，眨着眼睛反应了两秒，走到了跟前，“太太，话要说清楚，我们可是把金条交给了胡老板的，你和他是亲戚，你们的问题跟我们无关哈。”

纪婉香看都不看面前的胖脸，“哪个和他是亲戚，报警！”华生还未来得及有所动作，经理直起身体连声说道：“好，好，这个警我来报，报警！”他钻进柜台去拨墙上的电话，看来是老胡骗过了所有的人。

接电话的警察说这种事不用出现场，各人自己去警察局走一趟，华生扶着备受打击的人和经理一起出了门。做笔录的时候，连受牵连的银楼经理都同情周家的被骗经过，看来他们除了晓得胡老板的大名之外基本一无所知，骗子在北京的地址或任何常用住址、成都有无亲戚、家人公司都是空白，唯一能准确提供的是那个缥缈的十多年的交情。

办事警察语重心长地说了：“备了案，等他犯事抓到再说。也不是打击你们，不要抱太大的希望。胡德贵，听名字就不咋可靠。”

华生陪着师母出了警局，银楼经理也在警察的陪同下回银楼拿账本，账本里登记了所换金条的编码。至于银楼是不是和骗子串通好的设局骗人，警察局会进行取证调查。分手的时候经理不顾自己的麻烦向华生抱拳拱手，“兄弟，以后凡事小心，熟人也会骗人的。”说完摇着头，喊警察兄弟快跟着去取账本。

经理看上去不太像是同伙，除非他是最老辣的骗子。

消息在朋友圈中传开了，事情不是周家说出去的，是被骗的另外一家在确认被骗的事实后，在圈子里把老胡及其不知名的祖宗十八代喊出来逐一进行了问候。

虽然受了打击，周伯千仍希望不声张地处理这件事情，他召集全家开会，谈了看法。“没想到老胡如此糊涂，一辈子的名声就这么毁了，他骗的不光是钱，还有一帮朋友的信任，拿这样的钱后半生注定要背上包袱。想想你师母说的，本来想多换被他制止，说明他心头还有善念。哎，做人做到这般也是可悲可怜，毁了，名声从此扫地，那些钱救得了他一时救不了一世。要是有人问起这个事你们不要发表过多的评论，只提醒大家不要再上当就好，帮他留些口德。骗人骗己骗不了天，他迟早会得到教训。”

“可怜？他可怜还是我们可怜？你都成了跰子[1]还来骗你，简直就不是东西。想想那副怪异的长相，早该看出其内心的恶浊，都是被那身光鲜的衣服蒙骗了眼睛。”纪婉香后悔得都想翻白眼。被骗的是辛辛苦苦攒的钱，是以后养家的钱，是找不回来的一大笔钱。以前还不怕坐吃山空，现在山被人挖了一角，不怕才怪。她不要选择靠拢涵养，不要口德，只想骂人。当然不光骂骗子的阴险可恶，更骂自己的贪心笨蛋，若不轻信、人岂能负我，怪谁？人最大的伤害无外乎来源于一个贪字。一失足成千古恨，这句话说了好几代怎么就没见有人长长

---

① 跰子：瘸子

记性，到如今唯剩一个斗大的恨字。

接下来最痛苦的那段日子，她每天往二姨妈的相馆跑，不管家、不管娃娃。和二姨妈躲在相馆二楼的休息间一边一个蜷在沙发上，手夹香烟，倾诉心头的烦恼。当阳光从厚实暗红的丝绒窗帘间照进去的时候，休息间窗户半开，香烟在她们手中发出红光冒出烟子，心头那些烦恼也就随着青烟飘出了窗外，假装飘得好远。是人都逃不过三十年河东三十年河西的命运，这种命运似乎要在她们这里应验一下子，曾经舒服的那些日子，像是越离越远了。

华生和碧玉也不好问她究竟损失了多少，估计不是小数目，因为但凡严重的亏损才会导致心性的失常。以前师母不许任何人坐门槛、踩门槛，说那是挡阴气的东西不要碰，现在居然坐在门槛上发呆而不自知。再有就是她开始打娃娃，可儿一个礼拜挨了两顿，弄得那个莫名其妙的小东西某天坐在门口发脾气，说："妈妈不爱我了。"

"你那么乖，妈妈咋会不爱，她身体不舒服，不喜欢人去烦她。"碧玉试图安慰这样的委屈，这些日子多是她在照顾娃娃。

"我没有烦人，只想有人陪我耍，妈妈成天躺在床上不管我，我好可怜哦。"可儿噘起嘴巴发泄起一肚子的不满意。碧玉把她拉过去搂着，说："大家都那么爱你，咋会可怜，这段时间都由我来管你好不好？陪你洗澡，陪你藏猫、陪你耍。"

"那你陪我捉花虫子嘛。"可儿马上就忘了不开心，仰头笑了起来，并且立刻拉了姐姐的手去外院看她的新发现。

她牵着碧玉到了外院，拿起一根小棍子走向了老桑树，将棍子塞进树上的一个洞洞，捅了几捅，黑黢黢的树洞里陡然闪出两条满身是脚、红头绿身的花蜈蚣，把毫无防备的碧玉吓得一声惨叫，地上的花东西也惊慌失措跑得不知去向。

"你不用怕，它们住在树子里头，不咬人。"可儿仰头安慰着。

华生在屋内听到叫声跑了出来，碧玉还在拍心口定心神，"最怕那些没有脚或是很多脚的东西。"她拉着可儿离开了那个吓人的洞洞，站得老远。华生拿起棍子过去查看了树洞，树干空心了，阴暗潮湿的朽木，成了蜈蚣的窝子。

"几十年的老树子，下半截空了。明天找人来看看，那种五毒东西还是不要出现在家里的好。"他蹲下去对着可儿，"以后看到那种虫虫马上跑开，千万不要被它追到，它会咬人，而且很痛。"可儿见他表情认真，也认真地点头，这个时候纪婉香披着外衣走了出来，两边太阳穴贴着小块的伤湿止痛膏。

"刚才听到你叫，还以为哪个摔倒了。"她有气无力地说话。碧玉忙上前扶住，像待病人一样扶着走到院子中央。

"滑了一下，没想吓到了师母。"碧玉没说实情怕给她心头添烦，师母喜欢看兆头，洞洞虫虫这种事还是先不说的好。

"这些天我起不了床，亏得你照看妹妹，家务也在帮着干，劳慰[1]了。"纪婉香轻轻拍着碧玉的手背。

"师母，碧玉正有个事想跟你说。"华生开了口，示意着让

---

① 劳慰：麻烦、拜托。

碧玉自己说。纪婉香望着他们，猜不透所说之事是哪个方向。

“师母，我搬过来这么久了，一直是低于市面价在给房租，这样的话住起来不是那么安心。”碧玉看了华生一眼，“所以我们商量，准备从本月起按市面房价向师母交租金，像个真正的房客，你说好不好？”

纪婉香欣慰地叹了一口气：“哎，真是没白痛你们两个，你们这是看你师父目前不大可能出门找生意，想多交房租来帮我抵挡开销。心我领了，钱我也领了，给多给少你们自己量力而行，我也不拦。都怪那个天煞的物价、天煞的骗子，师母我是想洒脱都洒脱不起来，就安心当你们的房东了。”

周伯千拄着拐杖从内院走了出来，显然是午觉刚醒脸上还有枕头压出的几道印子。纪婉香继续道：“这个世上还是好人多，好人才是自己人，才会彼此关心彼此照顾，你们不要以为我在痛那些钱，生病不全是为了钱，是在烦没有了足够的储备，以后一家子的日子要如何维持。不信问问你们师父，最早他做生意赔了我眼睛都没眨一下子，现在不同了，这个状况这把年纪，想东山再起也不容易。所以一想起来就让人更气那个瘟丧胡骗子，要是被坏人骗还有个思想准备，被熟人骗是一点准备都没有，被骗了还不愿意相信，还在想那个瘟丧会不会哪天良心发现把钱送回来，但这又不大可能，但你又忍不住要这么去想，翻来覆去地折磨人，简直可恶至极。”

周伯千见夫人越说越生气，忙开口安慰道：“不是想通了吗，都跟你说了，我虽瘸了一条腿但人还是好的，我们折了财一家人是好的，比起那些丢了家、丢了命的人来说不晓得好多少倍。再看看那些被骗的钱，要是没被骗走也多半被你埋在地下不见天日。就当拿去救人救命好了，他肯定是被逼急了才走那么差的一步棋，十多年的交情都风平浪静就这么一下翻了船，肯定是遇到了什么过不去的坎。如果那些钱能渡他一关，也没算是白骗，我们既然已经出了错，再怄气就是错上加错，气坏了身体那才是真正的折财，你都说过人之所以为人就是一个坎一个坎地过，要受得住考验。”

纪婉香不服气地还嘴：“我受不住考验，要受你受。”

“宁人负己，己勿负人。不要自己气自己，我们没有做错。”

“人不负我我不负人，人若负我我管他那么多。”纪婉香毫不见示弱。

“你总是有理，但咋说也是好人多，这点你也承认，我们始终做好人。”

“做好人？依我看一辈子劫难最多的就数好人。”纪婉香半消的气又被他吹涨了起来。

华生见其似在往火上浇油，挠挠后脑勺做了暗示。周伯千看到了这个明显的小动作，打住话头沉默了数秒，改为了哄人的口气：“我晓得你是在担心家里的经济，我这就出去想办法，争取再把你的罐罐装满，好不好？”纪婉香没有理他，扭过身子不说话。

“华生，碧玉。”周伯千口气缓慢温和，转向了他们，“我去鹤鸣吃茶会朋友，你们在家陪师母，没事就不要出去了，我一会儿就回来。”他拄着拐杖一瘸一拐地走向大门口，背影已毫无往昔的气势，虚弱萎缩，像一片风都吹得走的叶子。华生突然在想他会不会后悔当初离开电影院的那个决定。

纪婉香没消气地看着空空的大门，“要是钱那么好找天下就不会有穷人了。”话一出口她不由得伤感起来，“折财只需一闪念，赚钱却要扎扎实实干好多年，轻易就把工作丢了，腿又不方便，看他用啥法子把我的罐罐装满。”她很不想再顺着这个问题去折磨自己，于是说道，“我回房睡一会儿，你们看着妹妹，等你师父回来。”说完转身回房，留下碧玉华生站在原地相视对望。

碧玉看着上房的方向，“我不太担心师母，倒是担心师父，你呢?”

“师父现在不只经济不如从前，身体更是不如从前，天非时、地不利、人难和，像师母说的东山再起谈何容易。家里一件事接一件事的出，他们再要强也会喊吃不消的。”华生应道，眼睛望着上房外蒙了灰尘未及时擦拭的冰花玻璃。

“师母有话总是直说，师父不说都闷在心头，会生病的。”

华生点头，“他心里的石头不轻，他自己说过：顺则越顺，不顺则越不顺，一旦出现了不顺的势头会在那条路上走上好几年。老江湖，见得多听得多经历得多，心头比谁都清楚。”

“你有没有办法可以帮他?”碧玉问道。

“自然想帮，师父好了师母的问题也就得以解决，只是一时没有合适的生意，他不是一个随便找事投钱的人。”

“要是找到在家做的生意就好了，他腿不方便。”

“在家做的生意，能有哪些?”他看着她反问。

两个人竟一时无语对望，暂不知从何处入手。

隔壁蒋家传来了一个消息，蒋二哥要去前线，已经买好了马和车，准备带着百货店身强力壮的张伙计即日出发。

蒋二哥上前线不是去打仗，是去找蒋少虎，他不能忍受幺兄弟独自一人危险地在战场的弹雨中奔来跑去。对这个事情街坊们的普遍看法是：可以理解但绝不明智，现在到处都是战场，上哪儿去找人。只有华生理解二哥，蒋二哥比蒋少虎大十九岁，从小把兄弟背大管大，感情早已超出一般的手足之情。还记得小时候蒋少虎脚被玻璃戳伤二哥抱着心疼哄的样子，他根本做不到在家被动地等待。二嫂虽然担心二哥的秀才作风，但二话不说做好了粮草的准备，弄了两床破棉絮放到车上，把人车马乔装成落难的样子，并再三叮嘱把钱藏好，遇到抢人就拿口袋里的零散去消灾。听说去前线的路上人马混杂，逃难的、逃跑的、挨饿生病还有带枪的，乱得连菩萨都管不过来，她将公婆的照片放进了二哥的荷包，当了出门在外的暗中保护。

蒋二哥离开不久成都遭到了连续两天的轰炸，十八架敌机飞临市区，分散在不同地点投下约百颗炸弹，让原本就是废墟的部分地方更是寸草不留，幸亏人员疏散及时伤亡不重，加起来大概有好几十。

红十字在提督街三义庙组织安排了两场捐款会，书良威龙他们每天在那边帮忙。书良把捐款的消息告诉了碧玉，碧玉告诉了华生，华生在全巷组织募捐筹钱。这次活动虽然不是很逢纪婉香的时，但她还是打起精神去助阵。晚上各家代表聚在小桃园开会，她冲到前面发表了小段的看法，说要是仗再打下去谁也别想有好日子过，并领着可儿把所有的过年钱捐了出去。

署袜街也传来一个消息，大姨妈大姨爹打算离开成都回老家雅安避难，药铺暂时关掉等风平浪静再说回来。这个消息让家里好转的气氛重新又跌落了回去。姐妹三个从认识到现在从来没有分开过，现在大姨妈要走，好像一场欢宴到了尽头。

一个静悄悄的午后三姐妹约在总府街二姨妈的相馆碰头，坐在二楼的沙发上手捧奶咖啡说了一下午的知心话，最后决定在小桃园吃一顿团聚饭，然后暂时各自天涯。

以团聚为名的聚餐实际上是为了分离，那天三家人凡在成都的都一一到齐，包括碧玉和花花，唯独少了大毛和仍在外避风头的二姨爹。二姨妈说这个遗憾是乱世的无奈，只能靠耐力去慢慢化解。

人人心头都有伤感，但人人都不想把气氛搞到低沉，都宁可相信分开之后很快就会重逢，宁可说一些对未来充满希望而不是颓废的话，希望留下美好些的回忆，然后靠着这份回忆去过下一段不晓得长短的日子。二姨妈特意喊来相馆的师兄给所有人分批照相，特别是她们三姐妹，换着花样记录彼此的友谊。华生碧玉书良领着所有的娃娃排队等待，娃娃们都很乖，唯有一人例外，一个没有伤感只蠢蠢欲动想抢位置的人——花花。

大姨妈搬家对花花来说肯定不是大事，反正人走了还会回来，需要担心的倒是眼前的问题，排轮子的问题。照相的时候她发现书良老喜欢挨着华生摆姿势，她可不喜欢书良挨着华生，谁挨都比书良强，所以瞧准了机会不露声色先下手为强，自己抢占一侧把另一侧让给姐姐碧玉。让她失望的是碧玉没有理所当然去占任何的位置，而是拉过书良让她挨着华生，自己站在最外侧作陪。花花看在眼里只能跺脚生气，如果可能她都想在占领的地盘上立个牌子，上面大书特书两个字：我的。

这一串的动作怎么会逃过书良的尖眼睛，见有人那么费力气的玩花样书良只觉得好好笑。碧玉的这个妹妹小家子气息非常严重，要是以往谁人敢这么明目张胆和她抢位置她肯定生气，现在不了，反而同情华生摊上这么个不懂事的小姨妹。

书良笑得怪怪的，决意不与无聊之人一般见识。

晚饭时候花花又是先下手为强占领了饭桌上的优势，得逞之后假装什么都没有发生，玩起筷子，把屡屡得手的痛快藏在了暗笑的肌肉下，让书良靠边坐、吃哑巴亏去。书良啼笑皆非看着这只跳来跳去的猴子，要不是碍于碧玉的面子，非得挖苦两句才行，不过这只猴子明显是为了维护她的姐姐，算了，不争。碧玉像是没看到眼前的把戏朝书良招手，让她坐在自己和华生之间，和之前的照相如出一辙。对碧玉，书良没有二话，但对花花简直是无话可说，都是看在碧玉的面上才放她一马。她不懂事跟自己也没关系，估计只会这么些小名堂。

吃饭的时候花花继续挑战书良的神经，“吧唧吧唧”嚼着嘴里的饭菜，那个声音锯子一样轻轻锯着书良受过礼仪训练的神经，无奈她只得转头去隔壁大桌子，分散被折磨和切割的注意力。

“大姨妈，大毛哥最近咋样？”

大姨妈原本在列举搬迁的种种麻烦，正说到头疼之处，听到书良问，干脆收了口把思路跳转到这边问题少些的话题上，不过她很快发现这个话题也没让人轻松多少。大毛飞机开得好，被留在了昆明，家里搬迁的事还没跟他讲，好让他集中注意力完成任务，他现在要参加侦察任务，面对的都是危险，哪个还敢拿家庭琐事去分他的神。说到此处大姨妈连声叹息：“我们这些当爹妈的还能怎么样哦，从来不指望娃娃能帮什么忙，心头再焦虑、再牵挂嘴巴上都不会说，自己吃不香睡不好一来电话还是使劲鼓励他，你大姨爹每天不管好忙好累，都要看一遍报纸才敢放心上床，昆明那边有任何风吹草动他都要弄清楚，这段时间他睡眠很差，喝了蜂蜜都不起作用，瘦了好几斤。”

大姨爹本坐在一边面无表情地听，此时转头对着周伯千，“那个娃娃的固执用到战场上算是用对了地方，高空开飞机没人商量，全凭自己的脑袋调整计划，不容易。”

华生听到大姨爹难得地说出对大毛的赞赏，再看到他越发凹陷的面颊，心头生出一阵同情。大姨爹其实很爱自己的儿子，那些电闪雷鸣劈头盖脸的方式是被儿子的不顺服逼出来的。

碧玉探过头来问了一句：“有没有蒋少虎和二哥的消息？”

“你没问问二嫂？”

“哪敢，她成天七上八下地担心，再问就垮了。你认识红十字的，你晓不晓得？”碧玉转身问书良。书良若有所思地说：

“你说这个蒋老幺，跟人家去前线干啥子，即不会打枪、救护技术又差，纯粹是去凑人数，说不定还要让人分心照顾他，二哥能找到他最好，都不晓得他为啥要去前线添乱子。”

华生看着她，本想开句玩笑问是真不知道还是假不知道，但最终忍住没问。老幺可怜，喜欢的人对他根本一点感觉都没有。书良瞪着一双大眼睛，“看我干啥，说得不对啊？”

“但愿二哥能尽快找到人，早点回来最好。”碧玉岔开了话题，拉走书良问她和威廉姆的事，两人低头埋到一起嘀嘀咕咕说起了悄悄话。

华生转身去大桌子要了半杯白酒，回到位子上一口口地独饮，心头挂着不知身在何处的两位好友。蒋少虎，不晓得他是否一切安好，是不是还情绪低落地纠缠在那些困扰和明伤暗伤之中，和大毛比起来这位少爷更让人担心一些，但愿他已经为自己的情绪找到了出口。

十九

大姨妈一家搬走了，搬去了西康省的雅安，她们走后小桃园和东华门也减少了走动，原来那种一日不见如隔三秋的频率被现实的诸多困扰和忙碌拆散打乱。

纪婉香和二姨妈虽不能常见但并不等于不关心对方，常派了身边的人鸿雁传书，要么送一盒刚出炉的饼子，要么送新发的醪糟，再不就是一盆时令鲜花，都是实用的东西，不再是以往那些胭脂香粉之类。华生碧玉书良时不时穿梭于小桃园和东华门之间，帮她们传递彼此的情义。

一日傍晚书良和威龙过来给小桃园送东西，纪婉香问起相馆近况，书良半抱怨半汇报地发牢骚：“最近都看不到妈的人影，她现在是彻底以相馆为家，忙着更换布景道具，师兄们都被她支派出去给人家照相，给过生日包场的照，给愿意出钱的人照，她自己到处找关系拉生意，疯叉叉打扮起来到处约人喝茶聊天，说生意萧条不能坐等。刚才还喊我们编一段广告词，说要拿到报社刊登，让更多的人晓得我们。”

纪婉香抄着手回应：“我就晓得她能干，平日简直屈才了，当初就说相馆该她自己来管，图清闲不听我的。他们两个一个适合主内一个适合主外，相馆归她，社交拉客归你老汉儿①。”

周伯千在旁边干咳一声，怕她继续说出过头的话来，“广告是好主意，统一昭告比挨个宣传好，你们准备咋写说来听一听，我们人多说不定可以帮你们出出主意。”他指了指院子里和可儿抢沙包的华生碧玉花花。

书良过去拉他的手臂，“三姨爹就是好，我们在路上想了框架，内容还没来得及细想，要是都来帮忙就好了，三个臭皮匠顶一个诸葛亮。”

“我们可不是什么臭皮匠，你不要小看人。”华生走了过去，“把你们的框架说来听，一起帮着想内容。”远处的花花一听要想广告内容，扔掉沙包跑了过来。纪婉香拍手说好，二姨妈的事就是大家的事，大家马上把广告弄出来，好让更多的人

---

① 老汉儿：爸爸。

去相馆照相。

华生拿了白纸铅笔，威龙接过铺到桌上唰唰几笔画出图形。

威龙在左右空白处快速勾出两个速写人物，画完后指着画面中心部分，像指着一份作战的地图：你们的任务就是往这里填内容。

大家来了兴致，觉得又新鲜又好耍，动脑筋的事总能活跃气氛，院子里马上七嘴八舌起来。花花想都不想就交了卷，“快快来照相！”她点着框框。纪婉香摇头，“不妥，感觉在拉人照相，总要说点什么才好。”

碧玉说了想法：“说吸引人的东西，让人家觉得相馆手艺好，值得去花钱。”“对，还要提到价格，现在贵的东西没人要，价格上要觉得划得来、不吃亏。”纪婉香马上做了在她看来十分必要的补充。

“你家相馆可不是一般的照相馆。”周伯千发了言，“你老汉儿的手艺在全成都数一数二，他照的相是艺术，这点必须强调，还有，你们的相纸都是进口材料，也要强调出来。”

书良嘟起了嘴巴，“三姨爹，人家刚才还有点小主意，现在反而不晓得该从何处下手。”华生埋头想了想，用铅笔把大家的想法填进了框内：

美的相馆　总府街东段7号

鄙馆所制各类照片

采用完全彻底的科学方法

做工精美、价格低廉、材料珍贵
皆非一言所能尽述。
因着意于表现艺术精神
故目的不仅仅在于营利
留影诸君，请来一试！

大家围着在看，一旦看到了自己的建议被纳入都很满意。书良拿过草稿大声读了一遍："该说的都说到了，言简意赅莫得废话，就用它了。"

"你老汉儿到底啥时候能回来，他要回来你妈也不用一个人撑得那么辛苦。"

"人在重庆，妈说有什么南方局的重要人物到了那边，要帮人家照相。"

"都啥时候了还跑重庆照相，赶紧回来才是正事。"纪婉香嘀嘀咕咕。

华生和师父对视一眼没有参言，周伯千把书良叫到了身边："你老汉儿不在，家里有事就过来说，我们这边人多，有事一起想办法。"

纪婉香把话接了过去："非常时期哪个也管不了哪个，只有自己人管自己人、自己人疼自己人，回去跟你妈说有事只管讲，小桃园永远是东华门的后盾。"

在她们说话的档口，威龙被花花可儿围着让他教洋文，只听花花问道："妈妈是妈热儿，爸爸是爸热儿，婆婆呢？"威龙还没有来得及回答，可儿大声抢先："我晓得，是婆热儿。"威龙哈哈笑着刮她的鼻子，“好，那你就那么说。”

纪婉香抄起手观赏起自家乖女儿，“好聪明，要是不淘气就好了。”

花花问洋文“我”怎么说。威龙教她：I。

“矮。”花花和可儿像两只学舌的鹦鹉。

“不，是I，就是哎哟的哎。”

“哎哟。”可儿认真重复。

“I，哎哟的哎。”

“哎……哟”可儿执着咬住整个词不放，所有人都被逗笑了。纪婉香边笑边掏手绢擦眼睛，“洋文还真不好学，发的声音都不晓得是从喉咙还是舌头出来的，听起来像嗯嗯儿①唱歌，不过还多好听的。威龙，你能不能说一长串给我们听听，让大家长长见识。”

威龙不谦虚地答了声好，来回踱步想了下，其余人等已哗啦啦各自找椅子坐好，几秒之后威龙转身站定，“我给大家念一首我们的诗，18世纪的诗，不长。”他酝酿了一下情绪，双手微举握在胸前，慢条斯理面向众人发出一段很好听但听不懂的声音：

Sweet stream, that winds through yonder glade,
Apt emblem of a virtuous maid
Silent and chaste she steals along,

---

① 嗯嗯儿：鹦鹉。

Far from the world's gay busy throng：
With gentle yet prevailing force，
Intent upon her destined course；
Graceful and useful all she does，
Blessing and blest where'er she goes；
Pure-bosom'd as that watery glass，
And Heaven reflected in her face.

念完之后威龙将双手摊开伸往书良的方向，说了句："吐饿羊勒地。"大家就猜到这首诗是念给谁听的了。虽然听不懂内容，但声音本身已经传递了它想传递的东西，大家起劲鼓掌。雅兴被难得地点燃。纪婉香叫华生出来念一段，比试比试，众人起劲鼓掌。华生虽然没有威龙放得开但也没怯场，怎么说也在电影院试过话筒看过演员站台，虽从没当众念过诗，偶尔小试也不失为一乐。

他想了想，"好，那我念一段自己喜欢的词，明代新都文学家杨慎在《廿一史弹词》第三段《说秦汉》的开场白，你们不许笑，长了我记不到，只能背短的。"大家笑了，然后静了下来，好奇的、替他紧张的，都屏住了呼吸。威龙穿长衫子念英文，华生穿衬衣西裤念古诗，都让人期待。

华生没有面对众人而是单手插入裤袋，侧身走向桃树，望着满树的桃花，学着影人剧团演员排练的语气，操着官腔念了起来，抑扬顿挫：

滚滚长江东逝水，
浪花淘尽英雄。
是非成败转头空。
青山依旧在，几度夕阳红。
白发渔樵江渚上，
惯看秋月春风。
一壶浊酒喜相逢。
古今多少事，都付笑谈中。

念完后停顿了两秒，空气中飘着花瓣和干枝的味道；他转身回头，迎面而来的是稀里哗啦的掌声和瞬间射过来的几缕爱慕的目光。纪婉香鼓着掌喊书良也上前露一手，书良笑着摆手，“不行，不行，你老人家晓得我最怕背诗背文章，让碧玉上，她会背好多的诗。”

碧玉一听击鼓传花到了自己的手中，忙推她，“我哪儿行，你让我上去就是让我出丑，我可没那个胆子。”说完拉过可儿，悄悄在耳边低语两句，可儿蹦着跑到前头站好，“我会、我会。”她把双臂张开摆成八字，吞了一口口水，左右摇晃开始做准备，摇了几下再吞一口，词仍没能从嘴里出来。碧玉在一边帮着起了头：王婆婆……可儿想了起来，边摇边朗朗上口的念开来：

王婆婆，在卖茶，三个观音来吃茶，
后花园，三匹马，两个童儿打一打，
王婆婆，骂一骂，隔壁子幺姑儿说闲话。

嗯嗯儿嗯嗯儿，你从哪里来？我从北门山洞来；
北门山洞有好高？万丈万丈高；
几匹骡子几匹马，请你嗯嗯儿进城耍，
嗯嗯儿没得空，请你嗯嗯儿钻狗洞。

月亮走，我也走，我给月亮打烧酒 。
烧酒辣，卖黄蜡，黄蜡苦，卖豆腐。
豆腐薄，卖菱角，菱角尖，尖上天。
天又高，好打刀，刀又快，好切菜。

她不歇气地在背，大家笑眯眯地在听，竟然都忘了应该鼓掌。看着面前的漂亮小人儿站在暮色中无忧无虑高唱熟悉的儿歌，是美好的一件事情。小桃园已经很久没这么轻松愉快了，谁也不想打破这样的片刻，只想就那么安安静静地听一听。好在念唱的人没有停下来的意思，更大声地转入了下一首：

扯锯、还锯，家婆门口有本戏，
请外甥，来看戏，
请外甥……来看戏，
后花园三匹马，两个童儿打一打，
王婆婆骂一骂，隔壁子幺姑儿说闲话。
后花园，三匹马……

纪婉香笑着去拍周伯千的手，拍完了掐，边掐边说：“都怪碧玉一口气教那么多，词都被绞成了一团。”周伯千没有抵抗，女儿这么聪明伶俐着实让人得意，掐一下也算不得啥子。

闹过笑过——尽兴之后，书良威龙高高兴兴地离开，纪婉香起身拉了碧玉去堂屋陪着烧香谢佛许愿，边走边感慨：“哎，真希望可以天天如此，那些一波未平一波又起的日子，简直过够了。你二姨妈有个比喻打得好，说天上像是藏了一只手，不停地往下界凡人头上扔包裹，扔的都是不需要签字盖章的那一种。以前不信，现在信了。”

成都连续下了几场雨，天天下，从早到晚变着频率和花样：疾风骤雨、绵绵阴雨、瓢泼大雨，天像是被戳漏了一样，雨水倾盆，淅淅沥沥哗哗啦啦打在三合土上。雨停的时候小桃园中积了不少雨水，可儿蹲在街沿边将一个纸叠的小船放到积水里划着玩，华生碧玉在外还未回来，她在等他们回家。纪婉香端了筲箕准备去厨房做晚饭，吩咐道：“你不要乱跑，当心地上滑摔跟斗。”说完觉得不保险，又补充了一句，“爸爸在睡瞌睡，你守着门，不许人进去打扰。”可人乖乖点头，提起纸船趴到门槛上玩起了小船过独木桥的游戏。纪婉香见状颇为放心地转头去了厨房，要是她能预料到接下来会发生什么，大概宁愿娃娃去雨水中摔几大跟斗，也不会让她靠近那个惹是生非阴气重重的门槛。

可儿独自玩了一会儿，想起妈妈分配的任务，轻手轻脚进屋查看爸爸是不是还在睡觉，就在那个时候大门口传来碧玉喊她的声音。一听是姐姐回来，她着急的大步迈出房门直接迈向了门槛，还没等大人反应过来，只见脚下一滑整个人重重摔在结实的门槛之上。

华生快步上前一把将其抱起，看着她的脸发馒头样肿了起来，已经是疼得哭不出来。一家人顿时乱作一团，一位颇有经验的邻居闻讯过来看了状况，说出一句让人两眼发黑如坠深渊的话来："都不晓得疼了，该不会是摔坏了脑壳？"周伯千马上粗声打住："那我倾家荡产也要救她！"

等到清油擦上脸，娃娃缓过气哭了出来，纪婉香这才一跺脚发泄了后怕，教训起来："喊你不要跳门槛，不要跳门槛，这下好，老天爷让你摔一跤算是给你一个教训，看你以后还敢不敢。"可儿捂着脸呜呜地还嘴："才不是老天爷让我摔的，是我自己摔的，你打胡乱说。"碧玉把她牵到一边去哄，说："不可以跟妈妈顶嘴，更不可以说'打胡乱说'，要是脸疼得厉害，我抱你出去走走。"

小娃娃确实有哭的理由，几日之后青肿不消去看医生，医生给出的检查结果让人沮丧：左脸软组织严重挫伤，有后遗症，具体会是什么程度要等肿完全消了再说。"回家用热毛巾继续热敷，药膏每天坚持，这么乖的小乖乖，尽量给她恢复吧。"医生摸着娃娃的小脑袋，嘴里安慰的却是围着的一帮大人。

那是一个很有经验的五官科医生，和他的诊断一样，可儿从此落下了小小的遗憾，笑的时候左脸有一道明显的凹痕。破相，是当地人对那种伤痕的俗称。邻居们知道情况后有人说破了相好，娃娃多多少少都会破点相，破了相才长得大因为老天已经在她身上盖了可以长大的记号，但也有人比较直接：可惜哦，那么乖的女娃娃。

家里的气氛被那个伤疤左右，碧玉自责于不该大喊小叫引发意外，纪婉香更是对着那个可恶的记号满心懊恼耿耿于怀。周伯千一并安慰她们两个："意外是没法预料的所以才叫意外，都不要太把这个事放在心上，脸上有槽槽并不影响生活，就算她脸上有坑坑也还是我周伯千的乖女儿，如果今后有人因此而嫌弃她，我养她一辈子！"

话是不错，但不是很起作用。纪婉香跟着就病倒了，谁都看得出来她病得深沉，心情像是被雨水打熄的蜡烛，暗淡地冒着烟子。要晓得，人虽不能十全十美但至少"趋于完美"是她一直想要的状态，本以为娃娃会漂漂亮亮地长大，结果好梦被一条槽槽划破，让她只能咬着牙接受，茶饭不香、午夜梦醒。周伯千的伤、财产的被骗、可儿的破相，还有那个没完没了的战争，都是吃不香睡不着的根源。她想生病，想窝在床上和大白猫一起，争相忘掉世上挥之不去的这样那样的烦恼。

周伯千让华生跑一趟去请医生过来出诊号脉，纪婉香制止了他们，愤恨地说了："哪个敢乱请医生乱花钱，无疑是想要我痛上加痛、雪上加霜。我清楚自己得的什么病。"心病，她只想在自己的世界独自待着，不去面对现实的残酷，生一场病，把时间当最好的药，慢慢地熬着。还能咋样，只能如此。

不过通过这几次横祸倒是让她看清楚了一件事情，就是真没白痛华生和碧玉两个。两个年轻人关键时刻巴心巴肝对家里好，华生是里外兼顾出钱出力，碧玉依然是最得力的帮手，再次承担了家里的家务杂活，包括伺候娃娃，让备受打击的她多少得到了安慰。也许，该把他们留在小桃园守在一起过日子，不然等他们找到房子一搬走，家里就太过清净空荡了。

她躺在床上，听着窗外的动静，习惯性地开始了盘算。

二十

师母贵体欠安和可儿破相的事很快传到乡下吴妈的耳朵里，吴妈赶紧找了机会和新老伴老黄拎了一篮子鸡蛋上成都看望老东家。当然，吴妈这次过来还有一个秘密任务，就是想把可儿小时候的照片带来交给碧玉各自保管。为了不惹任何人起疑心，第一天进门后她避免和碧玉单独讲话，装得关系很一般的样子。关于可儿的身世，她连老黄都没敢告诉。

到第二天她才逮住一个合适的机会，一旦听到碧玉进院子的声音，她揣着东西出房门尾随着闪进了隔壁的房间，进屋之后火速从怀中摸出报纸包递了过去，“娃娃的照片，赶快收起来，收起来再说。”

碧玉见她鬼祟地跟进屋已知有事，接过东西机警地看了一眼门口，麻利地打开衣柜把东西塞到柜子底层的某个位置藏好，吴妈在后面直拍胸口，“好险好险，跟贼娃子一样，可以想得出你这个当妈的为她受了多少的委屈。”

碧玉嘘了一声低声：“小心隔墙有耳，到院子里说话，免得惹人疑心。”她们前后出了屋子，站在院坝中央假装摆起了龙门阵，内院传来纪婉香的喊声，两人应声离开，暂时把照片的事放到了一边。

随后一连串的人回家，只有花花整个下午不知去向。

碧玉抽空返回房间想看看照片。她独自回到房中走到柜子前，打开门伸手一摸，让她吃惊的是那个装有照片的报纸包包不见了！她翻遍柜子又在房中各处找了一遍，都没有，那包东西不翼而飞。她的头皮一阵发麻，快速回忆了可能出错的环节：吴妈不可能把照片拿走，其他人也不可能，那会是谁呢，谁会知道那儿有东西并随手把它拿走？

她猛地想起一个人，忙出屋去大门口找到骑在石狮子身上的可儿，蹲下身小心地问道："你有没有进过我的房间，从柜子里拿走什么东西？"可儿正耍得高兴，问了几声才转头说没有，接着就从狮子上翻身下来，仰头问："你柜子里有啥子，是不是糖嘛？"

碧玉果断丢开她去找吴妈，把情况跟吴妈一说，后者一屁股跌坐在床边，"完了完了，穿帮了。都怪我，拿啥照片给你，这不是没事找事送货上门嘛。"两个人都有些心慌意乱，照片被人拿走还没那么可怕，关键是谁会晓得柜子里头有那些照片。难道，是有人偷听了她们的谈话？那会是谁呢？

她们不得不分头去院子里找人说话，希望能从中发现蛛丝马迹，可是说了一圈也没发现任何拿照片的嫌疑，东西丢得不可思议。

碧玉在房间里独自坐了一阵，连花花回来也没心思去过问她一天的行踪，次日一早趁花花出门洗漱的空当她搜了花花的衣服被子，没有，也不可能有，搜花花只是排除最不可能的一种可能。这件事一直拖到吴妈离开小桃园都没有答案，吴妈不解地嘀咕："该不会是被耗子叼去啃了。"

这个推断显然荒谬，谁见过会自己开柜子的耗子，并且还能把报纸啃得不留渣痕，除非是一只成了精的耗子。碧玉的反问让她们两个都觉得毛骨悚然，"拿了东西不吱声，是恶作剧开玩笑、还是在等合适的机会再拿出来?"

"现在咋办?"吴妈问道。

"现阶段什么都不能做，能做的是不要露出更多的破绽，只能等那个人和照片一起出现了。"

"真有那个人啊？依我看最好是一桩悬案。"吴妈开始自我安慰，碧玉却是摇头，"希望如此吧。"

吴妈忐忑地离开了成都，留下碧玉独自应对可能出现的危险。整个小桃园除她们之外谁晓得那个秘密都会带来严重的后果，但愿是照片自己消失的，但愿。接下来的数日碧玉都时刻打起了精神，每当有人靠近就做足应对的准备，风波估计是不可避免了，只是看风力的大小和毁坏的程度。

一个晚上，可儿跑来叫她和华生，说爸爸妈妈有话要问。他们去了内院，周伯千纪婉香在堂屋里正襟危坐，碧玉低头走了过去。

"都过来坐吧。"纪婉香深藏不露地招呼，看了一眼身边的周伯千，"喊你们来，是有事想问问，你们只管回答是与不是。"

碧玉答了声："好。"

纪婉香又望了一眼周伯千，后者正看着自己的徒弟似笑非笑，纪婉香开了口：“一直没提起这个事，最近手边事情太多。”

“华生，”她说道，“你一直在外头物色房子想搬出去自立门户，你有没有想过，你们搬出去了这个院子也就冷清了，到那个时候外院会空出来，你们是晓得的房子不能空，空久了木头要朽；所以我肯定会把房子租出去，而一旦租出去就会有新房客搬进来，到时候新房客合不合脾气、合不合胃口，就很不好说。”

“绕那么多弯子干啥，说正事。”周伯千催她。

“我是想问问你们愿不愿意留在小桃园，碧玉都搬来这么久了，你们的事也该办了，反正要找房子，不如我把外院两间房子正式租给你们，你们安心住下来准备成家，大家既住在一起又留有各自的空间，你们找到了好房子我也有了好房客，又热闹又能相互关照，这是不是一个两全其美的法子？”

这番话让碧玉缓了一口气，原来和照片没有丁点儿的关系。她转头看华生，眼中闪出释放过后的亮光，华生的理解却是另外一层意思。

“我们当然乐意当师母的房客，而且会是很好房客。”他看着碧玉，嘴里回答着师母的问题。

纪婉香扁了扁嘴巴，“可这个法子你师父还说不好。”

“我哪儿说不好，我是说不该收他的房租。华生啊，师母收房租是想让你们心安理得名正言顺地住下去。”

纪婉香把手一挥，“两个娃娃又不是外人，才不会像你那么小心眼，一家人不说两家话，我就不喜欢藏藏捏捏不好意思把话说到明处，越是怕伤和气越容易打肚皮官司，一点儿都不实在。你们站在我的立场上想一想，每月手头大笔大笔的账目支出，能收房租正好可以帮着抵掉一部分的开销，绝对属于长长久久的相处之道，两不亏欠是最好最长久的安排。”

“好好好，你有理，只要不乱收租金就好，免得让外人看笑话。”

“咋可能乱收，保证花同样的价钱在外头租不到这么好的房子，等有了正式的屋子，两个娃娃就可以考虑拜堂成亲了。”

华生丢开师父师母径直走向了碧玉，师母的促成让婚事变得可期，还有什么比这更让人期待的，他站在碧玉面前，看着她笑。

“看到没有，看把你徒弟高兴成啥样了，两个等的就是这一天。”纪婉香朝周伯千支嘴巴，对自己的安排相当之满意。

“你没跟师父师母说那个约定。”碧玉悄悄地提醒，华生只得暂时将她放过，转身对着周伯千纪婉香，把和蒋少虎的那个半年约定说了出来。

纪婉香的反应极快，“你也是老实，人家随口一说你就当真，他少吃一台喜酒没关系，你们却要延迟几个月的生活。事情你们自己定，反正房子是有了，依我看早结早安心。”

周伯千体恤有加地偏向了一边，“你们都大了，又是战乱，该结就结，不要委屈了碧玉。”华生还没来得及搭腔，碧玉答了：“房子租下来可以先做些准备，说不定大毛和老幺很快都能回来，说了等就等嘛，也等不了多久，等了他才安心。”她看着华生，心平气和不着急的样子。

对于这份理解和支持，真不知该拱手谢过还是该无可奈何，华生回看她的眼神透露的是这样的纠缠：这个人，从来不催婚，倒是希望你能表现出一点点的冲动，偶尔幼稚一点儿、霸道一点儿，也很可爱。

“行，守承诺是好事，就依你们先准备吧，小桃园也该有喜事冲一冲热闹热闹了。”在周伯千纪婉香起身进屋之后，华生才拉起了碧玉的手，“想怎么准备你说了算，房子也由你来布置，添置什么都听你的安排。”

婚事就这么定了下来。

对预期的喜事接受起来最为坦然的是花花妈，她坐在庙子的街沿上和花花就此事扯起了闲谈：“早就该成亲了，都不晓得他们在等啥子。我早就想去小桃园拜访拜访，无奈均被你姐姐挡住不让，说暂住师父师母的房子，去的人越少越好，减少不必要的打扰，我是一直躺着尝胆在等好事到来，现在总算是等到了。”

“等啥好事，又不是你成亲。”花花讽刺地翻着眼皮子。

“这个女娃子，乱说话，啥子我成亲，说的好事是指你！”

“和我有啥相干。”

“咋不相干，你姐姐姐夫把两个屋子租了下来，让你跟着他们继续住在小桃园，他们一间你一间，你有了正式体面的住处，就更有机会接触上等些的人，你说算不算是好事情？”

“我才不想接触上等人，难得乱巴结。”

“嗨，巴结就巴结，巴结有啥不好，巴结到合适的嫁了才有你的好日子过。算了算了不和你多说，小不懂事，你要晓得这个事对你以后的好事有推波助澜的作用就行了，一想到这层妈就不能不在庙子给菩萨磕响头烧高香，天天多念些天灵灵地灵灵的咒语，让诸葛亮先生还有太上老君一干人都来保佑你，让你过上开开心心顺顺当当的好日子。”

“无聊，好事归你，我不稀罕。”花花没领情地对她妈撂下一句，嘟着嘴起身，走了。

“这个娃娃，火气大，归我做啥，还不都是为了你好。”花花妈望着空荡荡的大门口意犹未尽，“等我跟你姐姐说说，把你嫁出去就好了，嫁对了就会晓得我的苦心。”等晚上碧玉回庙子探望，她把碧玉拉到一边说了打算好的想法。

“你妹妹的脾气最近大得很，要赶快想个办法给她撮合一个把她嫁掉，嫁了人火气自然会消，姑娘大了待字闺中难免都会有脾气的问题，嫁出去就好了，你问问华生周边有没有合适的人选，帮着说合说合。”

在回小桃园的路上碧玉向华生转述了这个意思，嘱咐他留个心，找一个踏实的好人介绍给花花，让她好去过自己的生活。

华生并没有马上答应，只叹了一句：“你这个姐姐对她的维护也是到家了，要晓得花花是全成都最不怕得罪人、也最容易得罪人的一个。这个事得让我好好想想，看哪位仁兄跟她般配，乱介绍搞不好没结果不说，还会伤了朋友的和气。”

“介绍朋友是当下的摩登时髦，你只管出面介绍，他们自己发展了解，有没有结果都和你没有关系。”碧玉说道。

“你说的事我哪次没办，只说要慎重，我会留意的我保证，就这么一个妹妹，我们不帮哪个帮她。”

他这么承诺也这么做了，不久之后的某天他在铺子上告诉花花，电影院的一位师兄想约她出去，下午他守铺子，让她去看电影。

花花并没有领他的这份人情，反而不合常理地涨红着脸高声质问起来：“哪个说要看电影，哪个喊你帮我约人？为啥想把我支走，找出这些二不挂五、不三不四的人来约，嫌我多余说一声就是，哪儿用得着使出这些无聊的招数，你不嫌烦我嫌烦，你们都烦死人了！”她丢下手里的账本和毛笔，莫名其妙地跑了。

下班之后他关了铺子往家走，远远看见花花手中拿着一包东西站在街边树下等人，见他走来赌气地把脸转开。花花对他的每日路线很清楚，想必是在等着一起回家，他朝她走了过去。

“还在生气？你不要误会我的意思，没有哪个嫌你多余，就算你跟我们一辈子都可以。关心你是想你有自己的生活，看你在铺子上工作得那么认真卖力，想找人陪你出去耍一下，不行啊？”他找话哄她。

花花的眼睛闪了两闪，居然泪光浮现，“你哪儿是喊人陪我，你是怕我打扰了你们的幸福，别以为我不晓得，你们一家子住在人家屋头神不知鬼不觉以为没人晓得，想把我支走，把我支走了你们就可以随心所欲偷偷过一家人的日子。”

“你在说什么，乱说我要生气了。”他以为她在说他和碧玉，花花把手中的东西扔了过去，“该生气的单怕不是你，要是你们的事被师父师母发现，谁才最该生气？只怕还不是生气，是想不想在小桃园落脚！”

华生接住报纸裹着的东西打开看，是一叠吴妈和可儿的照片。他抬头疑惑地看着花花，脑子里没有任何与此对应的逻辑。

花花抹了一把鼻子，“不要看我，装得无辜的样子，不要以为我不晓得可儿是你和我姐的娃娃，也就是我们家的娃娃。不晓得你们用什么方法瞒天过海，还拉上吴妈一起撒谎，我说咋都那么卫护可儿，原来是人之常情。”

华生盯着她，做出一个制止的手势，“等一下、慢一点儿，把话说清楚，谁是谁的娃娃？”于是花花开始东一下西一下回忆起那天发生的事情。她一个人回家心头不痛快，躲到大床一侧的帘子后面坐在地上不想见人，后来吴妈碧玉进来说了让她一时听不懂的话，等到她们离开后她把藏在柜子里的东西翻出来看，联想起吴妈的话就破解了整台的把戏。

“当时拿了东西想到外头看仔细，后来怕你们生气不敢退回去就把东西藏到诸葛庙一个秘密的地方，想等心情好了再还给你们。不过你放心，这个秘密我不会告诉任何人，连爸妈都不告诉，只要你保证一件事情，让我在小桃园想住多久就住多久，不许出馊主意把我弄走。”她不分场合地提起了条件。

华生一手握着照片，另一只手抓住了花花的手腕，“听着，第一，没有人想把你弄走；第二，事情不是你想的那样。你还听到了什么，都说出来，我好慢慢解释。”他快速理着头绪，也快速想稳住花花。

“就这么多，如果你想多听我只好现编了。”

华生却没有她那样的心情，“好吧，你先回家，我还有别的事情要办，我们回家再说。”花花见他脸色不佳，也顾不得手臂上的痛，连声说好嘛那我先走。华生没有松手的意思，拽着她一字一句地叮嘱：“你是大人，晓得说错话的后果，有些事乱说会出人命，你最好老老实实回家在屋里待着，我不回来不要离开。”

花花难得看到他有那么犀利的目光，心头发毛地说了声：“反正东西还你了，你自己保管。”拔腿想跑，他的手抓得更紧，“暂时不要对你姐姐提照片的事，我去跟她讲，让她不生你的气。”花花听话地点头，待他手一松立马像一只受惊的兔子一溜烟地跑开。

华生拿着那包东西站在街边，脑子乱作一团。

他抽出一张照片，可儿依偎在吴妈怀里，蒙眬地望着镜头。没错，那是碧玉的眼神。他仰头闭上了眼睛，脑子里放电影一样过着娃娃被领回来前后吴妈的表现以及自己和碧玉的那些相遇。一切那么的丝丝入扣，那么的合情合理，让人以为都是上天的安排；当所有事情被安排得不像一场骗局的时候，也许就是天大的骗局。原本以为自己很了解她，却不知他认识的碧玉身后，还有一位碧玉。

要是此时他还能保持头脑清醒，那么铁定是圣人神仙。

他无目的地在街上走了起来。如果这是一场预谋，是从什么时候开始的？除了师父师母，还有多少人被算计其中，比如，他自己。难怪她对婚事没有表现出特别的热情，也许能认识他就已经达到了她的目的。他从没怀疑过自己的爱情，却原来他的爱这么不堪一击，几张照片就可以击出碎片。花花居然还把他当作当事人之一，推理简单到没有半分的道理。

他的样子看上去近似梦游，乱了节奏地在街上踩起了棉花步，有熟人招呼也没能把他唤醒。必须不停地走，一旦停下来脑子会联想出更多折磨人的事情，身体和思绪在踩跷跷板，一头力量上去一头力量就会下来。也不晓得走了多久才看到那棵熟悉的泡桐树、看到那条每天想一路跑着回去的蜿蜒巷子。

小桃园门外站着和蒋二嫂聊天的碧玉，正背对着说得高兴，二嫂给了一个暗示她才转过身来。那是一张曾经十分喜欢看的笑脸，但现在看上去他分不清里面有多少属于虚伪。他走了过去，中毒一样看着她的眼睛，蒋二嫂马上知趣地离开，把时间空间留给了年轻人。

碧玉被看得莫名其妙，见他眼神直直的不像正常状态，收起笑问是不是出了啥事情。他咬了咬嘴唇挤出一句："去田坝走走，透透空气。"

他们从另一侧出了巷子朝不远的秧田走去。

田里的秧苗葱葱郁郁，回头便能看见宽巷子的房子。一前一后上了田坎，他将手插在裤兜里慢慢向前，揣着那叠小兔子一样随时想跳出来的照片。走出一亩地之后他停了下来，掏出东西递给碧玉。如果此时有人在远处打望，一定觉得那是一幅充满诗意的画面：

稻花香里风清，幽幽妾意；

杨柳影中云淡，眷眷我心。

然而此时的画中人却没感受到任何的诗情画意，碧玉接过照片打开，明白了起因。

“你就不想问问为什么我会有这些照片？”

碧玉看了一眼他的表情，掂着手里的东西，“不是你拿的就是其他人拿了再给你，有啥好问的，你把我带到这儿来，不就是想告诉我这个吗，你说嘛，我不猜。”

“花花给我的，她躲在屋里把你和吴妈的对话听得一清二楚，晓得可儿和你的关系也晓得吴妈的角色，你不觉得该给我一个解释吗？这么大的事情，如果不是花花意外听到，你们打算骗到什么时候，骗一辈子?！我就想不通你和吴妈之间的关系，怎么可以如此胆大到，妄为！”他将手叉在腰上，来回走了起来。这个事不光牵扯他们更牵扯到师父师母，让人没办法平静。

碧玉看着远处的房子，“晓得了也好，我也不必再瞒。花花听到的都是真的，你想听啥样的解释，要给你啥样的解释才算满意？不过有一件事你必须知道，吴妈是一片好心，我阴差阳错进小桃园她不知情，你不要把她想得那么阴险，想得那么不堪。”

“阴差阳错，你是说我们的关系？”闻者已是大大地伤心。

“你要这么认为我就更不必解释。”碧玉倔了起来。

华生看着她，失望到痛。他并不想追问过去，他从没追问过去，他要的是态度，一个愿意解释的态度，至少说明她还在乎，还有所谓。如果连解释都不想给，可不可以理解为一切从开始就不是偶然，他们的相遇只是一出戏，为了某个不太清楚的目的。这根本没法让人接着想下去。

“裁缝铺根本不是巧合，对不对?”他转过身背对她，问道。

碧玉没有回答。

“大街上看见你也非巧合。”

碧玉仍然没有回答。

“唯有九龙巷那次是真的。”他几近于绝望。

“你这么问好像我是为骗你而来，说明你已经不信我，既然不信我说什么都是枉然，那就按你的认定好了，我无话好说。”

“只问一句，你到底，爱不爱我?”他没有掩饰自己的软弱问出了心头最大的困惑。

碧玉望着他，不是他不信她就是她不信他的那种表情，“都说了如果你不信，说什么都是枉然。”她没有接受逼迫。

他突然有种要失去她的感觉。是什么地方出了错，希望这是一场低劣的恶作剧，希望什么都未曾发生，她还是以前的她，他也是以前的他，和可儿吴妈没有任何的关系。但为什么她会冷冰冰站在那边，守着秘密不解释不说爱，隔了几座山的距离，把他的心弄到冰点。

“等你不乱想了再谈好不好，我现在回去和花花说说，她躺在床上装病，得和她讲清楚以免祸从口出，你要愿意多待就再待一会儿，我先走了。”碧玉似乎想摆脱眼前的僵局。

“你准备怎么跟她说?”他突然想丢开一切走过去做一个化解的举动，但是脚下的泥地吸走了身上所有的力气。

“我自有办法，你不管。”碧玉背对他停了几秒，“这个事不说破最好，不想师父师母受伤，更不想你受伤。”她快步走掉，把他扔在了那里。

寂寞在田间星星点点地散开，心头先是七上八下的乱，然后是一片白茫茫空空荡荡。他坐到了地上，索性躺下去摊开了手脚背贴大地头枕野草，放下一切不去想，不想那些曾经发生的事情。但是，办得到吗?太阳照在身上很暖和，却难以驱散内心狂卷的乌云。一个老农挑着浇肥的粪挑子走了过来，见前面好端端横躺着个大活人，边走边吆喝：“咋躺地上哦，有哪儿不舒服?”

他没有挪动位置，望着天空呻吟：心痛。

“心口疼躺地上干啥子，着了凉肠胃还要疼，还不赶快回家躺到床上。”老农嘟囔着避过他绕道而行。他闭上了眼睛，想不通碧玉怎么会瞒了这么大的秘密，从开始到现在。

心痛。不是不爱，是太爱。

二十一

冷战比吵架更容易让人窒息，碧玉已经好些天没在小桃园出现，说是回庙子陪父母。正巧那几天莫名其妙跑了两趟警报，周伯千没起疑心，但纪婉香就不同了，师母何许聪慧之人，搭眼一看便晓得有人在闹别扭。她挽着周伯千站在内院街沿，看着外院卷起袖子劈柴火的人。

“碧玉好几天都没过来了，肯定是在闹矛盾。你看他没事就劈柴火，都快没柴给他劈了。”她观察着情形。

“偶尔闹闹矛盾也好，可以把观点统一起来。”周伯千没当回事，纪婉香侧头看他，“喂，我说你的病到底好了没有，闹矛盾有啥好的，没看到你徒弟这几天坐立不安的。”

周伯千看了看华生挥手擦汗的样子，“要不这样，如果碧玉再不回来，我们分头谈话，我负责他，你负责碧玉，没啥解决不了的问题。”纪婉香点头道：“这句还差不多，走吧，你该回屋吃药了。”

对华生接下来出现的发呆独坐或是无事瞎忙，纪婉香不问也不劝，只套用了周伯千让徒弟想问题的方法，把人拉到菩萨面前按着坐下，“坐两刻钟，把各自的问题想清楚再说下一步。都快成亲的人了，该学会妥协和哄女人，能忍则忍，不然结婚干啥子。”她哪里晓得华生脑子里的问题岂是静坐两刻钟就能解决的，坐一天都好不到哪儿去，困扰他的可是和小桃园所有人有关的家庭秘密。

当然，也不是所有知道秘密的人都会出现不耐压的表现，也有情绪稳定的，比如说花花。自从抖露秘密之后花花心情好多了，每天独占着对面的屋子，一幅山很高、天很蓝的样子，近几天表现得相当地勤快主动，不仅按时起床做饭，还主动帮着照顾可儿，连一向觉得她懒散的纪婉香都忍不住夸赞几句，说这个女娃子，姐姐不在家反倒懂事起来。华生静思的第二天，花花在铺子上主动提起了那个多日来一直困扰他的话题。

“上次说的那个事是我搞错了，可儿和你莫得关系，姐说为了这个误会你很生气，可能要和她分手。姐还说如果让外人晓得娃娃是她和吴妈商量好弄进来的，你我她都不能再住小桃园，我得回庙子跟父母挤，你晓得我不想回去，我要跟着你们，所以绝对不会对任何人说，保证不说。”花花满脸堆笑，“冤枉你了，对不起嘛!”花花的简单就在于看不懂事情的本质，以为一句对不起外加一个保证就可以把事情一笔勾销。

华生望了一眼面前的笑脸，“你姐说我可能和她分手?”

“啊，你要分手也情有可原。都怪我，不和你说那些就对了，我可没想让你们分手，当时把照片给你是想为你好，哪晓得好心办了坏事情，我跟姐说了，她回庙子我不回去，留下来给你赔罪。”

华生看着手中的零件惨淡一笑，“何罪之有，你不过是把听到的说给我听。”花花一听来了劲，“就是，我也觉得没做错啥子，照片也还了，事情也帮着做了，再怪我就没有道理了。”

华生停住了手上的活路，“事情到此为止吧，以后不要再提，全当什么都没有发生，这样对所有人都好。”花花答一句“晓得”，只要能在小桃园住下，说啥都是可以的。

华生埋头把注意力重新放回案板，花花歪着脑袋在一边继续，“姐也够心善的，以前的姐夫死了，她还帮他照顾娃儿，让吴妈帮忙把娃娃送给周家，自己不放心又跟进来照顾。你不要怪她，她完全是一片好心。”

华生手中的东西落到了桌上，“姐夫？她嫁过人？”

“啊，不然咋会心甘情愿帮那个姐夫照顾娃娃。”

“姐夫的娃娃，啥意思？”

“娃儿不是姐生的，是姐夫以前的，姐只是帮着照看，这个事她不准我告诉任何人更不准告诉爸妈，说怕爸妈找周家的麻烦。姐说没有人可以打扰师父师母的生活，她让我发重誓保守秘密，不然下辈子都不理我。我发了毒誓不往外说，就只跟你说说，反正你都已经全部晓得。”

华生僵在那里，但马上反应过来这应该是碧玉编来哄花花的故事，可儿是碧玉的女儿，从相貌上能够得到印证，只有花花这种不带逻辑分析、没有观察力的才会相信否认。“你姐夫咋死的？”他选择了重点，姐夫二字让他感觉说不出的钻心别扭。

“具体的也不晓得，姐不说也不准我问，只喊我发重誓不准乱说，不然对我对你对她，对我们大家都有好坏好坏的影响。”花花的嘴巴“嗡嗡”地开合，他却再也听不进一个字去。

碧玉编故事骗花花是为了打消她的好奇和猜测，为了更好地保住她的秘密。她成过家，爱过一个人，有过一个娃娃，也许这就是她无法对他进行解释的原因。不能不感到悲哀，他爱的人也许根本就没有在爱他。连一句多话都不愿讲，连一句爱不爱都不愿明说，就算事情难解释，说一句爱你不会那么难吧，除非没有真正的爱过。心情跌落得厉害，手脚都冷了起来，中午花花妈按惯例过来送午饭，他接过饭盅机械地喂饱自己，没有多话，没有问碧玉的情况。

不过就算不问也会有人忍不住要讲。饭吃到一半花花妈开始拿碧玉来教训花花："你就没你姐姐懂事，人家都晓得跑警报回庙子陪我们几天，你就想不到这些。不过也好，姐姐不在你正好可以学着做做家务、当当管家，每天勤快些乖乖上班乖乖听话，不要让华生哥哥烦你。"花花难得的没还嘴，拼命往嘴里扒饭，一旦看见华生盅盅见底，马上收拾战场让她妈快快离开，不要打扰了铺子里做生意。花花妈被推着一脚踏出门坎，身子却努力留在铺内，手里握着华生刚给她的钞票，"花儿就像自家妹妹，把她管严点，打骂都没人怪你。"

那一整天他都努力让自己专心于工作，不让碧玉在脑子里出现。这么大的事居然能在父母面前不露声色，她的心确实深。

一下午他没开过口，花花在旁边抱怨肚子饿他也不理，花花虽然磨皮擦痒但一直坚持不懈地陪着，最后无聊地靠着工作台打起了瞌睡。等到把所有的活路干完，外头已是路灯初放柔光。回家路上他买了卤肉锅盔给花花当晚饭，自己却毫不感觉饥饿。

师父师母出门尚未回来，他不想被打扰说要回屋睡觉，花花便学着姐姐的样子拿了绣花绷子和丝线，去隔壁找蒋二嫂学绣花去了。他没有进屋，把马架子拉到桑树底下，躺上去闭了眼睛。

头顶上方桑树的嫩叶子在空气中微微晃着，发出只有他才听得到的声音，像孤独世界中的潮起潮落。如果碧玉亲口告诉他一切，他不会这么难过，事情的复杂性虽然超出想象但没有超出理解，不是不可以接受，她该信他才是，他们之间不应该隔着秘密，相爱而不相信那算什么一家人。就算她有理由瞒可儿的事，那可儿的亲生父亲呢，如果那个人不是她心头最大的秘密，完全可以把成过亲的事告诉他。她那么深的爱护和保护可儿，想必一定也很爱可儿的父亲……

至此他沮丧地发现了一个事实，就是他的痛苦竟然沾满醋意。他把心给了她，而她呢，心头有几分他的位置。

他起身去厨房倒了一杯炒菜的料酒仰头干掉，情绪上来的时候让酒精浸泡一下神经会比较舒服。他用力晃了晃头，再续上一杯重新回到躺椅上，坐上去、垂下了脑袋。爱不是甜的而是痛的，是哪本书写过：先让你爱，再让你疼，爱过痛过方识个中真味。还有：恨不会让人心死，爱，能够。

他闭上眼睛把碧玉唤进了大脑，在那里他可以不受干扰地听她心头的声音。失落归失落、怪罪归怪罪，多日不见，心头仍在痛着地想她。

我心伤悲、莫知我哀，她为什么要瞒他……

不知道过了多久，一双温柔的手搭上了肩膀，一个熟悉的声音在问："咋了你，一个人在这儿喝闷酒。"声音里的那份关切像鹅毛一样在心尖轻轻拂过，他的情绪失了控，伸手按住了那只带来安慰的女性之手。

面前站着多日不见的书良，一双充满担心的大眼睛正望着他。他掩饰地吸了吸鼻子，但失败了，老友的目光弄松了他身上所有的弦。

书良蹲了下来，一脸怅然，她从没见过华生掉眼泪，小时候都没有，“咋呢，和碧玉怄气了?”她试探性地问道。华生点点头，他突然觉得如果在这个世界上还愿意和谁说说心里话，那就是书良。

“咋的嘛，好好的咋突然搞得来喝闷酒，把事情说来听，我帮你分析!”书良的火爆对他起了相对镇静的作用。

“没事，过一会儿就好，酒精有时候让神经失控。”他揉着眼睛。

“放屁，一般的事你绝对不会失控，绝对不会哭！是不是和碧玉闹分手?”书良单刀直入一语击中。

“不至于，只是不开心。真的，只是不晓得自己做得对不对。”他十指相交低头玩着手指，“你看，我也有幼稚的时候，心头一难受本想喝两口酒压一压，结果成了这个样子。”

书良看着他失魂落魄的样子，忍不住摸了摸他的手背，接着便来了一顿稀里哗啦地洗礼，“不要这个样子好不好，以前我生气胡来你总教育我不要作践自己不要作践自己，现在我把这句话还给你，不要作践你自己，那只会更糟而不会更好。遇事喝酒、流眼泪，这可不是你的作风，事情肯定是做了，对也好错也好天都不会塌下来。记得小时候大家一起疯的时候相互取绰号，我叫秦敢干，你叫赵不悔，因为不管你干了什么都说不后悔，我一直认为你是棵大树，是拿来给人家蔽荫遮阳的，咋稍微长老一点就开始乱掉叶子。世界上闹矛盾的人又不只你一个，今天我也和威龙吵了架，还动手打了他，你看我，也没说变成一根秋丝瓜。”她拉过旁边的踏脚凳坐了下来。

这席话显然很管用，过去那种两小无猜的友谊带来了安慰，华生抬起头来，“为啥子打人？威龙脾气好，你不要欺负他。”

“脾气好也惹人生气。”书良叹了口气，“也就想说给你听，他妈来电报让他回家，说他父亲得了重病不能再管他们家的农场，有牛有马的那种，让他回去料理。他拿不定主意就跑来问我的意见，说也许是离开成都的时候了，还说日本在增兵战争规模要扩大，不如先回英国等情况好了再回来，说来说去我一烦就把他打了。”书良捡起一根枯枝，在地上无目的乱敲起来。

华生忍不住将手放到她的头顶，老大哥似的揉了揉她的头发，“不要没事就出手打人，这个习惯要改，他来问你多半是想让你留他，动手打岂不是把他打跑了。”

“打不跑所以才打，他不是一个人离开，是想喊我跟他一起走，先去香港然后去英国，一起离开成都。”书良有点悻悻然。

“这样啊……那你啥意思，想跟他走还是不想？”

“就是不晓得才烦。这个事情咋说嘛，一方面想独立想脱离我妈的管教范围，另一方面你是晓得的，家里就我一个，我走了妈和外婆咋办，香港那么远英国更远，不是说走就走说回来就能回来的。现在到处都在打仗，咋能放心嘛，可威廉姆说不要太担心，说父母外婆都是大人晓得照料和保护自己，反倒是我该学会独立生活减轻家里的负担，说要是我能远离战争对家里来说是好事。我觉得他自私，忍不住就出了手。”书良用树枝在地上画起了圈圈，画着她的烦恼，“从来没想过要离开成都。”

“那你想不想离开他呢?”华生问到了关键，书良两把将地上画的图案抹掉，没有回答，看来她的烦恼不比他的少。华生捡起一根残枝陪着她在抹掉的地方重新画圆，听了书良的烦恼，他自己的烦恼相对收敛了些。

“依我看倒不如回去跟二姨妈和外婆说明情况，听听她们的意思。你担心打仗担心她们，但留下来又能做些什么呢，倒是让她们提心吊胆想方设法照顾和保护你，如果你能去一个安全的地方，说不定正合她们的心意，少操一个人的心。”

书良怀疑地望着他，“你是说我走了家里反而少了负担?”华生点点头，“如果威龙在英国的情况稳定，说不定也可以把她们接走，让她们也远离战争、远离危险。”话一出口他就晓得自己骗人，二姨妈和外婆不像是要离开成都漂洋过海的那种，这种地道老成都和师母一样，不会对平原之外的生活感兴趣，哪怕是出于安全的考虑。

书良在动摇。

“想不到你也要离开。”他感慨了起来，“记不记得小时候我们四个学人家拜把子，起誓一辈子在一起做兄弟，现在你们一个个都离开了，先是大毛，再是少虎，下一个是你，都要离开，只剩我一个人。”他半眯起了眼睛，“你们每一个的走我都舍不得，但又不能不说上一句支持。只要自己感觉好就行，走出去看看等到该回来的时候再回来，反正我始终在这儿等你们回来。你看，你还没有走我已经很想你早点回来了。”

书良默默地在听。

“等你们都走了，我会想念的，想以前的一切和以前的生活，那个时候大家都没有开始真正的生活也没有真正的烦恼，拿少虎的话来说是天塌下来有高个子顶起，原以为一直可以那么把日子过下去，没想到世界变了战争来了，一场一场的烦恼轮番而至，大毛有烦恼，少虎有烦恼，你烦恼、我烦恼，就这样慢慢地长大。好希望有机会回到以前，重温一下嘻嘻哈哈打打闹闹的日子，你还是曾经的敢干，我还是曾经的不悔，大家只管一处吵闹，不需要面对众多不得已的选择，该有多好，是不是?”他一抬头，发现书良已眼眶湿润。

“说远了，不说了，再说你又想打人。”

书良伸手轻轻搭到了他的手上，“人到世上就是为受苦受难而来，据说是前辈子欠的债务。有烦恼也正常，就算以后再聚在一起也不见得能回到从前的样子，天若有情天都易老，只能是各自珍重爱惜。”她的声音异常柔和，几乎不像书良。“答应我一件事情，不管以后心头好烦都不要乱了分寸，不要改变你自己，说真的我一点都不喜欢看到你哭的样子，一点都不好看，不管你和碧玉闹什么样的矛盾，不许折磨自己，不许变得莫得性格，要是你变得不像赵华生我可不想原谅你。”

华生心头一热，难得她这么体贴，看来交了男朋友晓得关心人了，他反过去把手搭在她的手背上，“好，听你的，不折磨自己。我不过是借酒劲发发疯，过后会处理好的，倒是你自己要好好和威龙商量选一个万全之策，不要以耍脾气来解决问题，那是小娃娃的做派。”

“说我，你还不是一样。”书良开始反驳。就在这个时候离他们不远的大门口冒出来一个人影，花花。

花花高高兴兴绣完花回家，还未踏进院子就见华生书良两两相向、双手紧握、四目凝望不晓得在说什么。她大叫一声：“黑漆麻拱的你们两个在干啥子?”并伴随着那一嗓子快步冲了进来。

华生书良受到意外干扰，条件反射地松了手，看着突然的闯入者有点措手不及。书良愣了愣很快定住了神，慢悠悠起了身，她没理花花，只对着华生，“我该走了，你早点休息，不要再喝了，顺便帮我告诉三姨妈，喊她明天去相馆找我妈，她等她吃茶。”说完转头对着气鼓鼓的花花，“麻烦你以后夜黑风高的时候说话声音小一点点。还有，进大门可以先敲敲门，不要突然冒出来吓人!”

花花被呛得一时没有想到回敬的词，只好叉着腰示威：“吓人又咋样，就是要吓，免得有人在我们院子里忘乎所以。”

“你们院子?”

“啊，我们院子，咋子?”

华生端起杯子把剩的一口酒喝下，跟她们告辞：“都散了吧，各自回家早点睡觉。书良，我不送你了，路上小心点儿。”他十分了解书良的性子，花花不是她的对手。

花花见华生明显护着书良，气得干跺脚，等书良都出了院子，大概都出了巷子，她才想到合适的一个词，“厚脸皮”。她转身回了自己的屋子，摔门、开灯、关灯，一连串的动作。

当天晚上，因为几杯酒的关系华生勉强睡了一个整觉，可是第二天醒来的时候并没有觉得好过一些。

二十二

他突然好想见一个人，一个除碧玉之外的知情人，吴妈。他不是好奇碧玉的过去，而是想弄清楚一个事实，就是：自己得到的究竟是不是爱情。他去了商业场背面的三倒拐街，去找车帮朋友郑老板，老郑有一辆汽车，在城外跑郊县拉私货，也许可以搭顺风车去趟金堂探望吴妈。

他登上一处临街阁楼，踏进了老郑凌乱窄小的办公室。

老郑正背对着门，一手叉后腰、一手在光秃秃的大脑袋上狂抓，“咋早不生病晚不生病，偏偏这个时候生病哦！车子我来开，你马上给我抓一个陪车的顶起，货都接了今天一定要走。”他面前站着的小伙计神情慌张得近似滑稽。郑老板转头见他进来，哭丧着脸招呼，“兄弟，找我吃茶哇，今天老哥哥脱不开身陪你。”华生忙问出了什么事。

“接了货，约好马上送到青白江，司机却暴病送了医院，你说急不急？车子我可以开，还缺一个押车的，你看他哪儿行嘛，往驾驶台一坐人影影都看不到。”他痛苦地指着小伙计。

“不如我陪你跑一趟帮你押车。”华生暂时放下了去金堂的想法，能坐汽车出城透透气也不是坏事。郑老板两眼放出光来，抓住他说了声你简直是老天爷派来的及时雨，但随即严肃起来，凑过来问：“我们押车只是做样子给货主看，真正押车的另有其人，他们自己人，腰上别了家伙的，你要不怕就陪我跑这趟，要是怕就算了，我保证安全莫得问题，货主的名字我就不说了。”

华生说不怕。老郑一拍他的肩膀，“喝口茶，喝完出发！当天去当天回，保证让你准时上床睡觉。对了，你找我除了吃茶还有没有别的啥子事？”华生就把原本想搭顺风车去金堂的打算讲给他听，老郑一听问是不是也当天快去快回，在得到肯定的答案后他把腿一拍，“好办，等把货送到青白江，我陪你去趟金堂，也就三十多里，几脚油门的事情。”

华生反称他是及时雨，郑老板哈哈大笑：“你哥子我兄弟，你豪爽我义气，彼此彼此。”

送货的卡车停在街角的空坝上，两人走到车边分别从两侧上到驾驶台，老郑从位置背后的挂包里摸出一副蛤蟆墨镜让他戴上，“眼神太柔和，挡一下。一会儿你什么都不用做，坐在这儿就算完成任务。”华生戴上了那个东西，世界一下子暗淡开来，他转过去对着老郑。跟这种老哥哥在一起他的情绪明显有所好转，师母常说交朋友要会交，还是有几分道理。

“镇得住。”老郑高兴地发动了汽车。不远几个玩耍的娃娃听到发动机黄牛般的闷吼，追过来拍手助威。

车子匀速地顺着主街跑了起来。上货地点在东城根街一处公馆的围墙外，东西不多就一口大箱子；家丁们把东西抬上后车厢放好，老郑麻利地用帆布把箱子盖严实，然后跟着进了公馆，几分钟之后再出来，后面跟着那两个戴墨镜的人，此二人身手极其敏捷，翻身一撑便上了后车厢。老郑确认一切无误，返身坐回驾驶室，扭动钥匙启动了汽车。

途中没有人交谈，华生望着挡风玻璃之外，慢慢梳理心情。

出城后车子开上了狭窄的土路，两旁掠过稀疏的树子和一两个光着屁股朝车子招手的娃娃。后车厢没有动静，老郑两眼平视前方，双手稳稳控制着方向盘。进入青白江境内，后车厢有了动静，一个墨镜露出脸来，指挥着该走的路线，很快老郑把车停在一处独立的灰色大宅院外。那家的看门狗分别对着车子和家门叫了几声，从门里唤出三个面无表情的男仆。仆人们往下抬箱子，老郑和押车墨镜约好晚上来接他们回去。待重返驾驶台的时候，他步伐轻快，几乎是踮着脚弹上了位置，嘭的关好门，发动了汽车。

“押的啥东西，货物和押车的都那么神秘。”华生随口问起。

“既然你陪着跑了这趟我也不瞒你，货是特货，烟土！押车的是宪兵队的人专门押特货的，这玩意儿现在来钱得很，明里暗里捣鼓的人不少，连帮着跑这么一趟也收获不小，其他开车的要是晓得了估计眼珠都要羡慕出来。跟你说，为啥我能跑这个呢，主要一靠关系二靠口碑，凭我在车帮的信誉，人家信得过。”

“私下买卖贩运烟土不是违法吗，宪兵队还参加?”华生摘下了脸上的镜子。老郑意味深长地摆头，“马无夜草不肥，你不要看报纸上天天讲禁烟法，又禁止种植又铲除烟苗，跟你说，十六专区[①]那边还有云南、西康，鸦片种植挡都挡不住，

① 十六专区：川西松潘、茂县、理番、汶川、懋功、靖化等六县。

各派都有自留地，现在军费那么紧缺你以为他们不想快速弄到大洋补充军需，十年前烟土大概每两0.015锭白银，现在多少，每两多出四十倍都买不到，刚才那一箱子要是装满了，你说该有好多。既然战略上有需要，法律也就只好暂时睁只眼闭只眼。”

“就算这么搞到军费赢了战争，让更多的人抽垮身体，不是很畸形。”

“这个事说不清楚，只晓得烟土一下子根本禁不了，你看看烟馆里的人就晓得，染上了一天不抽猴子一样坐立不安，你可千万不要去碰那个东西。”

“你经常帮他们运？”

“哪有那么好的事，人家做的是大买卖，整车整车都是统一公运部队押送，我也就帮着跑些零散，参与点私下的友情交易，真正能赚大钱的事没有臂膀和靠山哪个挤得进去。不过话说回来，我也不想那些钱，平常之人挣点平常银两养家糊口就可以了，大不了多挣点日子过得富余些，可人家想的是什么，是挣天下。”

车子驶入了一段狭窄的机耕道，老郑熟练地减速换挡；车子没受控制地上下跳着，颠得他嘴里呵呵有声。华生抓住挡板上的一处扶手盯着窗外，此时的挡风玻璃之外横着市区看不到的地平线，还有地平线上零星几处竹林隐映的茅屋，一幅田园牧歌似的画面。

老郑见他盯着窗外马上换了新话题：“风景好看哈，我也喜欢看嘛，以前当学徒的时候跑过康定，那边的风景才叫好，看得人多想吟诗作对的，你不要看我是开车的，也喜欢念诗的嘛，比如：好一派田园风光。”他笑了起来，“还有还有，小桥流水人家……有朋自远方来，不亦乐乎。对不对，对不对嘛?”他随着车子晃动着脑袋，转头朝窗外吐着口水，“为了早点结束这场战争，再多拉几车鸦片我都不内疚，你看这些景色，要是国家都不在了再美有啥用，还是先把军费搞足把坏蛋打跑再说。我还是有觉悟的嘛，我想过的，和打仗比、和让更多人去死相比，牺牲一些爱乱花钱的烟灰儿也是没得办法的事情；个人烦，烦一下，国家要烦起来要烦几辈人。狗日的跑到我们地盘上来逞威风，弄死那么多人，八辈子都不得原谅他们，跟他们打。”

华生看着窗外，听他数落。

吴妈的家在金堂西面的马家堰，老郑中途停车问了两次，一报老黄和吴妈的名字便得到了方向。他们把车开到村口，停棵大榕树下，下车后沿着池塘间的小道朝对岸一处草房走去。那户人家背靠竹林面向池塘，屋前一块长方形院坝；一侧竹竿支起的晒衣杆上是久违的蓝花围腰帕，华生知道没有找错人。

从屋后转出来抱着稻草的老黄，一见院里站着的客人，脸笑开了，转头便喊：“胖子，看哪个来了。”吴妈从屋里跑了出来，“华生啊，咋这么远跑来，都好嘛，莫得啥子事嘛?”高兴里夹带着莫名的紧张。

“搭顺风车过来看看，坐一会儿就走。”看到老黄和吴妈，华生的情绪又好了不少。

“咋刚来就说走，咋都要吃了夜饭再走，况且你还有朋友，光吃茶不吃饭说不过去。”老黄忙把稻草靠墙放好，拍着手走回来。华生用征求的眼神看看老郑，老郑爽快地说：“你说了算，反正时间充足。”老黄很快就投缘地和老郑把龙门阵摆到了一起，兴致勃勃地拉老郑去后面猪圈看刚养的小猪儿，华生趁机去灶房找吴妈说话。

吴妈已经在忙着做晚饭，透过窗户中进来的光线，华生看到她头上新添的银丝白发。吴妈边切肉边大声问起小桃园里所有的人。华生绕过中央的大土灶坐到风口处的小凳上，一边往灶里加柴一边拿地上的蒲扇扇火，边扇边想该如何开口。木柴干枝在大铁锅下燃得哧哧有声，柴火冒出来的热度炕得人脸发烫。吴妈在围腰上擦着油手，过来往大锅里倒入泡好的大米，准备做甑子饭。

“咋呢，无缘无故跑一趟，有啥话想跟我说？”她直接问了，华生就知道还是吴妈最了解自己。他往炉子里继续加柴扇火，直到整个脸、胸、手臂都烫了起来。

“想问问你可儿的爸爸是什么样子？”

切菜的声音戛然而止，但随即菜板上又传出“哆哆哆哆”的声音，“可儿的爸爸是你家师父，问我做啥子？”吴妈的嗓子明显地变干燥。

“我是说可儿的亲生父亲，碧玉的，男人。”说男人二字的时候他使了些力气。吴妈把刀放下，警觉地跑了过来，“你听到了啥子？”

华生用火钳把灶里的柴火架空，好让更多空气进去助燃，“碧玉和可儿的事你不用瞒了，我都晓得，来找你是想弄清楚一些事情。”吴妈一把捂住了脑门，“这个碧玉，说好不能说不能说，咋管不住自己的嘴巴。”

“不是她说的，是我在柜子里发现照片起了疑心逼她说的。”华生隐瞒了花花的情节，不想让吴妈担心。他放下火钳站了起来，“她回庙子陪父母去了，把细节留给我猜。跑这一趟是想晓得当时的情况，求个心安。”

吴妈双手交叉着垂了下来，“哎，从她出现在小桃园那天我就提心吊胆，生怕哪天被识破，生怕师父师母认为我是不讲信用的人，果然还是有这一天。不过前几天我刚好想通了，退一万步如果事情不小心暴露，以我晓得的碧玉的为人，她会卷铺盖离开，而我大不了以后不去见周家的人，可儿送过去就是他们的娃娃，这个事是不会变的，也不算对不起他们。”她撩起围腰擦着嘴巴。

华生见吴妈有种想哭的样子，起身把她让到小凳上坐下，自己蹲在她前面，“没人会告诉师父师母，我只想晓得当初的情况，说点给我听好不好，不然我寝食难安，想的都是乱七八糟的事情。”

吴妈抬头看着他，“不是乱七八糟的事情，是很惨的事情。”她擦擦眼睛，说出了几年前和碧玉一起做的那个决定。

“真的，当时绝对没有坏心，娃娃送到周家一文钱都没有要，只想她被好心人家收养。老五是我远房侄儿，喜欢结交五马六道的朋友，义气得很，帮人打架也不是头一回，出事是迟早的事。他和你不一样，没念过书，对喜欢的就喜欢，不喜欢的就不喜欢。当初见到碧玉动了心发誓要照顾她，和她成亲之后确实安稳了一段时间没有出去晃，但后来有了娃娃又出去混，说是想多挣钱好养家。人是个好人，就是太年轻气盛，受伤初期还有人送钱，时间长了就没人管了，在床上折磨了很久，疼死的，走的时候还没满二十六岁，嘴里还念着娃娃的名字。碧玉为了救他欠了一大笔的债，家里卖得只剩墙壁，我看她快要撑不下去，不得已才帮着出此下策，好让她全力以赴救人。一开始碧玉不肯，我说总不能让娃娃吃亏吧，她才同意。娃娃送走不久老五就走了，随后碧玉也消失了。哎，欠的债也不晓得后来是咋还清的，问了也不说，这个女娃子是有骨气的人，不说就说明吃了不少的苦。”

华生走到了窗边，推开窗户，望着外面静静的池塘。

老黄进来拿酒，吴妈拿了杯子和一碟花生，让他带客人去坝子坐，外面空气好，城里人多吸吸乡下空气有好处。

“你不要把以前的事放在心头，她都想忘掉难道你还用力去记倒?”吴妈走了回来，察言观色地看他，“说不定你们一起守着这个秘密是好事，可以让你们更亲近更团结，你不说我不说她不说，哪个会晓得?”

吴妈见他不说话，爱惜地劝道：“华生啊，吴妈是真心想看到你和碧玉好，你们都是我喜欢的娃娃，都不容易，一定要相互体贴、相互爱护才是，变人已经不容易了，不要自己人折磨自己人，划不来。她跟我说过，你是她命中注定的人，你不要东想西想乱想了。”

华生转过头来，摸了摸吴妈的肩膀，二话不说出了屋子。

“老郑，我们走。”

老黄在后面追，“咋也吃了饭再走嘛。”

“下次！”

他等不及地想见到碧玉。小萍，他在心中喊着她的名字，把她的本名当着小名呼唤，他不想要让她再受任何的煎熬，不要。

市区又在跑警报，消停了快半年的警报声响了起来。他去了商业场，刚到提督街口，那个久违了的疯狂声音响了起来。继续向前，还未跑近商业场就见大门口聚集着准备疏散的人员。他看到了碧玉，站在墙边听周围的人商量路线，好像还没拿定主意的样子，周围已经有人三三两两地开始撤离。

他朝她奔了过去。

碧玉见他迎面跑来，没有动，只是看着，多日不见她清瘦了不少。

他奔了上去，不管周围有人没有，一把将她拉到怀里。刚开始碧玉像拉线木偶僵直地由他摆布，但很快就伸手抱住了他的后腰，两人什么都没有说，鸵鸟一样埋在一起，任凭警报在耳边响了停、停了响，都没有放手的意思。大门里面跑出来一个抱公文包的胖男人，好心朝他们喊：“还没到生离死别的时候，赶紧跑，完全来得及。”说完左右看看，选了一个方向笨重地跑开。

华生没有改变姿势，他喜欢这么搂着她，这种时候语言是多余的，都不如身体本身有说服力，踏实，舒服，具体。

好一阵碧玉才抬起头来：“我……”

他摇头示意不用解释，如果老天不设些障碍，又怎么能够证明他在爱她。不管她会怎么对他，他晓得自己该怎么对她就够了。

“走吧，回家，跟师父师母说我们要成亲。”他轻声说道。

碧玉看着他的眼睛，“也许你不爱听，但我还得说，你跟少虎的约定。”他没有生气反而笑了，摸着她的头发，“真是拿你没办法，就不能自私一点。”碧玉让他爱恨交加地说了句：“做人说话要算话。”

“那就再等等那小子。”

他嘴上这么说，心头还是想尽快给她一个交代，除此之外应该没有什么可以再拖延他们的婚事。

二十三

该来的轰炸虽然晚了但还是来了。两天之后敌机连续两晚夜袭了成都地区，附近的机场无一幸免，跑道设施遭到破坏，双桂机场空军 5 大队的一架飞机在执行拦截任务的时候在城东狮子山坠毁；与此同时重庆方面遭受到的是更为残酷的打击，在接下来的十天中有八天的疲劳轰炸，敌机轮番在白市驿、广阳坝、梁山机场以及市区人口稠密的工厂、学校、街区投下大量炸弹，最狠的一天约百架飞机投下了几百枚炸弹燃烧弹。虽然我方高射炮还击并出动飞机拦截对抗，仍是损失惨重，机场跑道设施遭到破坏，二十余架飞机损毁。各处人员伤亡房屋情况根本都来不及统计，因为空袭还在持续。成渝两地上空弥漫着悲壮的硝烟，成都这边的轰炸两天后停了，重庆那边还在继续。

日军开始了新的作战计划，海军陆军开始不断增兵向我后方袭击，海军主要以汉口为基地，陆军以山西运城为基地，空地同时进攻。很快就攻克了宜昌。

战争的级级上升弄得人心惶恐，大家担心随着新一轮的进攻战线会朝大后方大面积推移，更为现实的是宜昌沦陷之后河道运输线路受阻，原本一直供给川东地区的湘米一时无法入川。米越来越少导致东部地区米价猛涨，川西各地政府遵命增调粮食补给川东，弄得川西平原上供需失调。成都的米店纷纷挂上了涨价的牌子，每天米店门口都围着愁眉苦脸的人，战火的残酷和米缸的亏空使得街上到处可见无助、愤怒或焦急的面孔。

红十字小组连续在学校、机关、街道各处发动紧急捐款，鼓励市民多捐钱好为前方多送物资和子弹。华生和碧玉一商量，决定把积攒的钱捐出去，那笔钱本来是打算成亲用的，现在顾不了那么多，捐了再说。碧玉在书良的安排下参加了红十字急救志愿者小组，华生也报名当了街区义务消防员，下午都在消防局听讲座演习，他们忙了起来。

一日忙完回家，华生还没走近小桃园，就见一陌生人在院门外探头探脑。

那是一个县份模样的青年，个子不高，二十来岁，领口扣得过紧，手中拎一口小皮箱，一看便知是在进城走亲戚。他上前招呼，年轻人礼貌地鞠了一躬，问这里是不是周伯千的家，在得到肯定答复之后，此人说了一句出人预料的话："太好了，总算找到我爹爹了。"

华生吃了一惊，顾不上疲劳拉着便去了墙边让他把话说清楚，"哪个是你爹，周伯千是你爹爹？"说话的时候他盯紧了家门，怕师母出来撞见。他宁可相信此人是趁乱行骗，也不信这是师父的儿子。

年轻人放下箱子，慎重地从怀里摸出一个信封，"我妈给我爹的，喊我见到本人亲手给他，有话我只跟我爹爹说。"

华生低声追问："咋回事？说清楚就带你去找爹。"可那个青年有种单纯笨拙的执着，双手宝贝一样的护着信封，"妈喊我不准对外人说，你带我去见我爹，见到他我就说。"华生只得抓着他，几乎是抵在墙上，换了一种问话方式。

"那说说你自己，从哪儿来？"

"达县清风乡。"

"叫啥名字？"

"周光宗。"

"爷爷叫啥？"

"周万福，字才禄。"

华生的手松开了，达县是师父的老家，师爷的名字正是周万福。他的脑子在快速安排，"周伯千是我师父，他现在不在，家里只有师母，我先带你找地方落脚，然后去找师父，让你们见面，好不好？"

"好。"周光宗想都不想很干脆地回答，"说实话我也不好意思直接进去，就按你说的办，你带我去哪儿歇脚？"

华生像牵娃娃一样拉起他的手径直朝巷外走，生怕一松手对方后悔直奔小桃园。在事情没有弄清楚之前他不想让师母受到不必要的刺激，她已经被各种折磨弄得心神不宁，不宜再受不必要的打扰。他带人去了长顺街和平旅馆，写了一个房间，待安顿下来之后叮嘱道："外面乱，你不要乱跑，就在房间等，我这就去找你爹。"

他不太放心地离开，出了旅馆直接回了家。

小桃园中纪婉香正坐于堂屋，戴着老花眼镜在查看一大瓶偏方食品。那是用盐水泡过，铁锅炒过，和蜂蜜调在一起的桃花蜜，用来对付周伯千习惯性便秘的东西。她看得那么仔细，华生突然发现从什么时候师母老了几岁，没化妆，穿着一年前的旧衣服，也没戴任何的首饰，只在旗袍对襟处挂了两朵能散发香味的新鲜黄桷兰。

"师父出去了？"他问。

纪婉香抬起头，慢条斯理地回答："去鹤鸣了，估计快回来了。咋呢，有事？"

"没事，有人想请他喝茶。"

"那你去鹤鸣看看，保证逮得到他。"

"行，我去看看。"他退了出去，直奔了少城公园。

鹤鸣露天茶座稀稀疏疏有几桌茶客，靠凉亭的地方一群中年男人坐了一圈在讨论局势，周伯千正坐在背靠柱子一侧的老位置喝茶，柱子上是他喜欢的对子：四大皆空坐片刻不分你我，两头是路吃一盏各走东西。

华生上前寒暄一圈后请师父早些回家，有要事相商。周伯千了解徒弟，一般的事绝对不会来打扰他吃茶，他起身告辞，拄着拐杖和华生一起离开。

出了茶铺华生告诉他有个达县来的年轻人想见他，叫周光宗，二十出头。这个名字让周伯千定住了脚步。数秒之后他问道："人在哪儿?"华生说了刚才的情况，他没说一件事情，就是那个人自称是周伯千的亲生儿子。

周伯千的表情分不清是紧张还是激动，总之是一种未经任何掩饰的表情，一句"快带我去见他"，华生便感觉那个娃娃的话多半是真的。到了旅馆他没随师父进去而是留在街上等候，不管那是什么样的儿子，都不会是一场轻松的相认，他把空间留给了他们自己。

他守在大门之外双手插在裤兜里来回地走着，做着无头绪的猜测和分析。站了好久不晓得，直到隔壁的一个婆婆递了把椅子让他坐，他才谢过坐下，嘴上回答着婆婆问的各种家常问题。终于，旅馆里面有了动静，周光宗面带兴奋跟着周伯千走了出来，准确地说不是走而是弹着在走，周伯千的神情则既有如释重负也有重新担起责任的不轻松，看来这个儿子是铁打的了。这就该是一对父子，站在一起没人会质疑，他们有共同的特征，比如：浓眉毛，大鼻子。

周伯千看到了他的眼神，没给予任何的解释："你跑一趟，回家告诉师母我们在外面吃饭，让她不要等。我带光宗去豆花饭庄，你随后也来，吃个饭再回家。"说完示意身边兴奋的娃儿，"走吧，赶了那么远的路一定饿坏了，带你去吃些东西。"

再次往家走的路上，华生不能不为师父师母双方担心，如果周光宗是亲生儿子，那么达县就还有一位师母，大房师母。

宽巷子内人头攒动，巷口停了两辆架架车在等着拉东西，巷内各家门前堆着干净上等的棉絮被子，有人还在陆陆续续从家里抱东西出来。李老大叉着腰站在架架车旁边指挥。他上前问状况，老大说："妇救会号召把多余的铺盖捐出来，由她们统一安排送到各处救护点和医院；看，我们巷子全体响应，新铺盖新棉絮通通拿了出来。"

纪婉香碧玉在自家门口忙着，花花可儿在一边打下手。他向师母转述了师父的话，纪婉香拍拍手上的灰，"好，吃完早点回来，不要让你师父乱喝酒。"说完转身回了院子。

华生望着她的背影有些不忍，从小到大有事都不瞒她，偶尔还会开玩笑告些无伤大雅的小状，可现在这么大的事不能明说，自觉有些对她不住。

"你让师母跟你们一起吃饭，陪陪她。"他嘱咐碧玉。碧玉见他神色有异，问是不是有事情，他含糊答道："怕她一个人吃饭不开心，反正你陪着就是。"他怕碧玉继续问下去，赶紧离开。

不远的豆花饭庄内，刚相认的父子坐在四方桌边，菜已经点好都摆在周光宗的面前，周伯千手边的酒杯空了一大半。华生入座，替师父斟满了杯子，他以为他们会谈身世，结果没有，周伯千不过是拉家常问起达县老家的情况：打仗对乡里影响大不大；征壮丁没有；乡里的那片林子怎么样，野兔还多不多；粮食供应好不好，今年春天比以往冷收成好不好；几个舅舅怎么样了，大舅舅的木材生意是不是还那么红火？都是他没听过的事情，师父前半生的事，他插不上嘴。

周伯千没动筷子，不停地在往周光宗碗里夹菜，“慢慢吃，不要急不要呛倒。”华生这才意识到，师父历来对自己的耐烦，底下藏的都是父爱的柔软。周光宗吃饭的速度极快、食量极大，刚开始还不好意思推让一番，后来一桌子的菜被他吃了一半，周伯千露出欣慰的样子。从饭庄出来他把周光宗送回了旅馆，“你先收拾一下，我回家安排安排，一个时辰之后来接你。”

“我随便睡哪儿都可以，妈说了要是二妈不喜欢我来，让我看看你，把话带到就走。”周光宗老实地说道，华生开始有些同情这个娃娃。

周伯千拍拍光宗的后背，“不是那么回事，你纪妈妈咋会不欢迎你呢，我回去让她给你收拾一个房间，免得措手不及。”他把周光宗对纪婉香的称呼改了一下，华生也认为这个称谓比较不容易招惹师母的怒火。

师徒二人看着光宗进了旅馆，转身往家走。走了一截，再走一截，周伯千才开了口：“你就没有啥问题想问一下吗？”

华生抠了抠脑袋。

周伯千拄着拐杖停了下来，“徒弟，师父要准备迎接暴风雨了。喊你陪着是心头有话想先说一下，然后回去跟你师母坦白交代。实话跟你说，光宗是我的儿子，亲生儿子。”最后几个字被他慢慢地说了出来。

华生没有表现出惊诧，这种不惊不乍的样子给了周伯千足够的安慰，“二十多年的旧账，一直没了。”他的思绪早在开口前就已去了从前。

“二十多年前，我是达县清风乡地主周家的少爷，上头两个姐姐，日子过得自由自在。十七岁那年我母亲发痨病，大夫说活着只是拖时间，她老人家就起心想在走之前亲眼看到我结婚甚至生子，赶着包办了一门亲事。对方是邻乡乡绅的姑娘，大我三岁，比我高比我结实，媒人说她八字好可以给我们家带来福气，我不喜欢，但我母亲满意得很，为了她老人家的身体最后勉强同意，娶了她。我跟她几个兄弟处得不错，她大哥在达县地区做木材生意，喜欢带着我们到处跑，我有了不回家的借口，在外面学做生意混时间。结婚头两年还算平静，直到我母亲去世我的忍耐也就到了头。我跟家里说想解除这门婚姻，我爹爹大怒，说敢退婚就断绝关系，十九岁那年实在过得无聊，找了机会带上私房钱跑了，给家里留了信，叫他们让她回家不要等我。”周伯千停下来，“那个时候我像你这般的年纪，但比你冲动多了。离家之后跑到铜梁做木材和山珍生意，挣了些钱，后来因为一笔生意跟着朋友去宜宾，在那里遇上了你师母，一切就已注定。

“和你师母是在朋友家打牌认识的，她那个聪明伶俐的小样子我一看就喜欢，主动教她打牌，有一次壮起胆子说：要是你输了牌，嫁给我作赔付。周边朋友起哄，她不服输说好，结果真输了，我们就好上了。”

关于打牌定亲一事以前师母讲过，没想到之前还有这么多的铺垫。

“为了能娶你师母，我托人去老家打听，看媳妇是不是已经接受现实回了娘家。结果等来了一个消息，一个没有预料到的消息，她生了一个儿子，我的儿子。

“这个消息与其说意外不如说惊吓，完全没有料到，都不晓得该怎么去面对他们母子和面对那份责任。对她真的没有感情，让我都不想回去面对亲生骨肉，那种感情很复杂，我晓得自己注定要成为罪人，但想想回去又能怎么样，不过是多出更多的伤心人，既然都不想在一起不如狠心断开，让她死心去过自己的日子。

“是不是觉得师父有些不地道？你看我这辈子，不管你师母咋个凶我，我都顺着，你们说我脾气好，说我是好人，那是你们不晓得这些事，我已经对不起光宗他们，不想再对不起你师母，决心一辈子不辜负她，在她这里弥补罪过。晓得有了儿子后肯定是不能回家了，回去了你师母咋办？于是动用了身上那股二十出头的神经，和你师母拜了堂。因为怕被人发现，我说通她跟我搬到成都，没想到过来之后我们喜欢上了这边，再也不想离开。”

“那师母她……”

“她到现在都不晓得这些事，原以为过几年等她有了自己的娃娃再慢慢告诉，结果一直没有等到那样的机会。搬来成都一年之后得到我爹过世的消息，老人家一半是病急一半大概是气我不孝、恨我不争，说走就走了。我没敢回去也没脸面回去，只好在心头赔礼认错，错非错在我的离开，错是错在让自己获得自由的同时害了他们大家。既然在那种情况下选择不回去，也就选择了不急着跟你师母摊牌，到后来就变成了不能摊牌，你师母一直不能生养，我宁可让她以为是我的身体有问题，也不想她责难自己。瞒着她已经对不住了，在她这里受点委屈反而让我心头好过一些。”

华生突然觉得师父师母都不容易，突然好心疼他们两个。

“我大姐不原谅我，说除非我改邪归正回家，否则权当没我这个弟弟，二姐一直托人到处打听我的下落。光宗三岁那年我托人带银票回去，被她探得我在成都的情况，和二姐夫专程跑来见我，本来是想来拉我回家结果被我说服，同意让我留在成都不声张地过日子。从二姐那里我晓得了一些情况，打我离家之后我爹不好意思说自家儿子弃家出走，对外一边宣称是出门做生意意外失踪，一边加派人手到处找人，邻居猜测我可能被土匪绑走，上了山都说不定，我觉得那是一个很好的借口，就让二姐回去正式宣布本人失踪，好让光宗的妈妈得到自由。我每年汇钱给二姐，让她以她的名义交给光宗的妈妈，以求良心的安稳。从那以后二姐二姐夫几乎每年上成都，她很疼我，说事已至此也只好如此，她没有见你师母，只要我幸福她当姐姐的只能那么求全。一晃这么多年，二姐也老了，好几年都没过来，我还是照样寄钱，两个姐姐也只好由着我一意孤行。头两年光宗的妈听说了我在成都的情况也晓得了是我在给钱，她没有声张，今年重庆连续被轰，她担心成都也会遭轮番偷袭，就把我的事告诉了光宗，说如果光宗想见我可以来成都见见，而如果我愿意，可以一起回达县避难，当然还有你师母，全家可以一起回去。她告诉光宗当初是我和她商量好才离家出走的，说我们彼此都想要自由，不是我一个人的决定。

“她喊光宗把当初我家聘礼中的一个玉佩带了过来，让我交给你师母，算是认祖归宗，还喊我今后不要再往达县汇钱，她不缺钱，因为一直帮她哥哥料理生意，说不定比我有钱。她告诉光宗：你爹虽然有了新家，但一直寄钱给我们，心头还是爱你的。”

周伯千面有愧色，“走吧，不说了，陪我回家。待会儿要是我忙不过来，你来接光宗，再晚都要接回家，万一半夜三更跑警报好歹有人照顾。”

“光宗在成都的安全我来负责。”华生说道。师徒两人朝家走去。

巷子里的活动大致已经结束，部分邻居站在一起聊天，碧玉和蒋二嫂在围墙边说话，花花则领着一帮娃娃在藏猫猫。周伯千如常点头招呼，径直进了自家的院子。

华生留在了巷子里，看娃娃们耍了一会儿，之后叫过花花分配给她一个任务，让她带着可儿耍，暂时不要回家直到他来叫她。花花问为什么，他只说家里有事商量，反正不让可儿回家即可，相信她会有办法完成这个任务。花花受到信任，兴奋盖过了好奇，马上吆喝娃娃们去巷口藏猫猫，没有命令统统不准离开。

华生左右看了看，见蒋二嫂还在拉着碧玉说话，转身回了院子。

他关了大门，连小门也一并关上。他不晓得师父的故事讲到了哪里，大概已经把光宗的身世讲了吧，因为不用侧耳就能听到上房传来一串杀猪般的声音。

“骗子，你个大骗子，老骗子，混账乌龟王八……蛋！！！”

他的心中难过起来，老一辈的爱情也轻松不了多少，各有不同的波折。

“骗子，大骗子，你个老骗……子。”屋里的哭声在继续，只是低下来化为压抑的抽泣。周伯千沉默得不出半点声音。进屋劝架是没有用的，师母的愤怒没有熄灭体力没有衰减，谁去都是火上浇油，这种时候当徒弟的说任何话都不会有分量。

碧玉推门跑了进来，他做了一个噤声的动作。碧玉问出了啥事情，他用一句话做了了断：“师父的亲生儿子来了，一个二十多岁的大儿子。”碧玉望着他，像是他在诓人。他拉起她的手领她去天井的街沿坐下，眼睛齐齐地望向上房的房门。

“咋会有这种事情？”

华生把她的手握得紧，庆幸他们已经化解了信任的危机。师母的反应再正常不过了，不能苛求她宽宏大量，要晓得她历来最得意的就是师父的忠心耿耿和从一而终，现在她的信心被现实击碎，没拿刀乱砍算是涵养。这时屋内传来了狮子吼：“把你的爪子拿开！”

纪婉香冲了出来，头发乱了，眼睛肿了，脚上没有鞋子，也不管院子里的他们，“呜呜”地哭着跑开。碧玉叫了一声师母，正好花台下晒着一双布鞋，她拎起鞋子追了出去，华生快速起身去了上房。

屋子里独自坐着垂头不语的周伯千。桌上的花瓶倒了，瓶中的月季花散落开来，水流了一地，茶几上躺着一只高跟鞋，它的另一半扣在不远的地上，静静地摊着身体。周伯千抬起头来，眼睛出了血丝，他重重一拍脑门骂了句："我该死！"然后仰头闭目不语。

华生赶紧找抹布收拾残局，周伯千虚弱地挥手示意他离开。他退了下去，守在屋外哪儿也不敢去。约一个时辰之后碧玉转来，带回来的消息是：师母今晚在东华门过夜，二姨爹二姨妈保证明天一早送人回来。她没有提师母抱着二姨妈痛哭的样子，也没提师母痛陈被骗的激烈言辞，还有二姨妈二姨爹的那些个想不到。事发突然显然都被怔住了。

天色已经不早，华生动身去旅馆接光宗，他让碧玉收拾一个屋子，把光宗安置在老黄的房间。

周光宗拎着小皮箱跟着进了他爹和二妈在成都的家。这个娃娃被他妈妈调教得本分，告诉他什么都是连声说好，始终一副紧张兴奋的样子，让人生出想保护他的冲动。把他安顿好后华生善意地提醒：以后最好称呼纪妈妈，二妈这个词在成都地区不时兴。

光宗很感谢这种指点，也不问年龄直接称他为：华大哥。

二十四

他们不能不为师母的精神状态担心，师父的秘密像小型炸弹在小桃园炸开了锅，把师母的心震了个穿底漏。那么好强的一个人，一直是堂堂正正的正室气势，现在却发现自己的男人并不完全属于自己，自己也由大房太太变成了如夫人[1]，这个事实实在难以接受。于是她又病了，无力地躺在床上，双眼死鱼般地望着天花板。

二姨妈苦口婆心地劝她："人家有父母之约的都下了矮桩，你有啥放不下面子，人和心都在你这边，有什么好争的。骗你是爱你，你放他一马是大人大量功德无边，一把岁数了最好把这些事看淡点，世界上有一堆关于男人有乡下老婆的例子，包括蒋委员长，属于旧时包办婚姻和新式自由恋爱之间的对抗，宋美龄那么高高在上都能接受，你有什么不能接受的？"

可是，纪婉香不是宋美龄，消化不了这么大的事实，当她的眼睛落在那个亲儿子身上的时候，华生和碧玉都能感觉出她的忧伤。她输了一局，输给了一个不认识的女人，或是输给了一场命中注定。

周光宗的表现还算可圈可点，一口一个纪妈妈，没往复杂的事情上添乱子，而且对师父也没表现出过分的亲热；毕竟没有在一起生活过，虽然血浓于水但实际相处起来更像是叔侄，有感情距离，这种表现至少没让虚弱的人受到更深的刺激。

在纪婉香强打精神恢复的时间，华生碧玉带着光宗外出逛街看稀奇，周伯千纪婉香则被单独留在家由每天过来的二姨妈二姨爹陪着，协调解决他们之间的问题。

某天耍完回家，纪婉香把他们喊到屋里，"你们带光宗去找唐裁缝做身合体的衣裳，让他穿得顺眼些。"他们便知道事

---

① 如夫人：偏房小老婆的代名词。

情基本过去，师母大致接受了周光宗的存在。

光宗在小桃园的那几天，二姨妈二姨爹几乎天天过来，院子里的热闹消耗了纪婉香的烦躁，周伯千则加倍地甚至不加掩饰地顺从以将功补过。认亲的事看来平稳落地，至少趋势上起不了大的波澜。碧玉私下跟华生说：“师母是一个了不起的人物，别看她脾气大，心肠却是又软又善良，而且，她在乎师父。”

周光宗在小桃园住了一个礼拜，之后赶上了久闻的跑警报，接连跑了两个晚上。没跑过警报没见识过轰炸现场的人显然对危险没有足够的恐惧，第一次跑警报他抢了口双耳锅罩在头上，第二次没带工具，双手插在裤兜里提着裤子跑，滑稽的样子把纪婉香都逗笑了。

警报出现后周伯千打算让光宗离开成都回达县，他征求了夫人的意见，说是不是趁机会一起回趟老家，一是送光宗，二是和姐姐们见面。

纪婉香第一反应是拒绝，坚决拒绝，达县是周伯千的事，和她无关。不过随后二姨妈过来以自己的理解对此事做了分析。

“倒是不如趁势回去见见伯千的姐姐，你是堂堂正正明媒正娶的老婆，该大大方方地回去才是，让大家晓得你在周家的地位，反正光宗的妈住另一个乡，不见面就是，你只管漂漂亮亮地挽着伯千回去一走，哪个还有二话。”

纪婉香认为那是喊她回去示威。

“啊，你可以那么理解。”二姨妈丝毫不含糊，“凡事只有等自己觉得没啥子人家才会觉得没啥子，如果大大方方地回去，没人会在乎你是老几，关键是对自己有没有信心，想不想做新女性。”这番话纪婉香基本还听得进去。她关起门想了想：如果光想自己，一定不会原谅，但她心头还有周伯千，还想替他着想，事到如今能怎么样，认祖归宗吧。

很快，大家便听到了他们要送光宗回家的消息。

华生想租老郑的车子送师父师母，免去路上各种辛苦。老郑说目前车辆紧张，租整车不划算，不如找一辆跑达县地区的顺风车，又好又快又便宜。老郑耿直干脆，很快找到了卡车，安排完一切之后他告诉华生正好还有事情想商量，生意的事情，有空去办公室慢慢谈。

在下一趟警报到来之前周伯千纪婉香带着周光宗和可儿出发，还有两箱成都土产以及一堆纪婉香给姐姐、姐姐的儿媳们买的衣服料子。第一次见家人她可不想寒酸，虽然这一年已经明显的寒酸了。她把家里的一切拜托给碧玉，让她务必把火烛看好，不要没被敌机炸倒反被自己的一把火烧了。街坊邻居中知道内情的都没敢多问，李老大不知从哪儿听到了风声，拉着华生问是不是周老板回老家了，家头有老婆儿子哇，师母没生气啊？华生满足了他所有的好奇并让他放心，师母没生气，回家拜祖宗去了。

师父师母走了之后小桃园空了一半，华生专心投入了自己的生意。

他扩租了电器铺旁边的铺面打通出来变成了大铺子，碧玉也辞了商业场的工作过来帮忙，他们在离诸葛井几百米之外的打金街给碧玉爸妈租到了房子。房主是某县的乡绅，回乡避难，把一座大院分租给五户人家。那个院子栽有一棵枝叶繁茂的柚子树，另外四户都是友善之辈，和他们分租上院的是一对有儿有女的小生意夫妇，下院是一个戴眼镜的年轻男作家和一对公务员夫妻，院内最偏僻的角落由两个女职员住着，热热闹闹一院子。

一日去大院吃饭，走到半道想起郑老板的邀请，就顺路去了趟三倒拐老郑的办公室。老郑见他登门，倒水上茶，诚恳地给他说了一个想法。

"大家都喊我郑老板，其实我哪里是啥子老板，那辆汽车的所有权不归我，是从人家手上租来跑的。我是一边挣钱一边交租，比挣工资的人好一点儿。现在终于有一个当资格老板的机会，那辆车子要卖，价格有点贵，我想找人合伙出资，只是不熟的、信不过的不敢找，所以想问你有没有兴趣入伙，我们对半出资，分工合作，五五分账，你把你的人脉都带过来，咋样？"

对运输生意他自认是门外汉，不了解这个行当。老郑说了："你想了解啥子呢，搞一趟下来就全懂了，又不用你开车，我可以开也可以找人开，你只需动用人脉喝茶拉生意，然后我们保证货物准时出发、安全到达，就可以收钱。"他考虑了一阵，推荐了一个更为合适的人选，他师父周伯千。老郑说："好，不管是你还是你师父，都信得过，那就等周老板探亲回来商量，争取合作一盘。"

隔壁蒋家终于等到了蒋少虎的消息，不是从二哥那里而是接到了绵阳荣誉军人临教院的通知，说人受了伤在那边康复治疗，两个月前送去的，本人一直不开口提供家庭住址，现在才联系到家属。

一个忧喜参半的消息，蒋少虎的伤有多重不清楚，临教院的说去了详细介绍。蒋家姐姐们聚到宽巷子商量，安排出接人的人选：大外甥欣瑞、华生、蒋家三姐夫四姐夫。出发前华生让碧玉不要太担心：不管咋样，活着回来就是好事。

绵阳临教院处在一处乡间公路的旁边，不算难找。车子到了之后两位姐夫被请去办公室听情况，华生和欣瑞留在外面等，他们心照不宣地想立刻去见蒋少虎。院内稀稀疏疏种着灌木，一群捧鲜花的学生慰问团正围在花台边叽叽喳喳地等待，来了一个组织者告诉说现在大家都去大礼堂，去那里跟荣誉军人见面。他们紧跟在学生队伍的后头。

礼堂内已经坐了不少人，主席台的位置上放了一排凳子和一个高脚麦克风，几个管理员跑上跑下在做准备；学生们一排排就座，华生示意欣瑞在最后一排找位置坐下，看看究竟再说。随着掌声响起一队荣誉残疾军人从左侧小门排队走上前台，在指定的凳子坐下，都有不同程度的伤：头部、眼部或是手脚。

最后出来的是一位坐在藤椅上被抬出来的年轻人，比台上所有伤员都年轻，大腿以下搭着被单。被单的作用不是为了挡住东西而是为了挡住没有的东西，那是一个没有腿的人。

“幺舅舅！”欣瑞从喉咙里发出了声音，人一下子坐直僵在位置上。华生只觉得头部血脉膨胀，他的好友蒋少虎，就坐在台上，微笑着向前来慰问的人展示英雄的一面。他看上去那么年轻、那么虎头虎脑，但脸色苍白，眼中一抹暗淡，淡得让懂他的人看了心痛。前排两个女生发出了惋惜的声音。

学生代表开始献花，主持人在讲套话，一位荣誉军人站出来走到安排好的位置准备发言。蒋少虎抱着鲜花跟着大家一起鼓掌，如果之前不认识他，一定会认为这个人好坚强，但是华生从那张熟悉的脸上看到了茫然。

他忍不住对天说了一句脏话，站起来大步朝主席台走去，欣瑞配合地跟在他的后面。他几步上了台子，二话不说走到蒋少虎身边，拍了拍蒋少虎的肩膀，示意欣瑞抬椅子。正在发言的军人被突如其来的干扰弄得有点不知所措，站在那里看，台下则是一阵哗然，学生们开始交头接耳。主持人上前挡着问你们要干什么，华生觉得自己从来没有这么的镇定也从来没有这么的冒火，火的是上天的不公，他一字一句告诉对方："我们是家属，他累了，不适合参加活动，他需要休息。"

他当然看到了台下学生们关切的眼神，于是示意欣瑞放下椅子，自己走到麦克风旁边撇开那位呆呆的发言者，用以前在电影院帮着试话筒的姿势对着台下："请大家理解，荣誉军人也需要休息，你们继续。"台下怔了两秒，随即爆发出猛烈的暴风雨般的掌声。

他和欣瑞抬着蒋少虎离开了大礼堂，没有人再上前阻拦。

一路上他们没有说话，把椅子抬到僻静的花台边，停稳后他松开了手，背对着走向花台半天没转过身来。欣瑞半跪在椅子前，叫了一声幺舅，爆发的哭声像个受足委屈的娃娃。

蒋少虎伸手摸外甥的头发。“你们哪个有烟?”他问。

华生闭着眼睛摇头。之前他想过可能是重伤，但没想到会是一辈子没有腿的伤，让人突然就怀疑起人生的意义，难道蒋少虎的人生就是一场一场地接受考验?

欣瑞起身擦掉眼泪：“我去要烟。”

欣瑞走了后，过来好一阵蒋少虎先开了口：“都好嘛，我遵守承诺回来了，还在等我嘛?”华生点头，两人复又陷入了沉默。

“本来不想让家里晓得，不想拖累他们，但前几天突然很想家，才把地址说了出来。我没有当成英雄，连真正的战场都没看到，半道就被送了回来。”蒋少虎活动着自己的拳头。华生走到他面前蹲了下来，“不，你是英雄，你比我们都英雄，我们只是谈恋爱做生意，你是去前线救死扶伤!”他站了起来，向着一边。

“救死扶伤?哪儿救得过来，一颗炮弹过来连铁皮汽车都炸得四分五裂。那些跟我一起去的熟人，还有很多不认识的人，活生生一眨眼就成了肉坨坨。救人?除非战争彻底结束，否则根本救不过来。”蒋少虎的声音没透露丝毫的情绪，扯闲谈的口气，唯一丝苦笑从嘴角滑过。

华生一手抄在裤兜，一手放在了他的肩上。

“不要以为我在害怕或是以为我在痛苦，痛苦和害怕都说不清楚现在的问题，不晓得下一步该咋办，真的，爹妈走的时候我以为不会再失去什么，把她忘掉的时候也以为不会再失去，现在腿都没了，还能失去什么呢，应该不会了吧。你说，我的人生是在开始，还是在结束?”蒋少虎继续玩着自己的拳头。

华生没办法回答，只得仰起了头。

欣瑞拿着烟回来一人散了一支，那是他第一次抽烟，和蒋少虎一起对着那个花台燃烧心头的困扰，狠狠地燃烧。

蒋少虎问他：“世上有没有一种不需要腿的生活?”

他依然没法回答。

他们把人接回了家，蒋二嫂指派了两位帮佣专门照顾老幺，一男一女，负责饮食起居。街坊邻居得知了消息况纷纷登门慰问，但蒋少虎谢绝见人，华生碧玉也不例外。

纪婉香从达州回来后听闻了此事，站在桃树下发表了一串让人刮目相看的看法：“这个仗一打就不是在过日子，而是在慢慢地熬，活着一点甜头都尝不到，甜头基本都属于了先人。想一下世上的事也没什么不能接受的，想通了都可以接受，人就是这样变人，先把心掏空，然后再想办法慢慢地去找东西填满。”她的表情是那么的平静，语速是那么的缓和，显然是回了一趟老家各方面都得到了升华。老家那边的旧婚约解除了，她也和大姑姐二姑姐建立了融洽关系，旧账做了了断，该朝前看了。

“真的，都不想再去怪你师父。”她告诉华生，“回乡那天车子还没停稳他跳下车拔腿就跑，一路小跑进的家门，和两个姐姐抱着又哭又笑。你们没见过他哭吧，我也没有见过，那些眼泪该是他心头自作自受的折磨，所以算了，不怪了，该受的都受了，我又何必多砍无用的几刀。人一辈子的命和运是复杂的，怪不得他。”她居然焕然一新的连以前惯有的火气都消失了，足见经历对性格的改变。

周伯千那边情绪也算平稳，回家第二天他让华生陪着去玉泉浴室泡澡，在澡堂子的雾气里向徒弟谈了自己的体会。

“我很少佩服一个女人，但不能不佩服光宗的妈妈，那种气度让男人都自愧不如，我说了一堆抱歉的话，她只回了几个字：是我自己愿意。当初为了求良心安宁，拿些小钱就把该负的责任挡在外面，以为那就是在负责任，现在想来其实不过是一种逃避，和花钱消灾差不多，从性质上算是不顾他人的利己主义。你看，我总对你们说不要欠人情账，结果自己在这儿欠了他们母子一大笔，有时候我在想这条瘸腿是不是一种报应，是上辈子选择的扯平方式。年轻时候只晓得爱情，上点岁数才明白责任的分量。其实不管是从哪条路迈进的婚姻，要想走到头最后都离不开责任，责任。”周伯千仰起头，让周围水气慢慢地包围自己，“现在社会上爱用一个摩登词——洗礼，新文化的洗礼、新思想的洗礼、战火的洗礼，依我看婚姻更该是场洗礼，进入了就是一辈子的奉献和交托，算作是一场修炼。当时年轻不懂，为了尽孝道放弃反抗而随便乱娶，娶了又逃跑，误人误己，罪过啊！”

华生不知道该说什么能说什么，对上述言论他有文字上的理解，但他还没有老到做评判的年纪，不便参言。他泡在池子里静静地听着，等师父彻底不说话了，才把老郑想合伙的事做了禀告。

周伯千接受了提议和条件准备加入老郑，认为徒弟介绍的这个生意从长远来看很有发展，至于资金，他会想办法去筹。华生不太清楚师父目前的经济实力，既然需要筹钱，说明手边现金不够，他和碧玉商量准备自己撑头找朋友标会集资，帮帮师父。

一日饭后他在院内和周伯千谈及此事，纪婉香坐在一边听了一阵，对这桩生意的前途她虽不是太清楚，却表现出了豁出去的支持。

“钱我倒是有办法，泡菜坛子里还有金银钻饰，都拿出来打包，拿去当铺当掉，该够你折腾。”

“那你想好了，到期不一定能赎得回来。”周伯千问她。

纪婉香咬着牙巴，“也说不定能翻老本，反正现在是没心情戴那些东西，就当从来未曾有过，要不就当坛子被炸了，你只管把精力投到新的生意，赚了我们一不做二不休，亏了我自认倒霉。”

“夫人，”周伯千没有避华生在场，走过去摸她的肩膀，“要是再来一次，我还是娶你。”

华生和碧玉一起陪师母去典当铺办了事情，随后纪婉香把老黄住过的屋子收拾出来做了临时的办公室，让老郑退掉原来租的地方搬过来以减低开销。老郑高高兴兴地过来上班，他们安了电话，小桃园的第一部电话，号码 67。

运输办公室迎来第一位客人的那天成都遭了空袭，飞机投下百余颗炸弹，人员伤亡上百。次日华生给大毛写了信，简单的几行，因为写不下去：老幺已自前线返家，失去了双腿，闭不见人。你一切可好？保重，老友，华生。

然后，他向双方长辈提出了亲事。

纪婉香首次向碧玉爸妈发出了邀请，请他们来小桃园商议婚事。之前她一直不愿意见对方是因为心中的爱憎分明，私自跑路这件事她可不能当成没有听过。不过和华生一样，当亲眼看到干亲家特别是看到男干亲家规矩谦卑、女干亲家客气懂事的样子，她的心软了，一切都看碧玉的面子，这门亲，认了。

花花妈欢天喜地建议在小桃园办坝坝宴，请亲朋好友街坊邻居吃一顿，她和爸爸可以负责厨房，再请两个吹鼓手奏乐拜堂就可以入洞房。纪婉香认为主意不错但更倾向西式婚礼，地点还是小桃园，搞自助餐，请西餐厅的厨师帮忙，碧玉华生穿婚纱礼服，变个花样热闹热闹。

碧玉没有马上表态，只说："我和华生商量商量，看他咋说。"

她去了他的房间。华生正站在写字台前看照片，一张他和蒋少虎大毛的合照，十四岁那年的合影。照片中的三个少年傻愣愣地对着镜头，蒋少虎耸着两个肩膀站得笔直，即便那样也比另外两个矮了半个头。

华生听完婚礼的设想，把照片放到桌上放好，打开桌子抽屉拿出一个盒子，再打开碧玉的手把盒子放了上去，"以后家和钱都由你管。"

"那婚礼呢，办不办？"碧玉看着他。华生望着窗外暂未作答，他最好的朋友正躺隔壁闭不见人，他岂能欢天喜地去为自己大办喜事。有没有婚礼并不重要，能和碧玉结为夫妻已经心满意足，心满意足。他转过身来，碧玉便明白了他眼里的意思。

“其实办婚礼办宴席很劳神费力，不如买糖果发给街坊邻居，一样是喜庆。”她说。华生拉起她的手握在自己的手中，“那你不会生气？”

“多一场宴席少一场宴席又不会改变我们的生活。”她用自己的方式予以了回答。他将她拉入到自己的怀里，搂住。

婚事没有按家长的意思大张旗鼓，花花妈嘀嘀咕咕地和纪婉香去东大街糖果店买了糖果，包成红包包发送给街坊邻居。成亲那天，一对新人在外院接受了道贺，陪着前来的邻居摆龙门阵，然后周家、碧玉家，外加二姨妈全家在内院吃了一顿家常饭，两人便成了夫妻。

新婚之夜华生送给碧玉一枚水滴状的碧玉坠，绿得似深邃的一汪碧潭，“你也搞个罐子把东西和钱埋起来，我帮你慢慢填满。”他突然觉得自己越来越像师父。

那一夜之后，他晓得照顾碧玉是一辈子要做的事情。

他给大毛写了第二封信，说了亲事。

大毛没有回复，就像第一封信一样石沉大海。他按惯例天天查看着报纸，看昆明的战况和空军的动向。近期苏联在华航空志愿队在分批撤走，其实从去年起苏联兵就已按兵不动，现在的撤离让中国空军的处境更为严峻。

大姨妈在电话里告诉纪婉香：大毛打仗很凶，到处打。

二十五

成亲吃饭的那一天，每个人都喜气洋洋的，唯有二姨妈心事重重，这一点其他人没注意到，纪婉香全都看在眼里。她没开口问，以为二姐仍对碧玉抱有成见。直到两天之后，东华门那边传来了替她解释这一现象的消息：书良提出要和威龙一起离开成都，漂洋过海去他的老家英格兰，而且说走就要走，因为有合适的船票和合适的同路朋友。外婆为这个事情躺到床上难过，二姨妈一边劝老人家要想得开，自己却没有想开，随后的一个晚上她独自来到小桃园，和纪婉香周伯千专门说这个事，哭了。

“就这么一个宝贝女儿，本以为一辈子在一起，没想到要走那么远，万水千山，然后就像断线的风筝，看不见摸不到，唯剩牵挂。没想到母女间的缘分会这么短，二十年不到就要分开，这一走谁敢保证啥时才能见面，早知如此，当初不如不让她去念书。”

纪婉香想着法子地安慰：“就算走到天边也是有路转来的，依我看威龙实在本分，人又长得高大，老家有牛有马，书良跟着吃不了亏。现在这边兵荒马乱，让她离开不是坏事。她懂洋文，出去可以见世面，那个英格兰也没有想象的那么远，以前电影院有股东去那边留过洋，听说一路上很好耍也很安全，等以后把仗打完了，你只管往那边发份电报，喊她回来就是了。”

“你以为喊她回来就能回来。”二姨妈擦泪叹气交替进行。

“他们可以喊人回去管农场，未必你不可以喊他们回来管相馆。事在人为，到时候有的是办法，只要手头有盘缠，到了天边都能反转。”

二姨妈听此劝告勉强止住了伤心，打起精神想下一步的事，婚事。书良要走不能白白地走，必须先和威龙成亲，再仓促也要名正言顺符合规矩。一想到嫁女，她马上收起眼泪跟纪婉香商量起具体的步骤来。纪婉香建议她：在没有心情大办宴席的情况下，完全可以考虑像华生碧玉那样婚事新办，原班人马聚在东华门吃一顿，邻居朋友发喜糖，把意思做到就行。当然，办婚礼的钱一分不少地交给书良，作为嫁妆让她带走；去那么远的地方生活会是什么样子谁也不晓得，不能让她冒吃亏缺钱的危险。

二姨妈不甘心简单操办，虽然是不尽人意的远嫁但终归是终身大事，该请的一定要请，简而不疏。她列出了名单，然后在纪婉香的帮助下把零星少来往的几个勾掉，算是简化了人员。华生碧玉婚后第八天，书良和威龙在东华门家中举办了仪式，既是成亲也是送行。一对新人中式打扮，餐饮却是请了西餐厅的师傅效力筹办。威龙请了华西坝的洋人朋友，二姨爹请了商会的朋友，还喊来自家相馆的全体人员给宾客们拍照留影，热热闹闹地进行。虽然缺了戏班子的助兴，虽然和二姨妈头几年设想的有距离，整体还是满意的，仪式过后二姨妈把书良威廉姆叫到屋里，递给他们三根裹好的金条。

离开成都之前，书良和威龙来小桃园喝告别的茶，书良和远在雅安的大姨妈通了电话。

那天下午，书良站在外院的桑树底下，望着树枝让华生帮她打桑果，像小时候那样。华生照她的话做了，他走到树下举着长竹竿一阵挥扫，虽说今年的果实比往年都少，桑果还是阵雨一样哗哗哗地落下，书良威龙、可儿花花追着去捡那些遍地乱滚的红红紫紫的果实，每人捧一个小碗，吃到舌头发紫变色。

碧玉送给书良一本万年历和一套毛笔，花花也不计前嫌地把自己绣的手绢给了书良，对书良的离开她似乎也有一丝难过，兴许是感觉少了对手的缘故。隔壁蒋二嫂也过来给书良送了礼物，送的是一串珍珠项链，珍珠辟邪驱魔她祝书良和洋人女婿一路顺风。戴项链的时候书良问："老幺咋样了，本想去看看他的。"

"不必了，他不想见人。"二嫂客气地回绝掉。

华生看着书良项下的项链，突然有个奇怪的想法。当然，书良和蒋家很熟，二嫂送任何东西都在情理之中，只是以二嫂和书良的交情还不至于破费送这么贵重的东西，那么这个东西……他没有说话。

蒋二嫂客气几句匆匆离开，华生借口送她跟着出了大门。在蒋家门口，他问了："二嫂，那条项链？"

蒋二嫂停下了脚步，"帮着选项链的时候还不晓得他要送哪位，现在晓得了。老幺命苦，情深，缘浅，没份。"

"他晓得书良走的事？要不我进去陪他说说话。"

"不用，他哪个都不要见，连我都不见。头两天用人在他面前说漏嘴说起书良的事，才把我叫去，让我帮着送掉这个东西。”

“你该告诉书良是谁送的。”

“那又咋样，不过是平添别人的负担。还是不提的好，反正东西交了，祝福的话也带到，书良不必晓得实情。”这回轮到华生想要叹息，有谁真正认识过蒋少虎，看似大大咧咧，实则用情至深，对爱专一。

进门之前二嫂丢下一句：“还是你和碧玉好，为了老幺连自己的婚礼都不要，等有机会你劝劝他，把想不开的丢开，忘掉。”

二嫂进门之后，华生独自在巷子里站了一阵子。

书良和威龙很快启程，华生碧玉和二姨爹送他们去了码头。二姨妈和外婆没去，书良不让，说送上千里都终有一别不如就送至街口。那不是一场生离死别却有生离死别的场面，书良和外婆祖孙两个搂在一起，外婆瘪着嘴巴打抖书良低声在哄，如果此时可以让她许个心愿，她会希望有朝一日当重返成都的时候外婆还健在。二姨妈在旁边揉眼睛。

华生找了苦力帮着挑大箱子，大家没坐车，走着去码头，书良想在熟悉的小街小巷中再走上一回，看看花台街沿上她最喜欢的五颜六色的太阳花。她挽着碧玉走在前面，华生、威龙和二姨爹跟在后头。二姨爹趁机在抓紧嘱咐威龙，让他回去之后不要忘了跟中国驻英大使馆取得联系，看能不能出力，还可以写稿件给当地的各大报馆把这边正在经历的苦难和困难告诉外面的人，寻求国际上的声援；书良那边他早已经嘱咐过，怕她到了那边光想着养牛养马不想拿起笔杆子写文章，走得再远也不可忘记要为家乡效力。

一路上书良始终控制得很好，散步一样和碧玉挽着到了码头，上船之前才走到了华生的面前。

“我走了，你自己保重。”她看着他。

“路上小心。”他和她的眼神对视了数秒，做了不知期限的道别。

船开了，船上和岸上的人相对挥手；河水在流淌，一如曾经的岁月。那个时候东华门的二姨妈正挨着外婆躺在床上，望着天花板低声在念观音咒。世上总会有这样那样迫不得已的选择，或这样那样被动无奈地接受，有没有哪种生活可以避开这些烦人的东西让人清清静静地过过日子，好像没有。

书良走后不久，死神战机又光临了成都上空。敌人驾着新式零式战斗机和民国空军展开了交战，几场对抗下来我方损失惨重；成都市区、北校场、双流，重庆璧山等地都留下了空军壮烈的影子。到了10月，敌机更是多次到市区偷袭，致使上百人员伤亡，上千房屋被毁，市国立民众教育馆和甫澄医院被炸，平安桥教堂和马道街法国圣修医院受损。国民空军频频升空进行抵抗，但此时空军的飞机总数所剩不足百架，而敌方却保持着数百架的优势，大毛他们在经受更为严酷的考验。

周伯千让华生把鱼缸里的金鱼通通送到少城公园金鱼池放掉。那几尾鱼都是市面上少见的稀有品种，以前少城公园的人来家里想出高价买走，他没卖，现在送给他们，红砂石鱼缸必须腾空装满水，如果家里被炸起火，缸子定要发挥它原本太平缸的作用；而那些鱼，看它们的造化，希望能躲过一劫。

就在这片混乱中蒋家的张伙计从前线回了成都。经过几个月的日晒、饥饿、血腥、恐惧、奔波，张伙计已是黄皮刮瘦满身虱子，来不及喝口水就咧着干裂的嘴唇向全家报告了情况："二少爷晓得了幺少爷的情况，二少爷哭了也笑了，说是放下了一截的心，至少幺少爷安全回了家。二少爷说他暂时不回来，要继续留在前线帮红十字烧饭，我们一直跟着帮他们烧饭，跑了几个战场边烧饭边找幺少爷，既然幺少爷已经回来二少爷说可以安心烧饭了，喊我回来报信喊家里安排把幺少爷带回老家避一避，不要让他再受苦再受惊吓。"张伙计说着把蒋二哥的一封信拿了出来，蒋家的姐妹们围着二嫂读信，读完红着眼睛一致商量决定：家中凡能离开的家眷和老幺一起回白鹿老家暂住，远离可能降临的战火，不让在天的爹妈操心也不让二哥操心，替幺兄弟在乱世繁杂中寻一处清净。

蒋家回乡的那一天，蒋少虎被用人们用一个藤椅抬了出来，面前的他脸色苍白颧骨突起，一双不再调皮捣蛋的手软塌塌地搭在椅子扶手上没有血色没有生气。华生把一个牛皮纸包递给了陪同的二嫂，那是为蒋少虎准备的红双喜牌香烟，如果烦愁乍起至少有东西可以帮着燃烧掉烦愁。两个留在成都不走的姐姐围着叮嘱，蒋少虎坐在椅子上乖乖地听。

华生在椅子前面蹲了下去，替蒋少虎盖好毛毯并握住了那只搭在椅子上的手。看着这个曾经生龙活虎的人，他心头有种刺痛，痛蒋少虎的人生被弄得支离破碎，痛他的憔悴和被迫接受的无可奈何，好像是人活着心死了。有些痛苦原本是可以忍受的如果心头还有所希望，但显然蒋少虎的希望破了，剩下的只是一段漫长无边的梦。那个曾经甘愿为朋友两肋插刀、嬉皮笑脸、无怨无悔的天下情种消失了，当活着失去了意义和方向，活着也就成了一种折磨。失去父母、失去健康、失去爱，剩下半截不再对自己抱有幻想的肉身，叫他如何参悟解脱。

蒋少虎的指尖动了一动，华生把另一只手也搭了上去，准确地说是压了上去，相信他能懂自己的意思，希望他能耐着些性子，活下去。

纪婉香在向蒋二嫂及蒋家姐妹阐述自己对搬迁的看法，说搬回乡下住也好，这边挨炸不说物价也飞涨，再殷实的人家都经不起现钞贬值的折腾，不如回乡下种菜种粮食来得实在安全，“听说又有多起运粮车被抢，抢的人当中还有地方部队的影子，情况只会糟糕不会更好，报上说缺粮不是天灾是人祸，就算政府颁布了严查令，成立了啥粮食管理局，发布了很多办法还向银行透支了用来购储半月粮食的巨额资金，但哪个说得清楚是不是就能扭转局面，要是情形再每况愈下，算了，大家还是都考虑避一避。”她居然头头是道地分析起了形势。

华生握着蒋少虎的手没有松开，直到把人送上汽车看着汽车出发开远，再远，更远，开出了视线还能感觉到手心中来自于蒋少虎的茫然。

几天之后他收到了昆明巫家坝机场的来信，大毛的来信，一手漂亮的钢笔字。

华生老弟，抱歉回复过迟。眼下我正独坐于寝室窗前给你写信，面前是连绵起伏的群山，景色很美，然我却全无赏景的心情。同屋的战友先后阵亡离开了，若我说此时很孤独，你会不会笑我。真的，最近情绪一直低落，不想做事情，每天想做的只有两件：一是发呆，呆着想小时候的顽皮胡闹，那时候好单纯，憧憬的都是美好，原以为生活会如想象般的存在，现在看来梦是暂时碎了，生命没有先展示它的美丽倒是充分展示了它的残酷，以前想过有一天自己可能会干一些不寻常的事情，但从来没有想过会杀人。现在我天天，也就是第二件每天在想的事情——杀人。

看着身边那些和我们一样大的人怀抱理想倒下，炸得粉身碎骨死无全尸，不能不让人血脉膨胀，只有手握驾驶杆冲上云霄才能让我恢复正常，激烈地阻击、快速地追逐才能让我镇静。通常是一发完呆就想升空，一升空就把自己想象成嗜血的秃鹫，在天空中杀红了眼睛。你不要以为我因此成了一只失控的野兽，不，没有，反而在这两件事情之间我学会了怜悯。我把你送的小菩萨挂在胸前，每当开杀戒的时候就让它替我超度所有从炮弹下消失的生命，好人坏人。武器在手已经不再是绞杀的工具，而像是在跟和平对话；杀人是为了不再杀人，杀人是期待和平快些到来。我想，你能明白我的意思。

少虎的事我不知道该说什么，因为说什么都换不回两条健康的腿，请代我转告他，等着我打胜仗回来，回来第一个就去找他。再替我向碧玉道一声恭喜，也向你道喜，你是我们三个最先也许是唯一能成家的一个，回来你请我吃饭。

想你们，想成都，愚兄大毛。

日常生活在物价飞涨的抱怨中继续，小桃园运输办公室的生意在稳定发展。仗打得越厉害私下贩卖物资的人就越多，周伯千和老郑的车子跑遍省内大大小小的城镇乡村，进货出货忙个不停。每当看见师母从办公室送完点心出来踏着轻快的步伐穿过院子或是去花台闻闻花香，华生就晓得师父又成了一笔买卖。

外院的生活在碧玉的操持下井井有条。花花跟着他们一起生活，现在她一个人舒服地住在对门屋子，每天跟着上班下班，丝毫不嫌弃跟班一样的生活。当初决定让花花继续留在小桃园一是因为打金街一间屋子不够住，二是她黏碧玉不想分开，于是他们像带大娃娃一样地带着她。

不过照顾花花可不是什么顺手的活路，她花样奇多有时堪称一绝。有一晚硬说屋外有鬼不敢一个人睡，抱着铺盖到他们房中打地铺。挤了两个晚上，最后华生去她房里睡了一夜证明什么也没有，她才抱着被子不情愿地离开。

某日，华生正在做晚饭，花花走进厨房站在他身后，半天不说话。

“不是跟你姐姐去买东西吗，咋一个人回来了？”他问她。

“头疼，回来睡觉。”

“那你回屋休息，饭好了叫你。”

花花没有离开，脚下生根一样站着不动。

“不是头疼吗，站那儿干啥？”

花花烦躁地摆动起了手臂，“你一点儿都不关心人家。”她莫名其妙地冒出来一句。

“不关心？不是喊你去休息吗？”华生边答边想，对花花的关注虽然不多但绝对没到忽视的地步。

“你就是不关心人家，也不问问为什么头疼。”花花嘟着大嘴巴。华生哭笑不得，正好灶头上的水开了，他手忙脚乱地去揭锅盖。

“你只晓得碧玉，只关心碧玉，眼里只有碧玉！”花花吼了起来。华生直起腰对着她，“花小姐，大姐，你头疼赶快回屋休息，我都说了做饭给你吃，还要怎么样。”他忍不住想摇头。

花花背光站在那里，居然抽泣起来，一扭头跑了。华生愣住了，突然觉得心中一阵激灵，觉得花花的语气和眼神有什么地方不对劲；别扭，哪里别扭呢？他不愿意往那个方向想，宁可相信是自己的错觉。回到灶台烧饭，他反省自己有没有任何引发误会的举动。也许花花把他当成了想象中的什么人物，才会做出那样的表情和那样的举动，看来让她长住小桃园不是一个妥当的办法，得和碧玉说说。

当晚他把想法告诉了碧玉，没提那些猜测，只说花花天天跟着不是长久之计，她该有机会多结识朋友，最好是男朋友，等她有了自己的生活，就不会因为无聊而大动肝火，那些小孩子似的胡闹也会收敛起来。

“你这么一说我倒是想起一个现成的人选。”碧玉认同了他的观点，“就是爸妈院内的那个年轻作家，有知识有文化，人诚恳可靠，算是比较理想安全的人选。正巧妈想去青羊宫看花卉，不如让她带他们一起去，搭个线看行不行，明天我就回去说这个事情。”

“看，我们都到了替人说媒的年纪。”他开了玩笑。如果能把花花安全送走，倒是愿意破例当一回媒人。

去青羊宫那天花花很晚才回小桃园，回来之后也不去对门打招呼，轻手轻脚回了自己的屋间，关灯睡觉。接下来的几天都出奇地服帖，抢着做饭洗衣裳，让人以为新交往起到了改变人的作用。状况持续了几天，直到花花妈把碧玉叫回打金街，他们才知道发生了什么事情。

花花妈支开了爸爸，关起门来和碧玉单独谈：“这个事情说来也难启口，但终归还是该让你晓得。”

“那天我按你的意思带他们出去耍，本想撮合撮合，结果她把人家气得半死，回来问了半天原因，你猜她咋说。”碧玉猜不透等待着听答案。

“她说她喜欢的人是华生，想和华生结婚，其他人都是灯草。你说这个事咋整，让她这么炸弹一样住在小桃园，哪个敢放心？”

碧玉“哦”了一声，坐到了床沿。

花花妈见状干脆一不做二不休说了下去：“我跟她讲行不通，哪有大姑娘家厚着脸皮要嫁姐夫，她倔得很，说就是喜欢华生，只喜欢华生，一辈子非华生不嫁。我是没法了，交给你来解决，她听你的，你说呢？”花花妈说完眼巴巴地望着，碧玉双手撑在床边沉思。

“你该不是在生妹妹的气嘛？我就说不行，虽说华生有能力养两个，但现在不像我们那个时候，两房早就不时兴，都是一夫一妻、一男一女，就算华生愿意你也未必肯接受，一会儿我就喊爸爸把她弄回来，免得她胡思乱想耽误自己的时间。”

碧玉回了神抬起头来，“我没意见，这个事要先问华生。”

“真的啊！”花花妈马上意识到自己的失态，放平了声音，“还是你这个当姐姐的真心疼她，你们两姊妹要是能一辈子在一起相互照顾就好了，我们都老了，老了就会离开，等我们都离开的那一天有你们相互照顾我也就放心了。”说完拉过衣角擦眼睛。

碧玉起身摸着她的肩膀，“妈，不管啥结果我都会照顾花花，她是我妹妹，咋可能不顾她。”花花妈擦着眼睛猛点头。

这边的状况华生自然不知道，他还在为消除了误会暗暗庆幸。碧玉回家之后把他叫了出去，让他陪着走一圈。当他们离开巷子之后，碧玉把花花的心思说了出来。

他惊得一跳，“怎么可能！”

“有啥不可能，花花人简单，有话直说没有城府，对喜欢的人一股劲地喜欢，对不喜欢的打死都不喜欢，有她在小桃园做伴也不错，我是没意见，你看呢？”

“你啥意思，喊我再娶一个？花花？”

“啊，不行吗？虽然现在提倡一夫一妻，但有两房的大有人在，娶姐妹的也有先例，只要你没意见我没意见，这个事情就没问题。”

"你在想些什么，你到底在不在乎我?"华生又好气又好笑，她居然把他拱手相让，大度得不近情理，"亏你们想得出来，你以为我会在小桃园，在师父师母眼皮子底下左搂右抱地坐拥两房?!"

"就是说如果我们不在师父师母眼皮底下，你就可以接受。"

"在哪儿我都不接受!"

碧玉见他急红了脸，"不要急嘛，这不在商量吗?"

"没啥好商量，我这就去跟她说清楚。"

"好吧，那你自己跟花说，让她了解你的想法，好好说，不要吓到她。"

"好，我这就去说，好好地说。"他吓人地牵起碧玉返身回家，进院之后直奔了花花的房间。花花正在整理抽屉，见他们进来，心虚地问了句干啥子。华生示意碧玉把门关上，花花见他满脸严肃，跳起来躲到碧玉身后，又问了一句想干啥子。

"花花。"华生尽量心平气和，"你的想法我们都晓得，你的厚爱我也领了，但结婚这个东西不是娃娃办姑姑宴，是严肃的事情，是一个人对另一个人的承诺，是一辈子的相互照顾和付出，不是一件玩具想要就能随便要，你应该和那个喜欢你、想给你幸福的人结婚!"

"哪个人?"花花被吓晕了，一时没明白他的意思。

"我是说以后你会遇到你喜欢他，他也喜欢你的那个人，到那个时候你就晓得你目前的想法错得好离谱。"这回花花听懂了，咬着嘴巴，满腹委屈，"哪个跟你说的，你听到了啥子鬼话?”她问。

华生仰头做了一个天晓得的表情。碧玉拉了拉他的衣角,转头对着花花,“妈把你的意思说给我听了,我说给华生哥听的。现在他的意思你也知道了,这个事我们大家都冷静一下,好好想一想,想清楚了再说。”

华生在一旁按捺不住,“没啥好想的,想到明年也是这个结果。她是被你们惯坏了,连结婚的意义都没弄清楚就跟着瞎起哄,多半是看见大家都结了婚,以为结婚是办家家宴,好耍得很。”

花花鼓着眼睛傻了两秒,接着本性大发冒起火来。她噌的从碧玉身边窜过来,站在了华生面前,“我就是瞎起哄,咋呢?你不要教训我,我不需要你的教训,哪个狗想嫁给你,我不过是闲得无聊想跟妈开个玩笑,看她到底是不是关心我!哪个说要嫁给哪个,是你亲口听我说的还是我亲口告诉你的?!”她瞪着双眼,眼泪在眼眶里使劲打转。

碧玉被她弄得半信半疑,“你说的是真的?你是跟妈开玩笑?”

“啊,她想给我介绍乱七八杂的人,我一着急就编话哄她,哪晓得她会讲给你们听,气死我了。”花花瞪着眼睛,眼泪唰的流了下来。华生只能摇头。

花花不依不饶,“你摇头干啥子,我编故事关你啥事,想教训人?不要以为给我钱用就可以管我,我是看在姐和可儿的份上才住在这边,你不要自作多情!”一听她提到可儿,碧玉和华生同时吓了一跳。碧玉马上谨慎地走到门边,拉开门往外看了一眼,院子里静悄悄的,连只鸟都没有。她反手关了门,过来在花花的头上轻轻拍了一掌。花花自知失言，收口不作声，只抬起袖子抹眼泪。

华生想赶快摆脱这种无聊的处境，伸手去拉碧玉，“我们回屋，让她自己好好想想。”不料花花抢先一步冲在了前头，开门便往外走，碧玉在后面追着问：“你去哪儿?”

“回家!”花花扔下一句冲出了院子。碧玉想追，华生伸手拦住，“让她去，正好反省反省。”他的口气软了下来，刚才摆出那种架势不过是想让花花断了任何可笑的想法。

他们回了房间，进屋带上了房门。

“不要那么无私好不好。”他从身后抱住了她，“你是唯一，永远都是，以后要再说那种没谱的话，我真会生气，说明你不在乎我。”

“哪有不在乎，是我欠你的好不好。”

“乱说，你从来不欠我，就算欠也不是这种欠法。”

“好嘛，以后不会了，保证。”

当晚他们达成了共识，花花任性，必须放她出去找自己的天空，等她有了满意的生活也就风平浪静、相安无事了。说话的时候碧玉想的是可儿的秘密，而华生在想花花看他的眼神，她对他的依赖有点超过常情，让人感觉不太踏实。

第二天，出乎意料，花花天不亮没事一样地回了小桃园，趁他们还没起床早早做了早饭来敲他们的房门。桑树下已经摆好桌椅碗筷，稀饭小菜一桌子，见碧玉开门，花花上前拉她，“姐，吃饭，我做的”。

“这又是咋回事情?”碧玉问她。

花花悻悻然一秒接着挖苦起来："妈都跟我说了，说你听了那些玩笑一点儿没生气，还站在我这边帮我说话，不像有的人只晓得凶我。现在我晓得了，亲疏远近要比较才会现原形。"华生无可奈何地边听边跟在她们后面去了饭桌，正想坐下，花花一把将椅子撤开，"饭是做给我姐吃的，你想吃为啥不自己做。"

"话说清楚就行了，别一大清早就惹我们生气。"碧玉敲她。花花瞪了华生一眼，把椅子放了回去，说出一个让他松口气的想法："姐，我决定搬去大院和爸妈住了，免得有人烦我。"华生端起碗吃饭，决意不参与这番谈话，花花的神经是反着长的，不小心说错一句她可能就留下不走了。

"铺子上的活路我也不干了，拿人家的手短吃人家的嘴软，我要自己出去找份工作。"花花嘟着嘴巴瞥着看他。

"也好，不能老让你当跟班，你该有自己的生活，大院那边人多回去也好耍一些，工作不用急可以慢慢找，没找到工作之前我们会每月给你零用钱。"碧玉拉了拉华生，让他表态。

"能这么想就对了，成都其实很大，可以做的事很多、可以一起耍的人也很多，你会慢慢发现独立的好处，如果有了想做的工作说一声，我们可以帮你。"他措辞谨慎地表明了态度。

不料花花一听起身就走，"多谢，不劳费心，说了自己找就是自己找，不劳发慈悲，走了!"她整个神经爆炸，一甩手出了院子。

华生只能摇头。不过能这么快地把一场风波平息，也是谢天谢地。

花花搬回了大院和父母同住，并且很快和院里的两个女职员成了朋友，跟着出去下馆子逛大街，还参加了两轮青年读书会，好像进入了预期的状态。只是她对华生的态度发生了转变，如果不必要决不和他说话，当他是空气，视而不见。

二十六

花花搬走的那天是个雨天，晚饭过后所有人被一场大雨关在屋里出不了门，华生碧玉靠在房门口看雨，既不怕有人打扰也不怕飞机来袭。院子里窸窸窣窣的声音响成一片，雨水在地上打出众多急促的箭头，空气中全是雨水的味道。

“听落雨的声音像在听音乐，是不是说我很幸福?”他问碧玉。

“喜欢听雨我陪你，反正这个节气雨水多。”

“以后就你我在一起生活了，我有话会对你说，你有什么也尽管对我说，有问题我们一起商量一起解决，吵架顶嘴都不怕，关键是不在心头藏事情，你说好不好?”

碧玉应了声好，问他咋突然想起说这个。

“太幸福了，突然就跳到了对立面，想起师母说过的一句话，说命有天给的、人给的和自找的，其实人的苦也有天给的、人给的或自找的。天给的运气和人给的战争我们控制不了，但自找的部分是可以控制的，做得好了至少还有三分之一不苦自己不苦彼此的机会，要是能在乱世中为自己寻三分之一鸟语花香的清净也是不错。”

“嗯，我喜欢这个鸟语花香，至少还有三分之一。”碧玉伸出小手指做成钩钩状，“不苦自己不好说，不苦彼此我会尽量做，我愿意保证。”他把自己的小手指勾了上去，“我也保证。”两人抵着头，拉起了钩钩。

“进屋吧，雨吹过来了。”

随后他们一个准备练字一个想要看书，随意消磨这个风大雨大的晚上。华生替碧玉摆好笔墨纸砚，自己去书架上取了《神农本草经》在一旁作陪，碧玉站于桌子边练字、他坐在椅子里看书，各得其乐。刚开始两人还有一搭没一搭地说上几句，不一会儿碧玉便凝神屏气不理人了，专注于手腕的动作和每一笔的气息。

他听着屋外的风雨，不时从书上抬起头看，碧玉写字的样子又认真又好看，让他忍不住老要抬头。

假装看了一会儿书，发现注意力根本无法集中，他索性打消了读书的念头，起身背着手在屋里走了两圈，走到她身后贴上去，从后面握住了她拿笔的手，“一起写好不好？”他握着她的手在砚台上蘸足墨汁，一笔笔写出：合欢

碧玉收了手：“你干啥？”

他握住她的手继续：栀子　当归。

碧玉看了看，配合着移动：忍冬　卷柏。

“不是练字吗，写啥都行。”他将脸挨着她的脸：

青黛　乳香　九里香　天仙子　碧玉

他哧哧地笑了起来，碧玉方知上当，控制回笔杆提行落墨：

昆布　大黄　马齿苋　冬虫夏草　华生

“这就是我在你心头的形象?”他低声问道。

“我只记得这几味药。”

两人无法再继续下去，提着笔闹了一会儿，不久他重新握紧她的手歪歪斜斜地写出四个大字：鸟　语　花　香。

“写歪了，重写好不好，写了裱好挂到墙上。”碧玉抬手擦去他脸上蹭的墨汁。

他就势抓住了她的手，放到自己脸上摩擦，“其实，雨天不是读书天，更不适合写字练字，连说话都是多余。”他把额头抵到了她的前额，跟着拉她去了门边，插好了门闩。

雨哗啦啦铺天盖地地下得紧，院子里积满了水，所有的生命物质都被泡得粗大湿润。屋里的电灯被一只手拉熄，接着被另一只手拉开，缓缓地又被拉熄，再也没有亮起来。他们大概是去了某个鸟语花香的小桃园，待在里头不想出来，也不管现实中是不是有新的人祸在慢慢靠近。

春天的时候二十多架敌机飞过沱江向成都飞来，空军三十余架战斗机同时起飞迎战，双方在崇庆双流上空激战，由于情报有误我方以为敌人没有零式战斗机护航，结果当我方发动攻击的时候，对方整整一个中队的零式战斗机突然出现，空战结果异常惨烈。我方被击落八架战机，空军第五大队八位主力全部牺牲，遭受了自抗战以来的最大损失。事后成都空军司令被撤职，第五大队被撤销番号改为无名大队，队员一律佩戴“耻”字臂章以示不忘中国空军的奇耻大辱。

纪婉香打电话向大姨妈询问大毛的情况，大姨妈说大毛在到处作战，很久没能通话了，长官说他又机灵又勇敢，得了个外号叫飞龙。

春末重庆发生了震惊全国的隧道惨案，日历显示那天为天刑危日，诸事不宜。敌人于傍晚派出多架战斗机分三批对重庆进行了长达五小时的轮番轰炸，由于是突然袭击，来不及疏散的市民带着行李妻儿拥向市中心较场口十八梯防空洞躲避，隧道内聚集的人越来越多，在数小时高温和严重缺氧的情况下因通风不畅导致了窒息，伤亡惨重。次日重庆报纸披露死亡人数高达五百，但民间消息说远远不止，因为随后拉尸体的卡车拉了几天才把现场清理完毕。全国除了震惊，各种评论指责更是扑面而来，纷纷要求调查和惩办责任人，惨案发生绝对有自己的原因，比如：警报错误，管理混乱，隧道设计缺陷，而且死亡人数可疑，地方政府有隐瞒的嫌疑。不久蒋委员长下令免了重庆防空司令的职务，副司令也被撤职留任，隧道工程处处长被撤，副处长记大过两次，重庆市长撤职留任。但是再重的处罚和为时过晚的反省都挽不回惨死的生命，让人痛心的是没有倒在炮弹下却倒在自己的混乱当中。

纪婉香坐在院中看着报纸上触目惊心的照片发呆，本来还想着防空洞能起到保护作用，现在看来钻洞也不安全，以后要是跑警报还是往空坝子跑，宁愿炸死也不愿被活活捂死。现在她已经不忌讳死字，跪在菩萨面前烧高香说的都是：“就算是死也给个痛快点的死法，不要再这么吓人折磨人了。”

然而求佛也没有起到驱魔的作用，一个月过后敌机朝着成都飞来，因为头几天连续跑了空警报，大多数都放松了警惕，当大清早预警挂出的时候，很多人边收东西边观察情况。纪婉香一边抱怨礼拜天一大早就跑警报真是不让人消停，一边拿上包袱让周伯千动作快些早跑早好，偏偏周伯千内急在屋里蹲马桶半天不露面，她只能在院子里干跺脚，怪他蹲马桶也不挑个合适的时候。可儿在院里和大白猫玩耍，嘟着嘴说我不跑，因为要给猫儿梳毛根①。

纪婉香喊着先人，上前就去拽小胳膊，“都啥时候了还想着耍，飞机要来了！”可儿甩开她抱着猫去了桃树下，纪婉香一时情急冲过去就拽人，大白猫吓得惨叫一声跑了，可儿一看毛根梳不成，撒野地和妈妈对抓起来。纪婉香心头的无名火腾地燃了起来，绿了眼睛，拉过可儿横卧在自己腿上噼里啪啦就是一顿，不加控制地把所有的憋闷撒在了那个肉嘟嘟的小屁股上。正在那个时候花花出现了，花花是来给姐姐送东西的，听到可儿的尖叫声毫不犹豫冲了进来，替可儿挡了最后一巴掌。

“你打她做啥子？”她憋足劲把纪婉香推了出去，可儿趁势挣脱开来，哭着朝外院跑。

“反了反了，都是些吃里爬外的东西，娃娃不懂事你也不懂事，还敢推我，气死我了。”纪婉香一个踉跄之后揉着胸口，顾不得多理论赶紧着去追跑远的可儿。

花花揉着被打痛的地方气不过地吼了一声：“你有啥资格打她，我吃里爬外？那是我姐姐的娃娃，又不是你的娃娃。”

---

① 毛根：辫子。

她嘟囔着独自回到外院，见两个房间都空空的、厨房也是空的，寂寞之下进屋转了一圈然后埋着头寂寞地离开。既然姐和华生不在，她只好回打金街等着跑警报，离开的时候她并没注意到有人从上房出来。

花花走过皇城，紧急警报铺天盖地罩了下来，跟着就听到天上轰鸣的巨响。敌机来势之凶悍迅速出乎所有人的意料，她慌了，拔腿正想跑，一眼看到远处熟悉的身影，华生。

华生和碧玉正要往家赶，刚至皇城飞机就到了上空，他们被惊慌失措的人群冲散了。第一颗炸弹炸起的灰尘迷了华生的眼睛，他站在原地在硝烟包围中拍掉脸上的灰土，大声喊着摸索着碧玉的方位。头顶的飞机下蛋一样边飞边炸，耳朵被震得嗡嗡作痛，其中一架飞机超低空呼啸而来，随着“哒哒哒哒”扫射的声音，他揉了揉眼睛，看到花花张着双臂对直扑来。

花花见华生揉着眼睛站在那里已经成了灰人，而最近的那架飞机扫射着朝他的方向飞了过来。她一急，来不及多想冲过去便把他扑倒，重重地压在了他的身上，压得死死的，手搂着他的脖子，胸部顶在他的胸口，口水流了下来。

华生被撞倒在地，脑袋和后背生生作疼，花花又压在上面让人喘不过气起来，推也推不动，他只好暂时瘫着躺在那里。耳边的炸弹机枪声轮番响起，地面剧烈颤抖。飞机没有停止动作，变了队形插秧子一样朝四面推进。他抬手再次用力推了推，花花哼了一声口水在继续流，流进了他的脖子，暖和血腥。他用手一摸，不，不是水，是血。

“花!!!”他听到了碧玉的惨叫，接着身上一松，有人把花花翻开拉走。

花花仰躺着，像一个被野狗撕破的布娃娃，左边耳朵不见了，半个脸鲜血淋淋，鼻孔嘴角都在流血，眼睛半睁望着天空已经说不出话来。碧玉搂着她已经忘了要快速止血，任由鲜血从花花身上这里那里地冒出来，而她自己的额头也被弹片划出一道嘴巴样的口子。

华生翻身起来握住花花的手喊了两声想唤醒她的意识，花花只管看着天空，没有理他。他慌忙着脱下衬衣当绑带捆住她的头部，白衬衣一下就被血液浸湿染成鲜红。

“快扶她起来，去医院。”他穿着背心背对着她们姐妹，碧玉把花花弄到他的后背，被炸掉的那只耳朵已经找不到了。是怎么跑到医院的，用了多久，他记不清楚，只记得一直在跑，心中只有一个想法，救花花。花花重得出奇，是灵魂出窍空留躯体的一种死沉。他没有停，一口气进了混乱的医院大门。

花花的死讯已经不算晴天霹雳，碧玉额头贴着纱布拉着花花的手已经傻了，华生靠在散发着来苏水味道的墙壁上，僵在了那里。护工过来说要推人，床位要留给活人，所有炸死的都要送去停尸房或是放到地上等工人来拉。碧玉挡着不让人动花花，停尸间又冷又阴森，她不会让花花去那种地方，她要带她回家。

他们找到一个推车，华生向护工保证会马上把车子还回来；他把花花抱了上去，推着出了医院。他不是第一次和尸体打交道，他告诉自己那是人在这个世上的一种形态，最后的形态，花花是回另一个家去了。

他们推着车朝打金街跑。碧玉一直握着花花的一只手，好像怕她会痛会害怕。轰炸停止了，尸首车惊动了大院内外的人，花花妈先是被炸弹炸醒，接着被这个噩耗彻底地推入噩梦，整个人硬生生地向后倒去，等到被人掐了人中虎口，才扑向推车，大叫一声："我的女啊！"

他们把父母暂时拜托给了邻居，快速出了门。还完车子还没走出医院大门，警报声再次急促地响起，第二轮空袭来了，漫天都是突如其来的飞机。那些飞机朝各处散开，一半密集地飞向了少城方向，小桃园的方向。

碧玉望着那个方向，一言未发追着飞机跑了起来，华生在后面追她。炮弹在两边房顶上频频开花，炸出很多藏着躲着的人，他们一前一后跑了一段，华生追了上去。心中已经没有对危险的考虑，有的只是发狂的牵挂，当心爱的东西深陷危险的时候，他们都在奋不顾身。

弹片子弹在飞，万幸没有伤着他们。跑到巷子口，听见有人从暗处猫一样吱吱的低唤，是邻居李老大，抱了一包东西躲在墙角朝他们使眼色。"都在少城公园，我回来取东西，没想到第二轮来了，先躲一下。"李老大蹲在那里观察着天空。

碧玉转身便要去公园找人，老大跳出来猛挥手，"去不得，去了是白送死，没听到爆炸声啊，都在那边。"碧玉一听死字掉头就走，华生跟了上去，惹得李老大在后面追，"这两个人，为了师父师母命都不要了。"

他们从炸开的围墙进了公园，李老大指着远处的一个亭子间说人都在里头。就在那个时候，最后一颗炮弹飞了下来，当着他们的面把亭子间炸得粉碎，碧玉顿时发出了绝望的喊声：

“荷……花!”她冲了过去，站在砖瓦堆前无助地狂喊。所有的飞机像来时一样的迅速，一眨眼都飞走了。

碧玉跪到了地上，对着那堆显然没有任何生命迹象的废墟失神自语：“荷花，荷花。”她的情绪已经像烧焦干裂的大地。

四周躲避的邻居从不远的树下草丛间走了出来，周伯千纪婉香牵着可儿走在最前头，可儿见姐姐跪在地上埋着头，跑过去拉她。

“姐姐，姐姐，你哭啦?”

碧玉抬头看到面前站着的娃娃，一把搂了过去，眼泪像开了闸的河水。纪婉香在一边狐疑地看着，刚才碧玉喊荷花的时候她躲在一边全都听得清楚，她眨着眼睛在反应，回过神之后上前就要拉着问个明白，周伯千一伸手拦住了她。华生赶忙上前扶了碧玉，告诉她师父师母可儿没事，都安全，碧玉才意识到自己的失态，赶忙放开娃娃站了起来。

李老大已经开始吆喝：“有没有哪个受伤，有没有受伤的?好，没人受伤，大家赶快趁着飞机不在各自回家躲起来，公园是不能再待了。”

纪婉香虽被周伯千拉着，一双眼睛仍死死地盯着碧玉。华生见状赶忙向师父禀报了花花的事，他请师父师母带可儿先回家，他们还要去打金街照顾碧玉父母，料理丧事。

“去吧，明天我过去看望亲家。”周伯千挥手让他们离开。

花花的事办得很迅速，因为是白发送黑发，她又未出嫁还算父母膝下的娃娃，只能从简从速。黑白照片前面摆了她最喜欢吃的饭菜，碧玉爸和花花妈一边一个守着，呆呆听着耳边街坊邻居们的安慰。

次日周伯千过来探望，送了钱陪着呆坐了一阵，临走的时候华生送他出门，师徒二人出了院子到了街上，周伯千站在街边单手拄着拐棍，看着徒弟，“你是不是有事没有告诉我们?”

华生不敢肯定他们对碧玉的身份猜到了几分，没有作答。

“可能你不晓得，那天早晨花花去了小桃园，我从她那里听到了真相，本来还不大相信，但后来……”周伯千看了一眼徒弟，眼里的表情不是埋怨，是伤感，“你师母已经晓得了实情，所以病了。其实我们早该看出来的，她们母女长得还蛮相像，碧玉那么疼娃娃，稍微联系一下也许就能有所察觉，只是没朝那个方向想过。”他停顿了一下，“想来每个人或多或少都有不想对外说的事情，与其称之为秘密不如称之为折磨或是无奈。保密是不得已，是不想伤及无辜，这一点我能理解，但你师母一时半会儿转不过弯来。”

华生埋头沉默地在听。

“你帮着把花花的后事办好，师母那边不要担心，我晓得处理。告诉碧玉不用担心可儿的安全，我们会照顾好她。”周伯千拍了拍徒弟的肩膀，“我先走了，你去忙，忙完了早点回家。”说完拄着拐杖慢慢走了。

花花下了葬，入土为安，被埋在东门外牛王庙附近的一个小山坡。埋她的那天闷热阴沉，盖棺封土之后天上滴滴答答地下起了雨，大颗大颗的雨滴像一颗颗眼泪，噼里啪啦落到树上、落到坟头、落到土里，越来越多、越来越急。打湿的坟头石碑上写着一个大家不太熟悉的名字：陈应霞。那是花花的大名，平时很少用，她妈也只是在骂人的时候才那么喊她。一个连名字都没有被人记住的姑娘走了，天想下雨，也很自然。

华生对着刚刚抔好的新土想着花花曾经的简单鲁莽和无理取闹，之前还质疑过她乱开玩笑，但当她睁大眼睛焦急扑来的时候，他确定她说的都是真话。他没有喜欢过她，就算她舍命相救他心头有的也只是感激。以前还以为花花不是同路人，现在看来他们还是有相同之处，身上都有年轻质地的固执和冲动，不顾一切，奋不顾身，不计成本代价。花花的任性懒散让人不到万不得已看不懂她，当为情生、不当为情怨，她做到了。花花的秘密他不会说出去，对谁都不说，包括碧玉。他会替她把秘密保守下去，当作她和他之间的小秘密，这个秘密不归类于痛苦，归类于一个男人对一个女人的歉意。

闪电彻底撕破了天幕，暴雨倾盆、电闪雷鸣。送花花的人都离开了那个山坡，把逝去的人留下，独自长眠。

那天稍晚的时候小桃园外院的老桑树也许是被大风、抑或是被天雷击中，削掉了一半的身体，残败的枝叶带着果实散落一地，贴着地面接收雨水的冲刷。

大家都在为各类事情伤心，也没人顾得上管它。

二十七

纪婉香还在生病，大门不出二门不迈避而不见，家里的气氛是推门就能嗅到的凝重，外院内院之间仿佛隔起了一堵无形的墙，走进走出都需要勇气；还有，内院和外院间每天的总共对话不超过十句，而且仅限于男人之间。回家的第一个晚上，碧玉被噩梦惊醒，华生把她搂到前面抱着，靠在床头。失眠，不单是为了花花，也是为了可儿之事。

“还是跟师母解释一下，越拖越被动。”他劝她。

“你认为解释就能解释得清楚？这个事不管最终缓和到哪种程度，师母都会因为我的存在而感觉不安，就是说只要有我在事情就没完，我看还是想办法另找房子搬家，如果让他们觉得别扭，勉强住在一起也没什么意思。”

“搬家也要解释，如果有了隔阂，以后你就永远不要想接近娃娃。最好是你亲自和师母谈，当面谈，让她了解事发初衷和后续行为，你进小桃园不是为可儿是为我，本意无害。你在家里也不是一天两天，她应该看得清楚。”

“光靠嘴巴想打消担心恐怕不是那么容易，不过我愿意试试当面去解释，信与不信就看师母如何定夺。”

此刻睡不着的不止他们，纪婉香也躺在床上翻来覆去辗转难眠。没想到自己最喜欢最相信的人原来一直带着目的埋伏在身边，前两天二姨妈过来探望，问她：“未必你就从来没有怀疑过，她咋会那么喜欢娃娃，那么心甘情愿帮你跑腿，为啥其他人就遇不到这么巴心巴肝的人呢？当初我就怀疑只是没好开口，现在既然事情败露，我看还是一刀两断以免后患。娃娃是你的、家也是你的，你有权利做主，没人会说你无情无义只会说他们不合情理，既然把娃娃送给别人养就不该藕断丝连，这是基本的为人之道。送了人还要跟过来守着，还拉拢华生当帮手，可见不是一般的心肠和手段。以前做没做过什么就不说了，以后会做出些啥来谁敢保证？所以啊，最好让他们搬出去单独住，拉开些距离。”

要是以往这个建议也还听得进去，但是现在不同，她升华了，不想做那么随便的决定。碧玉在家里那么久，爱娃娃但从来不越界限，还帮了不少忙，看不出有什么不良的打算，如果不是当事人她会选择同情，当然，同情他人就意味着不同情自己，一边可能引狼入室一边可能就昧了良心。思来想去头大得很，更要命的是刚刚要想通，马上就有吓人的情景钻进脑子：碧玉带着可儿跑了！碧玉告诉可儿她才是亲妈！碧玉在他们碗里下药，独霸了娃娃。她不敢往下去想，想象已经比现实大了好几倍。

星星挂满天空当了失眠的陪衬，直到公鸡打鸣她才迷迷糊糊摸着可儿的小肥屁股闭了下眼睛。

周伯千听华生说碧玉有当面谈一谈的想法，找了个机会把可儿带走，“给她们一个不受打扰的机会，单独说说话，很多事情说了、了解了才能释然。正好有朋友的家被那天的四轮轰炸毁了，我过去看看，你在家陪着她们。”他向华生嘱咐完便带着可儿离开，父女两人亲亲热热地说着话，牵着手出了院子。

华生陪着碧玉到了中门，替她打气壮胆：“好好地谈，如果师母发火，你出来，我进去。”碧玉进了内院，进了上房，回身关了房门。

外院天井光秃秃地安静，被雷劈的老桑树已经被锯掉了躯干，只剩下不足三尺的树桩，自那天被劈之后这棵树子就结束了看家护院的使命，断了天年。华生朝着残留的树桩走了过去。

桑树锯下的部分躺在小厨房外靠墙的位置摊开枝杈望向天空，这棵树见证过家里所有的喜怒哀乐，吴妈老黄在树下推过豆浆，他醉酒爬过树子，还有花花，曾经在树下摆好早饭向碧玉讨好谢罪，而现在又一轮的事情在悄然进行。如果树木真像吴妈说的有灵气，那么老桑树多半是没甘心地躺着那里看后续的进展。

他走到了树桩旁边朝下看了看中空的树干，摸着粗糙干裂的树皮。尽管树的身体被锯了师母却没舍得连根拔除，她让师父传话："那棵树活了多久没人晓得，从搬进来它就一直在那儿守着，有功劳有苦劳，根子先留着不要挖掉，看能不能找人把空心填上，在上面加个石头台面做成桌子，就算以后原地再栽树子，那儿也是放桌子喝茶的好地方。"

一个舍不得把老树连根拔掉的人，断不会为难相处了那么久的徒弟媳妇或是养女生母，相信师母最终能够谅解一切。

家里的两个女人关在房里说了多久，他就站在那里等了多久。等到上房打开两人出来，碧玉看上去很平静，纪婉香也很平静，她们一个去了后厨房、一个回了外院，看不出谈的好坏。碧玉去厨房拿了烧酒，像第一次在旅馆那样让他陪着喝一杯，他替她倒了酒，一人面前一个小酒杯，在街沿边坐了下来。

"谈得如何？"

“还好”。

“都谈妥了？”

“谈妥了。”

“师母谅解了？”

“没有。”

“那，要搬家的话还是选靠近打金街的位置，方便照顾爸妈。大城那边有很多漂亮院子，我会去找一个大院坝，你会喜欢的那种。”

“好，最好在院坝里头有……”

“一棵大树。”他们同时说了出来，相视笑了。

“我们是不是越来越默契了。”他伸手揽住了她的肩膀，“只要和你在一起，住什么样的院子我都愿意。来吧，干一杯，让我们心想事成。”他挽过她的手臂，喝起了交杯酒。

他们决定搬走，去大城找房子。

与此同时另外一边也在做着相应的计划，纪婉香的打算是：和周伯千回达县老家避一趟难，去乡下住上一年半载，等一切太平或是心情舒畅了再说回来。周家祖宅宽敞又有足够的用人，周边有山有水有庙子，日子不会难过。此决定出来后她站在上房当中，面对墙上相框里所有人的照片跟周伯千说搬迁的细节，可儿在旁边的梳妆台对着镜子用口红和粉扑学人化妆。

“算是逃难也算是躲清闲，让他们自己过日子去吧。”纪婉香懒洋洋地说道，“晚上我到二姐那边鼓动鼓动，让她跟我们一起。现在书良不在，二姐夫又一直在外面干大事，她和老妈可以跟着我们走，大家在一起好歹有个照应。”

“夫人，我有点佩服你哦。”周伯千诚心诚意地说道，“这么艰难的事你都没有动肝火，不仅想通了还安排得这么周到。”

“有啥好佩服的，大概是炮弹改变人吧，你以为我只会泡桃花打麻将。”她走到了梳妆台前，和可儿脸靠脸看着镜子，“乖，妈带你去乡下要好不好，二姨妈和外婆也去，还有大白猫。”

可儿只顾着拿粉扑往额头上扫：“好。”

纪婉香笑了。

当晚她去东华门联络了二姨妈，二姨妈答应一起走，不过只会小住一阵权当散心。之后纪婉香收拾出三大箱的东西，再之后去摸了桃树，自己摸也让可儿摸，还让可儿叫桃树：树奶奶。精神上找到了庇护和寄托的人，行动起来那是动作飞快。

另外一边，周伯千找到华生说了安排。

“我们走后你各自安排生活，这十来年你从来没有和我们分开过，这回算是一个锻炼，把碧玉照顾好，把你自己照顾好，把院子照顾好。”

“车帮办公室咋办？”

“运输生意我跟老郑谈好了，我会在那边联系生意，他在这边出车发货，让车子也在达县周边跑起来，前阵子董老板他们的车被炸了，只要车子在，哪儿都可以赚钱，老郑完全同意。”

“你和师母打算去住多久？”

“住多久倒是没定，一年半载或许更长，只希望回来的时候战争已经结束。我和你师母是想让娃娃在一个安全的环境中长高长大，我们无所谓，一切都是为了她。”周伯千将手杖挂在了左臂，腾出手去解左手烟壶上挂着的烟袋。华生忙伸手拿了水烟壶，帮着往烟仓里装烟丝。师徒两人站在那里面对面的捣鼓，他们身后结了毛桃子的桃树，安安静静地在听还有没有人想说话。

周伯千和纪婉香回乡的那天全巷子的人都来送行，纪婉香正好有了不和碧玉说话的借口，只简单打了声招呼便掉头去和邻居寒暄，被大家围着说客套话。可儿本来被她有意无意地拉在身边，但当可儿挣脱了去向碧玉告别的时候，她没有阻拦。

周伯千和华生站在一起，望着和碧玉说话的娃娃，“她会喜欢乡下的，在那边也能学东西，不比城市少，不信你看，回来的时候她只会更健康更调皮捣蛋。”他们一起看着可儿，她正从兜里摸水果糖给碧玉，然后跳着去追走远的妈妈。

“要相信一切都会好起来的，轰炸总有一天会停，战争也总有一天结束，等我们回来的时候一切都会回到从前的样子。”周伯千看着可儿蹦蹦跳跳的背影，“有那么多人爱她，她会开开心心地长大，以后我们要为她物色一所好学校，让她受好的教育，长成一个知书达理的好姑娘。等有一天你有了娃娃就会晓得当父母的心，她早已是我们的一部分，从被送过来那天起你师母就把她当成了亲生，师母爱娃娃这点你该清楚，当初要不是你已经懂事，她都想把你收来当儿子。”

纪婉香牵着可儿走了过来，“该走了，还要去接二姐她们。”她转向了华生，“记得给菩萨上香，乡下打电话不方便，有事发电报或是让老郑带话。自己把自己照顾好，都那么能干，是不需要我再操心的了。”

华生从口袋里摸出一个小布包递了过去。

“还送我东西？”纪婉香接了打开来看，里面是典给当铺的豹子头碎钻胸针。

“碧玉的安排。”华生给予了说明。

“怕我没有能力赎回来啊。”纪婉香虽然嘴硬但却红了眼睛，低头用手擦了擦胸针，别在了旗袍的侧襟包扣下。

华生和碧玉一起把他们送上了卡车，可儿高兴地从司机台探出头来朝他们摆手。车子起步的时候聚在一起送行的邻居和车内的人依依挥手道别，每个人的表情都无比的遥远，像是在希望或是期盼，希望再见面的时候整个城市是在扭唱胜利的秧歌。

车子开远了、人群散了，华生碧玉站在巷口像主人一样等着所有的客人先行离场，这时跑过来一个男孩，手拿一个纸包递给了华生。

“有人喊我把这个给你，喊你交给周老板，说是借的东西，他先还这些。”华生接过东西层层打开，里面包着一块师母换过的那种小金条。

“哪个给你的？”

“一个说官话的大爷。”

“人呢？”

男孩转身就跑，“不晓得，他说他已经走了。”

“要不要去看看？”碧玉想追，华生拉住了她，“不用，是老胡，给他留些面子。”

“没想到居然会还回来，还以为他会从此消失。”碧玉说道。

“能向善，说明心头还有怕字。”他看着手中的东西，掂了掂，重新包好，“你看，连师母以为再也见不到的东西都能回来，说明只要抱有希望一切都会好起来的。”

“是啊，凡事都寄希望于希望。”

“可儿的事你不要担心，不要低估师母更不要低估她对娃娃的感情，刚才师父说等安全了他们就会回来，以后还会物色一所好学校，让可儿接受好的教育，长成一个知书达理的姑娘。”

“师父那么说的?”

“嗯。”

“那是可儿的福气，当初给她取名荷花就是希望她能在安稳的环境中健康长大，而不是长成像我这样的浮萍，师父师母给了她这样的运气。”

“你怎么会是浮萍，如果你是我也是，挨着你，陪你一辈子。”

碧玉牵起他的手十指相扣，靠着他，“你说这个仗啥时才能打完，老没有尽头的样子。”

“再远也有尽头，总会有结束的一天，等不打仗了他们就会回来，到那个时候不管我们在城市的哪个方位都可以看着可儿长大。想想看，十年后她十四岁，二十年后二十四，会长得超过想象。二十四岁，估计已经结了婚，有了自己的家，谁是妈妈这种问题想干扰可能都干扰不了她。”

“二十年以后，说那么远干啥，谁晓得会是咋样子。”

“会是很好的样子，那时候我们也四十多了，像师父师母目前的年纪，会有一大家子，住在某个院子，我做生意你带娃娃，过着小桃园式的生活。你很会管家，在地下埋了一个罐子，那个罐子……”他开始给她讲起了故事，“那个时候生活会处在不被外力扭曲的状态，我们可以按自己的意愿选择终老，和所有的亲朋好友守在一起，平平安安，长长久久。然后五十、六十，也许能活到七十。”

碧玉听着，慢慢往回走。

“对了，说起朋友，过几天我想去趟白鹿看望少虎，有些想他。”

“我陪你去。”

“当然。”

“万一他不想见人呢。”

“应该想。”

“你咋晓得？”

“听说他在山上的修道学院帮人家抄经书，既然能抄书写字说明已经能接受了不能接受的现实，性格中的那些无所畏惧占了上风。要晓得人是很容易脆弱但也很容易坚强，坚强往往就出自一次一次的脆弱，他该是走出来了，所以想去看看，陪他摆摆。”

“要是他能回来生活就好了，还有大毛书良，都回来才好，一帮朋友守在一个城市过日子，热热闹闹地不要分开。”碧玉向往起来。

“等不打仗了肯定都要回来，这儿是他们的家不回来能去哪里。所有的人都会回来，那个时候没准星星也会出现，我一直相信就算我找不到他，他也会找我，等时局稳定下来我会接着去找，他要是见到你肯定会喜欢你这个大嫂，相当的喜欢。”他在她耳边低语起来，搂着她的腰进了小桃园，反手关了大门。

一阵风吹了过来，从树上刮下无数的树叶，叶子轻轻地飞起飘走，飘过之处静静寂寂不留痕迹，巷子里到处洒满了阳光，就像什么都未曾发生……

不是尾声

故事讲到这里可以暂告一个段落了，你可以说故事已经结束，但其实它才刚刚开始，他们的共同生活才刚刚拉开帷幕。往一辈子的长度上看，之前发生的不会是最好也不会是最差，还会有更多的事情接踵而至，人一生的故事有很多，哪能都讲得完。能纳入回忆的过去，也许，还不算太糟。

关于他们的未来，想象吧，反正故事中的大多数人物早已走完各自的人生，躺在墓园之中安然入睡。大毛埋在了台湾，书良埋在了海外，留在成都的但凡离开都被埋在郊外同一个墓园。不管曾经发生过什么，最终都归于了尘土。

可能的结局

华生：

一生陪伴碧玉，没有自己的孩子。1945年抗战胜利后搬去大城的一个大院生活，并受邀进入国民党战区军事指挥机构绥靖公署负责管理扩大器和音响，后按绥靖公署对工作人员的要求集体注册为国民党。50年代捐了自己的电器铺但没能躲过60年代的运动，被送到郊区劳改，每天骑单车去很远的砖厂敲砖，改造结束后进了刀具厂。在一次意外事故中被冲床切断两根手指，因为工伤被照顾转成了正式工人。当医生硬生生用剪刀把手指骨头剪掉的时候，他没有吭一声。当晚已经成家的可儿回来捧着他的手掉眼泪，他轻声安慰："不要紧，不怎么痛。"他始终没能见到弟弟星星，直到最后离开人世，才看到四岁的星星朝他跑来。

碧玉：

与华生一生为伴。新中国成立后被人检举当过妓女，送去劳动改造，在一家缝纫厂织手套，后来提前退休在家帮可儿带娃娃。可儿的丈夫是一个有良好家庭背景的知识分子，被一位亲戚告之秘密后对碧玉不光彩的历史耿耿于怀，认为那是旧社会吃喝玩乐的余孽，始终与她保持距离。碧玉七十三岁病逝，华生把她埋在一个面临湖水、背靠青山的墓园，并在旁边预留下自己的位置。

可儿：

出了名的孝顺，有一个和谐婚姻和几个活蹦乱跳的儿女。50年代周伯千纪婉香先后在老家病逝，她跟了华生碧玉一起生活，结婚前夕知道了自己的身世，待华生如亲生父亲，照顾他和碧玉，无怨无悔。华生弥留之际拉着她的手，说："我很幸运，有这么一个好女儿。"

华生和碧玉，走完了共同的一生，最终相会在那片青山绿水之间，归于了永久的宁静。

十年生死两茫茫，
不思量，自难忘。
千里孤坟，无处话凄凉。
纵使相逢应不识，
尘满面，鬓如霜。

夜来幽梦忽还乡，
小轩窗，正梳妆。
相顾无言，唯有泪千行。
料得年年肠断处，
明月夜，短松冈。